支持单位
成都市文学艺术界联合会

出品单位
四川师范大学文学院
成都市李劼人研究学会

四川新文学大系
戏剧编 ·第四卷·

总　　编　　王嘉陵　刘　敏
副 总 编　　张义奇　曾智中
本编主编　　王　菱

四川文艺出版社

图书在版编目（CIP）数据

四川新文学大系. 戏剧编：共四卷 / 王嘉陵，刘敏总编；张义奇，曾智中副总编；王菱主编. — 成都：四川文艺出版社，2024.10. — ISBN 978-7-5411-6548-1

Ⅰ. I218.71

中国国家版本馆CIP数据核字第2024N7B913号

SICHUAN XINWENXUE DAXI · XIJUBIAN (DISIJUAN)

四川新文学大系·戏剧编（第四卷）

总编　王嘉陵　刘　敏　副总编　张义奇　曾智中

本编主编　王　菱

出品人	冯　静
策划组稿	张庆宁
书稿统筹	宋　玥　罗月婷
责任编辑	谢雨环　邓艾黎
封面设计	魏晓舸
版式设计	史小燕
责任校对	段　敏　张雁飞
责任印制	桑　蓉　崔　娜

出版发行	四川文艺出版社（成都市锦江区三色路238号）
网　　址	www.scwys.com
电　　话	028-86361802（发行部）　028-86361781（编辑部）

邮购地址	成都市锦江区三色路238号四川文艺出版社邮购部　610023
排　　版	四川胜翔数码印务设计有限公司
印　　刷	成都东江印务有限公司
成品尺寸	148mm×210mm　　　　　开　本　32开
印　　张	57.875　　　　　　　　　字　数　1520千
版　　次	2024年10月第一版　　　　印　次　2024年10月第一次印刷
书　　号	ISBN 978-7-5411-6548-1
定　　价	320.00元（共四卷）

版权所有，违者必究。如有印装质量问题，请与出版社联系调换。联系电话：028-86361796。

编选凡例

一、本编所收以现代原创话剧为主，传统戏曲改编的戏剧、翻译剧及在其基础上改编的戏剧不录。

二、新文学时期的四川话剧剧本很多，搜集完全颇为困难，本编所收剧本均为在四川（含当时重庆）创作、出版或公演的，具有一定影响力的剧本。

三、本编的剧本以收录和存目两种方式呈现。同一剧本，有不同年代版本者，均录入最初的版本。个别无法找到原始版本的作品，以再版时间较早的版本为依据。

四、剧本的序列，依照发表的时间先后为序。

五、囿于选编容量控制，部分多幕剧采取了节选的方式。

六、为保持作品原貌，字词的旧用法不做更改。比如"的、地、得、底""哪里、那里""甚么、什么"之类，或因作家习惯等造成的不同写法，不影响理解的都依原稿版本，不按现行标准修改。

七、本编收入作品所遇资料字迹不清导致无法辨认者,以"□"示之。

八、所收作品,系当时时代产物,为存真计,均保留文献原貌;其中与今日语境有别者,读者当能明鉴。

目录

-第四卷-

多幕剧

阳翰笙　草莽英雄（五幕剧）（节选）　…………… 003

夏　衍　法西斯细菌（三幕剧）（节选）　………… 030

郭沫若　孔雀胆（四幕剧）（节选）　………………… 072

沈蔚德　民族女杰（四幕剧）（节选）　……………… 116

洪　深　女人女人（三幕剧）（节选）　……………… 158

陈白尘　结婚进行曲（五幕剧）（节选）　…………… 198

电　影

孙　瑜　长空万里（内容介绍）　……………………… 247

何非光　东亚之光（内容介绍）　……………………… 252

孙　瑜　火的洗礼（内容介绍）　……………………… 254

应云卫　阳翰笙　塞上风云（剧本）　………………… 259

史东山　还我故乡（剧本）　…………………………… 321

存　目　……………………………………………… 395

多幕剧

阳翰笙

| 作者简介 |　该作者简介参见第一卷四幕剧《前夜》。

草莽英雄（五幕剧）

（节选）

全剧人物：

　　罗选青——汉留中的龙头大哥，四十二岁。

　　罗大嫂——他的妻子，三十二岁。

　　时三妹——他的义妹，二十岁。

　　魏明三——二哥，四十二三岁。

　　吴文波——三哥，四十一二岁。

　　何玉庭——四哥，三十六岁。

　　唐彬贤——五哥，同时又是革命党，三十八岁。

　　冯杰——六哥，三十岁。

　　骆小豪——七哥，三十岁上下。

　　汪六——八哥，三十岁上下。

　　朱老九——九哥，二十七八岁。

翁老幺——十哥，二十一二岁。

王云路——知事，四十八九岁。

李成华——团防局长，四十二三岁。

汤法儒——监生，四十三四岁。

少年甲。

少年乙。

陈二顺——农民，三十几岁。

汉留哥弟——甲、乙、丙、丁……

保路同志军——甲、乙、丙、丁……

清兵——甲、乙、丙、丁……

囚犯——甲、乙、丙、丁……

团丁——甲、乙、丙、丁……

第一幕

人　物：

罗选青

罗大嫂

时三妹

何玉庭

唐彬贤

骆小豪

朱老九

少年甲乙

时　间：

辛亥年七月下旬。

景：

　　　川南高县焦邨场罗宅前的土坪。

　　焦邨，是川滇边交界地崇山峻岭中的一个村落，罗宅外的那座土坪，也是位在一条小山的斜坡上，坪左石梯上边，是罗宅大门，门的两侧，围绕着一带短墙，坪前左右两边，有小路两条通到山下的场上，坪右，有枝繁叶密根长干粗的大黄桷树一株，宛如一把拔地撑天的魔伞一般，绿阴阴的遮去了一大半块坪地。

　　坪上别无摆设，只浓阴下有供纳凉时用的粗石桌一条，石凳三五。

　　从坪前外望，远处群山耸立，巨影狰狞，峰岚之间，时有云影出没，变幻莫测。

　　是夕阳快要西下的时候。

　　有两群少年，分伏在土坪两旁的山路上，正在准备着开火，——大"打赵尔丰"。

　　坪下竹号狂吹，一阵呐喊，为头的两个少年，从两旁的山路下挺身而出，少年甲乙都浑身穿戴着树叶编扎成的盔铠，甲左手拿着木头削成的长枪，右手拿着竹头做成的虎尾钢鞭，乙左手拿着木板做的盾牌，右手拿着竹块削成的鬼头大刀，两人都雄赳赳气昂昂的，俨然"一马当先"的就冲出了阵头，架着刀枪，便打起戏腔来了。

少年甲：来将报名！

少年乙：本帅四川总督赵尔丰，你这娃娃是谁？

少年甲：老子就是卢八千岁！

少年乙：你这娃娃，咱们的主子待你们这些奴才不错，你们不好好的在家做个一品大百姓，为什么竟敢领那么多的喽啰，起来造反！

少年甲：胡说！你们朝中那个大奸臣盛宣怀，把我们四川人办的铁路，出卖给了洋人，我姓卢的路见不平，才集合起天下的英雄好汉，办练起保路同志军来，要把你们这批狗官，杀个一干二净！

少年乙：那还了得，我看你这娃娃简直是反了，看枪！（一枪刺了过去）

少年甲：（顺手将盾牌挡住）你爷爷还怕你吗！赵屠户呀赵屠户！你今天可休想活了！

（少年甲乙一来一往的在土坪上大战起来，坪下山路上的甲乙两群少年，也紧跟着激起了一场恶战。）

甲边齐声呐喊：杀赵尔丰呀！杀！

乙边齐声呐喊：杀同志大王呀！杀！

甲边呐喊声：活捉赵尔丰，杀死赵屠户！

乙边吆喝声：活捉卢八千岁，杀死卢八千岁！

甲边呐喊声：冲呀！冲呀！冲过去！

乙边吆喝声：杀呀！杀呀！杀过去！

（两边泥石乱飞，竹枪齐鸣。正在这恶战方酣的时候，一块泥巴飞来，忽然打中了少年乙的额角，他倒退了几步，仿佛有点支持不住。）

少年乙：哎呀！老子带花了！

少年甲：别呻唤，是英雄好汉就别唉！（转对坪下，激励大众）弟兄们，冲啊！按过去！按过去！

（坪下乙边的少年们似乎有点招架不住了，且战且退的好像在曳戈而走。）

少年乙：（纵身跳上石凳怒目横戈地）好，停战！停战！老子们不当赵尔丰了，我们来掉换过，你们来做赵尔丰，我们来扮同志大王！

少年甲：不行！不行！你怕输吗！（转对坪下，大声指挥）弟兄们！快点冲啊！

（乙边的少年们被打垮了，他们愤骂着，似乎在向山下败退。）

少年乙：（气得顿脚）这回不算，我们另外来过，另外来过！

（这时骆小豪蹦蹦跳跳的从左边山路上跑了出来，他在汉留里行六，江湖上的人都叫他骆六哥。他人很瘦削，无光的脸上惨白得发青。他很狡黠，很机灵，喜欢贪取不义之财，因而做人也就不很正派，他穿一身半新的白纺绸短衫裤，头上歪戴着一顶"一把抓"的瓜皮帽，手中摇着一把洒金小纸扇。他有一种小小的绝技，就是他能很熟练地把那小纸扇在大拇指上旋转着，在各个指头间穿翻着，不会落下来。他人很轻飘，站在什么地方就像不大站得稳似的，喜欢把右脚尖朝天翘起，一点一拍地，半边身子都随着他脚尖的点拍摇抖了起来。他从山下跑上土坪来，远远的嘴里就在小声的哼着川戏：

　　灾婆娘来怪婆娘，

　　全然不听夫商量，

　　隔壁炖鸡又炖膀，

　　丘娃儿却还在饿馍馍。）

骆小豪：（瞧见少年甲乙）唉嗜，你们这些小家伙真得造反了么？

少年甲：你说谁？

骆：我就说你，你看白日青光的，这个地方被你们闹成了什么样子，哼！这还有王法没有？

少年乙：（从石凳上跳下来）噫！你的口气倒真有点像赵尔丰呢！

少年甲：（拿起泥块就向骆掷去）打赵尔丰！打哟！打！

阳翰笙 / 007

少年乙：（对着骆一枪刺了过去）打！打！打！

骆：（且退且骂）滚你娘的三十三，谁是赵尔丰！谁是赵尔丰！你爷爷才是赵尔丰。

（朱老九从右边山路上走来。他一瞧见连忙侧身在树旁，带着冷笑一声不响的把他们望着。）

少年甲：我们是同志军，你是赵尔丰！你是赵屠户！

少年乙：打哟！打！打！打！

（少年甲乙刀枪齐下，骆小豪有点招架不住了。）

骆：（大声怒骂）住手！你们这两个私娃子，真他妈想造反了么？你们再不滚回去，你妈妈又要在家偷和尚了！

少年甲乙：（同声）你还要骂人，打死你这个狗东西！打哟！打……

（朱老九瞧见骆小豪招架不住，连忙一闪身走了出来。朱在汉留中行九，江湖上的人都叫他朱九哥，他的拜兄们便叫他做老九。他是一个猎人，他朴实、忠诚、壮健，没有什么多的言语。他穿一身蓝布短打，头上盘着发辫，戴着斗笠，脚下穿着草鞋，背上背了一杆前膛，腰间挂着一把大刀，手中拿着一张紧卷着的虎皮。他突然闪身而出，大家瞧见了他都大吃一惊。）

朱老九：（笑斥）松手！你们在这里闹些什么！（端起枪来对少年甲乙瞄准）你们怕不怕我一枪打穿你们的脑门心！

少年甲：啊！是你哟，朱九叔。

少年乙：前个月不是听说你打死了条老虎吗，真么？

朱：真的，你们看，这不就是那张老虎皮！

少年甲乙：（惊喜）啊！打开来给我们看看，打开来给我们看看！

朱：别忙！别忙！过两天我跟你们送虎骨来，快回去快回去！一会儿罗大嫂出来了，当心会请你们吃棍子！

少年甲：好，我们快点走吧！

少年乙：走！

（少年甲乙蹦蹦跳跳地从土坪上走下山去。）

骆：（余怒未消）真他妈的倒霉！被这些小子掼得周身都是泥灰！（对朱，责怨地）你还在笑呢！你这家伙简直是见死不救！

朱：（笑）你不害羞吗？六哥！（折转身想向罗宅走去）

骆：慢点，老九！

朱：（停住）你还有什么事吗？

骆：没有什么事，你忙什么呢！来！坐下！坐下！我们谈谈，你怎么样？近来在山里住得很好吧？

朱：没有什么好，也没有什么不好。

骆：你今天到这儿来干什么呢？

朱：我来看看大哥大嫂！

骆：（狡笑）不是来报告什么消息？

朱：山里有什么消息呀！

骆：不是听说……（故意顿着）

朱：（急问）听说什么？

骆：不是听说消息很多吗？

朱：（惊）那倒怪了，为什么我会没有听到！

骆：（冷狡的笑了一笑）哼，老九！"半天云头吊口袋"，你跟我装什么"疯"呢！

朱：装疯！我会装疯！你这话是什么意思？

骆：（想诈问出一点线索来）我问你，这两天可有什么人到你山上来过？

朱：（佯作不知）谁来过呀！

骆：有没有一个女人到你山上来过？

朱：(佯惊)什么，女人？你的话扯到什么地方去了啦！对不住，六哥！我可没有闲工夫来跟你瞎吹了！(折身想走)

骆：(狡笑)哼！老九！你以为你们干的事儿，瞒得了我么！

朱：(生气)我们干过什么事要来瞒你呀！你这个人鬼头鬼脑，我不高兴跟你说！

（罗大嫂从半掩半开的门边走出来了。她有卅多岁的年纪，可是看起去，人却很年轻，也还相当漂亮，她的态度大方明朗，却又没有半点的下流气。她有心机，有气魄；爱摘人之短，露己之长，一看就瞧得出是个派头十足的大嫂子，她眼内闪着锋锐的光芒，脸上挂着深沉的微笑，不管是谁，只要一碰着她，她就老爱用她那对刺人的目光从头到脚，在你身上，上上下下的打量一下，这时候你就不必对她说出你心中的隐秘，她似乎也可以立刻就看穿了你的肺腑。但她心地还是很纯良，吃了她一片黄连的人，终于还是会得到她一块冰糖来润口的，因此，她丈夫手下的兄弟，虽说大都有点怕她，可是却没有一个人不尊敬她，就拿她丈夫来说吧！虽然遇事总得让她三分，不愿多跟她顶撞，可是他的心里却还是非常喜欢她，热爱她的。这时她穿的是一身白夏布衣衫，素缎花鞋，头上挽了一个时新的发髻，髻上撇着一根镶着珠玉的银针，插着一枝淡红色的花朵。）

罗大嫂：(微笑着)是谁呀？(瞧见朱、骆)啊！是老六跟老九，你们在这里吵些什么啦？

朱：(恭敬地)大嫂！

骆：(想避开刚才的话头，连忙弹拍身上的泥灰)今天真他妈倒了大霉，一身都沾得是泥灰！

嫂：(笑问)怎么啦！是谁跟我们的骆六哥交过手吗？

骆：(还在拍灰)交手倒谈不上，不过那两个没有爸爸的小杂种，却跟我捣了点小麻烦。

嫂：(打量了他一下)喔喔，简直把我们骆六哥的漂亮衫衫儿都弄脏了，那还了得。

骆：倒也算不了什么，大嫂，换一件就成了！

嫂：(顺口刺他一下)是呀！你怕我们的骆六哥还像从前一样吗！打脏了件把衣服算得了什么呢！

骆：(有点痛)哎呀！大嫂！你这么一说，那我兄弟简直是"肥"了！

朱：(直憨憨地)人家都在说，你发财了呢！

骆：(狡黠地)嘻！发财！谁不知道，我骆老六一不偷，二不抢，三不耕田，四不种地，五不做机房织布纺棉花，六不开铺子贩卖洋广杂货。喝喝发财，老九，你叫我从那儿去发财啦！

朱：那你得喝西北风过日子！

骆：(轻视地)嘻，你老弟不懂，我不跟你说。

嫂：老六！话你尽管这么说，可是你还是既不焦穿又不焦吃，(冷笑)哼！怪可也就怪在这种地方，有本事可也就有在这种地方，你说对不对？

骆：(笑)这还不是全仗我们大哥的威光，大嫂！您的抬举了。

嫂：是吗，你近来过得怎么样？好久没看见你了，一天到晚你得干些什么？

骆：还不是在赌场里跑跑。

嫂：运气怎么样？

骆：说不上。

朱：(插嘴)你可以包赢不输？

骆：你以为我输了，可就不能活？

阳翰笙 / 011

朱：我不懂，靠赌你就可以过活得下去！

骆：（怅叹）唉，你老弟真是一个乡坝佬，只懂得打老虎，捉山羊，告诉你，输光了算得什么呢！我只要安上一铺色碗子，不到半天连本带利不又从头钱里抽转来了吗！（自得地）哼！等钱到了我手里的话，对不住！那可该我去过过神仙生活了！

朱：吹牛！

骆：（索性吹下去）那才不吹牛呢！你听我说：每顿二两大曲，六两猪肝，八两粉肠，半斤半肥半瘦、不肥不瘦、又肥又瘦的肉一吃，跟着跑进烟馆里，大口大口的先抽他妈过十口火炮连珠，然后再慢慢的玩上几口"猴儿翻筋斗"，这样烟饭两饱，于是我便靠在床上两脚一伸，眯着眼睛仿佛腾云驾雾一般，早就飞上天空中去了。喝！老九！你跟我想，这时候愚兄快乐不快乐，逍遥不逍遥？

朱：（不满）你真会快乐逍遥！

嫂：这就是你过的神仙生活？

骆：（笑着拱手）岂敢！岂敢！

嫂：我看，老六，你那牛皮还是不要再乱吹了吧！我问你，这几天，街上可有什么新闻？

骆：新闻么！（笑指朱）啊！这两天的新闻，可全都出在我们这位打虎手、活武松的山上！

朱：你又跟我瞎扯些什么，（摸枪）你怕不怕我一枪打穿你的脑门心？

嫂：（故作惊疑）哦！他那儿的山上会出什么新闻？

骆：三天以前，有一个从云南押来的要犯，名字叫做唐彬贤的革命党，听说在成都闹了事，到了云南的老鸦滩方被抓着，那天走到横坎坡的山脚下，却突被一个女人带着几个弟兄，拦路抢劫起去了！（对朱）老九！你的家就住在那儿的山上，难道你也会不晓得？

朱：（暗惊）听是听到人说过。

骆：你可没有吓倒？

朱：这关我什么事呢！

骆：（狡笑）唔！是的！这不关你的事，不过……

嫂：（连忙插嘴）老六！我怕你说什么新闻呀！那不早已都成了旧闻了吗？你还这样大惊小怪的干嘛！

骆：大嫂！你不知道，这几天街上传来传去的，到处都闹麻了啦。

嫂：（冷冷地）因此，你又就要寻根究底的问一问了，是不是？

骆：不，不，不，我也不过随便谈谈。

嫂：（盯着他）瞧你的样儿，简直就像一个在衙门里吃血饭的人样的，光景你非当着我的面把老九盘问一个水清石白不可！

骆：（忙辩）那儿的话，那儿的话！你老嫂子怎么这样说啊！

嫂：（狠狠地教训他一顿）告诉你，老六！你是吃江湖饭的人，你要想在码头上耍得开，溜得响，这种事情吹到了你的耳朵里，你就只能当做一阵耳边风！千万不可疑神疑鬼，随便跟着别人去兴风作浪，你听到没有？

骆：（吃不消）哎呀！大嫂！你把我骆老六当成什么样的人去了。我伺候我们罗大哥这么多年，码头也不知跑过了好几十个，难道我这点规矩都不懂！

嫂：这么说，那又只能怪我多嘴了！

骆：不，大嫂！你的金口玉牙，怎么还会说出多余的话来呢！总之，你说得都对，兄弟实在佩服——实在五体投地的佩服！

朱：你呀！我说该把这个（比比拳头）东西来教训教训你！

骆：（斥责）嗤！去你的，你也跟着来了，（转对嫂，好像忽然想起）啊！大嫂！说起来，真笑话。我今天跑来正经事没有说，倒先就吃了你一顿排头，你看我这个人糟糕不糟糕！

嫂：是呀！你不该先来探听新闻啦！

骆：大嫂！大哥不是最近就要在这里大开山堂吗？现在好多个码头的兄弟都到了，为什么不派点事给我干干？

嫂：这得问你们的何玉庭何五哥去呀！问我！我又不是你们堂口里的当家大管事。

骆：话不能这样说，大嫂！听说这两三天内就要干了呢？

嫂：（暗惊）哦！是谁告诉你的？

骆：大家都在这样说，大嫂！究竟是那一天，我想你总晓得的，（嫂摇头不语转向朱）老九！你呢！你可知道吗？

朱：我不晓得，也向来不打听这些！

嫂：（故意诧异）这倒真怪了！老六！你是常在你大哥身边跑跑跳跳的人，开山立堂不是一件小事体，立堂定在什么候什么地方开，难道你真会不晓得？

骆：啊！大嫂！我咒都赌得，我简直不知道。

嫂：你来骗我！

骆：我骗你不是人！

嫂：（忽然变色）那就好得很呀！老六！我不懂！像那样机密的事情，你一定要先晓得来干嘛？

骆：（意外的吃了一棒，心里有点发抖）啊！大嫂！你……

嫂：（严斥）我，我告诉你：像你这样喜欢吹牛皮的人，还是不要先晓得的好，万一你的嘴巴不紧走漏了风声，事先被官府晓得，结果竟闹出大乱子来，那你才该死呢！

骆：（不满）我又不是三岁的孩子，大嫂！你真太瞧不起我了，好吧，回头大哥回来的时候，请你跟我说一声：说我骆老六一天到晚空着两只手没事干，大哥要是有什么吩咐我总随传随到。（欲走）大嫂！我不敢再打扰你了，我想先走一步。

嫂：（微笑）怎么样？老六！你生我的气了吗？

骆：笑话！笑话！我怎么敢生你的气呢？

（骆走到坪路边，忽又折转身来。）

骆：（自责）啊！你看我这人的记性，我差点又忘了一件事情啦！大嫂！三妹呢？

嫂：你问她干什么？

骆：前些时她托我买支手枪，我已经替她找到门路了，我想同她谈谈，她在家吗？

嫂：她在跟老太太捶背。

骆：那我就去看看她。（向罗宅走去）

嫂：（软软地阻止他）我看你还是明天再来吧！老太太的脾气，你是知道的，三妹在服侍她的时候，谁要走进她的房里，当心会吃她老人家的拐杖！

骆：（无可如何，只好止步）那末我就有空再来吧！

（折转身走下山去了。）

嫂：（望着山下疑虑地）噫，这家伙鬼头鬼脑的，究竟是怎么一回事呀？

朱：他本来是那个样子的，不要去管他！

嫂：（忽惊问）三妹呢？

朱：来了，我就是送她来的！

嫂：（四下惊顾）那姓唐的要犯？……

朱：也来了！

阳翰笙 / 015

嫂：（一惊）在什么地方？

朱：在那边山下的茅屋里，三妹要我先来看看动静。

嫂：你们为什么把他往我这里送？

朱：（急辩）乡下的风声很紧，我家里实在藏不住了，所以才送来的。

嫂：（想了一想）也好！你快去叫他们都来吧！快！路上当心！

朱：（欲行）好！

嫂：（忽又止之）慢点！老九，我还有话问你！

朱：什么？

嫂：你们大哥要我问你，你们那山里造的枪，造得怎么样了？

朱：（顺手拿下枪来，试了一试）你瞧吧！大嫂！

嫂：唔，好得很！刀呢？

朱：（明晃晃的刀一下拔了出来）咯！快得很！

嫂：（瞧了一瞧，再问）每天能出多少支枪？

朱：三支。

嫂：多少把刀？

朱：十把！

嫂：（担心地）该也不会走漏风声吧！

朱：谁敢呀！

嫂：依你说，是谁也不知道你们在私造军火？

朱：在那样高的大山里，人不知鬼不觉的，除了内线，谁会晓得！

嫂：（满意的笑）那就好得很，这样，你们大哥一定很安心的了，好，现在你快去吧！

朱：（在忙迫中献上虎皮）来，大嫂！这张虎皮请你收下。

嫂：（客气）那怎么敢当呢！

朱：你还要跟我客气干什么！（顺手打开虎皮）咯，你瞧，这家伙有多粗，多大！
嫂：（惊赏）啊，这真太好了。
朱：你快拿去做成一条垫子，我说，我们大哥要是有这样一张虎皮大垫一坐，啊，大嫂！你想想看，会有多大的威风，多大的神气！
嫂：（惊喜）这实在太贵重了，叫我们怎么受得起呢？
朱：（欲行）你快收下吧，这算是兄弟一点点儿敬意。
嫂：（笑着接了过来）那就谢谢你了。
　　（朱老九折身就走。）
　　（何玉庭从山下走了上来了，他在汉留中行五，是罗选青手下的承行大管事，他的职责很重要，他得"上辅拜兄，下管拜弟"，"上与拜兄伙分忧解愁，下与弟兄们铲高削平"。他大约有三十几岁的年纪，中等身材，精神饱满，他精明，也很干练，他对人很周到，办事很稳当，他颇得罗的信任，因此他也就成了罗身边第一个大助手，他穿一身白大绸短衫裤，赤脚穿着一双新的线耳草鞋，头上盘着发辫，左手拿着一顶草帽，右手拿着一把纸扇，急急忙忙的从山下走了上来，恰巧在坪路边碰着了朱老九。）
何玉庭：（很匆忙）啊！老九！你来得正好，你等我一下，回头我还有要紧的事跟你谈。
朱：好，五哥！我就来。（匆匆的跑下去了）
何：（忙向罗宅大门走）大嫂！大哥呢？在吧？（他已经踏上石梯了）
嫂：（冷冷地）你大哥不在。
何：（停脚急问）哦，那末在那儿呢？
嫂：谁晓得！你可有什么事情找他？
何：（急）事情多着呢！

阳翰笙 / 017

嫂：有什么了不起的事呀？瞧你的头都快要忙破了！

何：（带点诉苦的样子）我怎么不该忙呢？大嫂！你想：码头上堂口里的事要我，营盘里的事也要我；上边拜兄伙的事要我，下面哥弟们的事也要我。我只有一张嘴巴一对眼、两根手杆、两只脚，可是里里外外，上上下下，大大小小的事情，都该我兄弟一个人去撑、去挡、去乘！（嘘了一口气）啊！大嫂，你说我怎么不忙？

嫂：（冷然一笑）这正是我们大五哥能干的地方啰。要不然怎么可以当得了上辅拜兄，下管拜弟的堂堂当家大管事呢！

何：大嫂！你又得笑话兄弟了。我不是故意在你面前夸嘴，这两天各码头来的哥弟很多，不瞒你老嫂子说，我兄弟一个人实在有些抓不开！

嫂：突然来了那么多客人，吃的，住的，可都弄妥贴了吧！

何：（着急）谁晓得呢！一早派了好几弟兄去想办法，现在太阳都要落了，可是那几个家伙却连影子都找不到，你看，急不急死人！

嫂：（又是一声冷笑）怎么不早点来告诉一声你大嫂——我呢？

何：我怎么敢来差遣你啦！大嫂！

嫂：那你现在只好找你们大哥去了！

何：这些芝麻大的事情，也要去找大哥？

嫂：那末，你打算找谁？

何：大嫂！你可还有什么办法没有？

嫂：（打架子）太阳都快落了，怎么你又突然想找起我来了呢？

何：我实在怕来麻烦你，所以没有先来跟你领教，这得请你老嫂子原谅。

嫂：（冷讽）哼，谁不知道，我们何大五哥的脑子里，却只有你罗大哥，那儿还会有我罗大嫂呢！

何：（忙辩）啊，大嫂！你怎么这样说啦！大哥，大嫂，我兄弟不都是一样的伺候么！

嫂：（得意地笑）这么说，那我就太有面子了，好吧！那就让我来告诉你，这点小事儿，我却早跟你办好了，你听着：住的地方我找好了八处；吃的东西，头一天的筵席是鸡膀，第二天的是剑鱼，第三天的是海参，早上有绿豆粥，晚上有莲子汤；玩的：每处地方，一铺色碗，两桌纸牌，一场摇滩，还外加四个弟兄去照拂，现在可以说什么都弄妥贴了，所差的就是（故意顿着）……

何：（忙问）就是什么？

嫂：（辣辣地）就是还没有来跟我们的何大五哥高声禀报！

何：（大喜）啊！大嫂！你真太能干了！我们大哥有了你这样一位贤惠的夫人，还愁不能在梁山泊上扯旗挂帅么！

嫂：（忽然）玉庭！说到这儿，我倒想问问你，这回你大哥在这里开山立堂，周围几十个码头的哥弟，是不是都能心悦诚服？

何：那还用问么！

嫂：你大哥有何德何能，可以轻轻便便的就使人家让他来稳坐头把交椅？

何：（奇怪）这倒怪了，我大哥的德能，难道你还知道得不够，还要我来跟你夸一夸口？

嫂：话不能这样说，你要知道，这的码头上有仁有义的大哥也很多。

何：可是得要有人来抬举呀，现在江湖上的人，都尊称我们大哥是"活宋江"，你以为这块金字招牌，是容易挣得来的吗？

嫂：（很快意的微笑着）这样说，那么，你大哥……

阳翰笙　/　019

何：（自负地）大嫂！你请放心，这回我们大哥龙头兼香主的头一把金交椅是坐稳了的，周围几十个码头都可以加进我们新开的山堂里，现在所担心的不是这些，倒是时局，倒是官府！

嫂：时局怎么样？

何：时局可紧透了！大嫂！这一回不是赵尔丰那满贼来屠川洗城，就是我们保路同志军去打他妈的一个落花流水！

嫂：真有这样严重？好不好多告诉我一点。

何：对不住，大嫂！我实在没有空，我要找我们大哥去了。（欲走）

嫂：（冷刺）我原说嘛，你的眼睛里却只有你大哥那儿还会有你大嫂呀！

何：啊！对不住，对不住。

（何刚欲走，罗选青的话声，却从山路上传过来了。）

罗选青的声音：这路口到处都丢得是泥灰，为什么不叫人把他扫干净呀！

嫂：啊！你听这不是你大哥的声音。

何：（点头）唔！

（罗选青从山下走上来了。）

（罗选青罗大爷，汉留中的龙头兼香主，他大约有四十二三岁的年纪，宽肩膀，高颧骨，体格魁梧，气度轩昂，那对炯炯有神的眼里，闪射着一种倔强的辉光，他常喜抬起头来，傲然的望着远方，似乎映在他眼里的东西，他都有点儿不大瞧得起的样子，他痛恨满清的统治，鄙视那些"高高乎在上"的官吏，一有机会，他总要造些乱子来使得他们坐卧不宁。他有过人的豪胆，肯冒险犯难，也敢作敢当，特别是他那种特有的侠义精神，常使他把金钱看成了粪土,把自己宝贵的生命,也看得十分轻微,却并不那样的值得去珍惜,因为他对在危难中的朋友,常肯"济困扶危",对受了屈辱的路人,心见不平,也常肯"拔刀相助",那怕因此他就倾家荡产,乃至于送掉自己的生命,在他只要认为是"义之所至",他也就丝毫不悔恨。)

(他对于一件事情,是不肯轻易就作决定的,可是等他一作了决定,他的话就是"圣旨",就是"命令",是谁也不能使他动摇,谁也休想让他更改,那怕分明是错了,但他却还是毅然决然的认为错就得错到底,干还是得坚定的干下去!他是从来不会在暴力面前低头屈膝的,可是谁要肯在他面前低头屈膝,即使就是他的敌手,只要他觉得你是"降"了,而他确然也把你"收"了,他也就会宽恕你,善待你的。像他这种爱面子,好恭维,服软不服硬的性情,有时也会被一些老奸巨猾的阴谋家,用种"软索套猛虎"的办法,把他绊滚到暗设的陷阱里去的。)

(他穿一套蓝绸短衫裤,黑缎厚底鞋,头上盘着发辫,左肩上斜挂着一顶圆大的白细草帽,右手拿着一把长大的碎金纸扇,腰间系着一条丝带,带尖垂着条穗子,随着微风,在左腿侧,不断的颤摇摇的飘动着。

这时他从从容容的走到土坪上来了。)

罗:(对嫂)路上弄得那样脏,你快叫人去扫一扫吧!

嫂:已经叫过了。

罗:(转对何)玉庭!听说你在找我吗?

何:(恭敬地)是的,许多紧急的事,都得向大哥请示!

罗:唔,(注视了一下何,随即抬起头来,望着对面的黄桷树)你说吧!

何:钱铭新钱三哥奉了叙府熊大爷的命令,刚才连夜连晚的赶到了我们这儿，他拿得有他们码头上鸡毛加火炭的堂片，来钦候大哥，说有紧急的事，得请你帮助。

罗：（惊）哦！熊大哥又派人来了，可出了什么乱子？

何：（紧张地）乱子却越闹越大了，大哥！据钱三哥说：七月十五那天，赵尔丰抓了我们保路同志总会的正副会长蒲殿俊罗伦，立刻就想把他们杀在成都的制台衙门里，成都的老百姓急了，千千万万的人，头上顶着光绪皇帝的牌位，不顾死活的向制台衙门里冲了进去，大声的叫喊，要求释放蒲罗两先生，那晓得赵尔丰横起歹心，竟命令他手下的巡防兵开枪扫射，听说当时就杀死了好几千老百姓呀！

嫂：（愤）哎呀！天！这家伙真该挨千刀万剐啊！

何：而且听说，他又还派了十几营巡防兵，想先把内十六属的同志会杀个一干二净呢！

罗：（怒）哼，一省的封疆大吏，竟敢做出这样伤天害理的事来，那还成什么体统！

何：现在成都四门紧闭，邮电不通，嘉定叙府一带的人，已经从府河里捞到了总会求救的"水电报"，目前金府二河的哥弟正要准备起来跟赵尔丰干了。熊大爷派钱三哥来，也就是想请大哥作帅，领我们南六县同志会的弟兄们，也赶快准备起来响应！

嫂：这倒不是一件儿戏的事情。

何：是的，大哥，依你看，我们究竟应该怎办！

罗：（他仰望着的头忽然掉了转来，很坚毅的）那还用得着问么？玉庭！全川的哥弟们怎么样干，我姓罗的当然也得跟着怎样干！

何：（快意地）对，大哥！兄弟也是这样想，不过我们要干就要干得稳当点才好。刚才汪六从城里派来报信的人说：今天筠高琪三县的县官，都要到我们这里来呢！大哥，我们也得留意留意！

罗：（冷冷的笑了一声）哼！

嫂：（惊）哦，他们来干什么？

何：干什么！（冷笑）大嫂你想那批狗官来，还会干得出好事来么？那多半是专为对付我们才来的，我想。

罗：（傲然）来就让他们来吧，别说是三县的知县，就再来几个大红顶子的官儿，哼！也休想吓得退谁！

何：（忽问）大嫂！三妹在乡下住得怎么样？

嫂：为什么你忽然问起她来了？

何：你知道吗！横坎坡拦劫要犯的事情，可越来越紧了啦！像那样的事怎么好让她去动手呢，万一有什么三长两短，叫我们怎么对得起那死去了的时大哥！

嫂：（辩白）噫，三妹的脾气你还不晓得，你大哥本来是不要她去的，可是她高兴干的事情，谁还阻挡得了她！

何：可是筠高两县的衙门里，却会衔出着告示，得悬赏捉拿他们了啦，你看这事情糟糕不糟糕！

罗：告示上怎么样说？

嫂：（惊问）是不是得指名要捉拿她？

何：衙门里倒还没有知道得那末清楚，不过告示上却明明白白的规定，只要有谁肯去通风报信，因而就能够拿获那女匪首及其同党的，马上就可以去领一千两银子的赏格。

嫂：（吃惊）哦！

罗：（傲然一笑）哼！

何：现在那张告示已经有人撕下来交给我了，（摸身上）咯！你们拿去看吧！

（何玉庭还没有把告示摸出来，时三妹的清脆的笑声，从

阳翰笙 / 023

坪边传了过来，顿时就把他们的注意力吸引过去了。）

（时三妹，一个刚到二十岁的大姑娘，鹅蛋脸，大眼睛，纯朴天真，健丽坦直，活像在丛山峻岭里，扑扑跳跳的一头野猫。她很热情，一点也不虚伪，旧的礼教，不大束缚得了她，当她感情奔放起来的时候，她要哭就哭，要骂就骂，要行动就行动，谁也不能劝阻得了她。这时，她一身都是乡下姑娘的打扮：红布裤，花布衣，拖着长辫的头上，大大的包着一条布巾，左手挂着一个布包裹，跳跳笑笑的便走上了土坪来，她抬头一看，见无外人，连忙又折转身对着坪下的山路上笑着打起招呼来。）

时三妹：（对山下招呼）喂，你们快来吧，这儿没有外人！
嫂：（奔过去笑迎）啊呀！三妹！你这打扮，我快认不得你了。
妹：（挨近嫂笑着）你恐怕很替我担心吧！大嫂！
嫂：怎么不担心呢！真急死人呀！
时：急什么呢！（嚯嚯一笑）难道别人家还吞得了你妹妹？

（朱老九伴着唐彬贤走上来了。）

（唐彬贤，一个二十七八在成都的一个中等学堂毕过业的读书人，他富有民族革命思想，信仰孙中山先生，他懂理论，有识见，是一个很忠实的同盟会的会员。他很纯洁，很热情，一有机会他就宣传推翻满清，实行民族革命，因此，四川总督赵尔丰也就非常痛恨他，到处行文，想把他缉拿到来杀掉。一个月前，他在云南奉命折回川南来联络罗选青手下的哥老，不料走到半途，就被捕了，幸而罗选青知道得快，才派了他的部下去把他打救了出来。他这时是一身的农民打扮，他穿着一身破蓝麻布的短衫裤，赤脚，草鞋，头上戴着一顶破斗笠，肩上拷着一把锄头，他带着一种感激而又惊奇的心情，走进了这个陌生的世界里来。）

朱：（过去，介绍）过来！唐先生！这就是我们的罗大哥！

唐：（连忙拱手）啊！罗大哥！

朱：（接着介绍）这是罗大嫂。（顿）这是何玉庭，何五哥！

唐：（拱手）大嫂！（转身再拱手）何五哥！

罗：（笑迎）唐先生，这次受惊了。

唐：（感激地）没有什么，那倒真把罗大哥和诸位都劳烦了，彬贤实在是感激得很。

罗：别客气，唐先生！

唐：（诚恳地）罗大哥，请你不要见外，我们今天虽说还是初次见面，可是在我的心里却早已跟你神交已久，请原谅我的冒昧，我今天倒想把我过去的情形坦坦白白的对你稍微说一说。

罗：（笑着）好得很，我正想要跟唐先生领教领教。

唐：大哥恐怕还不知道，从前彬贤因为在成都鼓吹革命，挨了赵尔丰的通缉，四川已经实在没有法子待下去了，我才悄悄的逃到云南，一路经过川滇边境一带的地方，到处都常常听到有人说起你的威名，那时候我虽然还无缘拜见，可是心里却早就仰慕得很。

罗：（很高兴）好说，好说。

唐：两个月前，彬贤在昭通，又听到许许多多朋友都在说，大哥你在这南六县一带办练保路同志会，正得跟满清的狗官们作对，我听到，真高兴极了，于是便冒险动身回川，专诚的想来到你的尊前，小小的来效点微力。

罗：（快乐的笑着，自谦地）啊，唐先生！你真太瞧得起我兄弟了，我姓罗的有何德何能，那敢当得起你这样识高见广的人从那样远的地方特地跑来赐教。

唐：不，大哥，那正是彬贤的一片真诚，可是没有料到刚走到

阳翰笙 / 025

盐津县地方，却被那里的狗官把我捕了！这次路过贵地，要不是得到了大哥和诸位的救助，我一被押解到成都，那还能逃得脱赵尔丰那满贼的毒手么？

罗：唐先生！你特来看望兄弟这番盛意，从你被抓了以后，你在盐津的朋友是来告诉过我的，这回你要路过敝码头，前几天，我早也就得到了盐津县的哥弟们紧急的知会，像你这样一个远来的贵宾，竟被那几个狗差，大摇大摆的，从我们这里押起就通过去了，那叫我兄弟怎么可以对得起朋友！

唐：（真挚地）啊，真是感激得很，像大哥这样重义气的人，不仅彬贤万万分的感激，就是我们国内外的许多同志听到了，也一定是非常的钦佩，非常的敬仰。

罗：（谦和的笑）那怎么敢当呢，唐先生，我罗选青是一个生长在山野里的粗人，学识不够，见闻不周，你是一个革命党，新人物，这次承你瞧得起，竟肯不远千里而来，我兄弟将来仰仗的地方还很多，得跟你领教的事情一定很不少，你太客气了，倒反而见外了！

唐：（诚恳地）大哥！只要你不见弃，有什么吩咐，彬贤一定效劳。

罗：（高兴之至）好说，好说，唐先生，这几天外面的风声还是很紧，寒舍虽小，避避风雨大半还不会出什么毛病，我从来就是一个喜欢交朋结友的人，在江湖上混了几十年，没有一个新交不是一见如故，（微微一笑）这次也算是起仙风吧！仙风既然把你尊驾吹到我们这个山野里来了，就请在舍下小住，小住，等这回的风浪过去了！我再奉陪你到各码头去走走。

唐：（感激之至）我又要来打扰了，真是……

嫂：就别客气了吧！唐先生！

妹：怎么啦！大嫂！这儿的风声也很紧吗？

嫂：（点头）多少有点儿不妙。

妹：难道还有谁想到我们这出煞星的地方来打麻烦？

嫂：（笑）你问你五哥去吧！

何：（紧接过去）一点不错，三妹！正有两个不知死活的家伙，出了一千两银子的赏格，想在你的头上来打打小麻烦咯！（摸出告示）这就是那两个狗官悬赏捉拿你的告示！

妹：（把告示抢了过去狂笑）哈，哈，哈没想到我时三妹也可以值一千两银子了，（怒将告示撕碎）哼！这是什么东西！这是什么东西！（将撕碎了的告示一掷）去你的吧！

唐：（愧疲）唉！真对不住得很，为了我的事，竟把时小姐连累了。

妹：这算得了什么呀！这也叫做连累吗？

罗：（对唐）唐先生！你这套衣服（笑了一笑）还是请到里边去换换吧！

嫂：（对妹也笑着）三妹！我看你这份打扮也该改得装了。

妹：（望了望自己，也笑起来）好！

（罗大嫂让唐彬贤与时三妹向宅门走去，唐刚走进门，三妹刚步至石梯，突然山下远远的响过来一阵道锣的声音，却把大家都惊住了。）

何：（一惊）你听！大哥！这是道锣的声音，一定是那县的县官到了。

罗：（不动声色）唔。

（道锣声和喝道的声音续起，远远的别处，又先先后后的有两阵道锣声续响了过来。）

（过了一会，骆小豪惊惊慌慌的从山下走了上来。他一眼就望见三妹，同时也瞧到了大嫂和彬贤的背影。）

阳翰笙 / 027

（大嫂连忙将彬贤带了进去。）

罗：（斥问）你惊惊慌慌的干什么？

骆：（惊急）大哥！筠高琪三县的县官不知为了什么，都一齐到我们邨里来了！

罗：来就让他们来吧！也用得着这么大惊小怪！

骆：是，是，是，（转对三妹）噫！三妹！好几天不见了，你这种打扮到那儿去了来呀？（追问一句）是到乡下吃酒来吗？

妹：（不高兴）咳！六哥！你才怪呢！我在家就不好穿这种衣服么？

骆：好穿，好穿，谁说你不好穿，而且穿起来还很好看呢！

（三妹气冲冲的走进屋里去。）

罗：老六，别老在这里啰嗦，快到山下去打听打听，看还有什么新消息没有？

骆：好，我就去，不过大哥！这几个家伙，突然一齐到我们邨里来，（做起很关心的样子）噫，恐怕对我们会不利吧！

罗：（嫌他多嘴）你管那末多干什么！快去你的！

骆：（恭恭顺顺）好！我走！我走！我马上就走！

（骆小豪匆匆的跑了下去。）

（远处的道锣声续响了起来。）

朱：（忽然走近何粗声大气地）五哥！是不是就跟他们干！

何：你急什么呢！老九！

朱：要是就干的话，让我去打穿那几个狗官的脑门心！

何：你别多嘴，好好的静听着大哥的赏示吧！（转对罗）大哥！这局面已经紧到我们的眼前来了！你说……

罗：（严肃而又斩切地）没有什么多说的，玉庭！你快去吩咐那边同志会营盘里的哥弟们，要他们赶快把这两座山的各条大小路口，立刻跟我警戒起来，告诉他们：没有我的命令，任何人不准出去，不得我的许可，任何人也不准进来！

何：对那三个狗官呢？

罗：（豪快地）听他们的便吧！要是他们文来，我们就跟他们讲文；武来，我们就跟他们动武！（愤怒）哼！我罗选青倒要瞧瞧，看这几个家伙究竟敢把你我弟兄怎么样！

（幕落）

选自阳翰笙著："群益历史剧丛"之一《草莽英雄》，群益出版社，1946年

夏 衍

|作者简介| 该作者简介参见第三卷四幕剧《风雨归舟》。

法西斯细菌（三幕剧）

（节选）

时　间：

自一九三一年秋，至一九四二年春。

地　点：

东京，上海，香港，桂林。

人　物：

俞实夫——医学博士

静子——其妻

寿美子——其女

赵安涛——实夫的同乡好友

秦正谊

邻妇

钱琴仙（露茜）——赵安涛妻

钱裕——琴仙弟

徐阿发——汽车司机

张妈

珍妮·马——钱裕的爱人

金老板——商人

密斯脱叶——商人

阿潮哥——商人

仆欧甲

仆欧乙

阿妹——粤籍女仆

日本兵甲

　　乙

　　丙

第一幕

一九三一年秋,九月。

东京近高架线的郊外,幽静的住宅区,俞实夫的"贷家"。

简素的日本式平屋,右手,四席寝室,正中,相当雅致地陈设着的八席——实夫的书斋兼客室,"床之间"正面壁上,挂着一幅装在镜框中的隋那(Ed. Jenner)的画像,下面是一盆日本菊的生花,丰富的书架,和简单的陈设。几,座蒲团,曼陀琳,和一架相当高级的蓄音机。八席前面是廊下,再前是"种着"些朝颜,波斯菊(Cosmos)之类的"庭"(小院子)。

左方是"玄关"(正门),必要的"下驮箱"之类。玄关前面是连接着"庭"的"生垣"(篱),稍稍可以看见公用的井户唧筒等等。

晴朗的秋日清晨，已经使人感到暖意的阳光淡淡地洒在玄关的"障子"（纸窗）上，微风吹着。

幕启时，实夫穿着和服木屐，坐在廊下，手里拿着一本西文杂志，热心地读着。三十三岁，但长得比年龄更苍老些，清癯但是康健，细长而多纹的眼睛，统直的鼻子，戴着相当深度的眼镜。

静子，他的日籍太太，二十一岁，温文静婉，从面貌和装饰中可以知道是一个相当素养的女子，简素的和服上罩着白色围裙，忙碌地收拾着方才用毕的早餐食具，频频注意着在席上玩着积木的寿美子。

寿美子，三岁，白白胖胖。

远远的高架电车声音之外，一切沉静。

邻家的日妇到井户打了一桶水，急忙忙地回去。

由远到近的牛奶车的声音，停住，送牛奶的拿了两瓶牛奶到玄关前面，放在门口的牛奶箱里拿了空瓶欲走，看见了静子，恭恭敬敬地。

送牛奶的：Ohayo Gozaimasu。〔早安。〕

静　子：（轻轻地）Ohayo。〔早。〕

送牛奶的：（机械地）Doi-su——（下）

　　　　　（邻妇拿了要洗的衣服之类，到井户边去。）

　　　　　（卖豆腐的喇叭声，经过。）

　　　　　（沉默。）

　　　　　（送报的孩子急匆匆地上，很熟练地将一份报纸交给邻妇，对静子他们的门口望了一眼，下场。邻妇揩了揩手，看报。）

　　　　　（静子将室内整理了一下，正要进去，被那天真烂漫的寿美子吸引着，回身转来，坐在这前面。）

静　　子：（替她搭好积木）Machigai mashita-yo.〔错了。〕

（寿美子望着她母亲笑。静子亲她。）

（这时候，邻妇在报上好像看见了一件大事似的兴奋起来，望着静子走了两步，站住低声而有力地。）

邻　　妇：Okusan!〔大嫂!〕

静　　子：Hai, Nani desuka?〔唉，什么?〕

邻　　妇：（指着报纸，走近几步）Daihyoban desuyo!〔了不起啊!〕

静　　子：（抱了寿美子，从廊下拖了木屐，走近去）

邻　　妇：（指着报上的记事）Goshujin ga……〔你们先生……〕

静　　子：（看报，惊喜）Arah Demashitano.〔啊呀，登出来了。〕

（忘其所以，拿了报就走，想起，回头来对邻妇。）

静　　子：Choito Kashitekudasai ne.〔对不起，借看一看。〕

邻　　妇：Dozo.〔请。〕（美慕地望着她，回到原来的位置）

静　　子：（兴奋地）Ne Anta——〔喂，你——〕

实　　夫：（热心地看着书，差不多不曾听见，随便地应了一声）唔。

静　　子：（看了他一眼，对抱着的寿美子，指着报上实夫的照片）Konohito, Dare?〔这是谁?〕

寿　　美：（笑着）Papa!

静　　子：对了!（亲她，走到廊下，坐在实夫身边，兴奋地）报上登出来了! 你，看。

实　　夫：（放下杂志，随便地将报看了一眼，点点头）Detaka.〔登出来了。〕

静　　子：（充满了爱情）你，真了不起啊，报上说，"新中国医学界的光芒!"

实　　夫：（满不在乎）报纸，老爱这么讲的。（淡淡地一笑）

静　　子：（把寿美子交给他）你抱她，我得去买点菜。怎么样? 给你庆祝一下，今天烧赤豆饭，好吗?

夏衍 / 033

实　夫：不，……几点钟了？现在。

静　子：（看了看桌上的小闹钟）七点半。

实　夫：（将寿美子交还她）那，我得去研究所了。（站起来）

静　子：（静静地，带着嘲弄地笑着，跟着站起来，走到桌边把一个桌上日历拿给他看，无言。）

实　夫：（恍然）啊，今天礼拜，对了。

静　子：（笑着，正要开言）

实　夫：（拦住她，抓着头笑）算了算了，别讲了，给你又抓住了一次，证明我这个人记性坏，——

静　子：（笑了）这是第三次。（夺去了他手里的杂志）礼拜天，是应该休息的日子。（把寿美子交给他）

实　夫：（苦笑，不在行地抱了寿美子，坐下来，静子脱下了围裙，打算出去，他又看见了那张报纸，看了几行，回头来对他妻子）这都是你昨天跟他们讲的？

静　子：什么？

实　夫：报上讲的事啊！

静　子：噯。（转念）有什么讲错的地方没有？

实　夫：（摇头）没有。不过，你得知道，真真做学问的人，是不该把自己的名字在报上这样那样的登出来的，何况自己的照片。

静　子：Demo……〔可是……〕

实　夫：所以，今后要是有什么新闻记者来——

静　子：（拦着他）Demo，这不是你个人的事啊，我把这看作全中国人的名誉，所以——

实　夫：（似乎没有听她）今后要是再有人来，统给我回了，说我不在。

静　子：（大概是他讲得太快了，不很理会）回了——？

实　夫：Soda，〔对，〕别让他们进来。（作驱逐的手势）

静　子：Honto?〔当真?〕。

实　夫：（重重地点头）

　　　　（沉默，静子到四叠的房间里去了一转，出来。正要准备出去，——）

　　　　（穿着日本大学生制服制帽的赵安涛和秦正谊由左手登场。赵安涛二十七岁，硕长愉快的政经系大学生，健康，用宏亮而充满了自信的声调讲话，有时候不管对方情绪地高声哄笑。从中学到大学——一直到东京的留学生团体，始终是一个活跃的活动份子，实夫的同乡同学，也是无话不谈的好友。）

　　　　（秦正谊三十岁左右，老留学生，短躯肥满，红光满面，善于揣测别人心思，讲话决不使人感到不快，当然也颇有几分才气，从民族形式的书画，篆刻，京戏，昆曲，一直到西洋音乐，日本流行歌曲，无所不晓，所以和他的外形综合起来，还可以得到一个俗而不陋的印象。）

　　　　（两人兴冲冲地走到俞宅门口。）

正　谊：Konnichiwa!

静　子：（竦耳听，看了一眼实夫）也许又来了。

实　夫：谁呀？

静　子：怕又是报馆派来的——。

实　夫：（站起来预备走开）说我不在。

静　子：（走向门边）Hai donnata——〔是那一位？〕

　　　　（安涛已经脱熟地穿过短篱，走进来了。）

安　涛：（大声地）老俞！

实　夫：（回转身来，愉快地）啊，是你！上来，还有谁？

安　涛：还有老秦。

静　子：（差不多同时，开门看见正谊，殷勤而有礼）啊，秦样，Dozo Oagarinasai,〔请上来，〕我当是那一位——

正　谊：啊，Okusan，当是谁？唉？

静　子：（笑）他怕新闻记者，所以正在警戒。

正　谊：Sodesuka。〔原来。〕

（安涛已经从廊下脱了鞋，上来了，静子殷勤地端了一把藤椅子，抱歉似的。）

静　子：椅子不够——

安　涛：这，客气什么，自己来，自己来。（脱熟地自己动手拿了两个"座蒲团"铺在席上）这样舒服一点。（盘脚坐下）

正　谊：（伸出手来和实夫热情地握了握手，然后拍了拍他的肩膀，举起大拇指来）好，Doctor Yu 真了不得，咱们中国人有面子。（回头来对静子）奥样，Omedeto!〔恭喜恭喜!〕

静　子：（遮掩不住内心的欢喜，回礼）Okagesamade。〔托您的福。〕

安　涛：（把一大卷当天的报纸拿出来，照例大声地）这，真是不容易啊，《东京朝日》用三栏地位给你登出来了，（忽然发见了方才静子借来的报纸，若干夸张地惊奇）什么？你破了戒？居然你们也订了报？

静　子：不，从隔壁借来看的。

安　涛：原来，我以为，日本鬼的报纸肯用这样大的篇幅登一个中国留学生的事情是一个奇迹，而在你们家里发见一份当天的报纸，却是一件更大的奇迹！你是以不看报当作你的主义的。哈哈哈哈。

（静子从地上拾起了那张报纸，边走边讲。）

静　子：让我去给你们煮点红茶。（从前门出去还了报纸，然后到后面去弄茶）

正　谊：说起来，真不容易，大家都在说，日本"文部省"对一个没有经过日本医科大学本科的学生给与医学博士，这还是破天荒的第一次。

实　夫：（似乎有点害羞的样子）我，可没有把学位看得那样稀奇。

安　涛：（没有理会他）那是因为你的论文特别精彩，对于这个问题，报上说，还没有人做过这么精细的研究。

正　谊：（拾起一份报来，读）论文，唔，题目是：《关于黑热病原体——赖西蒙·杜诺凡氏小体传递繁殖及生态的二三考察》，长得很，还有补助资料："江苏清江浦一带黑热病调查报告，以及克里司底那氏锑制剂应用的六十五个病例"。（喘了口气，摇摇头）嘘，赖西蒙·杜诺凡，克，克里司底那——对于我们外行，真是山东人吃麦冬，一懂也不懂，哈哈哈——

实　夫：（禁不住笑了）那，还不是跟你们满口讲着的什么社会上层构造，意特沃罗奇之类一样，你们谈什么政治问题，社会问题的时候，我就一点也没有兴趣。

安　涛：（拦住他）那可不同啊，自然科学，特别是科学里面的一个部门的微生物学，这是一个专门，而政治经济，却是普遍的，每个人都得知道的近代人的常识。所以，不懂杜诺凡，克里司底那，依然不失为一个现代人，而不懂得当时的政治，那——

实　夫：那就什么？

安　涛：要说么？……那，就是学究，书呆子。（笑）

实　夫：（反驳地）假如你是一个有自由思想的人，那么请你收回这种独断。

安　涛：不，绝对的不，举一个眼前的例，譬如咱们中国人在日本念书，谁都想平平静静地做一点真实的学问，可是，你能逃得出中日两国间的政治问题？这几天，万实山的问题没有解决，又闹出了什么中村事件，要是事件扩大起来，谁能担保两国之间不会发生战争——

实　夫：（听也懒得）得了得了，政治演说，到公园里去，到会堂里去！

安　涛：瞧，这是自由思想！你的话就不是独断？你说，你说。

实　夫：（辟易于他的那种执拗，只能带笑地）嗳，老赵，你今天到这儿来，——是专为了跟我——

安　涛：对，没有错，一半是为了向你道贺，一半是闲来无事，特意来跟你抬杠！

实　夫：（勉强应战）那好，抬下去！

（静子端了茶出来，给大家酌了茶，看见他们抬杠，笑着。）

静　子：啊呀，你们真是，一见面就争论，还是那个老问题？

正　谊：对，这叫做再接再厉！

安　涛：（缓和一点）你要仔细地想一想，看谁的意见不对。很明白的一句话，政治决定一切，你不管政治，政治要来管你！

实　夫：（反攻）那，我何尝不可以说，你不理会微生物，微生物要来理会你！你该不会忘记去年害的那次霍乱，哭呀叫呀的，"啊，老俞，快给我打针，我要死了，我——"（大笑）

安　涛：这就最能够代表你的诡辩。我决没有看轻研究微生物的重要，我只说，微生物之外，还有一个更大更大的世界……一个国家的政治不弄好，科学就不会发达，科学不发达，即使出了一个两个专门的学者，有什么用？

正　谊：那当然……（还要说下去）

安　涛：（拦住了他，一口气讲下去）再说吧，譬如说，你这里挂着一幅隋那画像（指着镜框），这是一位你所尊敬的大师，可是他的世界就很广阔，他的趣味就很丰富，要不是他爱到郊外去听听杜鹃，看看那些小鸟儿的生活，他就不会在发明牛痘之前，发现咱们中国诗人老是歌颂着的杜鹃鸟，实在是鸟类里面最残忍，最狡猾，最伤天害理的坏蛋——

实　夫：（冷冷地）别把问题拉得太远……

正　谊：得了得了，我说，两方都对……

安　涛：你老是——

正　谊：（抢着说）不，等一等，请你别给我加上一顶什么两面派调和派之类的帽子。我说，两面都对，就是：学问应该攻，而趣味不妨广泛，你，达克透俞不要把干政治看做卖野人头，跑江湖，做政客；你呐，密司脱赵，也不要把专心研究学问的专门看做书呆子，这样，你们就可以各不相犯，相安无事，对吗？就说老俞吧，他的生活也并不一定枯燥啊，他有一位音乐家的太太，空下来的时候，他也爱听听音乐——

安　涛：对了，Okusan，你应该教育教育他，教育，懂吗？Kyoiku，使他的人生丰富起来，音乐，好啊，先使他懂一点音乐，要是嫌悲多汶（编者注：贝多芬）太猛烈，太政治的话，那么给他听听莫扎尔特……

静　子：（倩笑）好吧，一定这样做。莫扎尔特，他是最爱听的。

安　涛：（对静子）晚上还去学钢琴？

静　子：不，有了小孩（拍着手里的寿美子）就——

正　谊：（继续方才的话）慢慢，我的话还没有完，Doctor 俞，你也别以为老赵是个政治狂，他，正在为一个问题而苦闷，你知道，为了那位"师大八美"之一的钱小姐——

安　涛：讨厌，你……

静　子：（感到兴趣）So, So, ……〔对了，对了……〕

正　谊：他正在苦闷，今天到这儿来，一则是为给你道喜，二则是为了要跟你商量，对于他的恋爱问题作一个"政治的解决"。

静　子：赵 San，北平的信还在写？每天一封挂号？

正　谊：唔，这是经常的，还有，临时发行的号外，加急电报。

静　子：对方的小姐，也每天都写？

正　谊：恐怕还要多一点。

实　夫：那不是很好，什么问题也没有啊。

正　谊：那就没有这么简单，对啦，说起来这也可以说是一个政治问题。那位小姐，为恋爱而恋爱，当然没有问题，可是她的那位老太爷，就对老赵有了很不该有的成见，尽管老赵干练、聪明、有志气，可是，自家朋友不妨说，他的家境清寒——

实　夫：对方是——

正　谊：过去当过镇守使，师长，现在是什么河北垦业银行的董事长之类，讲得客气一点，是一位寓公，不客气一点，那么是一个刮饱了地皮的下野军阀。

实　夫：喔，那么……老赵，你的意思……

正　谊：（抢着说）老赵的意思，要请这位小姐南下，而这位小姐，却要叫老赵北上，——到她爸爸的银行里去做事。

静　子：结果呢？

正　谊：结果吗？正像今天的中日交涉一样，变了不能解决的"悬案"。

静　子：今天来的目的，是为了要商量解决这件"悬案"？

正　谊：对，昨天他又接到了北平来的加急官电，Yes or No，要老赵做一个最后的决定。

实　夫：（望了望安涛，然后摇了摇头）我不相信。

正　谊：不相信？为什么？

实　夫：你的话，老是有点夸张，我不相信这样的问题会使老赵苦闷。

正　谊：好，那么你问他自己。老赵，你为什么不讲？

实　夫：怎么样？老秦讲的……

安　涛：（无言）

正　谊：本来，从理论上讲，这是不可能的事情。（对俞）他天天喊肃清军阀，改良政治，怎么会抛弃了主张，去跟一位军阀的女儿恋爱……

安　涛：（好像被刺了一下）那，问题也并不这样简单，一个人，总有她独自的家庭环境！

正　谊：（笑了）瞧，怎么样？我的话一点儿也没有夸张。

实　夫：（不能理解地）那么，你打算——

正　谊：（抢着说）嗳，达克透俞，听我说，别的问题暂时不说，讲到恋爱问题的看法，就不能和你想像一般的科学，理论上不可能的事情，恋爱问题上就常常可以碰到。

安　涛：（要讲话）

正　谊：慢，听我讲完，达克透，让我再对你提供一些补充资料，这位尽管是娇生惯养，有时候也喜欢任情使性，可是，第一，这位钱八小姐——她排行第八，实在长的漂亮，我的话没有一分的夸张，真够得上说千娇百媚，那么在这一个不能用论理学来讨论的先决条件下，也许，在当事人看来，闹闹别扭，发发脾气，正是一种情趣，一种风味，于是，咱们的老赵就昏天黑地，没有了主张。

安　涛：别听他说。

正　谊：好，听你说。

安　涛：……

正　谊：说呀？

安　涛：（抬起头来）说起来，你也许觉得好笑，可是我觉得这简直是一种运命。（稍停）我知道她的长处，我也更明白地知道她的缺点，跟她在一起，对于我并不是一件幸福的事情，可是……

正　谊：（嬉皮笑脸）对了，问题就在这个"可是"——

实　夫：你，（拦住他，严肃的表情迫使正谊敛了笑容）

安　涛：（述怀似的）晚上，静下来的时候，我想了又想，这是一个危机，我应该停止前进，这样一位娇生惯养的小姐决不是我们穷学生的对象，我尽可能地只想她的缺点，对自己说，我得赶快和她分开，我打定了主意，……

实　夫：对，我相信你。

安　涛：可是，这个决心不能延长到第二天早上，清早，第一个念头就想起她，也许，今天会有她的来信。

正　谊：（偷偷地做了一个鬼脸，咳嗽）

安　涛：几个月来，我残酷地和这种感情搏斗，我用理智的鞭子鞭打自己的感情，我忍受这种自己虐待，我仿佛听见鞭打的声音，仿佛听见灵魂的哭泣，我好像看见感情被打得鲜血淋漓，倒下去了，我感到痛快，可是（停一下）理智的鞭子一停，这感情就像顽强的拳师一样的从血泊里抬起头来，用更大的力量反扑……所以，我觉得这是一种运命。（无言）

静　子：（非常感动地）这才叫做恋爱。——

实　夫：（沉思了一下之后）安涛。

安　涛：唔？

实　夫：你觉得这是不可抗的运命？

安　涛：（无可奈何地苦笑）

实　　夫：（望视了他一下之后）我是你的同乡同学，多年的好友。（安涛若干意外地抬起头来，望着他）所以，我的话你不会见怪。

安　　涛：当然。

实　　夫：也许不该说，可是，不说又觉得对朋友不够坦白。我同情你的恋爱，但是我只对你希望一点，希望你不要使旁人怀疑你为人，怀疑你的结婚和恋爱的动机。

安　　涛：（感动地）你放心，这一点我有主意，你瞧着，我决不打算依靠她父亲的权势。

实　　夫：那就好了。

安　　涛：你相信我，尽管有些同学反对我政治上的见解，但是，我们读书人，总还懂得做人的基本道理。

实　　夫：这才对。

安　　涛：我相信我也还有克制自己的力量。

（旁人一严肃，正谊就会感到厌倦和沉闷，摸出表来看看，打了一个伸欠。）

（一个小商人模样的日本人从左手登场，走到玄关前面，喊了一声："Konnichiwa！"〔今天好！〕）

静　　子：Hai。（急忙忙地过去）

（开门，看见是房东，两人再次三番地殷勤鞠躬之后，房东从大袖口摸出一本小本子来，静子略有为难之色，似乎顾虑着客人似的低声讲了几句，回身转来，在玄关与八席之间的地方站住。）

静　　子：Choiti！〔喂！〕

（实夫站起来过去，两人耳语了一下，回身转来，静子再到门口去对付，送房东出去。）

安　　涛：谁？

夏　衍／043

实　夫：房东。

安　涛：（偷偷地看了一下实夫的表情，无言）

（正谊正逗着寿美子玩。）

安　涛：（想了一下之后）实夫。

实　夫：唔？

安　涛：（正要讲话）……

静　子：（回来，堆着笑）今天，大家都在这儿便饭。（好像发表一个秘密似的）吃赤豆饭，这是日本风俗，家里有什么喜事的时候，……只是什么菜也没有。

安　涛：不，今天应该我们公请才对，给实夫庆祝一下。

正　谊：这样吧，我们自己烧，……

安　涛：对了，老秦是四川菜的名手。

静　子：不，这怎么行，要客人自己弄菜。……

安　涛：咳，你不知道，自己弄菜是老秦的一种趣味。好，一定了……

正　谊：那得我自己去买，……

静　子：不，别这样，你们谈话，（向厨房去，回头来）你，照顾一下寿美。（下）

实　夫：到外面去吃罢，省得麻烦。

安　涛：不，许久没有吃中国菜了，难得一次。（正谊站起来，准备出去买菜）

正　谊：今天给你们弄回锅肉，豆瓣鱼，好吗？试试我的本领。

（门外喇叭锣鼓之声，也许是 Chindonya，也许是什么商店的广告行列。寿美子吵着要看，实夫抱了她，拖了木屐到井户边去，正谊正要跟着下榻。）

安　涛：（叫住他）等一等。

正　谊：什么？

安　涛：有钱么？

正　谊：买菜的钱总有啊。

安　涛：还有多吗？

正　谊：你要做什么？

安　涛：你别管啦。

正　谊：（摇头）

安　涛：不是说，前天家里来了汇票。

正　谊：（笑了）你调查得很仔细。

安　涛：借点出来用用。

正　谊：（从怀里摸出一只小钱夹，数了几张给他）够了？

安　涛：（摇头）

正　谊：（再给他一些）

安　涛：（依然摇头）

正　谊：（夸张地）嗳，你干吗呀？

安　涛：没有忘记，上次欠你五十，等拿到了官费一起……

正　谊：等你们贵省的官费，可比上天还难。……

安　涛：（实夫有回来的模样）快，别多讲。一共一百，对了，你放心。

正　谊：我还有不放心？过几天娶了钱小姐……

安　涛：别多说了，去，去买菜。

　　　　（正谊从正门出去，和他交叉的实夫牵了寿美子的手回来。寿美子手里拿了一个轻气球，高高兴兴。）

实　夫：（对寿美说）给妈妈看一看。（寿美蹒跚地进去）什么，老秦真的去买菜了？

安　涛：唔。

　　　　（实夫坐下来，暂时无言。）

安　涛：（望了他一下，打破沉闷）实夫，经济情形怎么样？

夏　衍　/　045

实　夫：（淡淡的一笑）

安　涛：（走近身边，摸出方才从正谊那儿拿来的钱，轻轻地塞给他）拿去用了。

实　夫：什么？

安　涛：你先用了，付了房钱。不多，这个月多买了几本书，所以……

实　夫：你自己，不也很窘吗？

安　涛：别管我，我有办法。（笑）

实　夫：可是……

安　涛：哎，你还——（一顿）有什么困难的时候，跟我说，我不希望像你这样一个全心做学问的人，为了这些小事情操心。

实　夫：（收了钱，无言，一会儿低头下去）

静　子：（穿了白色烹饪服，从里面出来，似乎已经看见了方才的情景，又好像不曾看见似的）当真，秦先生去买菜……

安　涛：（笑着）对了，让他去，你别客气，他爱卖弄他做菜的本领，特别是在女太太们面前。（大笑）

静　子：可是，做得真好呐，上一次做的，（对实夫）叫做什么？

实　夫：（好像在想些什么，不曾听见）嗳？

安　涛：喔，那还不是他的拿手，看，今天他一定做得更精彩。
　　　　（突然，三四起铃声，由远而近，声嘶力竭的喊声。）

声　：Gogei, Gogei！〔号外！号外！〕

安　涛：（只有他对于号外相当警觉）什么，又是号外。

静　子：（随便地）又是什么飞行机吧，美国的什么飞行家横断太平洋，这几天……

实　夫：（对他太太看了一眼）Bossoda！〔真讨厌！〕
　　　　（两个腰间系着一个铜铃的号外贩子先后地奔过，带跑声叫，邻妇出来买了一份。）

安　涛：（不安地）对不起，破你的戒，我还得买一份。（拖了木屐出去）号外，号外。

（实夫整理了一下桌上的杂志之类，静子正要回后面去。安涛惊惶的表情回来。）

安　涛：Taihen desuyo.〔不得了呢。〕

静　子：（回身来）什么事？（实夫依旧不动）

安　涛：中日问题！（一半是对实夫）我看这一次可真会弄出事来。

实　夫：（依旧不动）

静　子：（担忧地走过来看）

安　涛：（念）"军部重大决意。中村事件急转直下，日支关系大破局接近。——九月十五日长春电，本庄中将昨日急行抵长春，立即检阅部队，发表重要宣言，大意谓近来马贼跳梁，妨害铁路交通，附近各地，尤可寒心，如有不逞之徒，轻视日本威武，决取不顾一切之断然行动。"

静　子：（吃惊）啊，这不是——

安　涛：（对实夫）我看，综合这半年来的情势，这一次日本军阀在满洲恐怕真要干起来了。

实　夫：（静静地翻书，无言）

安　涛：（再念一遍）"日支关系大破局"……要是真的打起仗来，……

静　子：（忧心忡忡）真会打起来吗？

安　涛：看样子这是时间的问题，……

静　子：那么……

安　涛：实夫，要是中日间发生战争，你打算……

实　夫：（把一本很厚的洋书重重地合上，无言）

（寿美子从里面出来，一不小心，轻气球发出很响的声音，

夏衍 / 047

炸破了。）

安　涛：哦，破裂，这局面一定要破裂，（有决心地）实夫，我得提前回去。——

实　夫：回去？

安　涛：国家到了这个田地，我再不能安心地住下去了，号外满街地飞，我在街上走，觉得每一个日本人的眼光，都是一根刺，……（实夫默默地点头）

静　子：（茫然若失，痛苦的表情）

安　涛：实夫，你们呢？你不走吧。

实　夫：……

安　涛：当然，你的研究院放不下手。可是，要是全面破裂的话……

实　夫：不，（拦住他）我！也打算回去。

静　子：Ma，honto？〔当真？〕

安　涛：（差不多同时）当真？

实　夫：（点头）

安　涛：回那儿去？

实　夫：（慢慢地）昨天我才接到了"上海自然科学研究所"的交涉，要我去担任一个预防医学系的研究员。

安　涛：那是日本人办的？

实　夫：是日本退回的庚子赔款……

安　涛：你打算答允？

实　夫：（点头）那边有几个著名的学者，也有相当完备的书籍和仪器。

安　涛：（低头想了一下，抬起头来，带着强笑）实夫。我是你的同乡同学，多年的好友。

实　夫：什么？

安　涛：我的话你不会生气。——我百分之百地相信你，可是，你得考虑了两个问题。

实　夫：什么问题？

安　涛：第一，是日本人的看法，第二，是中国人的看法。

实　夫：什么是日本人的看法？

安　涛：日本人办这研究所的目的，不一定是为了纯正的科学，所以你得特别留心。

实　夫：（想了想之后）那么，中国人的看法？

安　涛：因此，现在这种情形之下在日本人办的研究所里工作，中国人眼里看来，就未免不很妥当。

实　夫：（坦然）那你放心，我尽管不懂得政治，但是我也跟你一样，懂得做人的基本道理。

安　涛：那很好，就打算走吗？

实　夫：要是答允了的话。

安　涛：好，我得打个电报，筹一点回国的旅费。

静　子：Ma ureshi！〔啊！高兴！〕（对寿美子）寿美 Chyan——回到爸爸的家里去呢？

寿　美：Papa no kuni doko？〔爸爸的家？那儿？〕

静　子：中国，那是顶好顶好的地方。

（实夫宛然而笑，寿美子拍手。）

（正谊兴冲冲地拿了一包牛肉之类回来。）

（远远的号外声不绝。）

（幕徐徐下）

夏　衍 / 049

第二幕

　　距前幕后六年，一九三七年八月下旬，上海战争爆发后一个礼拜。一个残暑未退的下午。

　　上海法租界西端，俞实夫的住宅，相当宽大的西式客厅，质素而具备着品格的陈设。右手是入口的门，正中隔着淡黄色的纱帷，可以望见内进实夫的书斋。

　　沙发、钢琴、盆栽，——西式的房间添上一些日本风味的布置与陈设。

　　幕起时，舞台空虚，沉默，远远的飞机声，半分钟后，静子殷勤地陪了安涛夫妇和钱裕进来，已经八岁的寿美子跟在后面。静子穿着日常着的西装，比前幕丰满了些，安涛已经是一个中年绅士了，在政界里混了五六年，神色间增加了些风霜，但态度间也加上了洗练和品味。俏太太——钱八小姐，典型的"官家千金"，二十七岁了，但看上去还不过二十三四，爱面子，善交际，容易兴奋也容易冷却，爱作殷勤同时也爱使威风，对于服装化装有特别强烈的自信，所以成套的服饰，从领饰，旗袍，手套，手袋，丝巾，皮鞋，只要有一件在色彩或者"情调"上有点参差，便宁愿弃置不用而从头做起，动作敏捷，口齿清楚，成了习惯的有若干夸张的表情，分明是受了美国电影的感染。

静　子：（殷勤地招呼）请坐，（连忙开了电扇）很热，（对安涛）宽宽衣。

安　涛：不客气不客气，唔，还得介绍介绍，（指着静子对琴仙）俞太太，（指着琴仙）内人，钱琴仙，（回头来看见了寿美子）啊，Sumicbyan这样高了，还认识我吗？（寿美子害羞）对了，（将一包礼物交给她）是给你的。

静　子：怎么的，还要您破费，谢赵伯伯，还有赵伯母。

（寿美子听话地向双方鞠躬道谢。）

琴　仙：（抚抚她的头发）啊，真漂亮，（问她丈夫）叫什么？

安　涛：Sumiko，寿美子。

琴　仙：什么？

寿　美：（摇着头，微微背转身子）不，不叫那个名字，改了。

安　涛：改了？为什么？

寿　美：我叫寿珍，俞寿珍，日本名字不要。

琴　仙：（笑）喔，乖极了，这孩子。

静　子：别这么说，什么也不懂呐，给她爸爸惯坏了。

安　涛：（回头看见独自一个在对钢琴上的乐谱发生了兴趣的钱裕）哦，我还忘记了一个，来来，这是琴仙的弟弟，是一个音乐迷，这回是瞒了家里，跑到南边来考音专的，听说，俞太太是一位音乐家，便一定要跟着来了。（钱裕有点害羞）

静　子：赵先生过奖了，我，什么也不懂的。（钱裕回到钢琴旁去翻乐谱，大家坐下来）赵先生很久不见了。（寿美子从后面下）

安　涛：哦，（想了一想）三年多一点，那年上北平的时候，还在新雅吃过一次晚饭。

静　子：对了，日子过得真快（钱裕走到他姊夫身边耳语了几句）

安　涛：（笑）你当她不会讲中国话？她讲得比我还好呐。

静　子：（笑）不会，讲得怪别扭的，（对琴仙）赵太太，这次很辛苦了，路上平安？

琴　仙：多谢。（笑着）从南京到上海走了三天。还算是飞快车。

安　涛：打仗啊。（对静子）路上居然遇到了很多次飞机。

静　子：（忧虑之色）啊。

夏　衍　/　051

琴　仙：火车上真挤啊,二等三等的人都挤到头等来了,动也动不得,天气又热。

静　子：真是太辛苦了。

（钱裕坐在钢琴前面,望着音谱,从口袋里摸出一个小口琴来,低声吹。）

琴　仙：(回头制止他)嘘。

安　涛：你们都好啊。(望了望)哎,Sumichyan,不,寿珍呢?

静　子：外面玩去了吧。

安　涛：今年……?

静　子：九岁了。

安　涛：念书了是吧。

静　子：嗳,二年级。

（张妈端了茶上来,走到中途,轰然的大炮声音,吃惊,呆住。）

静　子：不要怕。

（张妈敬茶,又是轰轰的两声,每响都使她一怔。）

安　涛：唔,这是海军炮。

静　子：(忧虑地)这一次。真的打起来了,赵先生,你看……

安　涛：(毫不思索地)那当然,这一次一定打了,不打还了得,(一转念,想起了谈话的对象,连连改换口吻)可是,这地方是法租界,不要紧。是不用怕。

琴　仙：(从手袋里的银烟盒中取出一根烟,安涛很熟练地摸出打火机来给她点上了火)俞太太,中国跟日本打起来……!(笑着)

静　子：(有点窘)这……我觉得,这是最最不幸的事情,(勉强地笑)国家的大事情,真是一点也不懂。

安　涛：(有意岔开)喔,对了,老俞怎么样?研究所方面……

静　子：他，他还不是一样，这样的事，谁也不敢对他讲。……

安　涛：唔……

静　子：昨天还在说，即使日本人的研究员走了，他也还得继续下去。……

安　涛：（点了点头）这是他的性格，可是……

静　子：研究所，赵San你看会不会……

安　涛：那也说不定，不过，一时总不会有什么事吧。（想起了似的）对了，这几年，他在研究些什么？不是外面一点消息也没有吗？

静　子：研究的？是虱子跟跳蚤。（讲了禁不住笑了）

安　涛：（和琴仙同时）什么？

静　子：虱子跳蚤，Nomi to Shirami。

安　涛：虱子跟跳蚤，为什么？

静　子：（带笑地讲）以前试验的是兔子，洋老鼠，Morimoto，那，中国语叫什么的？又像兔子又像老鼠的……

安　涛：喔喔，Morimoto，对了，天竺鼠，那是医生作为试验的。

静　子：对了，天竺鼠，从今年起，他养了很多很多的虱子，跳蚤……

安　涛：那是为什么？（钱裕也发生兴趣了）

静　子：（静静地笑一笑）还记得吗？在东京的时候，你不是劝他听听音乐，听听莫扎尔特吗？可是结果，他发生兴趣的可不是他的音乐，而是他的病，他说，莫扎尔特是患斑疹伤寒死的，所以……

琴　仙：（对她丈夫）斑疹伤寒？

安　涛：对了，中国叫做红疹白瘄。（对静子）那，和虱子有什么关系？

静　子：为了斑疹伤寒，他研究这种病的微生物，据说，这是生长在虱子肠子里的。

琴　仙：（惊愕）虱子的肠子……？

静　子：对了，这是一种很小很小的微生物，生长在虱子的肠子的表皮的细胞上面。

安　涛：（耸了耸眉毛，夸大地）虱子的，肠子的，表皮的，细胞，……啊哟，愈讲愈小了！

静　子：是啊，他把这种微生物从肠子里取出来，把他培养起来。

安　涛：为的是……？

静　子：为的是研究一种斑疹伤寒的预防注射！

安　涛：（似乎不能领会）这也值得化这许多年时间？伤寒，不是有防疫针可以打吗？

静　子：（点了点头）嗳，伤寒和副伤寒可以免疫，斑疹伤寒可还没有。（笑了）我也不大清楚，等他回来了你问他吧……（看了看手表）我打电话叫他……

安　涛：别忙别忙，反正没事。

静　子：（依旧笑着）他照例是要忘记时候的。（走到门侧去打电话）

张　妈：（夹了一个小包袱出来，在门口）太太。

静　子：（看见她的神情，好像已经知道了似的）什么，过一会再讲吧，有客人在，你也——

张　妈：不，我打算此刻走了。

静　子：此刻？方才不是跟你说过……

安　涛：要走，为什么？害怕？

张　妈：（看了客人一眼，欲言又止）

安　涛：那怕什么，怕打仗？先生太太不是跟你在一起吗？他们不怕，你怕什么？

张　妈：不是怕……（包藏着什么秘密似的看了主人一眼，伏下

眼，又沉默了）

安　涛：（好奇地）那，为什么？

静　子：（遮掩不住内心的暗淡，停了一下之后，勉强地带着笑，对安涛）说起来，这倒是一个"政治问题"，为了不愿意在一个日本人家里做工……打仗以来，已经讲过好多次了。

安　涛：（有点意外）喔，那，（对张妈）那你错了，你们先生是中国人啊，这有什么关系……

张　妈：（用沉默来表示她的坚决）

静　子：好吧，等先生回来再说，要走也总得等我雇了替工啊——去，到后面找小姐回来……

张　妈：（没办法地下场）

琴　仙：哦，到底是上海，连老妈子也知道爱国……

静　子：（打电话）Moshi, Moshi, hai, Yosensei wo youdekuasai, sodesu.〔喂，喂，是的，请俞先生讲话。〕

（钱裕好奇地走到他姊姊身边去耳语，琴仙笑着跟他讲了几句。）

静　子：Moshi, Moshi, Sodesu, 嗳？四点已经过了。什么，还有些时候？不，家里有客，你猜……喂喂，告诉你，赵安涛先生来了，还有赵太太，对，当然真的，谁骗你，（回头来对安涛招手）好，他自己跟你讲话，……（把电话交给安涛）他还不信。

安　涛：（愉快的声音）喂，老俞，对啦，你想不到吧？从南京。对了，昨天到的，在你府上，喂，老朋友来了，你总得放一放手啊，好好，哈哈哈……（放下电话，对静子）说就来，很近吧。

静　子：就在这儿，几步路。

夏　衍／055

安　涛：让我带便打个电话给老秦，要他也来叙一叙。

静　子：秦先生也来了？

安　涛：不，他本来在上海。（拨电话，不通，再拨）他没有来看过你们？

静　子：哎，我以为他跟你们在一起。

（炮击声又起，飞机俯冲投弹之声。钱裕跑到窗口去看，琴仙把他拉回来。）

琴　仙：看什么？要是碰到碎片……（独语似的）今天打得比昨天还利害，真的，不知死了多少人了！

静　子：对啊，晚上睡在床上听见这种声音，真难受。

安　涛：（放弃了打电话的念头，回来）老是在打，打了仗，报馆的电话就特别忙。

静　子：秦先生在报馆里做事？

安　涛：唔，干了三年编辑，说厌了，这一次，说要跟我到别地方去跑跑。

（此时俞实夫推门进来，相隔六年，两鬓已经添了不少白发，背也稍稍有点曲了，穿着不入时的西服，是盛夏时节，但仍穿着深色衣服，夹着皮包，满面带笑，一进门就对安涛伸出手来。）

实　夫：你好！（把皮包交给静子）身体好吗？（友情地望着他）

安　涛：很好，（热情地握着他的手，看了又看）唔，你太辛苦了，瞧，这儿的头发都白了。今年是……

实　夫：（不很记得清楚，随口地）三十——七吧。

静　子：（替她丈夫绞了手巾，给他脱了外套，笑着说）三十九了，今年。

实　夫：哦哦，对了。（此刻才好像发现了琴仙）

安　涛：（微微一笑）喔我还没有介绍，这是内人，这是她的九弟。

俞博士。(实夫随便地招呼)

琴　　仙：久仰得很，常常听安涛说起。(想讲下去，但是看见他的那种不善交际的样子，只能把话收回去了)

(静子拿了拖鞋出来。实夫坐下来脱了皮鞋，静子收了皮鞋，正要进去。)

实　　夫：寿珍呐？

静　　子：在后面玩呐，我去找她。(下)

安　　涛：(望着静子伺候她先生的样子，便轻轻地用手碰了他太太一下，笑着，低声)瞧，人家。

琴　　仙：(一愣，似娇似怒地把鼻子皱了皱，笑着)那么，过来！

安　　涛：(走近她)什么事？

琴　　仙：(站起来给他把领带整好。低声，以差不多不使人听见的调子)那你错过了，你也到过日本呐！(嫣然一笑，然后提高一点声音)你这个人啊，管也管不好，连一条领带，也要别人当心。(回顾了一下实夫，实夫毫无感觉)

安　　涛：(有点窘，连忙把话岔开，对实夫)怎样，关于你的虱子跟跳蚤的研究……

实　　夫：(提起兴趣)喔，你怎么知道？刚有一点结果，不过还得化很多时间。

安　　涛：(轻轻地)虱子跟跳蚤，也值得化这许多时间去研究？

实　　夫：(立刻严肃起来)啊，所以啊，你还是跟以前一样，你不懂得科学，做学问可不是在报上写篇把文章，座谈会发表点演说就可以得到结果啊，(静子上)就是说班诊伤寒菌苗的培养，细菌学的泰斗 Zinsser 博士从上次欧战的末期就到俄国去学研究，苦心了二十年还没有结果。

安　　涛：(依旧带着笑)那，我何尝不可以说，你依然不懂得政治，你以为政治是一朝一夕的事情？看这次……

夏衍 / 057

静　　子：（禁不住笑了）啊呀，又是，一见面就争论，（对琴仙）这是他们的老脾气，在东京的时候，也是这样的。

琴　　仙：我早就听他说，可是，听听，倒是怪有趣的。

安　　涛：实夫，我再说一遍，这还是显微镜害了你，你别把眼光老注意在显微镜里面，什么菌呀虫呀之外，显微镜外面，有更大的世界，还有国家，民族，……

实　　夫：（断然反攻）你以为，我的研究不是为了国家，不是为了民族？

安　　涛：那也不是这个意思。

实　　夫：老实说，研究医学的人看得更远，看得更大，（有自信地）我的研究不仅是为国家，为民族，而是为人类，为全世界全人类的将来！

安　　涛：可是摆在眼前……

实　　夫：（差不多不听对方讲的话）我还记得你在东京的时候要我听莫扎尔特，对的，我喜欢听他的音乐，他是一个了不起的天才，可是，使这样一个不世出的天才早死，却是你们所不注意的一种疾病，莫扎尔特死了一百五十年了，对于使他死的班疹伤寒这种毛病，到今天还没有一种预防和治疗的方法，这是人类的羞耻。

安　　涛：（抽着烟，冷静地）可是，老俞，你知道，使莫扎尔特死的另一种病吗？

实　　夫：（愣住了）另一种病？

安　　涛：（点头）对了，使他死的另一种病，叫做：贫穷。谁都知道，他是贫困而死的，这是使许多天才早死的一个更基本的原因，这也是世界上最普遍的毛病！

实　　夫：（一顿）可是，叫叫喊喊，在报上写写文章，就可以解决这个问题？

安　涛：也许不能，可是，这是要求解决这个问题的一种表示。（炮声）听，这是什么？大炮，飞机炸弹，跟在每一响声之后，死的人有多少？这不比班疹伤寒更利害？

实　夫：（觉得难于反驳，但不服气）你，老是把旁的问题拉在一起。

琴　仙：（乘机排解）好了好了，（制止安涛）你停一停，我倒很想听听，俞先生从虱子肠子里找出来的微生物，那叫什么？

实　夫：在学术上，它叫 Rickettsia-Prowazeki。

琴　仙：（皱皱眉头）什么，Rickett……

实　夫：对了，Rickettsia-Prowazeki，这是最初发现这种微生物的两位医学者的名字，这两位医学者，都是为了研究伤寒，而丢了性命的。

琴　仙：（笑）怪难讲的，Rickettsia Pro……

实　夫：wazeki。

琴　仙：俞先生现在研究的是……

实　夫：把这种菌培养起来，做成菌苗，……

琴　仙：在外国，也有人研究？

实　夫：当然。在美国，有方才讲过 Zinsser 教授，中国的魏曦先生，在北平，有辅仁大学的 Dr. Mathews，说起来（天真地笑）也是一种国际竞赛，看谁首先完成。

安　涛：恐怕，等你们研究完成的时候，世界已经变了一个样子，中国跟日本也不知打成一个什么模样，你的这个科学之宫的研究所——恐怕也要……

实　夫：（摇头）不会，我相信不会。方才研究所的日本人，——几个年轻一点的家伙在高谈阔论，讨论什么战争，我还骂了他们，科学没有国界，我们从事着的是人类全体的事业……

夏衍 / 059

安　涛：（比较和缓的口吻）可是老俞，这是你的看法，我对你的这种崇高的心表示敬意，可是，你以为日本人跟你一样的想吗？从事科学的人都和你一样的想吗？恐怕不见得吧，在西班牙战争的时候，报上不已经说过，纳粹党的科学家在准备一种细菌战术，预备把杀人的细菌散布到敌国的后方去吗？

实　夫：那是科学的叛徒，违反医道的行为。

安　涛：那么，要是日本的科学界也有这种背叛医道的行为，那你的研究所——

实　夫：不，我绝不让他违反科学的宗旨，除非他们把我免职。

安　涛：对了，问题就在这儿，他们可以把你免职，而你就不能使他们不帮助帝国主义的侵略。

实　夫：（依旧不服）你，把问题想得太可怕。

安　涛：眼前的事实还不够可怕吗？你不看报，不知道外面的事情，中国跟日本已经在打仗啊，这是战争，中日两国五十年来的一本血和泪的旧账，现在是决算的时候了！你……

实　夫：（拦住他，显然地受了感动）可是，……我总觉得放不下手呵，我总觉得我不该放手，我的研究所正到了一个重要关头……要是有这么几年的工夫，我就可以完成一桩对全人类有贡献的事业。……

安　涛：（为他学者的真挚所感动）那么，也好，你不妨尽可能的利用时间。

张　妈：（上场）小姐在跟隔壁的小孩子们玩，不肯回来。

静　子：那由她吧。

张　妈：（站着不走，望着主人）

静　子：（感到了）什么？咳，你这个人，不是跟你说过，有客人的时候……

实　夫：（意外）什么？

静　子：她，她说……（黯然，低下了头）

安　涛：（走过去，静静地拍了拍实夫的肩）实夫，这是一个狂风暴雨的时代，瞧，一个没有受过什么教育的娘姨，也受了战争的影响，她，也因为你太太是……（住口，停了一下）不愿意做下去了！

实　夫：（始而不解，继而恍悟）哦。那么……（看见静子差不多要哭的神情，挥手）好，好吧，你走吧。你……

（静子突然的站起身来进去，也许是禁抑不住要流泪了吧，张妈跟着进去。）

（不愉快的沉默。）

（钱裕打开钢琴来，轻轻地按了几响，又停止了。）

（安涛在室内踱了一转，无目的地拿出香烟来抽。）

（后面静子跟张妈的声音。）

张　妈：（夹了小包袱出来，向实夫）谢谢先生。

实　夫：（无表情地点了点头）

（张妈下，静子送她出门，关门的声音。沉默。）

（静子好像依旧回到里面去了，没有出来。）

实　夫：（好容易打破沉闷，用手绢揩着眼睛，对安涛）那么，你，你的计划怎么样？……

安　涛：我吗？这几年，（苦笑）说起来，实在很惭愧，正和你所说一样，讲讲空话，什么事情也做不出来。不过，有一件事总算还对得起自己，就是，尽管事情不顺利，从来没有利用过一次不该利用的关系，譬如（望了一眼琴仙）她爸爸，几年来，我没有跟他打过一次交代，……好啦，现在，打仗了，全面抗战一开始，国家总需要人吧，我打算到内地去，……这几天正在接洽。

琴　仙：（表现地）汉口的杨先生……，不是要你去帮忙吗？

安　涛：（轻轻地，接过）对，同时，也有几处工作，当然，军队里的政治工作也很重要，不过，……我还想在战时经济开发上用一点功夫，以前早稻田的老李，现在在四川，要叫我去……

实　夫：唔，那很好。

安　涛：一方面，到西南大后方去跑一跑，也可以增长一点见识……

实　夫：就打算走吧？

安　涛：不，还没有定。（望着琴仙）她，一到上海，以前的朋友们拉她帮忙，什么救济呀，慰问啊，事情也多得很……

琴　仙：（突然想起了似的）呵，现在（看一看手表）五点已经过了，不是郑太太约了在她家里谈募捐的事吗？怎办？都是你呀，提也不提我一下。

安　涛：约了几点？

琴　仙：四点半。

安　涛：那打个电话不就行吗？

琴　仙：你知道她家里电话？

安　涛：（拿出小本子来看）三七五三八。

琴　仙：（打电话）喂，喂，郑公馆吗？请郑太——（大声地）啊，就是你，我？听不出吗？露茜！（笑）对不起，什么？（娇声）Mmm，没有。她们都来了？没有。Madame Yang 还没有来？陶小姐也没有？那还好。怎么样？棉背心的问题？我？你说啊，好吧，五百件……可是……，么，唔，买料子和裁缝都不用自己办，那好，什么，喔，智仁勇的女学生包办，好得很。什么？要来访问？不用了吧，……嗳，我怕，报馆记者，问长问短的。……那么明天请他来吧，上午，对了。什么，还要照片，没有啊，那平常的就行，这怎么行呵，平常的，（笑）不是一点儿战时情调也没有吗？……好啦，可是（对她丈夫瞭了一眼）可是，给他们一访问，报上一登，再加上什么照片，那，五百件不是太丢人吗！什么？好吧，再加三百件，对了，为什么要你谢呀。喔——你代表前方英勇将士道谢。（笑）好，那么再见，……什么？嗳，是的，（兴奋起来）当然，在那儿？一家私人医院，电话里不能讲的？唔，什么时候去？明早上，七点，当然可以，好，一定。我来，不，不敢当，我来，好啦，再见。（挂上电话，以轻快的步伐走到安涛身边）

安　涛：什么事？又捐了三百件？
琴　仙：嗳，（得意地）这是我的，跟你不相干。
安　涛：明天上那儿？
琴　仙：有几个负伤的空军，在一家私人医院里，郑太太她们要去慰问。
钱　裕：（跑过来）在那儿？
琴　仙：方才不是说，在电话里不能讲地方吗？
钱　裕：我也要去！
琴　仙：我们是妇女界慰劳会，你又不是小姐……
钱　裕：不，我要去，一定的——噢。
琴　仙：好吧，明天你自己跟郑太太讲。（钱裕高兴）可是，（回头来对安涛）空手去怎么行呵，得买点慰劳品才对，你看，买什么？
安　涛：那还不是水果呵，饼干……
琴　仙：不，那是空军——。
安　涛：那，你看吧。

夏　衍／063

琴　仙：（走着，似乎很兴奋，自语似的）对了，买花，买几把最漂亮的花……

钱　裕：我拿去。

琴　仙：唷，你又不是小姑娘。

安　涛：（望了望低头沉思着的实夫）实夫，你看，这的确是个大时代，凡是中国人没有一个能够不受这次战争的激动，瞧，露茜——过去对这类事漠不相关，而现在，她也兴奋得这个样子。……

琴　仙：可不是，俞先生，到街上去看看，满街的人，都好像发了疯，弄堂口的那些穷人小孩子，也在伸直了脖子喊，打呀打呀的……

安　涛：对了，譬如她的这位小弟弟，说十七岁，实际上十六岁还不满，可是他也居然瞒了把他当作珍珠宝贝的老太爷，说是考学校，偷偷跑到南边来，说要去参加什么救亡歌咏队，当然，这一点我也没有赞成他……

钱　裕：（向他姐夫努努嘴）

安　涛：这是时势，时势所趋，一个人不论怎样也就不能孤立，对吗？

实　夫：（站起来，带着笑）好了好了，别讲下去，你这人，对于我实在太紧张，你一来，我的生活就不能平静，好，谈谈别的话吧，打仗，打仗，你不来，关于打仗的事也已经听得够了。

安　涛：好吧，谈谈别的。（一停）谈什么？谈你的，好吗？依旧是Ricket……

琴　仙：Rickettsia-Pro……

实　夫：wazeki，（笑了笑）怎么样？

安　涛：太难了，我连名字也弄不清楚。

实　　夫：那么……

琴　　仙：（好像想起了什么似的）呀，俞太太呢？（站起望了望）

安　　涛：对了，我们还没有参观你的书斋，和……

琴　　仙：好吧，让我们参观一下，（回头对安涛）这房子真不坏，地段又清净。

（三人站起来，实夫在前面，正揭起纱帷，要去参观书斋的时候，后面小孩争吵的声音，静子的声音，大家一怔，寿美子哭着，从后面登场。）

实　　夫：为什么？嗳，为什么？

（大家回身转来。寿美子看见她爸爸，便扑在他身上，啜泣。）

安　　涛：（笑着）跟隔壁的孩子吵了架？

实　　夫：别哭，（抚慰她，低声的）有客，像什么。嗳，（亲她）好，乖孩子，爸抱你。

（静子从后面登场，忧容满面，也似乎流了泪的样子。）

（大家愕然。）

实　　夫：（回头来）干吗？你也……

静　　子：（默默地走到寿美子身边，意识到大家以惊异的眼光望着她，勉强的向大家）对不起。（打算去看一看寿美子身上有没有伤，寿美子余怒未熄，推开她，一种异常激动的情绪冲击了她，茫然地站着，禁不住流下泪来）

实　　夫：（对寿美子）为什么？为什么？对妈妈这样？（仰望看他的妻子）为什么？她。

静　　子：（差不多听不出的声音）你问她。（旋转半个身体）

实　　夫：说呀，好孩子……

寿　　美：（好容易抬起头来）他们骂我，打我……（抽噎）……

实　　夫：不是从前跟你很好吗？一起念书……

寿　美：（用小手搭着泪）骂我小东洋，……还骂你。（向她爸爸，抽噎）

实　夫：（面色严重起来）骂我？骂我什么？

寿　美：骂你跟东洋人做事……

静　子：（怕她伤害了父亲的尊严，回身拦住她，蹲下来给她揩干眼泪）别理他们，那些坏孩子。

实　夫：那，那，简直——岂有……

静　子：没有被他们打吗？（寿美子摇头）好啦，别哭，今后不跟他们玩……

寿　美：（提起衣服）撕破了。

静　子：不要紧，妈给你缝，去洗手。（欲下）

（实夫若有所感，大家没有话，但显然每个人都受了激动，钱裕跑过去和他姐姐耳语。）

（忽然，后门口的小孩们的声音，大家耸耳听。）

小孩子们：（声）"打，倒，小，东，洋，……"（声）"打，倒，日，本，帝，国，……"

（笑声，骂声，拍手声。）

（实夫猛然的站起来，寿美子擦掌磨拳地要奔出去，静子拉住了她……）

安　涛：咳。小孩子真是……（跑到后面去了，钱裕兴奋地跟在后面）

（实夫颓然坐下来，静子好容易拉住了寿美子，用手遮住了寿美子的耳朵。）

静　子：别听他们，别听……

（后面安涛的声音，孩子们起哄声。零落不齐的拍手声，孩子们唱的《义勇军进行曲》，渐渐的又归沉静。）

安　涛：（回来，钱裕跟在后面，看了一下大家的面色，坐下来，沉默，点着一枝烟，然后不胜感慨似的）这是很可怕的事情……

实　夫：（望了他一眼，无言）

安　涛：尽是些五六岁的小孩呀……

实　夫：（用手搔头，无言，寿美子又跑回父亲身边去，实夫抚着她）乖孩子。

安　涛：所以我说，世界变了，连天真的小孩们，也……

实　夫：（望着努起了嘴的寿美子，痛苦愈甚，依旧无言）

（静子去绞了手巾出来，给她揩了眼睛，琴仙似乎受不住这种沉闷的空气，看看手表，也抽起烟来。）

安　涛：（趁静子进去的时候）老俞，为着你的太太，为着寿美——寿珍，我看，你得仔细考虑一下。

实　夫：（抬起头来望着他）

安　涛：在天真无垢的小孩子心里，留下一道伤痕，太惨，实在太惨了！

实　夫：（痛苦地）考虑，你要我考虑什么啊？

安　涛：考虑研究所的事情。

实　夫：那，那可……我的研究，非继续下去不可啊。

安　涛：不能换一个地方？

（静子出来，这句话对她是一个兴奋。）

实　夫：换地方？

安　涛：对了，你的研究不一定要在日本人办的研究所才能继续呀。

琴　仙：唔，对了，上北平，好吗，那儿的协和医院，美国人办的。

安　涛：那不行，北平现在……

琴　仙：那么汉口，或者四川……

夏　衍 / 067

安　涛：也不妥当，尽管嫂夫人中国话不成问题，可是，在这种情形之下，万一有什么差错，那不……

琴　仙：那么——对了，香港。

安　涛：（眼睛一亮）对了，香港，香港怎么样？

实　夫：（茫然地）香港？到香港去……

安　涛：（积极地）继续你的研究啊，到了香港，可以开业，可以教书，也可以找一个地方静静的研究……

琴　仙：（起劲）俞太太，香港地方好得很呢，气候好，风景好，又不会打仗，对了，我还有一位世伯……

安　涛：（抚掌称是）对了，她有一位至好的亲戚是当地的太平绅士。要是你们去，他一定帮忙。

静　子：（意动）可是，在香港，日本出身的医师……

安　涛：这一点倒没有问题，美国医生不能在香港开业，日本医生倒可以，据说，这是以前英日同盟的关系。老俞，怎么样？

实　夫：（不可捉摸地笑着）不，不，讲得太远了，我还没有仔细想……

寿　美：（高兴起来）爸，去，我们去，这地方，不要住了！

实　夫：（抚着他的孩子，不置可否地）唔……

静　子：（喜出望外）Yukuno？〔去？〕

实　夫：不，等我想一想。

寿　美：（跳起来）不要想，去，去。

安　涛：当然，你得仔细想一想，不过，我看，你想的应该是到那儿去的问题，而不是去不去的问题了。对？

琴　仙：（骤然想起了什么似的）呵，好极了，要是你们去香港，带便解决了一个问题。

安　涛：什么？

琴　仙：（望了望钱裕）

安　涛：对，对了，要是你们去香港，那还要拜托一件事情。就是把这孩子交给你们。

钱　裕：（吃惊）什么？

静　子：唉？

安　涛：他要研究音乐。把他带到香港去不正好吗？那边学音乐很方便。

钱　裕：不，我要去参加……

琴　仙：（姐姐的态度）别想了，死了那条心。给爸知道了，又是我带坏的。好吧，你跟俞先生他们到香港去，进学校也好，请人教也好，由你。

安　涛：实夫，我看，大致已经决定了，要是这样，大家都方便，你依旧可以研究你的班疹伤寒。

实　夫：（依然打不定主意）

静　子：可是，要是真心走，问题也不简单啊，这一家人！——

琴　仙：那不用你操心，各地方都有朋友——特别是阿裕要去的话。

安　涛：好吧，你今天晚上再跟太太商量一下，我们明天再来……（琴仙附耳和他说了几句）哦，对对。（站起来）好，时候也不早了，（笑着）今天，本来是她的主意，要到你们这儿来吃 Sukiyaki 的，可是，你们的老妈子走了，那么也好，我们做一次小东，出去吃饭吧。

静　子：不，我已经预备好了。

琴　仙：（殷勤地）不，不用客气，日子长呐，下次再来打搅你。整天的听炮声，也得去散散。好，我们俩进去一下，等一等。（拉了静子就走）

静　子：（回头来）那么，（对寿珍）你也来，换件衣服。（三人下）

安　涛：（站起来）对了，叫老秦。（一面拨电话）老是我跟你两个，容易吵架。喂，喂，秦先生，对，秦正谊秦先生。（回头对实夫）他来了，有说有笑。

实　夫：他，近来过得怎么样——

安　涛：看这样子不很得意——喂喂，老秦，是的。喂，你——什么？没有知道，什么消息？好消息？你讲啊！什么？当真？（钱裕跑过去）打出租界去了？那里？三十六师占领汇山码头？好家伙！

钱　裕：（不自禁地欢呼）好，姐姐，姐姐，来听！

安　涛：（一手制止他的吵闹）看情形怎么样？看情形有把敌人赶出虹口的可能？唔，什么？外白渡桥，哦，英国兵，什么，有多少？有几十个日本兵逃过桥来？（钱裕拍手）缴了械，好，看今天晚上，是的。这一次鬼子可够瞧了。还有，什么？沪西的日本人，唔，此刻一律撤退，同文书院，喂，喂，你知不知道自然科学研究所……不知道，好，好，见面谈吧，快，出来一起吃饭，是的，还有俞博士夫妇，对了，地方？（想了一想）

（钱裕兴奋地奔到后面房间去报告了，琴仙的声音："别进来。"退回来。）

安　涛：（继续下去）你说吧，新雅？也好，喂，老秦，那么，你先到，你近啊，先订一个房间，对了。再见。（放下电话）说，今天一天打得很好，所以此刻炮声已经稀了，日本兵退出了汇山码头。——

钱　裕：白渡桥怎么样？

安　涛：英国兵俘虏了日本的逃兵。

钱　裕：（稚气）啊，我要看。

（琴仙与静子偕了寿珍出来，每人都显然已经打扮了一

　　　　通了。）
安　涛：好，走吧。老秦在等，新雅。
静　子：（把外衣给实夫穿上，把皮鞋交给他）
安　涛：（对他太太）方才老秦报馆里的消息——
琴　仙：（望了望他，不很理会他的话，从手提包中拿出梳子，镜子交给他。安涛只能如命整发，琴仙结结令令的再替他整了一下领带。）

（幕徐徐下）

一九四二，"八，一三"后四日

选自夏衍："夏衍剧作集"之一《法西斯细菌》，开明书店，1946年

郭沫若

| 作者简介 |　　郭沫若（1892—1978），四川乐山人，原名郭开贞，字鼎堂，号尚武，笔名有麦克昂、沫若、高汝鸿、羊易之等，现代著名文学家、历史学家、考古学家、古文字学家、社会活动家。代表作品有长篇小说《落叶》等，中短篇小说《残春》《牧羊哀话》《漂流三部曲》《阳春别》《万引》《一只手》《行路难》《湖心亭》《函谷关》《Lobenicgnt 的塔》，诗集《女神》，历史剧《屈原》《蔡文姬》《孔雀胆》等。

孔雀胆（四幕剧）

（节选）

年　代：
元末顺帝至正二十三年（西纪一三六二年）三月至九月。

地　址：
云南行省中庆府，今之昆明。

人　物：
　　大理总管段功——年四十岁，后为云南行省平章政事。

梁王巴匝拉瓦尔密——年六十岁，云南行省之首长。

王妃忽的斤——年三十岁，阿盖之晚母。

王女阿盖公主——年二十岁，后为段功之妻。

王子穆哥——年十三岁，忽的斤所生。

参政车力特穆尔——年三十五岁，后为云南行省丞相。

大理员外杨渊海——年五十岁，段功之友，后为云南行省参知政事。

侍医铁知院和尚——年五十岁。

施宗——年四十以往。

施秀——宗之弟，年近四十。

　　弟兄二人为云南出身之武将。

建昌阿黎——年二十岁，建昌酋长之子，为段功所宠爱。

羌奴——年十二岁，段功之女，段功前妻高氏所生。

段宝——年十一岁，段功之子，段功前妻高氏所生。

施继宗——施宗之女，年十五岁，阿盖公主之侍女。

施继秀——施秀之女，年十三岁，阿盖公主之侍女。

廷臣观音保、驴儿达德、矢拉、苏成，年均四十岁上下。

番将卫士宫女各若干人。

婴儿王子一个，初仅满月，后已七个月。

第一幕　通济桥畔劳军

景：

　　右侧现桥头一座，前手有一碑题"通济桥"三字。桥下为盘龙江之支流，岸边有石栏杆环护，向左绕去，隐没于左手一带黄色围墙之后。围墙前手有山门一道，斜向，额题"觉照寺"三字。门前有石阶数段，阶之左右有石制骆驼卧像各一。

正面门之右侧有山神祠一座。左前方有大柏树一株，有圆形石坛围护其根。

三月初旬时分，桃李花盛开，墙头有红白花枝露出。

幕开，右手远远有一阵军号之声。阿盖公主领施继宗、施继秀二侍女，兴致冲冲地由寺门跑出。阿盖年二十许，着蒙古少女装，手中持芍药花一簇。继宗继秀着汉装，宗年十五，秀年十三。三人在阶上伫立，张望一会。

秀：好一大队人马呢！一定是摩诃罗嵯段总管到了！

盖：不会的吧，爸爸都还没有来啦。

秀：我要到桥那边去看看，我猜想一定是大总管到了。（匆忙向桥头跑去，由桥上下场）

（阿盖下阶，继宗随之，步至后手（即后侧）骆驼石像侧。）

盖：我们就在这骆驼背上坐着看罢，你坐在那边。

（继宗扶阿盖，横坐驼峰间，退至前手之驼背相向坐。）

（军号之声愈近，继秀由桥头跑出。）

秀：（喘息着）我看得很清楚，一定是段总管回来了。

（阿盖与继宗自驼背下。）

盖：你怎么会断定是他？

秀：我看见一大队由前方回来的队伍啦，后面有一员大将骑在一匹高大的白马上，披着一件白色的披风，就给生在马背上的一样，辨不出是人还是马。而且——

宗：啊，那恐怕真是摩诃罗嵯啦。

秀：后面还有一个人骑在马上跟着，打着一面白色的大旗，上面绣着红字——

宗：你看出是"段"字吗？

秀：在风里招展着，看不大清楚，看来好像是"段"字。

盖：那么，一定是摩诃罗嵯了。我爸爸到现在都还没有来，这怎么好呢？

宗：是的啦，原说是要在这儿迎接段总管的。

秀：不过王妃和公主都在这儿，段总管一定会高兴的。我要进里面去禀报王妃去！（匆忙跑入寺内）

盖：爸爸上了年纪，做事总不够敏捷。想这一次摩诃罗嵯对于我们梁国，真是重生父母啦。

宗：真的，要是没有他，我们怕连性命都没有了。

盖：可不是吗？我们不是差不多都跳进滇池里面去了吗？你想，那明玉珍的兵，就给潮水一样涌到了我们云南来，一直涌到了这儿的金马山，我们的文武官员尽都逃跑了，假使没有段总管从大理带领了他的子弟兵来，我们还能够得救吗？他一来，便把这股潮水给挡退了，而且他一直追赶前去，听说追到了七里关的啦。

宗：公主，你看见过段总管没有？

盖：好几年前他来跟爸爸祝寿，我看见过他一次。

宗：他是怎么样子的人啦？

盖：我们皇祖成吉思汗的像你是看见过的吗？

宗：喏，王宫里不是有？

盖：是的，我看他就有点像我们皇祖成吉思汗。

宗：他有那么大的年纪吗？

盖：不，他要年青得多啦。

宗：他有多大年纪了？

盖：算起来，现在怕有四十岁左右了罢。

宗：听说他的夫人在两年前过了世啦。

盖：（警觉）你听，妈妈他们好像快要出来了。

王子穆哥：（由寺中唱出）

  好个摩诃罗嵯段总管！

  哟噫，哟噫，哟！

  光辉普照锦浪十八川，

  哟噫，哟噫，哟！

  生擒红巾明二回云南，

  哟噫，哟噫，哟！

  南家蛮子不敢再造反，

  哟噫，哟噫，哟！

  （穆哥自寺内跑出，着蒙古装，年十二三岁。在门阶上见阿盖与继宗，即行发问。）

穆：真是段总管回来了吗，姐姐？

盖：还不知道啦。你听，那军号又吹起来了。

  （军号之声复起，其声甚近，继之有人马杂沓声。）

  （穆哥跑至桥头张望，阿盖与继宗亦呈紧张之色。）

  （王妃忽的斤自寺门走出，有二宫女相随，三人均着蒙古装。宫女之一怀抱一个满月的小王子。忽的斤年约三十，其装特华贵，头上着一高帽，颇类笾豆之形，高约尺许，上嵌珠宝，色彩绮丽［参看元后像册］。继秀随其后。）

  （王妃立于门阶上，二宫女分侍于门之两侧。）

  （阿盖与继宗侧身向之，俯首敬礼。）

穆：（自桥头张皇跑来）啊，来了，来了。

妃：穆哥，是不是摩诃罗嵯啦？你看清楚了？

穆：（奔至其母之侧）是他，是他，我看一定是他。他穿着一件白色的大披风，头上打着一个白色的包头，还有一个英雄结子，完全给倮罗那样。我看见他从一匹白马上跨下来了，他们向这儿走来了。

妃：就是他一个人吗？

穆：有很多的人，都扎在路边上的。前面只有两个兵引着他来了。

妃：（自语地）车力特穆尔是跟段功追去的，怎么只是段功一个人回来呢？这可奇怪了。你爸爸又还没有来，今天对于段功不免是有点冷落了。

穆：妈，有你在这儿啦。还有姐姐和我也可以招待他的。

妃：好，你们不要说话！你们都好生静静地站着，我看见他的卫兵都走上了那边的桥头了。（向桥头走去）我要去迎接他，使他感受着我们对于他的光宠。（步下门阶）

穆：妈，我要跟你去。

妃：好的。

（二人向桥头步去，在舞台正中处站立，继秀轻轻地步至阿盖身旁。）

（卫兵二人出现于桥头，见王妃即屈左膝敬礼。）

卫兵二人：向王妃殿下敬礼！

妃：（略略领之，以手指挥）你们辛苦了。各自执行你们的职务，不必拘礼。

二 人：谢恩。（起立，步下桥头，侍立于两侧。）

（参政车力特穆尔出现于桥头，白包头，白披风，脚着芒鞋。披风下露出戎装，佩大刀一柄。见王妃即行礼。）

车：车力特穆尔请安！

妃：（笑出）啊哈，原来才是你呀。他们都说是段总管啦。

车：（一面由桥头步下）段总管还要后一步，他也很快就要到了。刚才我在路上遇见了国王殿下，他一直赶上前面欢迎他去了。

妃：难怪得。我们在这儿尽等他，老是不见他来。车力特穆

郭沫若 / 077

尔，你这一次的功劳可不小啦。听说你亲自把明二都活捉着了。

车：可是这事体还有点麻烦，段功说他不是明二。

妃：不是明二？不是来侵犯我们云南的那员大将吗？

车：唉，段总管说他不是。他还说他是建昌的倮罗酋长的儿子阿黎㖿。

妃：哦，可是国王已经给你们奏上燕京去了。论功行赏，封你为云南行中书省的丞相，段功为平章政事。我倒要向你贺喜啦。

车：多荷国王和王妃的栽培，不过恐怕段功不会心服的。

妃：那也没有什么，只要朝廷谕旨下来，任何人都不能够违抗的。我倒很奇怪，你怎么打扮成这个样子？

车：我这是学的段功啦，完全变成倮罗了。啊哈哈哈哈。不过这样的装束，在行军中倒很方便。（向阿盖）啊，阿盖公主，你抱了那么一簇鲜花！可是送给我的吗？

盖：对不住，我是准备送给那认真把敌人赶走了的人。

车：吓吓，你是准备送给段功的啦，是不是？也好，我倒不稀罕这些一晚上就会凋谢了的芍药花，我倒希望你这朵起死回生的押不卢花啦。吓吓吓吓。

盖：（侧目鄙视之）……

妃：（愠色）车力特穆尔，你怎的在我面前放肆？

车：吓吓，岂敢，岂敢。不过我实在是诚心诚意地想做你的女婿啦。

妃：你少在我面前说这样的话，不过我看你也怕劳顿了。我们到庙里去休息休息一下罢。

车：是，是，遵命。（指宫女手中所抱之小王子）这就是新添的小王子吗？

官　女：是啦，刚好满月。

车：让我抱抱看。（接过王子）呵，可爱得很。（亲其两颊后，复将王子授还）

妃：你这两名卫兵可叫他们过桥那边去等着，这儿用不着他们。

车：是。（命令卫士）你们过桥那边去。

（卫士应命下。）

妃：（向其余的人）阿盖，你们可以留在这儿，回头也不必来打招呼，我是自会出来的。

盖：是。

妃：穆哥，你也留在这儿——

穆：我是要留在这儿的。我还要看段总管咧。

妃：（向宫女二人）你们两个陪我进去。

宫女二人：是。

（王妃前行，车力特穆尔随后，在经过阿盖之前，侧首向之作媚态，阿盖鄙夷之。二人入门后，宫女跟随入门。余人初均侧身俯首目送，待王妃进门后，穆哥即以两手食指翻出左右下眼睑，伸舌作怪状。）

（静默有间。）

穆：（转过身来）哼，捉迷藏去喽。

盖：（制止之）阿弟，你不要乱说！

穆：我没有说什么啦，我是要你们和我捉迷藏。

盖：你总是爱顽皮，妈妈晓得了，会要你的命！

穆：不稀罕，不稀罕，她一定要的话，我就送还她。

盖：（抚慰之）小弟，你听姐姐的话，你不要这个样子，好不？你使我够担心咧。

穆：好姐姐，我不这样了。你不要担心罢，好姐姐，我们来讲点别的故事。

盖：好的，我讲给你听，但你以后千万不要再说妈妈的坏话，不然我就再不给你讲故事了。

穆：我不是说过我不说了吗？

盖：你要发誓，我不相信你的话。

穆：好，我就发誓。——

盖：你发誓啦。

穆：我要是再说，我就——被孔雀吃进肚里去！

盖：你真是调皮！

穆：好说，姐姐，她老是虐待你啦。而且——

盖：（急制止之）你还要说？

穆：她还欺负爸爸。我实在气不过。

盖：你老是说这样的话！好，你说你说！我不睬你了。（生气，向桥头走去。）

穆：（追去，执其姐姐之衣袖）姐姐，我不说了，我不说了，你别要生气。

盖：你为什么总是不听我的话呢？

穆：我听你的话，我听你的话，我以后要装一个哑子。（以两手掩嘴）还要装一个瞎子。（以两手蒙眼）还要装一个聋子。（以两手蒙耳）还要装一个鼻子不通，大肿伤风。（以两手蒙鼻）

盖：（哧的一声笑出）你能够那样，真是再好也没有。

穆：好，好，你给我讲故事吧。只要你讲故事，我什么都肯。——哦，你听，又有军号在响了！

（继闻军歌之声：

去时野火遍山赤，

凯歌回奏梁王怿。

自冬抵此又阳春,

　　时物变迁今又昔。

　　归来草色绿茸茸,

　　萌芽甲折何生意!

　　杜鹃声里日如年,

　　好归去!)

（在军歌声中穆哥急忙跑上柏树坛上去张望,继复登上柏树的枝头。）

穆：啊,看见了,看见了,爸爸和另外一位穿黑披风的人都下了马了。……他们被好些人簇拥着,都向这儿来了。……好多的人马呀!……有象呢,还有驼骆呢,……在后面跟着一大队。……

盖：（急忙回至树下）小弟,你快下来,跌倒了怎么办?

穆：不,我不下来,在树上好看。

盖：人都来了,你何必在树上看呢?爸爸到了的时候,你来不及下来的。

穆：好吧,你们站开些,我要一步跳下来。

盖：要不得,你会跌着的。

（继宗继秀亦步至树下。）

宗、秀：（同时）会跌倒的啦,殿下。

穆：你们不要我下来吗?那我就不下来。——哦,他们已经上了桥了。爸爸是走在前头,后面跟着那位穿黑披风,打黑包头的大汉。一嘴都是胡子啦。啊,真像皇祖成吉思汗!那一定是他,一定是他……（开始唱出）

　　好个摩诃罗嵯段总管,

　　哟嚯,哟嚯,哟!

　　光辉普照锦浪十八川,

郭沫若　/　081

哟嚯，哟嚯，哟！

生擒红巾明二回云南，

哟嚯，哟嚯，哟！

南家蛮子不敢再造反，

哟嚯，哟嚯，哟！

（三人在树下甚呈焦灼之态，一面顾虑着穆哥，一面又关心着桥上的来人。但在穆哥唱歌声中，梁王与段功已步出桥头。梁王年六十，须发皆斑白，其装束与忽必烈遗像相似。段功如穆哥所述，因在军中日久，胡须蓬生。左耳着一大耳环。披风之下，戎装佩剑。腿部有护甲，脚着芒鞋，状甚英武。其后尚有段功部下杨渊海及梁王侍臣驴儿达德，观音保，矢拉，施宗，施秀，与警卫等相随。）

盖：（惶急）爸爸他们都来了！

王：（站在桥头）你们在那儿唱歌吗？

盖：小弟爬到树上去了。——

穆：我要跳下来。

王：那可要不得，弄得不好，会把脚跌断。（回顾）你们那一个去把他接下来罢！

段：（匆促向树下走去，甚为飒爽）王子，我段功来接你下来！

穆：好啊，我真高兴。

（段功在树下张开两臂，穆哥跃入其怀中，紧抱其颈。段功抱之至舞台中部。）

王：（笑容可掬）看见你们这样的情景，连天上的太阳都要笑出眼泪来了呵。穆哥，你赶快下来。

穆：啊，我真高兴，我还要摩诃罗嵯抱我一会。

王：（缓步下桥）你不要太纠缠了，段总管在路上很辛苦了，我要让他休息休息一下。

穆：好的，好的，我不再胡闹了。（段功将王子放下）

王：段总管，我这个小儿，你五年前是看见过的。你看，他是长得更顽皮了，是不是？

段：穆哥王子，真是天真活泼，可爱得很。

（余人陆续下桥，侍立于桥之两侧适当地位。）

王：（指阿盖）还有我这个女儿，你也是看见过的，她也长得这样大了。

段：这就是阿盖公主吗？（准备行礼。）

王：（指阿盖）阿盖，你们怎么不先向段总管行礼啦？都呆了吗？

（阿盖忙将手中芍药递予继秀，向段功行礼，段功同时答礼。）

穆：摩诃罗嵯，我也向你敬礼啦。（行礼）

段：（答礼）啊，王子，你真活泼，你将来一定要成为拔都大元帅第二的。

穆：嗯，摩诃罗嵯，你还不知道呢，我的姐姐说你像我们的皇祖成吉思汗。

盖：（略带羞涩）小弟，你！

王：（笑）哦，这一说，倒是真像，真像，不仅面貌像，连精神也像啦。

段：那会折我的福了。

穆：嗯，我还要告诉你啦，我姐姐的那把芍药花，你猜，是要送给什么人的？

盖：（目之）小弟！

穆：嗳哟，嗳哟，姐姐，你既折了来要送给段总管，又怕什么呢？继秀，你拿给我！（从继秀手中受花）我来代替姐姐献花。（向段功献花）

段：（略略踌躇）真是公主要送我的吗？

盖：（羞怯）我们没有什么可以表示敬意的。

段：（受花）啊，那我真是光荣得很。我很感激，我很多谢。（再向阿盖行礼，阿盖亦回礼）

王：（甚为高兴）阿盖，你这项礼物，倒比我所想到的礼物更有意思啦。段功，你这一次的功劳真是大到无以复加，我们实在想不到什么适当的礼物来报酬你。你把我们梁国救了，把我们一家人救了。你是我们云南人的重生父母，我就把全部云南送给你，都觉得太轻微了，没有你的功劳万分之一的重。我虽然奏明了朝廷，拜你为平章政事，但那样的官职，比起你的功劳来，真是只有芝麻大点啦。

段：殿下，你太把我夸奖了。

王：不，我实在嫌我的嘴生得太少，又嫌我的年纪活得太老。假如我有得一千张一万张的嘴，假如我能活得一千年一万的寿命，我要时时刻刻像诵经一样，称颂你的功德。

段：殿下，殿下的寿数是万年无疆的，不过殿下对于我的褒奖是太隆重了，我怕我的背脊骨就要折断了。其实这一次的胜利，并不是我段功的功劳，而是云南老百姓的功劳。没有老百姓的帮助，我们是绝对没有办法的。云南的老百姓起初是很欢迎明二的，假使明二能够像他们在四川境内一样，不乱抢，不乱杀，不失掉云南的民心，我要直愎地说：连我都是要拥护他的啦。

王：是的，你说得很好。

段：那吗，我倒要向殿下进言，这施宗施秀两位云南出身的将军，（指出）我很希望殿下能够特别的重用他们。

王：那很好，我绝对听从你的话。（向二人）施宗，施秀，你们请听我说吧。

（二人步至王前敬礼。）

王：我很感谢你们。你们的女儿在服侍我的女儿，你们从今天起就作为我的亲随吧。我的生命是你们给我的，从今天起，我就完全把我的生命交给你们了。

二 施：（谢礼）多谢大王的恩典。（随即侍立王后）

（侍臣等均不乐，余人则反是。）

王：（回向段功）我现在要唐突地问你一句啦，段功。

段：大王有什么咨询，我是知无不言的。

王：没有别的，我只想问问你的家事。听说你的夫人已经过世，是真的吗？

段：是，拙荆高氏已经过世三年了。

王：你怎么还不续弦咧？是不是已经有了聘定呢？

段：还不曾考虑到。因为拙荆高氏留下了一儿一女，长女羌奴已经满了十二岁，儿子段宝也快十一岁了。为了一对儿女，我不很希望使他们再失掉一次母亲。

王：你这意思是——？

段：照一般的经验说来，凡是做晚母的人是不容易称职的。

王：哦，我明白了。假使有得一位贤淑的女子，能够使你的儿女感觉着就和自己的亲生的母亲一样，那你便会续弦，是不是？

段：大王你思虑得很周到。

王：这事情我是很有经验的：因为我正是一个过来人啦。不过我还要冒昧地问你一句。

段：请大王不要顾虑。

王：你觉得我的女儿的性情怎样？

段：（准备回答，但有些踌躇）……

王：（插断之）不过只见得一两面，当然也是不容易判断的。

可你在外面是不是听见过一些风声？你可以把你所听到的和所看见的，品衡品衡一下。

段：要请大王和公主恕我的冒昧。

王：你也不要客气啦。你就把她说得很坏很坏，我也不会生气。希望你坦坦白白地照着实在的话说。

段：我们在大理早就听说公主十分贤德；到了云南来，又听见外边都在说，公主是起死回生的"押不卢花"。

王：（含笑）外边有这样的说法吗？

段：有的，就是车力特穆尔参政也常常在我面前这样夸讲的。

王：那么，据你现在看来是怎样呢？

段：要请再恕我的冒昧——

王：你丝毫也用不着顾虑。

段：（略略踌躇）我觉得外边——外边的风声有点不大相称。

王：（略现失望）哦？

段：据我看来，公主倒不是一朵花，而是一位可尊敬的人。

王：（大笑）啊哈哈哈哈，妙哉，妙哉！我没有想出，你还这样的善于辞令。可是我还是要把阿盖当成一朵花看，因为女儿原是一朵花啦。没有毒的花原是很可爱的，有时候连我们人都赶不上的。段功，你觉得怎样呢？我的女儿送了一簇芍药花给你，我现在也打算把我这朵押不卢花送给你啦。

段：（有些惶恐）大王，我不敢作这样的非分之想。

王：哎唵，你不要客气。我可要问问我的女儿了。阿盖，你觉得怎样啦？

（阿盖在王与段功谈话之间，久已不胜其羞涩，经此一问，满脸涨得通红，一纳头向寺门跑去。但在寺门口不期与王妃相遇。王妃与车力特穆尔及宫女鱼贯而出。）

妃：（责阿盖）你怎这样的慌张！

（阿盖住脚，立于门次。王妃与车力特穆尔下阶。宫女在门阶上适当地位侍立。）

王：（见妃）啊，忽的斤呀！你来得恰好。段功回来了。你来见见他罢。

段：（向王妃敬礼）敬候王妃殿下万福。

妃：（略略答礼）段总管，我恭贺你啦。你建立了这一次的大功，国王已经奏封你为平章政事了。

段：多谢国王和王妃殿下的恩被。

王：其实小小的这点从一品的官儿是不足重视的。唵，忽的斤，我想来你也一定会高兴。我觉得段总管这一次的功劳实在是太大了，他救了我们云南的老百姓，也救了我们一家子人，我实在找不出适当的东西来报酬他。我刚才正在这儿说起，我要把我们的女儿阿盖，许给段总管。就这样让我们结成父子的亲谊，在我是十分心满意足的，你觉得怎样？

妃：（含笑）段总管是怎样呢？怕委屈了罢？

段：殿下，我不敢妄冀非分。

王：唉呃，我是有经验的人，他这样谦虚，就是表示满意喽。

妃：（笑）哦哈哈，阿盖又是怎样呢？

王：你还没有看见她吗？我刚才一提到这话的时候，她就羞得满面通红，一纳头，就跑去碰着了你。你不记得我从前向你求婚的时候了吗？那时候你不是也羞答答的，一纳头便倒向了我的怀里？唉，那是因为没有人在我们的面前啦。有人在面前的时候，就只好红着脸跑开，一个人去藏着私下高兴。（阿盖向寺内隐去）哦，你看，你看，她跑去躲起来了，那就是千肯万肯的表示了。好，我就这样的决

郭沫若 / 087

定了,今天是很好的日期,我们在这儿的东寺欢迎了段总管的凯旋,回头我们回到城里去,便举行洞房花烛的喜事。(回顾继宗继秀)你们去把我的意思告诉公主罢,说不定她还在那门背后藏着的。

穆:让我先去看。(飞跑入寺内)

(继宗继秀鞠躬后向寺内走去,但未走到寺门,穆哥忽然由门口出现。)

穆:(大声地)姐姐果然藏在这门背后,我一来,她就跑了。一个面孔就像一个红花瓶,两只耳朵都涨得通红了。(说罢返身入内。继宗继秀亦向寺内隐去)

(梁王大笑,余人均莞尔,独车力特穆尔有啼笑皆非之感。)

王:好了,好了,这事情就完全决定了。

车:(故作镇静)今天真是双喜临门,实在是很值得庆贺。不过我们天朝的律法似乎和刚才的决定有一点儿抵触。

王:哦,车力特穆尔你的意思是?

车:我们天朝的律法,蒙汉是不通婚姻的。

王:这倒是值得考虑的啦。

车:是的,大王,这实在是值得考虑。大凡一件事情,假使轻率地决定了,后来往往会追悔不及,弄出一些悲惨的结局来,一直到不可收拾。尤其是婚姻大事,我觉得应该慎重了还要慎重。

王:你的意思很是周到,我很感谢你。不过问题还是要看究竟是不是有这么一条律法。(指廷臣之一)驴儿达德你说罢,天朝是不是有这么一条律法呢?

驴:唉,好像是有这么一条,好像还是皇祖成吉思汗定下来的。

王：（微笑）哼哼，你是一个好像派。（再指其他一人）观音保你呢？

观：是有这么一条律法的，不过不是皇祖成吉思汗定的，好像是世祖忽必烈皇帝定下来的。

王：（仍微笑）你是半个好像派，（指第三人）矢拉，你说说你的意思看？

矢：（坚决地）是有这么一条律法，而且确确实实是世祖忽必烈陛下定下来的。

王：（笑出）哈哈哈，你是完全不像派。你们这些宝贝，不知道究竟读过一两本书没有？我们蒙古人是夏禹王的苗裔，蒙汉本来是一家。虽然我们蒙汉两方时常失和，但自汉朝以来，我们的可汗就同皇室通婚，这是在历史上朝朝代代都有记载的事。远的且不必说罢，就是到了我们本朝，南宋的幼主北上之后封为了瀛国公，还招为了驸马啦。而且方今天子妥欢帖睦尔陛下据说就是瀛国公的儿子呢。你们说罢，要是蒙汉不通婚，怎么会有这样的事情咧？

（诸人均无言，面面相觑。）

王：好，我对于这件事情认为是没有再考虑的必要了。方今蒙汉一统，更不好在这些地方来分彼分此。就算是有这样一条律法吧，到了现在都应该把它来废除了，何况是根本没有呢！车力特穆尔！我多谢了你的关心。不过我却关心着另外一件事情，倒很想把它来弄得一个水落石出。（略顿）唉，就是你生擒明二的那一件啦。因为我已经禀报上朝廷去了，要是不是明二，那就成为了诳报军情，而且还是一种欺君罔上的行为，我们非得立刻补报更正不可。（向段功）段总管，我想把他叫到这儿来，当面审问一下，他的伤是已经好了吗？

郭沫若　/　089

段：是的，他已经能够走路了。

王：（向桥头卫士）那吗，你们走一两个人去，把那明二传来。

段：杨渊海，你去把他带上来吧。

杨：是。（随带二卫士由桥头下场）

妃：（向梁王）巴匝拉瓦尔密，我看你站得太乏了，你何不到那边去坐坐？（指柏树之坛）

王：好的，我们一道去坐坐。（二人就座）唉，车力特穆尔！

车：有。

王：你禀报回来的时候，说是"生擒了明二"；究竟是根据什么的？

车：我是根据千真万确的物证。因为我捉着他的时候，我看见他的盾牌的背面有"明二"两个字的铭章，头盔和铠甲上也有"明二"两个字的铭章，宝剑的把子上也有"明二"两个字的铭章，差不多全身都是明二。

王：就只差他的身上没有刻着"明二"两个字，是不是？

车：唉，人是服装造成的啦，殿下。

王：好的，（回向段功）你又怎么晓得他不是明二呢，段功？刚才你在路上没有说得十分详细。

段：我是凭那人的口供和外貌来判断的。回头他来的时候，大王一眼就可以明白了。他还是一个年不满二十的青年，而且根本就不是汉人，怎么说得上是明二呢？明二是明玉珍部下的骁将，他是黄陂的人，年纪已经四十多了。而且，一军的统帅受了伤，便被人抛弃在路旁，那也不近情理。所以我认为这是明二的缓兵之计，所谓"金蝉脱壳"。

王：唔，你说得很有道理。

车：可是一个人的年纪你是不能够专从外表来判断的。并且他自己说不是明二，你就能够相信他不是明二吗？

王：你们不必争论，回头一看，大家就可以下一个公平的判断。你说他是明二，自然是有你的根据，但是段总管说他不是明二，我想来也不会是毫无根据的。认真说，在我自己，倒希望他真正是明二啦，唉，不过，哦，他们好像都已经来了。桥上有人在走动了。

（杨渊海由原道上。其后为建昌阿黎，即伪"明二"，被二卫士拥着，出现于桥头。阿黎年约二十，身着囚衣，赤足，两手反剪，头上有椎髻。）

杨：（在桥头屈左膝）启禀大王，明二解到。

王：你叫他们把他带上来。就让他坐在那儿地面上好了。（指舞台正中处）

杨：（起立）是。（指挥卫士）你们把他带上去。

（卫士引阿黎下桥，使之就座于地。复退至桥畔侍立。）

王：这还是一个小孩子啦，怎么也还不会上二十岁的。（回问其妃）忽的斤，你说是不是？

妃：（略略领首）你还是详细地问问他看。

王：你这个俘虏，我问你，你是明玉珍的兄弟明二吗？

黎：我不是明二，我是建昌的倮罗阿黎，我的父亲是建昌的酋长。

王：你有多大年纪了？

黎：我十九岁。

王：你怎么又到了明二的军队里，冒充起明二来了呢？

黎：因为明玉珍另外还派遣了一支大兵来攻打我们建昌，带兵的大将叫做邹兴。父亲要我到播州各地的蛮洞里去求救，没想出在路上却被明二的军队把我捉着了。明玉珍的军队在四川境内是不乱杀人的，因此他们也就没有杀我。我跟着他们到了云南，明二时常把我放在他的身边，要我教他

郭沫若 / 091

各种的番话。最后他们打败了仗，一直逃到了七里关，我的两只大腿上都受了箭伤，走动不得，追兵又来得很紧，明二便叫人把我装扮起来，把我丢下了。沿途还丢了不少的辎重和金银财宝啦。

王：唔，这话是很近情近理。（回顾车）车力特穆尔，看来你是完全中了明二的计。忽的斤，你觉得怎样？

妃：（没精打采地微微点头）

车：是，那吗殿下，请你处治我的诳报军情之罪。

王：不，你也不必兴奋。捉着了明二，固然是再好也没有；不过即使没有捉着明二，你们的功劳也就不小了。我只好再照实向朝廷补报上去，我想朝廷方面也不会怎样申斥你的。只是这个阿黎，应该怎样处分他呢？

车：他跟着明二来侵犯我们云南，他是一名奸细，请把他斩首示众！

王：（向段功）你的意思是怎么样？

段：我觉得这个孩子倒还有一片的天真，我想请大王饶恕他的活命，将来建昌一带的人或许会感恩怀德。饶恕一个人可以表示恩德，杀掉一个人不足以表示威武。像明玉珍和明二之流都还知道以不杀人来收揽人心，我们何必一定要杀一个手无寸铁的小子呢？所以我想请大王饶恕了他。

王：唔，说得很有道理，我听从你的话，就把这建昌阿黎放在你的监管之下，你也可以教导教导他，看他真正是好人的时候，不妨把他放回原籍。

段：多谢大王的厚爱。

王：（指卫士）你们来，把他带下去。

（建昌阿黎至此向梁王匍匐敬礼，被二卫士拥下。）

王：（回顾段功）段功，那位杨渊海是什么人？（向杨指出）

段：那是大理的一名员外，是同臣下一道由大理出来的。我很得力他。他不仅长于文笔，会做诗，而且还会打仗，不怕死。

王：哦，那是难得的一位文武全才啦。渊海，你到这儿来。（以手招之）

杨：（行至王前）敬候殿下的指命。

王：我要重用你啦，渊海，车力特穆尔的参知政事出了缺，你就递补他的地位罢。我回头就要禀报朝廷。

杨：多蒙大王的提拔，不过渊海是一介野人，从来没有受过朝廷的一官半职，现在突然受着这样的异常的恩典，自己实在是感觉着不能胜任。参知政事的高位，请大王留来任用别的有功的能员罢。

王：我看你不必推辞，你的功劳还算小吗？你们这一次的胜仗救了梁国，救了云南，实在是没有适当的东西可以报答。

杨：小臣实在感觉不能够胜任。

王：唉呃，我看，你不必再推辞了，而且我还要拜托你一件事情，希望你也能够担任。

杨：大王有什么驱使？我一定要尽我的微力。

王：那我是很高兴的。今天我们云南和大理联婚，但还缺少一位月下老人，所以要请你在参知政事之前，还要参知婚事。

杨：（鞠躬）小臣是十分荣幸。

王：（起身）好的，我多谢你啦，杨参政，一切都要算是天从人愿。我们现在可以进庙里敬敬香，回头就赶着回城去准备喜事罢。

妃：（亦起身）我看，我同车力特穆尔可以先回城去一步。因为车力特穆尔刚才已经敬了香，我们先回去也可以早一点儿准备。

王：那样更好，就请你们先回去罢。

（妃先行，王送之至桥头。二宫女随其后。车力特穆尔行至段功之前打拱。）

车：平章公，祝你事事如意，事事如意。可你不要忘记啦，回头应该把胡子剃掉。（作手势）

（段功亦打拱，但无言。）

（闭幕后，军歌之声复起，歌辞见上。）

（幕徐徐下）

第二幕　梁王宫之后苑

景：

　　屋后临池之高台。正左右三面均有曲折的回栏，栏外有竹木丛生。正面回栏如凸字形突出，在其直折处左右各有阶道，可上下。其下为池水。池中有洲岛。如方便时可于岛上设一大铁笼，养孔雀一对于其中。台前右手有柏树一株，下有假山石可供倚坐。树左矮长桌一条，纵置。桌上敷波斯毡毯，其上放一汉代博山炉。桌前桌右及左后隅各置鼓形矮圆凳一，柏树后有行炉水壶之类，炉甚小，所谓"红泥小火炉"也。又其后有一高案，上置凉橱，中盛果品诸事。台前左手有竹丛，在左后隅处横放一靠床，后面靠近栏杆。床上亦面华贵毡毯。其侧近亦有矮凳数具。其余隙地可放置各种菊花之盆栽，或置于地面，或置于架上。一切布置均须精巧华奢，而杂以异邦风味，最好以宋元人画面作参考。

　　幕开，梁王妃装束如前，唯不戴高帽，横陈靠床上指挥宫女甲乙二人从事布置。甲扇火炉，乙以火正燃烧博山炉中之香料。

妃：（徐徐自靠床坐起）哦，我还忘记了关照你们，茶叶你们是拿了那一种来的？

宫女甲：（回身）我们拿来的是福建出产的武夷茶呢。

妃：对了，那就好了。国王是顶喜欢喝这种茶的。尤其是喝了一两杯酒之后，他特别喜欢喝很酽的茶，差不多苦涩得就和药一样。这武夷茶的泡法，你们还记得？

甲：记是记得的，不过最好还是请王妃再教一遍。

妃：你把那茶具拿来。

（宫女甲起身步至凉橱前，由橱中取出茶具和茶筒，复至妃前，置于榻旁矮凳上，移就之。茶壶茶杯之类甚小，杯如酒杯，壶称"苏壶"，实即妇女梳头用之油壶。别有一茶洗，形如匜。容纳于一小盘。乙亦走近妃侧。）

妃：在放茶之前，先要把水烧得很开。用那开水先把这茶杯茶壶烫它一遍，然后再把茶叶放进这"苏壶"里面，要放得大半壶光景。再用开水冲茶，冲得很满，用盖盖上。这样便有白泡冒出，再把开水从这"苏壶"盖上冲下去，把壶里冒出的白泡冲掉。这样，茶就得赶快斟了，斟茶的方法你们是记得的吗？

甲：记得的。把这茶杯集中起来，把"苏壶"提起来，这样地（提壶作手势）很快地轮流着斟，就像在这些茶杯上画圈子的一样。

（穆哥与段宝各持一钓竿，由左前方喊杀而上。段宝乃段功之子，年十一岁。着汉人装束。）

穆：杀呀，杀呀，方国珍！

宝：杀呀，杀呀，韩林儿！

妃：（叱止之）穆哥！你们在闹什么？

穆：（与段宝俱止步）我要带着段宝宝去钓鱼。

（阿盖率羌奴继宗继秀匆匆由左前方上。羌奴乃段功之女，年十二岁。四人均着汉装。）

盖：妈，你一个人在这儿劳神吗？好不好让我来做一点事情？

妃：阿盖，不，你现在不同了。你现在是我们王府里的显客，不比从前了。你爸爸是不是快要出来的样子？

盖：恐怕还有一阵罢？好些客人都还在闹酒咧。穆哥同宝宝要去钓鱼，所以我就陪着他们出来了。

妃：那很好，你们去闲散一下罢。

穆：那么，我们就去喽！（携段宝手）走，宝宝，我们还得去找蚯蚓咧。（二人即向后栏走去）

盖：（向大施与小施）你们两个人赶快跟着去，不要让他们跌进池子里去了，水很深啦。

二施：是。（跟上二人，同向右侧阶口下）

妃：阿盖，你也带着羌奴一道去罢，这儿已经布置停当了。

盖：我忽略了一下，早就应该出来代替妈妈的。

妃：你不必客气啦，你是我们的显客。尤其在今天，你们还是第一次来同外公拜寿的，你们送来的寿桃寿饼，我通搬出来了，放在那个行橱里面。（指右侧高案上之凉橱）我想你爸爸一定是喜欢吃你们送来的东西的。

盖：我们送来的礼物实在太菲薄得很。羌奴的爸爸本来是拜托了杨渊海参政从大理带些礼物回来，可他到现在都还没有赶到。

妃：你们的礼物已经够多了，不要太费事啦。杨参政告假回去，不是已经很久了吗？

盖：是的，已经一个月有多了。大约他就在这一两天总会回来的吧。

妃：那羌奴们一定很高兴喽，从大理又有很多东西带来啦，羌奴，你来，你来，今天外婆还没有送点东西给你啦。（顺手从颈上取下一个金锁如意）我就把这个给你吧。

羌：（行至妃前敬礼）多谢外婆。

妃：（为之戴上）刚合式。这孩子长得真好。（向阿盖）今年只有十二岁，是不是？

盖：是，已经满十二岁了。

妃：看来差不多就有十五六岁的样子啦。小宝宝也肯长，穆哥比他大两岁罢，他们差不多也一样的高。

盖：他们爸爸很关心他们，一切饮食起居都很注意，因此听说自幼就很少生病。他们到这儿来也快半年了，我也还没有看见他们生过一次病的。

妃：那很好。你就带着她去看穆哥他们去罢。回头你爸爸出来的时候，我派人来关照你们。

盖：那吗，我就去看他们去。

妃：好的，好的。

（阿盖与羌奴由后栏左阶下。）

乙：我有点不大明白，为什么斟茶的时候要那样画圈子呢？一杯一杯地慢慢斟满不可以吗？

妃：那样便有先淡后浓的不同。你们去瞧瞧，那边好像有什么人来了。（向右前方指出）

（宫女乙向所指方向走去，张望。）

妃：你把这些收拾下去。

（宫女甲将茶具等仍收还橱中。）

乙：（回报）是丞相车力特穆尔来啦，好像有点醉的样子。

（车力特穆尔佯醉，偏偏倒倒地由前方上，走至柏树前，即以手扶树干欲作呕吐。）

车：唉，……

妃：你不要在那里乱吐罢。你们赶快去扶着他，向那边去吐。

车：我，我，我没有醉。我，不吐，不吐。

（宫女二人扶至右侧栏杆，即俯身其上而大呕吐。）

妃：（起立，走近树下矮桌）幸好把你扶开了，还在说不吐，不吐。巴匦拉瓦尔密回头就要到这儿来饮茶的，给你吐得一塌糊涂，那才叫费事啦。（就座于左后隔凳上）

车：我没有醉，我实在没有醉。不信，你看我走点路给你看，你们不要搀着我。（将二宫女手撇开，独自踉跄而行，为假山石所绊，几至跌倒。二宫女复进前扶之）唉，你们这些混账石头，简直没有眼睛，不认识我车丞相了吗？

妃：（笑）我看你醉得实在有点样子了，你还是早点儿回去休息罢。

车：不，我还有要紧的事，要紧的事，要同你谈谈的。你，你要我找的东西，我现在——

妃：你不忙说罢，你坐下再说。你们让他坐在那儿。（指对面坐凳。二女扶车就座）

车：哦……（复微作呕吐之状）

妃：你还要吐吗？

车：不，我现在舒服得多了。

妃：（自怀中搜出一纸包）我这儿有蔻仁，你咬它一两颗罢。

车：（接受）好的，好的。（投一二颗入唇）

妃：（命二宫女）你们赶快进去看看，假如国王有出来的模样，赶快走一个人来报告我。

（二宫女应命下。）

妃：（静默有间）你现在好得一点罢？

车：好得多了，好得多了。这蔻仁我还你。（交出，趁妃接受时，即握其手吻之）

妃：你别胡缠，给人看见了！（脱手，将纸包揣入怀内）
（此时继宗在后栏右侧阶道上露出头面，但即迅速缩回。在栏外掩藏着，时隐时现地窃听。）

车：我把你要的东西弄来了。（以手探怀内）

妃：（急制止之）不，你别忙，阿盖她们刚才下池子那边去了，你等我去看看来。（行至后栏探望，但未发觉继宗，即退回原处就座）你拿出来罢。

车：（从怀中取出一个小磁瓶）这是我叫铁知院替我找到的砒霜。

妃：（接受）你把声音放小一点罢。

车：段功送来的东西呢？

妃：我都放在那橱子里面了，你看罢，都是一些寿桃寿饼。
（指示凉橱）

车：有没有乳扇和乳饼？

妃：有的，有两大盘。

车：那很好，你就把这砒霜，拿来淹在那上面，把一两片特别多淹一些。穆哥王子是顶喜欢吃乳扇和乳饼的，回头你找个机会让他吃，他如果中了毒，那我们就算成功了。

妃：那老头儿呢？不让他吃？

车：不，我们还要留着他来除掉段功啊。老头儿对段功的信赖也不比从前了，这不用说，是你我这半年来的成绩，不过那老糊涂还是在踌蹰，不相信段功真正会有什么野心。我们今天就得把他这最后的一点犹豫给他打破！

妃：你小声点罢，我耳朵又不聋。

车：好，那你就这样。但你千切不要让段功的儿女们吃，他们今天是来了的啦。

妃：刚才阿盖带着他们下那边去了，穆哥也一道去了。你等着，好像有什么声音，我再去看看来。

（继宗此时在栏外显出，复急忙缩回。）

（妃走至栏侧张望一回之后，复归原位。）

车：你千万不能让他们中毒，因为下毒的人是不会毒死自己的儿女的。

妃：那吗，你为什么要让我毒死我亲生的儿子？

车：唉，你好聪明，连这一点都不知道吗？因为那样便愈见得毒药不是你下的了。你是明白，我们的关系穆哥很清楚；而且穆哥不死，王位便落不到小王子的名下来。小王子和我很相像，我相信那一定是我车力特穆尔的血脉啦。

妃：阿盖呢？你说。

车：我看你最好也不要让她中毒。

妃：哼，留给你好受用，是不是？好让你又怂恿起她来毒杀我，是不是？我同你讲，我什么事情都可为你牺牲，可是你对于阿盖始终不肯断念，这点我是绝对不能容忍的。

车：你何必一下就那样生气呢？（又作欲呕状）

妃：哼，我总要让你知道一点好歹，你不要以为女人是可以随意玩弄的。

车：你愈说，愈兴奋了。镇静一点儿罢，时间已经很迫促了，国王很快地便会出来了。把乳饼拿出来，你最好赶快下药罢。

妃：用不着你操心，你倒可以赶快从这儿离开。

车：不，我不看见你把药放好，我是不放心的。

妃：哼，你这瘟神！你难道还以为我的心肠会比你的更软些？你赶快给我走！

车：不，我要……

（宫女甲匆匆由左前方跑上。）

甲：（喘息地）国王已经离席，快要出来了！还有段平章同路。

妃：你再下去，把他们引到这儿来。

（宫女甲应声下。）

车：我现在非走不可了。

妃：（起立步至行橱前，取出乳饼一盘）听你的尊便！（侧过头来，将此语吐出，随即将砒霜洒于乳饼上）

（车见其将毒放好，复伴醉踉跄由右前方下场。）

（妃将凉橱掩好之后，走至后栏将小磁瓶投入池中，若无其事地在台上斜倚，俨若对于各种布置在加以吟味。甲乙二宫女由左前方出场。梁王及段功随上。梁王装束如第一幕，段功已换平章官服，其制与梁王相仿，而珠饰远逊。）

（王妃趋前迎接。）

王：啊，忽的斤，你一个人在这儿吗？阿盖呢？

妃：阿盖她们都下池子那边去了。穆哥和宝儿两个要去钓鱼啦。（一面扶王就靠床休息，一面命令二宫女）你们走一个去请公主们上来罢！

王：不，不要去，让他们在那边玩的好，赶快替我冲点茶！

（两宫女急向右侧走去，甲扇炉火；乙自行橱中将茶具等取出。）

妃：你怕喝了很多的酒罢，巴匝拉瓦尔密？

王：没有喝多少，我只喝了些肥杨林酒和蜜酒。上了年纪，已经不比当年了。（向段功）段功，你请到那边去坐罢。

段：是。（就座于右侧矮桌前之圆凳上，斜向梁王）

妃：（亦就座于桌左后隅）平章，你也喝了些寿酒罢？

段：勉强喝了两杯。

郭沫若 / 101

王：段功这个家伙，我看你什么都很强，就只有喝酒是太说不上了。

段：实在很惭愧，平生是滴酒不沾唇的。今天是岳父大人的六十大庆，算破例喝了两杯。现在连脑子都有点儿发昏啦。

妃：我这儿有点豆蔻，是解酒的。你吃一两颗？（自怀中搜出纸包）

段：不，多谢丈母娘。我是不喜欢吃药的。

妃：（回顾梁王）你要不要？

王：我也不要，我只想喝点浓茶。

妃：今天有上好的武夷茶啦。你一定很高兴。（将纸包揣入怀内）

王：那是好极了。

（二宫女在矮桌上冲茶，王妃在旁协助之，冲满四杯之后，由乙先向国王捧去。国王取上一杯，一饮而尽，持杯在鼻下吟味。继向段功捧去，段功亦取起一杯。继向王妃，王妃亦如之。再轮至国王前。凡宫女送茶至王前退下时，须后退三步，然后转身。）

段：不过今天喝寿酒的人都有本领，喝了的酒很不少啦。

王：那里，简直说不上。从前我们世祖忽必烈陛下做六十大寿的时候，大宴七天，每天吃牛三百头，马三百头，羊子五千头，喝了的马湩米酒一共有两千多车。那时候才真正堂皇呢。

妃：就是当年你做五十大庆的时候，都比今年要热闹得多了。

段：那时候，我来参加过。我记得那次大宴了三天。

王：唔，是的，是的，那回我是第一次看见你。我想把你留在云南，结果没有办到。（呷茶吟味之后）哦，段功，很早我就想问你。他们都在说，你是不想再回大理去了，是不是？

102 \ 四川新文学大系·戏剧编（第四卷）

段：想是何尝不想回去？不过我现在有行中书省的职务在身，自己也就不好随便离开。好在大理也是云南的一部分，所以我在这儿也就和在老家一样了。

（宫女乙轮流将茶盏收回。）

王：那很好，我很希望你真的就把这儿当成你的老家。

妃：有好些人不满意你，在说你的坏话呢。

段：那是难免的。

妃：他们说你袒护汉人，把我们蒙古人看不起。

段：袒护汉人倒说得过去，看不起蒙古人那倒是偏见了。认真说，因为我是汉人，我倒还有些客气，要是我是蒙古人的话，我是更要袒护汉人的。

妃：怎么的呢？

段：有好些蒙古来的朋友和外国来的色目人，实在是太不成话了。骄横无赖，把汉人看成奴隶牛马，任意地敲诈剥削。这实在是误国殃民的事！

王：这种情形在开国初年是很盛行的，近来还是有吗？

段：不仅有，而且手法更来得巧妙了。从前是无法无天的专横，任意地圈占汉人的田地，奸淫汉人的妻女，草菅汉人的生命，现在呢，是有法有天的专横了。

王：唔？

段：他们把天朝的律法拿来做护符，任意地诬良为盗，诬良为娼，贿赂公行，估买估卖，一样地草菅人命，奸淫掳掠。老百姓们是有苦说不出的。

王：哦，这些情形我一向受着蒙蔽，这是不能容恕的啦。

段：因此我也伤负了好些人的感情，他们说我的偏见很深。其实我决不是出于偏见，我是想把蒙汉色目，一视同仁的。

王：这样正好，我正高兴你这样做。

郭沫若／103

段：（感激地）不过，遗憾的是我是一位汉人，假如我是一位色目人也还好些啦。

王：你用不着那样顾虑啦，你不是我的女婿吗？

段：一般人的偏见也未免太深，开国的时候无形之中把人分成了四等。蒙古人是第一等，色目人是第二等，北方的汉人是第三等，南方的汉人叫作蛮子是第四等。像我呢，他们叫作半蛮子半僳罗，似乎连第四等都不够。但我总是汉人啦，他们也就总说我是偏袒。我想一定还有更多没须有的话传播的。

王：段功，你安心好了，尽管他们怎样说，我总是不相信的。我自己还没有老耄到不能够辨别是非黑白的那样昏聩啦。（瞥见羌奴）哦，我的外孙女儿来了。

（羌奴由后栏左阶上，继宗与继秀随后。）

王：啊，羌奴，羌奴，我的外孙女儿，你来，你来，来同你外公谈谈啦。弟弟同妈妈呢？

羌：（一面行动着）回头就上来了。（行至王前请安）外公，你就给一颗红石榴一样了，你今天喝了很多寿酒罢？

王：像红石榴吗？哈哈哈哈，我今天喝得真不少呢。你也喝了寿酒？

羌：我喝不来酒，我只喝了些蜂蜜水。

王：（抚摩其头）那也很好，外公今天还没有赏赐你，我把我这对玉耳环给你罢。（自耳上摘下耳环与之）

羌：多谢外公。（复向王妃）多谢外婆。（行至段功侧侍立）

妃：你很懂礼节啦，真是聪明。

王：羌奴，我问你，你在这儿住得惯不？

羌：这儿很好，因为爸爸妈妈都在这儿，还有外公和外婆啦，这儿比大理还要好。

王：比大理还要好吗？

妃：你们大理不是有很好的风景吗？

羌：是的，我们那儿有一座大山名叫点苍山，风景也很好。山峰有十九个。还有十八道泉水，我们叫作锦浪十八川，从那山头上流下，处处都有瀑布。我们那儿的石头才叫好看呢。白的就像羊脂白玉，黑的就像乳漆，在那上面还有很多好看的花纹呢。

王：真的，真的，我这儿的宫殿里面，就有很多柱头和屏风，是你们那儿的大理石做的。——哦，又一个好宝宝来了。

（穆哥与段宝各持钓竿一支，由后栏右阶上。阿盖随其后。）

王：来来来，宝宝，你们钓了很多的鱼吗？

宝：还没有找到曲鳝子呢。

王：不要紧，不要紧，外公今天要把一对鱼给你啦。（自项上将金锁玉鱼取下）

（段宝将钓竿倚于栏次，走至王前，王即将双鱼颈环戴其颈上。）

宝：多谢外公。（复折向王妃）多谢外婆。（再遥向穆哥一鞠躬）多谢舅舅。

王：（笑出）啊，好孩子，好孩子。是什么人教你这样的？

宝：妈妈教我的。

王：是那一个妈妈呀？

宝：我的新妈妈。（跑至阿盖身畔）

王：阿盖，你和他们处得这样好，我是很高兴的。做晚母的人是要这样的贤淑才行。

妃：可惜我就没有那样的贤淑啦。

王：那里，那里，因为你好，所以阿盖才跟你学好了。你们吃

郭沫若 / 105

不吃一点儿点心啦?

盖：爸爸，不要把东西给他们吃，他们才吃过饭不一会。他们每天下午在这时候是要睡午觉的，我想要他们早点儿回去。（向段功）阿奴，我看你也像喝多了一点酒啦。

段：是的，我的头有点儿发昏。我还要到南门大营去检阅队伍，正想要先告辞回去了。

妃：你们何必那样着急呢？

段：那吗，阿盖，你们留在这儿陪外公外婆罢，让我一个人先回去好了。

盖：不，爸爸是要在这儿睡午觉的，也不好让孩子们在这儿搅扰。连穆哥小弟我都想要他一道去玩呢。

段：（起立）好，那吗我们就告辞罢。明天再和外公外婆到东寺去敬香，今天就不再打扰了。（向阿盖）阿盖，我看，你可以留在这儿帮忙外婆啦。

妃：不要客气罢。

王：真的说走就走吗？（自靠床上撑起身来）

段：还有明天啦，明天还可以高兴一天。好，宝宝向外公外婆告辞，穆哥，你同我们一道去不？

（段功率羌奴段宝向各人告别。）

穆：（急将钓竿放下）我要去，我要去，我要同宝宝一道去。
（将行）

妃：（叱止之）不，你也要睡午觉的，你不能去。

盖：小弟，我在这儿陪你啦。我把他们送出去就转来。

（段功，阿盖，羌奴，段宝，继宗，继秀等同由左前方下。）
（王与妃均起立送之，穆哥甚不如意，退倚于后栏上不动。）

王：唔，阿盖这孩子，年纪青青，没有想出便很能够处理家务。（回转身来）

妃：不过段功那个样子，我实在有点儿看不惯。他简直就把我们当成仇人一样在看待。生生疏疏，硬硬撑撑的。

王：武人总不免是有那样的情形的。

妃：车力特穆尔不也是武人吗？可又不像他那样！我看他始终是和我们不能融洽的。他说来说去总忘记不了我们是蒙古人。

王：（不置答，走至穆哥前）穆哥，你怎的？不高兴吗？爸爸还有顶好的东西给你啦，我要给你这把短刀。（自腰上解下，与之带上）这是我们世祖忽必烈皇帝传下来的波斯刀，是我们的传家之宝啦。（见穆哥仍无喜色，复回向王妃）忽的斤，你给他一片乳饼罢，他是顶喜欢吃乳饼的。

穆：不，爸爸，姐姐给我说过，叫我千切不要乱吃东西！

妃：（触怒）哼，你就只晓得你姐姐，你去给段功做儿子去罢！不识抬举的东西！

穆：好，我吃，我吃，我什么都吃；你有多少，我给你吃多少。

妃：（自橱中取出乳饼一片）要吃你就拿去吃。

穆：（忿忿然前进受之，胡乱吃嚼）……

妃：（自语）这些乳扇乳饼和寿桃寿饼都是段功送来的，我本来打算一家子人在这儿团圆，大家高高兴兴地用些茶点。可那段功又那样气冲冲地跑了。我不知道，他究竟是和我们有什么仇。

王：留着明天吃罢，明天带到东寺去用也是一样的。在这样秋高气爽的时候，正好到郊外去吃吃东西。穆哥，明天我们要到东寺去啦，你高兴些罢。回头同你姐姐说，要羌奴和宝宝也一道去。

穆：不，我不想去，我去也没有什么意思。

郭沫若 / 107

王：好，好孩子，不要生气了。忽的斤，你再拿一片乳饼给他罢，我看他吃得很有味。上了年纪的人看见小人吃东西有味，比自己吃还要满意。

妃：（如言，复与一片）这是你姐姐送来的东西，吃了总可以心满意足的啦。

穆：（复接到手）吃了就叫我死，我也心满意足。（又胡乱咽下）

妃：哼，你死罢，我就看你死给我看！

（阿盖由左前方折返。）

王：阿盖，阿盖，你快来！你快来！你弟弟正在望你。

盖：我把他们送走了。（走至穆哥前，爱抚之）弟弟你怎的？你不高兴吗？

穆：我心里有点难过，阿姐。

盖：你是看见宝宝走了，你难过吗？不要紧，明天我们一道到东寺去啦。

穆：我也不去，我心里很难过。（渐渐呈苦闷之色，投入其姐怀中）

盖：（急拥抱之）啊，小弟你怎么的？

穆：（苦闷）姐姐，我我，我错了，我没有听你的话……

盖：怎么的？怎么的？

（王开始着急，妃故作张皇失措之态。）

穆：（愈苦闷）我，我，我，吃了妈妈给我的乳饼……

盖：（惊呼）啊？阿弟！（紧抱穆哥）

妃：（故作十分悲怨）把我的儿子给我！（自阿盖怀中将穆哥夺去，穆哥倒地，亦随之而跪下，拥置于膝上）你们赶快去找太医来呀！赶快去找车力特穆尔来呀！这一定是中了毒！啊，我的儿呀！我的心肝儿呀！（痛哭）

王：（惊惶万分，欲夺取穆哥，王妃不予）这怎么办？这怎么办？（开始焦躁地盘旋）

盖：（向宫女）你们赶快分头去请丞相和铁知院来，他们大概还在外边喝酒。

（宫女二人急急分道由右前方及左前方奔下。）

妃：（号啕哭诉）我的儿呀，我的心肝儿呀！你才十二三岁，就这样死于非命了吗！你真忍心呀！你把娘的心肝都挖去了呀！（以下一直翻来覆去，连哭带诉）

（王在左侧盘旋，阿盖立侍妃侧。）

（宫女甲引侍医铁知院施宗施秀由左前方上，宫女乙引车力特穆尔由右前方上。二人均有醉意，同奔至王妃侧近。）

铁：是怎么的？

妃：（止哭，哽咽）是段平章送来的路南乳饼呵，我把了两片给他吃。吃了没有一会子就成了这个样子了呵。（又哭出）

铁：该不是中了毒罢？

车：平章送来的东西怎么会有毒呢？你先摸摸王子的脉，看是怎样？

铁：（摩脉）已经停了。

妃：（号啕）嗳呀，我的心肝儿呀！（痛哭一声，伏于穆哥身上，宛如气厥，不复作声）

铁：赶快，赶快，王妃气厥了，扶到睡椅上去。

（二宫女急扶妃至靠床上睡就，为之按摩其手足。）

盖：（向施宗施秀）你们把穆哥小弟抬到那长桌上去罢。（自行前进将博山炉取下，置于高案上倚案而立，铁与施宗施秀将穆哥扛置于桌上）

车：你看，是不是中了毒呢？

铁：这个，的确是中了毒无疑，不过不知道中的是什么毒。

郭沫若 / 109

车：你可以把那些剩下的乳饼乳扇和寿桃寿饼通同拿来看一看啦。平章送来的礼物怎么会有毒呢？

铁：好罢，检验检验看吧，是放在什么地方的呢？

宫女甲：（回头指示）在那个橱子里面。

（二人行至橱前，开橱检视。）

铁：有了，有了，通在这儿。（先取出乳饼一盘，仔细视之）唔，有很多的砒霜啦！

王：（在苦闷徘徊中突然止步）什么？砒霜？

铁：是砒霜啦。这很简单地就可以判定。你们看罢，这一些白粉假使是糖，糖没有这么的白，假使是面粉，面粉没有这么的干。而且面粉一烧便要烧焦，糖也是要焦的，还有一股糖味。我们可以烧烧看啦。假使这些是砒霜，一烧就不见了，什么气味和痕迹都没有。

王：你赶快抖些下来，烧烧看！

铁：好的，好的，好在这儿火也方便。就把这些白粉抖在炉子里面看罢。

王：你们把炉子移到这边来！

（车至炉畔，去其水壶，移炉至舞台正中处。铁即挟一二片乳饼轻轻向火上弹动。）

铁：请看，请看，一点黑点子都没有，也没有什么怪味。我断定这是砒霜无疑！再不然，可以拿一条狗来！

施宗：（突然叫出）铁知院！我可不相信你那套鬼话！

施秀：你好去拉一条服了毒的狗来这来死是不是？

施宗：我敢于把我的生命来打赌！

铁：你们敢打赌？就请吃一两片罢！

施秀：哼，我敢！我敢于把性命来试。

（二施争前取饼，将食，被王喝止。）

王：（厉声地）好了，不准再试了！我现在算从梦中醒来了！车力特穆尔，我失悔没有早听信你的话！你去传出我的命令，把段功给我捉来！我要他把这些乳饼通同给我吃掉！
（铁将炉移去，放还原位。）

车：（镇静地）大王，可否让我表示一点意见？

王：你有什么意见？

车：我看，这事恐怕还不可造次。

王：什么？

车：这毒怕不会是段平章下的。

王：胡说！是他送来的东西，放在我王府里，都是王妃一手经理，谁个还敢下？难道王妃还肯下来毒死她自己亲生的儿子？并且刚才段功在这儿的时候，我叫王妃把点心给他的儿女吃，他匆匆忙忙地便把他们带走了，这不更显得是作贼心虚！（向阿盖）喂，阿盖，你来！
（阿盖倚立案旁，悲恨交集。须表示其踌躇不决，欲语难语之内心苦闷，而复冷眼观视诸人行动，至此步至王前。）

王：这事情我看你是知情的！你说！

盖：（悲愤而坚定）爸爸，详细的情形我都知道。

王：（大怒）好！你还是我的女儿！你给我把这些乳饼通同吃掉！

盖：爸爸，我心里有无限苦痛说不出来，我愿意听从爸爸的严命，陪小弟一道死。（说毕即将取乳饼）

车：啊，那可要不得。（忙将乳饼和盘抢至后栏向池中抛去，池中起了一阵水声）

王：哼，你真忍心！你简直是禽兽！你就要毒死你的后母，你就要毒死你不同娘的兄弟，都还有话可说；我是你亲生的父亲啦，连我这条六十岁的老命你都忍耐不过了吗？

盖：爸爸，我有苦说不出，但这并不是段平章的罪。

王：好，你还在替那魔鬼说话！不是他的罪，是你的罪吗？好，我可以叫他和你对质。车力特穆尔，你去！你快去！

车：（镇静地）不，大王，我想这件事情非得慎重不可。

王：还要什么慎重？

车：（十分镇静地）照道理说来，阿盖公主是不会知情的，段功把公主一个人留在这儿，就可以明白了。（间）段平章野心勃勃，我们早就知道，不过万没有料到他会有这一着的。有人说他和明玉珍朱元璋都在暗通消息，看来是千真万确的了。不过他的心计分明是想毒死大王，好吞并云南，颠覆我们元朝的统治，和明玉珍朱元璋合流。但现在大王没有中毒，而只是王子牺牲了。他早就惯会笼络人心，云南的老百姓都认他为重生父母，而且又有大兵在手，四门大营的统帅都是他的私人。现在去叫他，那简直是打草惊蛇，不但把他叫不来，还会激成他的叛变的。因此我觉得，似乎非得考虑一下不可。

妃：（俨若突然转过气来一般地）嗳哟，我的痛心儿哟。（无力地啜泣）

王：（怃然无语，复开始焦躁地盘旋）……

车：（如前）我想，今天的事情，最好暂时不要声张。王子死了的消息，也不准传播出去。凡是今天在这儿的人，一概不准向外边泄漏。因此我觉得王妃也要尽力镇静，装着一个若无其事的样子。假使这样装假未免有点困难的话，那就装病也是好的。总之不要使外边的人有丝毫的觉察。做到了这一步的时候，第二步就要望阿盖公主来主持了。

王：什么？你要她主持什么？

车：（语调放重）很简单。只要阿盖公主没有忘记她是蒙古人，没有忘记她是梁国的公主，没有忘记她应该替梁国锄奸，没有忘记她应该替穆哥王子报仇，那吗，事情就很容易办。

王：你直切了当地说罢！她不能办，我也要以我做父亲，做国王的地位，叫她办！

车：（如前）很简单，只要公主在今天晚上用同样的方法把段功毒死！

王：唔？

车：（放平静）只要段功一死，他的部下就可以瓦解，梁国的大患因此消除，穆哥王子的仇恨也就报复了。这就是我的一点愚见。

王：（略作考虑）唔！这容易办。好，就照这样做，一切的情形都不准向外边声张。有谁声张的，我要以极严厉的刑罚来处治。忽的斤，你也不必再哭了。你拿出你平时的气概来，要替儿子报仇。

妃：（自靠床上抬起半身来，带哭地）只要有谁替我儿子报仇呵，我的心就暂时变成石头也可以，反正我现在是已经变成石头一样了。

王：阿盖，你怎样？你是听见的！

盖：（意外地坚毅）我，我一定要替兄弟报仇！

王：好，谅你应该还有得这样一点人心。一切就这样决定了。（向二施）你们现刻就把王子背下去。

（二施应令，一人负，一人扶，将穆哥尸首由左前荷下。）

王：（向铁）铁知院，现在你下去，赶快替我配两瓶孔雀胆的酒来！

铁：那很简单，外边就有酒，药品我是随身带着的。（由右前

方下)

王：(向车)车力特穆尔，你下去作其他军事上的万一的准备！段功死后，他的部下就由你接收。假使有什么骚动，一切都以军法从事！

车：是。不过，我还得补充一句，段功是不大喜欢喝酒的人，用毒酒去，恐怕不会有什么效果罢？

王：我也想到，但要用酒去劝他，他才不疑是毒。(向阿盖)阿盖，我告诉你，你回头把酒拿回去，就说是我送给他的蛇胆酒，是广东送来的，和大理金齿一带的鳄鱼胆酒不同，吃了可以清心明目。你可以尽量地劝他，也不必就在今天晚上一定做到，太急了反而使他生疑，限你三天，在三天之后你假如还没有办到，你也休想来见我！

车：这样倒很周到。那么，我就下去了。(将下。)

妃：车力特穆尔呀，我现在连站都站不牢了，你来把我扶下去吧。

王：那很好。车力特穆尔，你的忠心一片，我将来一定是要很好地报酬你的。

车：这是做臣子的本分，不敢希望报酬。(将王妃挽扶起，徐徐向左前方走去)

妃：(下，时复回顾阿盖)阿盖，我千万恳求你，希望你不要忘记，一定要替弟弟报仇呵。

盖：我要尽我的力量做，我一定要报仇，仇报不了，我也不想活。

(铁知院匆忙地携酒二瓶，由右前方上。妃与车为之住脚。)

铁：这酒我在这儿对好罢。(在长桌上解囊，取出一小磁瓶)这是孔雀胆，再配一点别的药料做引子。(又一一放毒这是砒霜……这是鹤顶松……这是河豚蛋的粉……这是蝮蛇口水制成的精。……有了这些东西，任你是铜打铁造的金刚喝了也都要叫你阿弥陀佛。（配毕授瓶于王）

王：（向铁）你现在可以下去了，一切的情形都不准泄漏。

铁：是。（收拾药囊毕，将下。）

车：你请等一下。

铁：（转身）是。丞相还有什么吩咐？

车：（向王妃）娘娘，你请在国王身上倚靠一下啦。（扶妃至王侧，复招铁）你来，请你到这边来。我有点事情要同你谈谈。（招铁至后栏，出其不意地推之入池。一阵水声）

王：晤，这倒做得很干净。

车：（转身至王处，复将王妃扶定）那家伙不一定可靠，等到明天清早，就说他喝醉了，自行失足落水了事。

王：好，我也不愿在这儿睡午觉了。我们可以进去了。（将酒授阿盖）阿盖，我要再告诉你一遍：这酒假使取不得段功的命，我就要你的命！（回头即行，车扶王妃随之）

（阿盖两手持酒瓶立于场中，悲忿不可名状。）

（幕急下）

选自郭沫若著：《孔雀胆》，群益出版社，1946 年

沈蔚德

| 作者简介 | 该作者简介参见第三卷五幕剧《春常在》。

民族女杰（四幕剧）

（节选）

关于"民族女杰"

抗战以来，剧运随着抗建宣传和普及民众战时教育的迫切需要，而得到广泛的开展，这是好现象；然而因为这是一种突飞猛进，故一切同时都发生了"供不应求"的情形：如戏剧干部人材的不够分配，训练教材的缺乏，战时戏剧理论的贫弱；而其中最感恐慌的是剧本产量太少。"剧本荒"成了一时普遍的呼声，大家都在喊着；但尽喊无济于事，我们一定要有具体的办法来鼓励剧作家，大家努力，加紧创作。

我们的最高教育主管机关教育部，有鉴于此，特于前年以重金公开征求抗战剧本。结果在全国应征的几百个剧本中，经过国内名戏剧家的再四评选，只挑出极少数几部优秀作品；而话剧方面，多幕剧的首选便是沈蔚德女士的《民族女杰》（原名《新烈女传》）。

沈蔚德女士是国立戏剧专科学校第一届编剧组毕业生，平时颇能勤恳向学，潜心写作，早年便写有小品及小说，散见各报章杂志，并能翻译。毕业后一直留校服务，一面工作一面还抽空不断的写作，这种精神，真是难能可贵。

现代的女作家本来就不多，而女剧作家尤其少。我知道大家都会和我一样，对于这位作家的前途抱着很大的期望。

至于《民族女杰》一剧的优点，读者和观众一定都有正确的断语，不用我来哓舌；我只想说到一点，就是该剧女主角性格描写的成功。这样一个秉性刚烈、坚忍不拔，而终能杀敌报国的女性，确是抗战的大熔炉里应该可以锻炼出来的新女性典型。抗战使得每个人都坚强起来，甚至就是一个民间无知的女子。这样的新女性，中国现在已有的是，我们不能说她仅是作者个人想像的产物。如把此剧用在乡村宣传上，我想是更为合适。此外如文笔的清畅，对话的流利，人物安排的妥帖，穿插的灵活巧妙，也都有独到之处，不愧为冠军之作。

该剧已由国立剧专在江安演出，效果极佳。兹当本剧问世之际，乐弁数语，以为介绍。

余上沅
民国三十年正月于江安国立剧专

代序
一个女人的面影

不知从什么时候起，我的心里有那么一个面影。一个轮廓很明朗的面庞，并不一定是美丽的，然而是动人的。大眼睛，不大爱看人；但一看起人来便光芒四射，让对方觉得不大自如，仿佛被两只透明的箭一直射到了心上。高鼻梁，上巴骨很坚定，嘴角永远带着在嘲弄谁似的微笑。头发浓而且黑，像一团乌云似的给人以重压之感。她热情而明智；机警而不是油滑；她也许很恣肆，但不是放荡；她其实很单纯，但决非无知。她有□健的肩膊，不会因一点小小的打击便被压倒，她有着一切"男性"的美德。假如"男性"这两个字真是代表了冷静、坚强、果断、勇敢、负责任、好斗争⋯⋯这些意义的话——然而也并不知道因此就该争女权、穿男装、到处开会演说。因为她终是女性，有时也会被感情驯服得像匹温柔的小猫儿。她觉得"女性"就是"女性"，就和"男性"就是"男性"一样；而无论男女都是"人"，这就够了。

　　这个面影不知从何而来，也不知从何时起，便在我的心上住下来。她生长着，一天天的长大，一天比一天更加活泼明晰。我爱她；因为我也是女人，我像爱我自己影子似的爱她。我每一天提起笔来，她便涌现在我的面前，像一个淘气的孩子似的逗引着我："给我以生命吧！你看我不是只差一口气就是活的人吗？"然而果真我要去捉她时，她又狡猾得像一条蛇，在手指间溜走得无影无踪了。

　　等我茫然放下笔，抬起头来，我又看见她，嘴角带着那嘲弄的微笑，仿佛说："你的那支笔是不能给我以生命的啊！"

　　是的，我曾试把她描写了两次：第一次是"女兵马兰"（三幕抗战剧，发表于《新西杂志》），她穿了游击队女兵的衣裳出现；第二次就是《民族女杰》里，她被命名为孙四姑娘，是个乡镇上的酒店西施。然而结果这两个都不十分像"她"，而且彼此也不相似。就勉强说都有几分像"她"吧，那也只是部分的皮相。真的她，完全的她，我知道我这支太拙的笔是终于写不出来的。——不过两个她的化身都是穿的短衣，背境也总是田野，这却不是偶合。我不能勉强"她"，或类似"她"的她们，穿上旗袍，坐在华丽的客厅里，而使她们仍是那样生机勃勃的存在着。

也许有人愿意知道我为什要写《民族女杰》这样一个剧本，——其实我开始并没有想把她当作"女杰"的这一看法，原名是《新烈女传》——那我的答应便是：因为我酷爱描写这一类久已占住在我心上的那个"女人的面影"之故。

著者

第一幕

时　间：
　　初夏、黄昏
地　点：
　　北方、离城不远的一个小镇上
人　物：
　　卖唱男、女
　　酒客甲、乙、丙、丁
　　孙四姑娘
　　史长兴
　　魏大妈
　　何秃子
　　特务老马
　　镇长张太爷
　　金营长
景：
　　市梢的一家酒店门前，酒店敞着铺门，露着柜台，柜台上面有块立牌"闻香下马"，还放着一些酒壶和杯盘之类的东西。柜台的一边堆着几个酒坛子，上边放着打酒的酒端子。店里的

沈蔚德 / 119

左面墙上挂着一幅红布门帘。门旁贴着一幅作香烟广告的美人画，仿佛那儿是通内室的门。店门上挂着酒店的市招，写着"长兴酒店"，门前有一片空场。这时店里放着两张方桌，旁边几条长凳。从店的右后面的高冈上看得见远处的天空，金光四射，已是太阳下山的时候。店的两旁都是些大树，浓荫翠压压的。树间都有小路，店右的通街上，左的通乡下。

　　开幕前即闻酒客的拇战声，哗笑声。幕启，众酒客正占了两张方桌，在喝酒。一个卖唱的瞎老头儿和一个卖唱的小姑娘正在那儿卖唱。酒店老板史长兴一人，远远的坐在店门旁抽旱烟。他有三十多岁，一付安分守己的神气，他与其说像个小商人，不如说像个农人。他额上皱纹很深，两眼没有神的呆望远处，那样子不是在看，也不是在听，只是像心里有一块痛处，自己咬着牙在那儿拼命熬住的神气。

卖唱女：（瞎老头儿拉着弦子，她自己手里打着板，唱）三月里来菜花黄，思想起情郎哥好不悲伤，单单抛下了小妹妹我，何年呀、那月转回家乡。四月里来燕儿忙，双飞呀，双栖在画梁，绣楼闺房不敢进，只怕呀泪眼望空床。……

众酒客：（拍手，嬉笑）好！好！

酒客甲：（掏出钱来搁在桌上）来，拿去！

　　　　（卖唱女接过钱与卖唱男二人自去。）

酒客甲：（与酒客乙拇战）七巧哇，八匹马，宝对……

酒客乙：四喜哇，三元啦，……六个六，六个六，……（他战胜了）老哥，没说的，该你喝。

　　甲：真寒伧，我一个劲儿的输。你老哥的拳，今天我总算领教了。（拿起酒杯一饮而尽，抓起桌上碟里的盐豆扔了一粒在嘴里）呸！这豆子一点味儿都没有，简直比黄连还苦！

乙：老哥，你有所不知，现在这儿别说没有好的下酒东西，连酒也坏了。唉！从前这个酒铺生意可兴旺，爱喝两杯的朋友没有不知道这个史家酒店的，到了镇上，总要到这儿来坐一坐，这儿出名的卤牛肉，颜色又好看，吃着又香甜。掌柜的为人也和气，你要原汾，准不给你掺水；一声喊，连声答应，总是一付笑脸迎人。再说还有那个内掌柜的呀，唉！要提起那个内掌柜的来，见她一面，保管你三夜睡不着觉，三天也吃不下饭。

甲：（急问）那是怎么回子事？你快说，你快说哇！

乙：她是我们这儿有名的酒店西施啊！你这都不知道？那么，你先别忙！（替他斟酒）先喝了这杯再说。

甲：（无可奈何）好，好，你说话就是这个脾气，半吞半吐的。
（另外一个桌上喊起来了。）

酒客丙：（向史）喂！掌柜的，再来四两！
（史仍出神，充耳不闻。）

丙：（不耐的拍着桌子）喂！听见了没有？你有没有耳朵？

史长兴：（慌忙站起来）哦！哦！对不住，现在小店里早就不卖猪耳朵了。

丙：（瞪着眼睛）谁问你要猪耳朵，我问的是你的耳朵。大爷要酒！

史：（陪小心的）是！是！我跟您这就拿来。（进去拿酒）

乙：（在旁边看着慨叹的）一个人变得真快！

甲：你说谁变得真快？

乙：就是那个掌柜的呀！他从前是个什么样儿，现在是个什么样儿，唉！一个人啦！真是——（见史出顿停）
（史长兴把酒搁在那边桌上，酒客丙揭开壶盖一看又喊起来。）

沈蔚德 / 121

丙：（敲着酒壶盖子）喂！做生意，净赚黑心钱就发得了财吗？这是四两酒？你想哄谁？二两都不到！

史：（陪着苦笑）谁说是四两，我怕您要的是二两呢。您别生气我这就给您添去。（转身想进去）

丙：（得意的，向着其他的人）你能说不给添吗？哼？你这个史（死）王八！

史：（回身，涨红了脸）你！你骂谁？

丙：（仗着酒劲）你管我骂谁？

酒客丁：得了，得了，别发酒疯了。

史：做生意的将本求利，我史长兴也没有亏待诸位的地方，何苦这么出口伤人呢？

甲乙：（也来相助）算了，算了，瞧我们吧！（向丙）你这位老哥也太难了，少撒野！

丙：（挣脱他们）我才不出口伤人呢。这才真是"王八吃萤火虫，各人心里明白"。就算我骂的是你吧，镇上谁还不知道你是个史王八，你不信问你媳妇去。哈哈……

史：你，你这个……

丙：（越说越有劲）哦，难怪你生气，我说错了，你不是死王八，你是个活王八，眼看着自己的老婆骑着马到处游山逛景，一整天一整天的不落家，连口大气都不敢出。哈哈！你自己说这不是个死王八是什么？哈哈……

史：（气急败坏的）你，你不能这么欺侮人！（上前）

众酒客：（拉开他）得了，得了。

甲：（推着丙）愈说愈不像话了，走吧！回去吧！

丙：大爷不白喝他的酒。（掏出一大把铜子往桌上一摔）拿去，给你老婆买粉擦，把脸擦得白白的，好去陪野男人睡觉。哈哈……（大笑，扬长而去）

史：你……（一时说不出话来，浑身发抖，就像是钉在那里一样）

甲：（同情的）这个醉鬼！掌柜的，别计较他，好人不跟狗斗。再不济你是掌柜的，他总是你上门的主顾。

史：（苦笑，半自语的）天知道我还老守着这个破酒店干什么！（向甲）谢谢您！（转身低头走进屋去）

甲：（摇摇头）咳！

乙：（招呼着酒客们）来，来，来。咱们喝咱们的酒。（向丁）老三，就这块坐吧！（于是丁也加入他们桌上，大家继续喝酒）

丁：（看着店里，低声）说老实话，绿帽子真戴不得，一戴绿帽子，人自自然然就变成那付倒楣样子了。

乙：这也是该应。起初谁不夸他娶了那么一房好媳妇，年纪轻，长得俊，人又伶俐，我们镇上的那些老太太都说："谁要娶着那么一个儿媳妇，那才是前世修来的呢！"她一来就帮着史掌柜的料理这个酒店，自己坐柜台，招得那些年轻小伙子个个疯疯傻傻的，她倒是大大方方一股正经，谁也不理。小两口好得如胶似漆，生意也一天天的兴旺。史掌柜的简直一天到晚的笑得合不上嘴。唉！谁知一个人说变就变。就是有一回。酒店关了两天门，说是史掌柜的送他老婆回娘家去了。可是怪，一回来，夫妻俩就大大的吵了一场嘴。她就跟那个金营长来往上了，把自己掌柜的扔在一边，连正眼也不看。

丁：金营长不就是住在白马店的那个营长吗？听说人挺正派，对老百姓也和气。他管的队伍也好，在咱们这儿，扎了半年多了，从来没有一点强横霸道，偷鸡摸狗的事，跟老百姓就像一家人似的。怎么他也，……

乙：（仿佛只有他明白人情世故似的）嘻！这就叫做"色不迷人，人自迷"。自古道"英雄难过美人关，嘿"！

甲：可是那位内掌柜的也怪，……对了，女人老是爱听娘家人的挑唆，我想一定是娘家人在中间使了坏。

乙：（仰着脸）不对，他们没到娘家就回来了。

丁：没到娘家？那又怪了！

甲：是呀！这又是怎么一回事？

乙：（故意居奇的）这里头自然有原因呀！（拿起酒壶来）你们二位可别忘了喝酒，先喝了这杯再说。

甲：（发急的）你就是这个老脾气，就像说书的人似的，别人正听得起劲，你偏把弦子放下来啦！

乙：你别急，你一急，我的书就要给吓回去了。

甲：好好，依你的。（各饮了一口）

乙：（慢吞吞的）这可是别人告诉我的，这个人就是住在他们隔壁的那个穷老婆子魏大妈。要不然我也不知道。有一回她在街上碰着我，我还记得是在街南头，——不，大概是在北头——不对，还是在南头。……

甲：嗳！管他是南头还是北头，得了，你就往下讲吧！

乙：瞧！别着急呀！我说到那儿啦？……对了，她跟我说，她说呀……（喝了一口酒）……你看真巧，说魏大妈魏大妈就来了！

（魏大妈上，手中拿着一个面口袋，藏藏躲躲的走来。）

魏：（向乙招呼）王二哥，在这儿歇着呢。（走向店门向内探头）掌柜的，您忙啊？

史：（半晌出店，勉强应付）哦，是您，您坐，您坐。

魏：（低头，忸怩的）您家四姑娘还没回家来？

史：没有。您有什么事？

魏：唉！我真不好意思再开口了，先借的还没还又来借。您知道这两天我手上的疗疮还没好，又不能做活。唉！说起来真是不好意思再开口……

史：大妈，您到底要借什么，尽管说吧。

魏：其实也还是那句老话，我想跟您家四姑娘借几斤棒子面吃吃。（把口袋扬了扬，又缩回去）

史：哦，您说的是棒子面啊，这值当个什么，待一会等她来家，您尽管过来装好了。（向远处眺望，半自语的）她大概也快回家了。

魏：真是的，真不好意思再开口了，先借的还没还，又来借……

史：您坐会儿，我正在收拾行李……

魏：（惊问）行李？您要上那儿去？

史：（掩饰的）哦，不，不，我正在收拾点儿东西，待会儿就来陪您说话。

魏：我不在这儿合您搅了，我等四姑娘回家来了再来，待会儿见。（下）

史：待会儿见。（向远处眺望，如有所俟。最后长吁一声，缩回屋里去）

乙：（指着他的背影，继续谈论着）他们还没走到她的娘家，半路上就遇着胡子了。

甲丁：胡子？

乙：嗯，你想一个做买卖的平常就会打打算盘罢了，见了这样要钱不要命的绿林好汉，那还不像耗子见了猫一样？好汉不吃眼前亏，只好听他们怎样摆布了。谁知道东西给他们抢走了不算，那些好汉们还看中了孙四姑娘，就是这儿的内掌柜的，想把她带回去做压寨夫人，当时就硬把她往树

沈蔚德 / 125

林子里头拖——你们说糟心不糟心！

甲：后来怎么样呢？

乙：你看，你就这么性急。后来……后来……后来谁知道怎么样了。

甲：得，得，你说下去，我不打岔了。

乙：这不结了，后来，这可真叫"无巧不成书"。偏偏金营长带着弟兄从这条路上过，才把他们救下来，所以说他们就没回娘家。

丁：哦！她跟金营长原来是这么认识的？

甲：他们照样平平安安的回家了，这不挺好吗？那又吵什么嘴？既然夫妻先那样好，女的变心怎么又变得那么快呢？

乙：那你去问四姑娘本人去吧！那没有什么大道理，天生的狐狸精罢了。

甲：这么说，我倒想看看这狐狸精是个什么样儿！

乙：我说给你听，打扮得婊子不像婊子，戏子不像戏子，苗条身段，瓜子脸儿，一笑两个酒窝，秋波那么一转，就能勾走你的三魂七魄。说标致是真标致，可是标致里总带七分邪气。

甲：（痴痴的）她现在在那儿？

丁：怕不是又跟金营长一块儿跑马去了。

甲：她还会骑马？她要骑在马上，一定有更迷人的样子啦！

乙：（拍甲肩大笑）老哥，劝你还是别见她，你的道行太浅，小心明儿你的魂给她勾走了，倒要叫王老道到你家来拿妖呢。啊呦！……你看那不是她来了。

甲：真的，那儿呢？（伸头而望）

（何秃子上，他是一个三十多岁的地痞，终日游手好闲，在街上的茶馆、酒店、赌博场里鬼混。见强的就逢迎，见弱的就欺侮；而且见缝就钻，无论大小事，总少不了他；因此顺便沾些油水，赚些衣食。人家都讨厌他、恨他，却又没奈何他。这时他穿一件半旧的蓝布长衫，卷着两个袖口，嘴里叼着香烟，飘然走来。一顶鸭舌帽，一年四季总顶在顶上，为的是遮盖他那唯一的缺点——秃头。他和场上的人点点头，四面张望，史长兴上，手里拿着块拭布。）

何：史大哥，生意忙呀？

史：不忙，坐下歇歇。

何：（往里一探头）大嫂又不在家？

史：嗯，（走去拭那边的桌子）

何：那就怪不得你，又这么闷闷不乐的喽！（透着十分亲热）来来，来二两酒，让小兄弟我跟你谈谈心，解解闷。

史：成。可是我就能陪你坐坐，你知道我是滴酒不尝的。你先坐下，你先坐下。（进店去）

（何到另一空桌上坐下。）

乙：（故意看着天空）咦！天都快黑了，那来这么一阵阵的亮？难道说这会月亮就上来啦？……哦！我说啦！原来是你老哥到了，这边坐！这边坐！这边树下有风，凉快。（过去拉他）唉，凉快，凉快，还戴着帽子干吗？快摘下。（替他脱帽）

何：（连忙用手按住）唉，唉，唉，老哥，别闹！别闹！要着凉的！要着凉的！这可不是玩的。

乙：（松了手）着凉，都捂成发面馒头了，这儿又没有你看中的娘儿们，害什么臊？你捂着，就会捂出头发来吗？我劝你别再"癞蛤蟆想吃天鹅肉"了吧？哈哈！……

何：（无可奈何的）"酒后无德"，不跟你计较。（仍回到另一桌旁坐下）

沈蔚德 / 127

甲：这个人是谁？

丁：这不是那个地痞何秃子吗？

乙：不是他是谁！

丁：（低声）不是说，他跟这儿的内掌柜的也有那么一手吗？

乙：（摇头）那儿的话，你没听见我刚才笑他"癞蛤蟆想吃天鹅肉"吗？有一回不知怎么调戏四姑娘，四姑娘可不吃那一套，抽了他一个大嘴巴子，差点没把牙都打掉了。他可还是不死心，拉下脸皮，还是时常往这儿跑。唉！……只怪史掌柜的人太老实，还跟他一股劲儿你兄我弟的称呼呢。

（史持酒菜上，搁在何秃子那边桌上。）

何：（喝着酒）老哥，你也太老实了，大嫂的那档子事我说过，有我小兄弟帮着你，怕什么？

史：（摇头）不成，我不能这么办。

何：你心里难道一点也不生气吗？眼看着那么个混账营长，把大嫂占了去，你都不生气吗？

史：（变色，低头）别提这些了，好兄弟。

何：别说你，就是我也看着不顺眼。要是我是你呀，我早就揍死那个小杂种了。别看他披着一张老虎皮，那也吓不倒人！我白天揍不了他，还有晚上；水里淹不了他，还有岸上，总叫他不死，也只留下半条命。

史：我明白你的意思，不过……我不能这么干。

何：说实话，这不碍我的事，只怪小兄弟向来心直口快，这全都是为了大哥的好处，你真太厚道了，你难道真心甘情愿作一个死，死……

史：（立）随便你们说我什么，兄弟。我不是不知道这么干，可是我知道这么干，没好处，……你不懂，……娘儿们的心是勉强不来的。

何：这么说，那你就……

史：（摇手）兄弟，你多喝两杯，我不陪你了。（逃一般的走进店里去）

何：（望他的背影，啐了一口）呸！窝囊废，针都扎不出血来的死王八！（坐下自斟自饮）

（那边桌上的拇战声又起。）

乙：全福寿哇！五魁手哇！……

丁：七个巧哇！全到了哇！

（镇长张太爷上。）

张：（急走而过，一面嘴里咕噜着），他妈的！什么年头！反了反了，这不成话，这简直不成话！……

（众人尽都起立。）

乙：张太爷，那儿去？

何：（连忙让座）张太爷！坐坐，喝一杯去。

张：（两眼一翻）我喝这儿的酒？（向自己的来处指点着）简直是个臭婊子嘎！一点廉耻都不顾。偷人养汉也要关上大门再干啦！我活到六十了，枉为一镇之长，从没见过这样的妖精，居然这么样的打扮着，骑着高头大马，招摇过市。真气死我了，气死我了！

何乙：什么事？什么事？

张：（刚要答话，忽听远处马蹄声得得而来）来了，来了。不用问，你们自己睁开眼睛看吧。真是伤风败俗！我可要走了，再在这儿多站一会，保不住就沾了一身臭气。（逃一般的急下）

（马蹄声渐近中，众侧耳□听。史长兴仿佛闻声，也从店里走出来，倚门而望。）

沈蔚德 / 129

甲：（低声）这是谁来了？

乙：别做声！看吧！金营长和那个狐狸精！

　　（马蹄声戛然而止，一会，孙四姑娘上。她约莫有二十来岁，梳着油光光的头，前额打着齐眉刘海，耳边留着大鬓角。这样满脸用黑头发一衬，更显得眉清目秀，齿白唇红。她安静的时候，也十分温柔恬静，像一座玉石观音。可是一等到发了娇嗔，两条细眉毛向上一挺，杏眼圆睁，薄嘴唇一撇，两个长耳坠子摇晃，便显得满脸杀气——活像戏台上的女将樊梨花。这时她便是取了后者的姿态来的，不怪下文何秃子一见了她，便脱口而出，说她像樊梨花。她上身穿件花褂子，袖手长而窄小，紧扣着手腕。一根细带把柳腰束得细细的；下身穿条紫红裤子，扎着裤腿；脚下一双软底鞋，鞋尖上有一大把穗子。她鬓旁簪着几朵野花，手里提着马鞭，旁若无人的走进来，后面紧跟着一个马弁样子的人。）

孙：（走到店前，把马鞭往地下一扔，向走在他后面的那个人）老马！辛苦你啦！歇歇再走。喝两杯酒去，也解解渴。
　　（亲自进店去舀了一碗酒来，放在柜台上）

马：谢谢您！（端起来就喝）

孙：（找板凳坐下，整理鬓发）好热的天儿！

何：（涎脸的走近她）大嫂，好漂亮！你今天这打扮可真成了戏台上的樊梨花啦！

孙：（杏眼含嗔）谁是你的什么大嫂子？上回的嘴巴没打疼你，又来讨揍了，是不是？

何：（把脸凑上去）你再赏一个，你再赏一个！我明知那是大嫂子心疼我这个小叔子，别人想讨揍，还讨不着呢！

孙：哼，我没有那么大工夫，在墙头上画上一只手，你自己去碰去吧。(走过去向老马)你回去禀上营长,就说我今儿跑马跑累了,等会就是营长有空,也不用来啦!我不见。好,你把马拉回去吧。

马:是。(行了个军礼,抹嘴就走)

何:(拉住他)就说今天晚上定下我啦!(马下)

马:(瞪他一眼)你个小妹妹的。(下)

孙:(转身,拿起马鞭)你又在嚼什么蛆?

何:(陪笑,向后退)不敢,不敢!没说什么,我说叫他记住大嫂的话!

孙:哼!(放下鞭子,媚眼欲流)少这么口口声声大嫂大嫂的,我有名有姓,干脆叫我孙四姑娘,比什么都强。

何:(自己掌嘴)是,四姑娘,四姑娘!瞧瞧我这记性,该死,该打!

孙:(噗的一声笑了,一手把他的帽子打落)乖儿子,少在我面前现你娘的丑吧!还不给我快滚!(只顾自己进店去了)

何:(狠狠的拾起帽子)这是怎么说的!

乙:这下子可得着甜头了,哈哈……

(甲丁均大笑。)

何:(窘困的戴上帽子)你们乐吧!记住我姓何的,咱们明儿见!(匆下)

乙:哈哈!……(起立)天不早了,酒壶也空了,咱们也走吧,掌柜的,钱在这儿啦!

史:(他一直化石一般的立在那儿,这时才如大梦初觉)没错,您呐。

(众酒客欲下,甲尚回头痴望店内。)

乙:(抽他肩)走哇!说叫你别看,这不是,一看就这么失魂少魄的。

沈蔚德 / 131

（众下。暮霭四合，天色渐暗。史长兴一人在默默的收拾杯筷。魏大妈上。）

魏：四姑娘回来了吗？

史：回来了。

魏：哟，那怎么是您一人在忙着哇？让我来帮着吧！

史：不用啦！劳您驾。

魏：四姑娘呢？

史：在里边。（沉默。魏大妈一边帮着史长兴收拾，一边偷眼看他）

魏：我看您这阵子瘦多了。

史：是吗？（苦笑）

魏：唉！本来也难怪，人就怕心里不贴实。

史：（想把话岔开）哦！我一人成了，您不是要去找四姑娘吗？她在里屋歇着呢。

魏：我知道您心里有话，不愿意往外说。可是我看您这个样子，我也难受的慌。我跟你们是紧街坊，又时常要你们周济我，天底下有那么得好儿不识好儿的人吗？咳！说起来也怪，四姑娘初来的时候，可怜，你们小两口多和气，我看着也乐，谁知现在——

史：唉！魏大妈，没什么说的。都只怪我自己不好。

魏：也不是那么说，您是个老好人。其实四姑娘呢，原来也不像是这样一个人，心直口快，待人好，厚道心肠，就是人不知道怎么，说变就变了。……人家常说，世上夫妻都有一定的缘分……

史：（苦笑）那么就是缘分满了？！

魏：（解释）不是，我看这件事总透着新鲜。一个人变心也不能变得那么快。四姑娘近来就像着了魔似的。说不定真是什么妖魔鬼怪附了她的体。我看赶明儿不如叫几个老道来家，给她解解冤孽，赶赶邪气，许就好了。……

史：（摇头）谁知道——

（孙自店出，卸了妆，只穿着家常的裤褂出来，敞着领口，嘴里衔着香烟。）

孙：说要跟谁解冤孽，赶邪气呀？（两人哑口无言）怎么我来了，就不言语了？

魏：（不安）哦，四姑娘来家了。嗯，——我们在这儿说闲话呐。

史：魏大妈想跟我们借点棒子面。

孙：为什么不早说，多会没借给你呀？口袋呢？

魏：我实在有点不好意思再开口了。

孙：你进去自己量吧，你又不是不知道地方。（魏怔了一怔，自去）啊！还是外面透气，屋里闷死人。（疲倦的吁了一口气，坐下）

史：（乞怜的注视着她）四姑娘！

孙：（眼睛不看他）唔？

史：（慢慢走近她）你今天太累了。

孙：（从容的弹弹烟灰）谁说不是呢。腰上断了似的疼。（自己用手在背后捶了两下，笑着）累虽累，可是心里真痛快。马跑得像飞一样，人坐在上面，就像腾云驾雾似的。那会，跟神仙大概也差不多少。

史：（低下头去，沉默了一会，又鼓起勇气）四姑娘，虽说玩得痛快，可是别忘了你现在的身子可经不起这么……

孙：（皱眉起立）我的身子怎么样？我又没得痨病。

史：（嘴唇动了两动，鼓足勇气）你不能再这么跑跑跳跳的，你忘了，你已经有了三个多月的——

沈蔚德 / 133

（孙姑娘像被针刺了一下似的跳了一跳，烟头落在地上。魏大妈从酒店出，口袋已是像吃饱了的孩子的肚子。）

魏：四姑娘，今儿是六斤，上回是四斤，一共是——

孙：谁跟你算这些帐。

魏：四姑娘，你这样肯周济人，真是……我说了的，等我那个当兵的儿子回来了，我一定还清。

孙：得了，得了，又没人想问你讨债，少废话，给我去吧。

魏：是。那我走了，明儿见！

（魏下。）

孙：明儿见！

史：四姑娘！你到屋里来好不好？我有两句话要跟你说。

孙：（冷冷的看了他一眼）有什么话，你说吧。（坐下）

史：外边常有人来人去，还是——

孙：我嫌屋子里气闷，有什么大不了的事，值得那么躲躲藏藏的。

史：（感情奔放）也行，我依你。四姑娘，你要天上的月亮，我不敢给你去摘星星。无论是跳火坑，下油锅，只要你吩咐一句，我连哼也不会哼一声，只要能讨你的喜欢。你刚来的时候，我就这么想，我自己论人品没人品，论家当也没成千上万的家当。我没有别的，只有尽我的这份心。我白天晚上时时刻刻都在想，怎样才能讨你的喜欢。只要你叹一口气，我就愁得三天三晚睡不着觉；那怕有天大的事，只要你笑一笑，就像全给大风吹走了似的，我心里一点渣子也没有了。——四姑娘，你没来的时候，我的命是我自己的，自从有了你，我才觉得我的命不是我一人的了。我活着，穿衣吃饭，辛辛苦苦开这个破小酒店，都是为的你。……

孙：(抱着自己的膝头，不动感情的)哦，为了我，要是我半路短命了呢？

史：(不提防她有这么一问)你……不，不，你比我年轻，你不会死在我的前头，我什么都想到了，起先你过得挺好的，我整天就像在云端里过日子一样。可是我有时好端端的就会心里一跳，害怕起来，怕我自己没有这种福气老守着你这么一朵鲜花似的一个人。我明白，像我这么一个老实无用的人，实在配不上你，糟蹋了你。也许有一天……当然我也没想到这么快就……

孙：你是说太快了吗？

史：(痛苦的)是的，太快了，我到现在还不明白你为什么忽然对我这么冷淡。整天我就像掉在冰窖里一样。这些日子我也不知道怎么过来的。四姑娘，你想一个人要老是这样，还有什么活头？哦，四姑娘，你发发善心，你难道不能体念一年多夫妻的情义，别对我老是这么冷冰冰的行吗？四姑娘，你……

孙：(厌恶的)走开！瞧你这付神气，活像一个……

史：(颓废的)我也知道这些话是白说的。现在我就是不管怎样的央告你，也是没用。……(重新鼓起勇气)不过人的心都不是石头做的，四姑娘，你就忘了，起初几个月，我们过得多么好，谁也跟谁分不开。我还记得有一个热天的晚上，我们俩就在这棵大树下乘凉，街那头死了人，在那儿敲锣打鼓的发丧。你听怔了，把手抓紧了我的手，我觉得你的手冰凉的。你待了半天，猛然仰着脸问我："人死了都是要投胎的吗？"我说："是的。"你说："假如这辈子是夫妻，来生还是夫妻吗？"我笑着摇头说："这可不能一定，也许一个投了人胎，一个投了猪胎；一个快老死了，

沈蔚德 / 135

一个才刚出世,永世都见不着面。"你听了又怔了一会,忽然挨到我的身上哭了,紧抓着我,嚷着"那我们俩可别死,死了也别投胎,情愿做一对鬼夫妻"。……四姑娘,这些话难道你就忘了?

孙:(感伤的)没有忘……没有忘又怎么样?(冷酷的)你提这些旧话有什么意思?那时候我真傻。

史:我知道你那时候待我是真好,可是为什么现在……

孙:那你问你自己。

史:我知道千错万错,都是我一个人的错,可是,四姑娘,俗话说"一夜夫妻百日恩",我纵有千日不好,也有一日好的。我有什么得罪你的地方,只要你担待一点就过去了。(迸发的)我不怕人家骂我三代祖宗,我不怕人家笑话我是死王八,我也不怕什么金营长银营长那些爷儿们跟你来往,……四姑娘,那怕你把金营长带到家里来呢……只要你对我别那么冷淡,我就能过得下去了。……

孙:(厌恶的打着寒噤。高声)住嘴!你简直叫我想吐。我没有看错你,你是天底下第一个没有用的窝囊废。我只恨我为什么不早看透你,一年多我心眼里就只有你这么一个爷儿们。我闭着眼睛哄自己,我想着你是个顶天立地的男子汉,我一辈子只要依靠着你过日子,就什么也不怕,什么也不愁了。谁知道天叫我睁开眼,你原来是个嫩鸡子儿,经不住石头一碰。自从上回回娘家,遇见胡子,……胡子真是来得好哇!一下子就让我看出你的屎渣子来了。

史:(痛苦的)四姑娘!

孙:(一股劲儿的说下去)你一见他们,吓得就会哆嗦,倒是我,仗着有你在旁边,一点也不怕。我说"你们要拿什么就拿吧",可是我一说话,他们眼睛就盯上我了。后来他们把我一个劲儿往树林子里拖，我连踢带咬的挣也挣不脱。我心想，你怎么不上来救我呢，就眼看着我给他们抢去？谁知道你就会在后面喊救命，手跟脚就像让人给捆住了似的。后来要不是凑巧碰见金营长，只怕我早死了。哼！就是不死，你要上那儿去找你那个四姑娘呢？

史：那时我手里一点家伙也没有……

孙：你还有胳膊，你嘴里还有牙，难道就管吃饭？要是我看见你给人家抢去，我打不过他们，赶上去咬也咬他们几块肉下来……（痛苦的）自从那回回来，我就想，我从前的想头都是错的。一个大男人连自己的媳妇都保不住，还算什么男人。我恨自己没有眼睛。从今以后我这条命算是捡来的了，我要由着我的性儿乐。我要气死那些错披了男人皮的爷儿们。我整天整晚不落家，我像个爷儿们似的整天在外边跑马打枪。我跟金营长来往，就因为他还算像个爷儿们，看着还顺眼。我以后还要跟成千成万的爷儿们来往，只要我高兴。

史：（痛苦已极）四姑娘，你，你……

孙：（迎上来）我都说了。你是我的掌柜的，你可以把我绞了、剐了、宰了，屋里有的是绳子、剪子、刀子，随便你，我等着你呢。（她眼睛亮晶晶的凝视着他，含着一线痛苦的期待之光。史长兴全身都痉挛着，木立不动，脸色非常怕人。这老实人被迫得站在同样强烈的爱和恨之交点上，仿佛在作最后的挣扎，立刻就有所决定的样子。孙四姑娘带着一种奇异的渴求的表情，猫一般的偎近他，几乎是诱惑性的）你动手呀，你打呀，你拿刀来呀，再不然你拿鞭子痛痛快快的抽我一顿。这么一个贱娘儿们，你难道看着不生气吗？你不想砍她一刀，揍她一顿，给她一点苦吃，出出气吗？

史：（向后退缩，突倒在桌上，呜咽）啊！不，你别这么逼我，四姑娘，我不怨你，我只怨我自己。

孙：（眼光黯淡下来，失望的）什么，你……？他一点不气，他一点都不懂得什么叫恨。（突然狂笑起来）哈哈……我怎样激他，他都不生气。（冷酷的）哼！没有一点气性的窝囊废！你简直错披了一张人皮。我恨！

史：（缓缓的站起来）四姑娘！现在我觉得也没有什么可说的了。我们夫妻的缘分大概是真满了。

孙：（细细咀嚼这字句的意义）你说什么，缘——分——满——了？

史：（苦笑）是的，我在这儿对你也没有好处，我早就在打算，我想我还不如，哦，我忘了一样东西。（入店内）

孙：（蔑视的）量你也做不出什么吓人的事来。（走了两步，怀疑的）我倒要瞧瞧他到底会干些什么。

史：（出，挟着一个包袱）四姑娘！这个家我算是丢给你了。钱，来，你都知道搁在那儿的。我走了以后，你好好的过吧。

孙：什么？你要走？你上那儿去？

史：（苦笑）我要走了，上那儿去我也不知道，走着瞧吧。横直到那儿我总有信给你，你放心。我走了，别的都是小事，就是你自己的身子，往后你可得好好的爱惜。

孙：谢谢你，这个用不着你管。

史：可是，那个孩子总是我的呀！

孙：哼！你就知道准是你的吗？

史：（变色）好，好，那我就没有什么不放心的了。我走了。

（拿着包袱急下）

孙：(怔了一怔)你……(赶上两步,又颓废的走回来,坐下,忽然抱膝仰天大笑)哈哈!……这一下子到底戳着他的心了,没用的东西。(蔑视的)这个蠢瓜,他为什么不揍我一顿呢?他要是真揍我一顿,说不定我反倒喜欢他一点。(陡停,不安起来)他不会……?不,他没有那付胆子。……他是真走了,他还带着个包袱。(噤住)

(这时天色更暗,树上有乌鸦归巢,呱呱的叫了几声。黑暗的天边扯了两下白闪,一阵雨先锋的风凉飕飕的吹过来,四姑娘突然打了一个寒噤。)

孙：好冷——天要黑了。(感到空虚和孤寂)不行,我得去追他回来,我不能就这么让他走了。(立,忽闻近处马蹄声)谁?他来了!我的天,这时候他来干吗?

(马蹄声止,一个人影闪上,孙四姑娘躲藏不及,正好跟来人撞个满怀。这人一身戎装,原来就是金营长。)

金：我的四姑娘,你想往那儿跑?(拉住她的手)

孙：(挣扎)放开手,放开手!我要喊人了。

金：(松手)怎么,你的掌柜的在家?

孙：(整理衣襟)谁叫你这么有天无日头的胡来的?我告诉你,从今以后你是你金营长,我是我孙四姑娘,咱们算吹了。(欲下)

金：(拉住她不放)呦,呦,别生气呐,只怪我今天没空陪你骑马。老马回去一说,我就知道你生气了。我不是赶紧就来了吗?

孙：(发急)你这是怎么着?人家有事,别在这儿胡搅合,真讨厌!

金：怎么?你讨厌我?你又另打了主意了?

孙：(急欲脱身)对啦,我另打主意了,你怎么样?你看,那

沈蔚德 / 139

边谁来了！

（金营长回头去看，孙四姑娘急一溜烟的下。）

孙：（远处的声音）掌柜的，你回来！我有话跟你说，掌柜的，你回来！……（声渐远，隐约不可闻）

金：（莫名其妙的呆立着）这算那档子事？（摇摇头）这种娘儿们真他妈的邪门儿，谁也猜不出她葫芦里到底卖的什么药！（垂头丧气的缓步而下）

（幕落）

第二幕

时　间：

初冬、月夜

地　点：

同前

人　物：

卖唱男女

孙四姑娘

魏大妈

何秃子

金营长

景：

同前，可是气象大变，门前成了一片空场，方桌长凳和挂着的市招都已没有。大门紧闭着。月光冷清清的照着这座房子，像一座古庙。

幕起，远远有二胡的声音拉着《孟姜女》小调。史长兴酒店左右寂无一人,只有月光照着这座黑漆漆的房子和门前一片灰白的空场。卖唱男女上。瞎老头儿拉着弦子,小姑娘打着板,两人都拖着疲乏的脚步,像影子一般寂寞而又轻悄的从史长兴酒店前直走过去,谁也不看它一眼。等他们下去不久,远远又听见小姑娘唱着《孟姜女》那一成不变的哀怨的歌声。二胡及歌声渐渐寂减下去,屋里有婴儿的啼哭声,和母亲唱着催眠曲的声音。啼声渐止,屋里静了一会,那两扇紧闭着的大门忽然开了,孙四姑娘从里面悄悄地走出来。

她这时只穿着一身家常的粗布衣裳,头上钗环俱无,不假修饰。月光照在她的脸上,显得有点苍白,眉目之间笼罩着一团柔和冷静之气。她仿佛变了,在她身上再也找不出从前那种锋芒毕露、咄咄逼人的神情。她轻轻倒带上门,把耳朵贴在门上听了一会,里面声息俱无,回过身来长吁了一口气,抬头看了看周围,然后慢慢走到空场上。这时远处二胡的声音又起,她慢慢移到一棵树旁,倚着树干听着,若有所思。魏大妈上。

魏:(在树旁发现了她)哟!四姑娘今天倒高兴,这早晚还在外边呢。

孙:我刚出来一会。

魏:小兴儿睡着了?

孙:可不是,闹了半天,好容易拿奶把他哄睡着了,我才出来。今天晚上好月亮!

魏:是呀,您也该多出来走走。可怜,从前多活跳的一个人,现在弄得整天大门不出、二门不迈的,真太难了。亏您也闷得住。

孙:(微笑)我一点也不闷。天天浆浆洗洗,烧饭作业,空下来再做点活计,和小兴儿搅合搅合,日子倒过得很快的。

沈蔚德

魏：（点头咂嘴的）提起您的活计，真爱死人。上回您绣的那对枕头我拿到镇长张太爷家里去卖，那位张奶奶一见就夸得了不得，说："这是谁做的，那么巧的手？"您不是吩咐我不准提名道姓吗？我只推说是我乡下一个穷亲戚做的。她马上留下了，说是小姐要出阁，要做嫁妆，以后的活儿还多着呢。呦……那枕头工钱呢？（搜遍全身）咦，……那儿去了？您看我真是老糊涂了，我就是为了给您送工钱来的，怕不又把钱给搁在家里了，我给您拿去。

孙：（止住她）不用了，那钱就留下给你买点油盐吧。我不等那钱使，我做活不过是为的解解闷。现在他兴儿的爸爸又不在家，酒铺的买卖也不做了，你叫我整天在家里干吗？

魏：（怔了一会）四姑娘，这钱我可不能拿。别说一来这是您拿十个手指头做出来的钱，再说史掌柜的又不在家，那有不短钱使的。这可万万不能，照您说的，我不成了活强盗了？往天，我受您的周济，如今可……

孙：别啰嗦了！……你听！唱唱的！

（二胡声又起，拉着《四季相思》，有一个粗哑的男人嗓子在跟着唱。）

声：春季里相思艳阳天，百草呀回头遍地鲜。柳如烟呀！我郎呀，一去为客在外边。梳妆懒打扮呀，菱花镜无缘呀，可怜奴，打扮娇容无人见；可怜奴，枉自是个女天仙，……

众　声：（哄笑）好好……唱得好！（拇战声）七个巧，八匹马……

孙：（若有所触）这是谁？这早晚唱得这么热闹。

魏：您还听不出来吗？唱唱儿的就是那个孬种（北方土语，"孬种"谓"坏坯""歹人"也）何秃子。您这边的酒铺子歇了，街那头又新开了一家酒铺，那些灌猫尿的汉子们又一窝蜂到了那边去了。

孙：哦！（慢慢的在石头上坐下）

魏：怎么？您不大舒服吗？

孙：（半自语的）要是兴儿他爸爸回来了，他该怎么样？

魏：那还不是心疼吗？真的，这会子史掌柜的要是回来了，看见四姑娘这么大门不出、二门不迈的在家里做事，带孩子，他该多喜欢？再说还有个白白胖胖的小小子，多叫人疼。我想他一定后悔，早知如此，就好好守在家里做爸爸，何必跑到外边去风里雪里的受苦。我原劝过他，小两口儿斗嘴打架也是常有的事，就是别顶真。我原说四姑娘也不是那样的人，这不是全应了我的话啦！他走后这几个月，您瞧……

孙：得了，大妈！话也不能那么说，兴儿他爸爸要是没有这一走，我倒许没有这么安详自在。

魏：（怔住）那……那……那……

孙：他在我面前的时候，我觉得他讨厌，可是他一走，我反倒想起从前的好处来了。

魏：这……这……这。

孙：（立）大妈，您上了年纪，不懂得年轻人的心。

魏：（不服输的）您说我老悖晦了，不懂您这些绕圈的话我服；可是要说我这双老眼睛不认识人，我可不甘心。您可不知道外头那些娘儿们的嘴够多缺，一提到您，就那么喷喷着嘴："那个骚……"我也说不上来。饶您这半年多大门不出、二门不迈的，她们还在那儿说浑话，说什么男人走了，倒在那儿装起黄花闺女了啦！装得好哇！指不定天天又有多少野汉子从后门溜进去啦！这都不提，连我也骂在里头，说就是我这个老鸨子拉的皮条。您听听这话气不气死人？红嘴白牙，真是说死人不偿命。幸亏我就住在紧隔壁，那点我不知道？史掌柜走了以后，那个何秃子，还有那位金营长，不知来搅了多少回，您一死儿就是不见，规规矩矩在家里带孩子。谁说我这双老眼睛看错了人？我就说四姑娘不像个狐狸精坯子，从前只是一时妖魔附体，迷了本性。您看，要照您现在这个行径，人家寡妇守节还没这么认真呢！就竖面贞节牌坊也是……（想过话头来）该死！我怎么咒您是寡妇，我真是老悖晦了。

孙：（给她引得好笑起来）得了，我的好大妈，您别尽在这儿呕我了。像我这样的人，可是想竖贞节牌坊的？别给人家笑掉牙了。人家爱怎么说就怎么说，我可不是一个怕人话，我这个性子就是这样，无论做什么，只求自己心里一个贴实，怎么贴实我就怎么做，别人怎么样说，我一概不管。连我都不生气，您还气什么？我不是嘱咐过您，叫您在人前少提我吗？谁叫您尽去听那些不打紧的话。

魏：（嘟囔着）这么说，倒是我的不是了。我实在没您那么大的气量，只觉得替您怪窝囊得慌。

孙：（笑，拍拍魏大妈的肩膀）得了，我的好大妈！我知道您是向着我的，还不成吗？

魏：这不结了。

孙：天到底凉了，我可要进去啦！待会怕小兴儿醒了，大妈您不进来坐坐？

魏：不啦，我这就把枕头工钱给您送来，等明天怕又忘了。

孙：说不用了就不用了。得了，明天见！（推开门进去）

魏：那是什么话！说送来就得送来。（其实四姑娘早已进去了）唉！四姑娘真是个好人，爽快，心眼儿好。菩萨保佑她的孩子狗头狗脑、无病无灾的，叫他们夫妻早点团圆。（一边自言自语的叨唠着，欲下）

（何秃子上。他喝得醉醺醺的，歪戴着鸭舌帽，哼着小调，一溜歪斜的走来。）

何：思想起当初呀，好一对并头莲呀，奴的天呐……（拦住魏大妈的去路）呦，魏大妈，深更半夜的，您还在这儿干什么？（看了房子一眼）哦！您在这儿把着风呢？请问今儿晚上屋里的是谁呀？

魏：（发急）您这是怎么说的？好狗不拦路！

何：（揪住不放）嗳，嗳，嗳，我是说，要是今儿晚上没有人，您看我怎么样？（拍拍口袋）这两天，大爷我可有的是钱呐。

魏：（避开他）你这个不得好死的！那儿去灌饱了猫尿，满嘴里胡说八道，也不怕叫阎王爷割下舌头去！（急下）

何：（吐一口痰在地下）呸！去你的吧，你这老鸨子！偏你看不起我何大爷。（跑去推推门，门闩得紧紧的，在房子四围查看了一番）她睡了？我就不相信她真的甘心守他妈的一辈子活寡？那么一个知情识趣的人。呸！单瞧不起我姓何的。（摘下帽子，拍着自己的光脑袋）我姓何的除了是个秃子，那点配不上你？（指着房子）你说，吃、喝、玩、乐、吹、拉、弹、唱，那点不精？那点算不得一个风流人物？你说？……（忽闻远远有马蹄声）什么？他来了？奸夫来了。哈哈！这小子今儿可碰到我的手上了。（慌忙之间找不着武器，前去搬门前那块大石头）就这块石头也行。（酒后无力，没搬动，自己反而几乎摔倒）滚你妈的一边儿去吧！大爷揍不动你，骂也骂你两句出出气。（昂然站在场上等着）

（马蹄声戛然而止，金营长上。这时我们看清楚金营长是个道地军人的模样。他约莫有三十来岁，身体高大，肩宽

沈蔚德 / 145

胳膊粗，非常矫健。脸上血色泛溢，黑里带紫，两道浓眉，一双大眼，……永远光彩射人，扫视着一切，仿佛在阅兵操似的。走起路来永远昂首挺胸，跨着大步，步步落实，全身充满了精力。因为体魄强，所以总是乐观、自信，而且惯于命令别人。他不惯和女人打交道，也可以说他不大看得起女人。女人像一根又脆弱又细小的绣花针，想着自己那双蒲扇大、强有力的手要是拿一根绣花针，总像不称得可笑。那是只适于拿枪杆和指挥刀的。但是他就偏遇见孙四姑娘，她不像针，而像绣花针弯成的钓鱼钩，钩着他心上的某一点，虽只钩着那一点点，但他竟没法摆脱。他恨自己软弱，又奇怪她那来的这个力量，可是这力量老拉着他走。瞧！他自己现在不又到这儿来了吗？他怀着一个热切的愿望，匆匆走来，一眼就看见场上挺立着一个人。)

金：（一怔，站住，低声喝问）你是谁？

何：（瞪眼）我就是我，怎么样？（故作恭态）哦，我说是谁，原来是金营长！这早晚您一个跑到这儿来，有何公干？

金：（不耐烦的）我……我有点小事。（想去拍门）

何：（将身子挡住）请问是什么事？

金：（微怒）你管我有什么事？走开！你是那儿来的野小子，站在这儿干什么？

何：您要问我在这儿干什么，我倒要先问问您到这儿来干什么？

金：（怒）混账东西，你再在这儿胡搅合，我可不能客气了！

何：（退缩）好好！您既然说不出是来干什么的，那就算我没问得了。

金：闭嘴！你给我滚开！

何：好！好！滚就滚。（看他一眼，打着京剧的道白）奸夫哇！有朝一日落在我的手中，我要将你碎尸万段，才消心头之恨！（扬长而去）

金：这个混账东西！（踌躇，四望无人，上前拍门，低唤）四姑娘！四姑娘！是我，我来了，四姑娘开开门！（屋里寂无人声）难道她不在家？（在场上踱着）可是今天我无论如何得见她一面才成，这怎么好呢？……

（魏大妈上。）

魏：（手里拿着一把铜子，边走边数着）一五，一十，十五，二十……

金：（迎上去）借问一声……

魏：（一惊，铜子撒了一地）这个死秃子你还在这儿！哦！……您……您来了！

金：请问四姑娘在家吗？

魏：她……她在家。

金：（喜）那好极了。（又欲去拍门）

魏：（拾着铜子）金营长，您不必去打门，四姑娘准不见您。

金：这……我想她要是知道今天我是为什么来的，她一定会见我。

魏：那可难说，金营长。四姑娘自从她当家的出门以后，这半年多，从不见爷儿们的面。白天，连大门也不出，天没有黑就关上大门，谁叫门也不理；除了我，还常常来串个门子。哼，饶我来，她还仔仔细细的盘问，非得听明白是我的声音才开呢。

金：（烦躁的）娘儿们真麻烦，又不是尼姑庵子！

魏：（肯定的）跟尼姑庵子也差不多少，我劝您还是请回吧。

金：（来回踱着）不，今天晚上我非见她一面不可……（忽然

沈蔚德　/　147

计上心来，向魏）您这个好大妈，求您一件事行不行？

魏：（惊）您找我有什么事？您吩咐吧！

金：我求您去替我叫开门。

魏：要我去叫开门？

金：对了，不是刚才您说，除非您叫门，她才肯开吗？

魏：这……这可不行，我要是叫开门，您不会……

金：（急躁）我又不是老虎，难道还会吃人？我不过想跟她见见面，说几句话，明天……唉！明天……我只问您到底肯不肯？

魏：（头摇得像一面摇鼓似的）这事我可不能做，我活到六十的人了，穷虽穷，可没做过一件亏心事。您想，四姑娘人家一定不见，我偏去哄开门，叫人家一定得见，这不是欺心的勾当？四姑娘平时待我那么好，我怎么对得住她呀？

金：（从口袋里掏出两块钱来塞给她）得了，这是两块钱，给您去做件褂子穿穿。（不容分说的推她上前）去！去！去叫开门。

魏：（进退两难）我的营长老爷，这也用得着您破费。不，这个钱我不能拿，这个钱我不能拿……

金：去！去！四姑娘准不会怪您的，都有我呢！不过是叫您去叫门，又不是叫您去杀人放火。

魏：（踌躇了一会，终于把钱揣在怀里）好，既然您这么说，我就依了您的话，给您去叫门试试看。不过四姑娘的性子您可知道，一盆火似的，小心别惹翻了她。我看，我去叫门，您可先在一边躲起来，等我把她调到离门口远了，您再出来。要不然，她抽冷子又跑进去把门闩上，那可就别想她再来开第二回门了。

金：好，就这么办。（找躲的地方）

魏：（欲去拍门又退下来）您可说过，您只跟四姑娘说几句话就走的？

金：说话算话，你怎么那么啰嗦！（藏在屋角后头）您拍门呀！

魏：（自言自语）我背上都出了冷汗了。（嗽清嗓子，上前拍门）四姑娘！开开门！您睡了没有？

孙：（半晌，在屋里）是谁？是魏大妈吗？

魏：是我，四姑娘！您开开门！

孙：（声）您这会子又来，有什么事？

魏：您那个枕头工钱拿来了。

孙：（声）我不是说过不用了吗？您就是为的这个呀！那明儿再说吧！我这会儿可懒得来开门。

魏：（连忙顺着她说）不是尽为这个事，我还有一件要紧的事要告诉您。

孙：（声）什么要紧的事？

魏：您先开开门，我好说呀！

孙：（声）等一会，就来了。

（待一会，孙四姑娘出现在门口。）

孙：大妈！什么大不了的事，那个枕头工钱……

魏：不是，咱们先不谈那个。我刚才可真看见一件稀罕的事……（四顾）四姑娘，你站过来一点，我告诉您。（招她过来）

孙：（走到场上）外头凉，您还不如进去坐坐。

魏：不用，我这就走的。……（支吾）四姑娘，您看今天晚上的月亮真好，照着满地就像白天一样。

孙：大妈叫我出来，就为的赏月呀？刚才我跟您在这儿还没看够吗？

魏：不是，呃……（话穷）老实说我刚才碰见金营长，他硬

沈蔚德 / 149

要……（改口）他从这儿走过去了。

孙：我知道，刚才有人拍门，我听着是他的声音，就没有来开。您看见金营长，又有什么大不了的。

魏：本来这也没有什么大不了的。（想给金营长一个暗示）我想我也该回去了。

孙：那么您请吧。您真是有点老悖晦了，这一点子事也值得巴巴的跑来一趟！（转身欲入）

魏：（发急，拦住她）四姑娘，别走，我还有几句话，说完了我就回去了。

孙：（怀疑）大妈，我看您今天晚上的神气不对，怎么那么颠三倒四的，您痛痛快快的说出来吧！到底有什么事？

魏：我说，我说……

（金营长从黑暗中跳出。）

金：四姑娘！

孙：（惊）什么？……哦！是您！（向他们两人各看了一眼，有点明白过来）魏大妈！您说！这是干什么？

魏：（不敢置辩的）我说，这回我可真该回去了。（逃一般的急下）

金：（近前）四姑娘！你想不到我今天晚上会……

孙：住嘴！我先问你，你一个老总，深更半夜的跑到这儿来干什么？要来就光明正大的来，还得叫一个老婆子先来哄开门。哄开门又怎么样？别打算一个娘儿们就那么好欺负！现在门是哄开了，人也出来了，你敢怎么样？

金：四姑娘！你先别发火，听我说……

孙：（怒气稍息）金营长，我想我们也没有什么可说的。这些日子你来了，我没有见过你，我想你心里也该明白。我说过，从今以后咱们算吹了，天下没有不散的筵席。虽说咱们认

150　\　四川新文学大系·戏剧编（第四卷）

识一场，外人不知道的，老猜着是个不清不楚，其实咱们的交情可是干干净净，当着众人抬得起头，当着这头顶上的青天也不用脸红的。既是这样，咱们好来好散，没有说"牛不饮水强按头的"。要好，棍子也打不开；要不好，鳔胶也粘不到一块堆。你尽来搅合也没用，缘分满了！

金：这些我都明白，四姑娘，你是说到那儿做到那儿的。不过这些日子你躲着不见我，我可不明白为了什么。

孙：不为什么，就为了我当家的出去了，我要守着他回来。

金：你当家的走了，倒要守着他。

孙：（微笑）你也觉得奇怪不是？说老实话，我原来跟我的当家的就挺好。就是因为那回遇见胡子那档子事，我才恨了他。我不恨他别的，就恨他个老实无用。男子汉大丈夫，就是不顶天立地，也得跌得倒，爬得起，硬硬朗朗的。我一发狠，就故意生出法儿来激他。谁知道任凭我怎样胡来，他总是担待下去，还总是一盆火似的赶着我。他越是赶着我，我越是气他，到底他给气跑了。（透过一口气，凄凉的）他这一走，我的梦也醒了。越想越后悔；越想越对不起他。他待我的好处真是说不尽，数不完。是我坑了他的，是我害得他无缘无故的跑到外边去受罪的。

金：（叹口气）那么说，咱们俩认识了一场，你压根儿就没往心里搁？

孙：对了。咱们俩是朋友，史长兴跟我是夫妻。

金：（怔了半天）四姑娘，你的心真狠，我今天算是白来这一趟了。（低下头去）

孙：（温柔的安慰他）我的金营长，你怎么也那么傻？你也不想一想，我是有当家的；再说你也不是没见过娘儿们的，你又难受个什么？难道你还有个什么长久的打算吗？

沈蔚德 / 151

金：这我也知道，我也不是见了娘儿们就腿软的。谁知道一认识了你，就有点不同了！我还想着你是为什么事恨了我，害得我好苦。我只想"人怕当面"，天大的事，一当面就会消了。可是你老躲着我，一直到今天晚上……

孙：今天晚上可碰见那位好说话的大妈啦？算你好手段，是不是？

金：（苦笑）对，今天不管怎么样，我总得见你一面，以后再见不见得着你，就难说了，见一见也不枉咱们认识了一场。谁知道你还是那么离着我老远的，就像这月亮，看得见，够不着。唉！早知如此，不见你也罢，明天黑早咬牙一走，倒反痛快。

孙：明天你上那儿去？

金：明天我们的军队要开拔了。

孙：真的？好好的开拔到那儿去？

金：你不知道，现在的中国和日本开火了，我们的军队就是调到前线去打日本鬼子的。命令很紧急，明天一早就得开拔。这一去，可不知道什么时候才能回到这儿。在这儿驻扎久了，和老百姓混得挺熟，说走，真仿佛有点像是离开了自己的家似的，唉！……

孙：金营长，我看你平时还像个爷儿们，洒得开，放得下的，今天为什么也只管这么黏黏糊糊？当了兵，吃了粮，俗话说"养兵千日，用兵一时"，也得给国家出点力才对。男子汉大丈夫，总得轰轰烈烈的做一番事业，才不枉为人一世。千万不能让我们这些三绺梳头，两截穿衣的娘儿们笑话。别瞧不起女人，现在听说也有女兵了。女人也得有志气，才不算白吃世上的大米饭。难道你尽想驻扎在这儿，整天肉散骨头酥的过一辈子吗？

金：四姑娘，你这番话真不像是从一个娘儿们嘴里说出来的，我算佩服了你。（振作起来）你以为我是个贪生怕死的？怕死就别吃粮。你真不知道我们接着命令的时候多么高兴。弟兄们也闲得腻畏了，一听说要打仗就像好马上了鞍子似的，四只蹄子乱蹦跶，那股欢劲儿，真说不上来。何况这次又不比往常，姓李的打姓张的，这次可是去打日本鬼子。提起东洋矮鬼来，谁不打心里恨起。这些年欺负我们中国，糟蹋我们的老百姓真欺负得够了，这回可让咱们狠狠的出口恶气啦！你真没有看见弟兄们那股乐劲儿，人人跑进跳出，嘴里只管喊着：“打鬼子去呀！”"打东洋矮子去呀！"……就跟疯子似的，拦也拦不住。

孙：这不结了。这才算有志气的，这才合我的胃口。等你们打了胜仗回来，我给你们预备好酒接风。我这酒铺子虽然收了，好酒却还有的是。

金：（豪爽的大笑）四姑娘，真有你的！说话做事都那么叫人心里痛快。到了那个时候，你该不会又躲着不见我吧？

孙：得了，这有什么可笑的，你们替国家出力，我们做老百姓的连给你们接接风还不应该？

金：（正色）四姑娘，真想不到你这么有胆量，有见识。我往日看错了你，从今天起我真想把你当做一个朋友看待，这么一来，越发让我忘不了你了。

孙：得了，我的金营长，朋友也好，什么也好，你从胡子手里救出我来，我也不是一个忘恩负义的，这一点事我也一辈子忘不了。……可是时候不早了，你明天要开拔，今天晚上一定还有许多事要料理，我劝你还是早点回到营里去。我也不能在这儿老陪着你说话了。（起身）

金：（走近她）怎么说咱们就这么分手了？

孙：可不是，要是有缘的话，等你打了胜仗回来，咱们再见。

金：（热情的）是姑娘，难道你真是一块石头，咱们好了一场，那能这么说走就走呢？

孙：（一下子回转身来）那么，你要怎么样？

金：（给她的气概摄住）我要……我要你给我一点纪念物儿，好让我以后时时刻刻想到你。（拉住她的手）

孙：什么纪念物儿，鸭念物儿的，我孙四姑娘就凭的是这一颗心！

金：我要……（近前）

孙：（发声）走开！你这个蠢东西！你想干吗？（挣脱）咱们好，一向都有个尺寸，到了今天，你是想把咱们以前的一段交情毁了，叫我想起来就恨，是不是？

金：（痛苦的）四姑娘！你真狠心。

孙：干脆一句话，咱们好来好散！（口气转温和）得了，省得你说我不够朋友，明天我不能来送你。今天我站在这儿，看着你走，就算我心里送了你了。

金：（无可奈何）好，我这就走，那么，四姑娘！咱们再见！

孙：再见！

（金营长无精打采的往外走了几步。孙四姑娘看着他的背影，不禁哈哈的笑了两声。）

金：（止步回望）四姑娘！你笑什么？

孙：我笑你此去是要冲锋打仗上火线的，可是你这会儿走，却像个要上轿的大姑娘似的，怎么不叫人好笑？

金：（低头，继而满面严肃的凝视着孙四姑娘，缓缓走近她）四姑娘，你该笑，笑我一个男子汉倒不如你来得硬朗。从来的时候起，我一肚子的窝囊，现在都给你这一团正气给冲散了。话说回来，姓金的除了在四姑娘面前低过头之外，走到那儿，都没让人说过一声孬种。好！四姑娘你放心，我这次要不杀他成千成万的鬼子回来，我决不来见

你。（向她伸出手来）

孙：（热情的与他握手）有种！金营长。咱们总算没有白认识了一场，但愿你马到成功，旗开得胜！

金：仗你的金言！我走了。（雄赳赳的正欲转身）

孙：（忽然想起）慢点，我想我现在可以托你一件事了。

金：（停住）什么事？四姑娘吩咐罢！

孙：（沉吟）兴儿的爸爸出门大半年了，只来过一封信，说他也在什么第十三师里吃了粮。现在一直没有过信来，也不知到那儿了。我想你们都是同行的，也许好打听，要是你什么时候知道了他的下落，千万给我捎个信来。

金：第十三师？第十三师早已开到前线去了，听说那一师的牺牲很大，我们这一师就是去补充他们的。哦！他也在十三师，这可……好，我准替你办到。

孙：他也上前线了？那说不定你们还会碰见。

金：（苦笑）能够在前线碰见，那更好了。四姑娘还有什么吩咐的？

孙：没有了，谢谢你！

金：四姑娘再见！

孙：再见，金营长！

（金营长跨着大步急下，孙四姑娘呆立在场上。一会儿马蹄得声又起，慢慢的由近而远，以至于寂灭。孙四姑娘一直到马蹄声完全听不见了，才透出一口长气。魏大妈悄上。）

魏：（趑趄不前）四姑娘！

孙：（平淡的）你还来做什么？

魏：（自首的）四姑娘，我真不是人，我越想越对不起你。你待我这么好，我反不识好，帮着金营长哄你。（掏出那两

沈蔚德 / 155

块钱）就是这个东西，害得我一时鬼迷了头，让它给朦住了。难怪人家说钱不是个好东西。这回可真给自己打了嘴了，我是一个老鸭子！一点也不错，我真是个老鸭子。（哽咽难言）四姑娘，现在我情愿认打认罚，你可千万别生气，只怪我个老不死的糊涂，你且担待这一回。

孙：我没有怪你，你放心吧。金营长今天来了一趟也好，我还顺便托了他一件事。

魏：（喜）真的？（如释重负，连忙又把钱揣在怀里）说老实话，金营长在这儿说着话，我也在老远的瞟着哩，为的怕他是个老总，说不定动起粗来，你万一闹不过他，岂不更添了我的罪过？

孙：（逗她好玩）他要是真动了粗，你看见又怎么样？

魏：（忸怩地）那……那我就喊救命。

孙：（忍不住笑了）大妈，你别在这儿呕我了。

魏：我一直瞟着他走了，我才放心。说起来他怎么走得那么快？

孙：他们明天要上火线去了。

魏：阿弥陀佛！又打仗！今天你打我，明天我打你，打去打来，吃亏的还不是我们老百姓？照这样下去，什么时候才算了事？

孙：这回可不同了，说是去打日本鬼子呢！

魏：（睁大眼睛）打日本鬼子？

孙：是呀！

魏：哦！怪不得人家说城里都到了逃难下来的人，还说了半天山海经，说东洋兵一到怎么怎么凶，怎么怎么恶。阿弥陀佛，真是劫数！

孙：日本鬼子的故事，我们还听少了吗？杀人放火，见了女人就糟蹋，简直比胡子还可恶一万倍。（兴奋）打日本鬼子去的都是好汉。金营长去了，他的弟兄们去了，大妈，说您不信，兴儿的爸爸也去了呢。刚才金营长跟我说十三师，就是兴儿爸爸的那一师，早开到前线去了。

魏：怎么史掌柜的也上前线了？

孙：嗯！谁也想不到他那么一个胆小怕事的人也会上了火线。我要不是有个兴儿拉住我的腿，我也能去。我去帮着他们打日本鬼子。我会骑马，会放枪，我就不信我比不上他们爷儿们。大妈，我常常恨，为什么有些事，就许爷儿们做，不许咱们做。咱们那点儿不如他们？不是听说现在队伍里也有女兵了吗？（转而叹口气）咳！我现在也不起那些念头了，我只把小兴儿好好的带大，对得起他爸爸就得了，尽等着他们打仗的得胜回来，……（忽闻屋里儿啼）不好了，小兴儿醒了，我这功夫可真待大发了。（向屋内跑去）宝贝！别哭！妈来了。（欲入，站在门边）大妈，你也该回去歇会儿啦！

魏：（奇怪的问）唉！您说，四姑娘，日本鬼子要是到了咱们镇上，咱们怎么办？

孙：（笑）大妈就爱这么胡思乱想的，那那么容易就来到了。

魏：嗯！要是真来了呢？不得不防备呀！

孙：那——

魏：那？

孙：那，走着瞧吧！（反身入内，门闭。）

（魏妈一人在那儿呆立凝想，幕下。）

选自沈蔚德编著："教育部征选抗战创作剧本选本"《民族女杰》，正中书局，1946年

洪　深

| 作者简介 |　该作者简介参见第一卷四幕剧《包得行》。

女人女人（三幕剧）

（节选）

序

　　洪教授浅哉先生是中国新演剧文化的创基者之一，从事剧运已有二十多年的历史，坚苦奋斗，始终不懈，最近又在病体尚未完全康复的状态下，努力完成了这一出有意义的三幕大剧本，这种献身工作的热诚是值得佩服的。

　　洪教授不但是我们当代一位多才多艺的戏剧专家，而且还是一位民主阵营中的战士。十余年前上海大光明戏院中抗议辱华影片一壮举，曾经博得世界人士的同声赞扬；战事初起便率领同志深入战地工作，实创知识分子从军风气之先；至于炽热的社会问题的关心以及扶弱抑强的正义主张，则在一列二三十部创作中，特别在他的代表作农村三部曲中有着充份的表现，而现在的这个新作更非例外。

洪教授这次所选择的主题，是关于妇女与儿童问题的。不用说，生育与儿童抚养原是妇女同胞的天职，但由于战时生活的艰难，到今天已成为她们中的绝大多数的不堪其苦的重大担负了。这一方面固然影响到她们自己的事业，也妨害着她们的出来积极参加抗建工作；另一方面，在迫不得已的情势下，疏忽了儿童的应有的教养，既属常事，而弃婴与坠胎亦已数见不鲜——这是足以危害到整个民族前途的健康的！于此可见，洪教授的选拣这一主题，把这个严重的社会问题在剧本中提示出来，是十分合乎社会需要的。

至于洪教授的解决问题的办法，广泛地发动组织"保育合作社"，这在现时来说，自不失为一有效的实际办法，因为迄今我们的革命犹未成功，我们还不能达到有如国父所昭示我们的理想境地："小孩子自出世以后，自小长成人，国家都有教有养。"所以洪教授的这一设计是有着现实意义的。但是这也很明白，问题的彻底解决，只有革命建国的三民主义的实现才有其可能性。而要如此，是需要大家来加紧努力的。

我能读得洪教授的手稿，甚感荣幸！兹略抒所见于上，藉以表示我对作者的敬意，与乎戏剧艺的爱好罢了。

孙科

女人女人（一名《多福多寿美男子》）

献给热心儿童福利事业和从事育婴保幼工作的人们

时　间：

现代

地　点：

后方某大都市的近郊——某大学所在地

人　物：

（以发言先后为序）

玉凤：本姓周，十七岁，父为印刷技工，太平洋战争爆发后，随父母离港至桂。两年后又由桂至渝，不意途中覆车，父母及一幼弟竟因之丧身。幸得人救助，令来渝在吴教授家，为一似被收容亦似被雇用的女仆。

方老太太：六十六岁，吴教授夫人的姨母，约一年前，由沦陷区来后方，所乘公路车，夜停某小镇，闻玉凤悲哭，问知究竟携救来渝，一子两孙先后亡故，惟第三孙尚健在，刻服务空军，老年人现住吴处，极喜三甥孙，时购糖果玩具为赠。

罗嫂：三十一岁，来吴家将近五年，从另一"大学城"跟随至此。初来为奶妈，断奶后改为领带三个小孩的保姆，现为"全做女工"。爽直忠实，主仆间感情极佳，几乎像一家人。

吴庄纪英：三十七岁，教授夫人，三个孩子的母亲（最大十一岁，最小两岁半），与吴教授在美国某大学中同年同系，同读"生物化学"，成绩且较吴教授为优，但十四年的结婚生活已造成为一驯良主妇，不似先前的辛勤学者了，和善宽厚，惟太爱惜情面，无尽的苦恼，或者都是这一弱点引来的。

荣婉芬：年龄不知，有人询问辄被视为侮辱，生长在美国

（父为华侨），因而对中国社会习惯不甚熟悉，与吴夫人在美某大学同时读书，同年毕业，但不同学系，今与吴教授同事，在同一大学中担任体育指导，热心，勇于仗义，但颇单纯，与吴夫人友谊甚笃。

原敏文：二十六岁，容貌佚丽，大学毕业后，即任助教两年，对于生物化学略有成绩，少年得志，又因出身大家（父为省政府委员，兄弟姊妹都受大学教育），未免目空一切，好夸说，喜卖弄，但敢做敢言，有决断，有决心，为吴教授得意门生，现正助教授从事"维他命"研究，彼此友情浓厚，已超过师生应有的限度。

李太太：四十一岁，上有年老舅姑，下有未成年的儿女（曾生九孩，已殇其四，现存五个），其夫在某机关中为一中级科员，每月收入，不足养活九口之家，而本人因须照应小孩，处理家务，又不能出外工作，积增收入，与吴教授夫人为小同乡，而且亲戚关系复杂，她是吴夫人的远房表姊，也是吴夫人的堂姑婆，异地重逢，甚得吴夫人的照顾，但人穷志短，一个穷苦多孩的母亲，最畏惧的是再有生育，因此再三请杨大夫为之设法。

卓唐叔彬：三十八岁，结婚将近二十年，夫妇渴望子女，惜卓太太至今不育，这是她生平一大憾事，其夫刻在别地为国立中学教员，本人在某书店编辑一儿童月刊，在女子初中时曾和吴夫人同学，战时在后方不意相逢，遂觉格外亲热，对吴氏三孩至为珍爱，几乎每天必来，帮助方老太太为小孩缝衣制鞋，一个懂事识相的人，说话做事，极有分寸。

程永华：二十六岁，结婚三年余，丈夫为一小公务员，结婚之前，本人原有职业。为了组织家庭，曾毅然放弃，每日在家炊洗操作，惟数年来物价日高，一人所得，维持两人生活，

洪深 / 161

已属勉强,迨后生一孩子,因苦窘迫,不堪名状,此孩产后两个半月亡故,在别人必以为大不幸,而他们却识为是大幸(这样反倒可以减少大人和小孩的痛苦)。他们同意,在此艰苦时期,夫妇不妨暂时分离,为了实行主张,丈夫独赴另一城市工作,而程幸在当地民众教育馆中觅得图书管理员职务,勉强自活,夫家和方家沾有亲戚,因之每晚及例假日总来吴家盘桓,她几乎视吴家为其娘家,是一个明事理,有胆量的女子。

杨大夫:四十八岁,和吴夫人的母亲相熟,幼时在某教会办的小学启蒙,后入某教会中学读书,又后入某教会大学专习医科,毕业后并至美国留学,结婚多年,其夫为一化学工程师,刻在某地"半官办的"大规模的化学工厂中任总经理,子女都已长成,长女已结婚生子,次子在空军服务,幼子亦已在某大学读书,化学系三年级,本人择居此地,为能与幼子日夕接近,带便行医,半为慈善性质,并不识之为业,诊务不忙,与方老太太颇相得,两位年事较高的人,观点兴趣,多有相同。

凌太太:三十三岁,生有两孩,抗战后仍居上海,未随其夫内移,直至八九月前,上海环境太恶,不得已变卖饰物,携孩绕道来渝,其夫久在政府某附属事业机关中任职,因收入差可敷衍,已于两年前另组家庭,法律上有"妻"的身份的人,欲主张权利,或决绝分离,均有所顾忌,未能实行,木已成舟,进退两难,一切委屈退让,在她说,无非是为了两个孩子,是一个可怜人。

第三幕

久雨初晴。

一个星期之后的上午。

室内凌乱——椅上堆着吴夫人的旧衣；桌上堆着几册旧的西书；地上放两个旧的旅行皮包，敞着盖。

吴夫人在收拾衣服。

荣婉芬在帮她整理西书。罗嫂和玉凤在一边听候使唤。

方老太太邀集了杨大夫、卓太太、凌太太和程永华商议一件要事。

方老太太：你们诸位既是来到，总得大家帮忙想一个好主意。难道吴太太除了一走之外，真是毫无办法么？

（众人无语。）

方老太太：（指旅行皮包）已经在收拾行李啦。吴夫人今天可真是要走！

（过了一刻。）

程永华：昨晚我们走了之后，吴教授，怎么，还是没有回来？

方老太太：没有。吴教授一连六晚没有回家啦。自从那一天我们在这里开座谈会和原助教争吵过了之后，吴夫人还没有见到吴教授的面呢！

（吴夫人低低地唷了一声。）

凌太太：吴教授老是不肯回家，困难就是在这里。

方老太太：是呀，只要他肯回家一次！中国有句老话："夫妻没有隔夜仇。"只要他肯回家，事情就好办啦。

（吴夫人低低地冷笑一声。）

洪深 / 163

凌太太：昨天晌晚，吴夫人写给吴教授的信，他回了没有？

方老太太：回信倒是有的，不过还是那样简简单单的一两句话：事情未完，也许回来，可是不一定。

荣婉芬：（气愤地）那封回信，我看到的。一张大纸上，写了才二十多个字。

（此时吴夫人已理毕一个皮包。）

卓太太：（格外关心）吴夫人，你一时上那里去呢？立刻就走么？

吴夫人：今天先搬到杨大夫家里去借住——省得再在此地，一晚到天亮的白白等门。

杨大夫：暂时搬到我那里去避一避，免得冲突决裂，弄得事情不可收拾，那我当然是欢迎的。不过……

吴夫人：（坚强地）我这一次离开家，当然是表示决裂的意思！

凌太太：那么，你今后的生活怎么办呢？

吴夫人：哼，今后的生活！大概可以不成问题吧。（她继续整理第二个皮包）

凌太太：（望着众人，担忧地）现在的生活程度又这样高！

方老太太：她刚才和荣先生一齐出去，换掉了她的最后一付金镯子，一两左右重，也换了三万多块钱，眼前的生活是不成问题的。

凌太太：我昨天晚上回家的时候，还没有听到吴夫人提起要走的话，这是今天早上临时决定的？

吴夫人：是今天早上才决定的，我不能再迟疑啦。（她匆忙地走向书室，去取物事）

凌太太：以后，日子还长得很呢，怎么办？

方老太太：以后她想找职业。你不看见桌上那几本外国书么？

（众人注视。）

荣婉芬：这些书不是吴教授的，是吴夫人自己的。

方老太太：吴夫人说的，她也许把"维他命"忘啦，可是英文还没有全忘掉，她希望到一个中学里去教书。

卓太太：这件事难道真是一点点挽回的希望都没有么？

方老太太：挽回，那就全靠诸位啦！诸位多多的帮我，劝住吴夫人，今天先别走——今天我可真急了，所以一大早，就叫罗嫂到各位府上去把诸位请来——等到吴夫人走出之后，再想挽回，可就真不容易啦。

杨大夫：那当然啦。我们应该劝劝吴太太，不要把事情闹得太决裂——我和她的老太太是多年的教友，大凡能够帮点忙的地方，无有不尽力的。不过……

荣婉芬：（仍在忙着收拾）不过什么？

杨大夫：不过我也不好说不让吴夫人借住的话。

凌太太：我真担忧那三个孩子。吴夫人要是真走，那三个孩子还是全带走呢？还是不带走呢？还是带走一个两个呢？

（吴夫人抱着几册英文字典，从书室走来。）

吴夫人：（对荣婉芬）请你把这个和那些外国书包在一起。也要马上带走。

凌太太：我看吴夫人还是看在孩子份上，再委屈一回吧！

吴夫人：委屈？

凌太太：再多忍耐一点。

吴夫人：你的意思是说，再多忍受一点？

凌太太：就算是忍受吧！

吴夫人：几千年来，中国大多数的女人，就是这样委屈，这样迁就的，可是结果怎么样呢？多半是白白的吃苦，白白的牺牲。

凌太太：母亲为孩子们的牺牲，那是伟大的，不是么？

吴夫人：没有结果的牺牲，那不是伟大，那是糊涂。

洪深 / 165

凌太太：吴夫人，我不晓得怎么样劝你才好，可是我总希望你不走，至少不就走。

吴夫人：在那一天被原小姐那样讥讽，那样批评之后，我还不走么？

凌太太：原小姐的话是不能算数的。

吴夫人：不，她的话说得很对。她批评我不过是一个管家婆，不配做吴教授的精神上，智力上，知识上的伴侣。这个话一点没有说错。

凌太太：你计较这些话，干什么！

吴夫人：正因为原小姐的话说得对，所以我受不了。一个稍微有点自尊心的女子，谁能受得了！谁能装傻作痴地再待下去！

杨大夫：（今天真是一片热忱）可以让我多一句口吧？

吴夫人：杨大夫，好说。

杨大夫：自尊是应该的，可是不必自傲！

吴夫人：自傲？

杨大夫：我的话说得太爽直啦，可是我晓得吴夫人一定会原谅。自傲就是情感上不肯吃亏的意思。

吴夫人：情感上不肯吃亏？

杨大夫：做人真不容易。我们吞的丸药，不尽是每一颗的外面都包着糖衣的。有时候丸药的味道很酸，很苦。做人处世，免不了也是如此。就是夫妻之间，也免不了有时候要吞很酸很苦的丸药。

吴夫人：杨大夫是不是教我，在被别人打了左边的嘴巴之后，再转右边的面孔朝着他？

杨大夫：吴夫人大概总明白这个肯于忍受的道理吧！我们为了真理，我们为了真善，生命都可以牺牲，何在乎这一点情感上的吃亏！左边的嘴巴挨了打，再把右边的面孔朝着那打我的人，这正表示我们的坚定：痛苦和侮辱，尽管来好啦，压服不了我们，改变不了真理的！难道因为原小姐的无礼的行为，吴夫人就放弃了对吴教授和几个孩子的责任？

吴夫人：杨大夫说这个话，真教我难走。可是我的走，并不是消极的。我对吴教授没有恶感，只有好感。我离开他，为的是我要给他便利——给他便利去找一个在工作上，学问上和知识上，可以完全和他合作的伴侣；去另外安排一个更满意的工作和生活环境；让他的科学试验，可以早一点成功。杨大夫和诸位好朋友，我不瞒你们说，我还是爱吴教授的。我和他相处了多少年，共过多少次患难，也共过多少回安乐，我怎么能为了这点小事不爱他呢！

（众人凄然。）

吴夫人：（过了一会）在另一方面，我似乎也不应该轻轻易易地把我自己的事业和学问随便放弃。女人受教育的机会本来就少。能够受到大学教育而且在外国留学的，更是少而又少。为什么不替国家社会做点事情？为什么要把全部的精神时间用在照应孩子上呢？这一次的不幸，使得我不能不反省；使得我对于一切更明白一点。（沉痛地）倒也是因祸得福！

凌太太：可是你的孩子，吴夫人。孩子怎么办？

吴夫人：（爽然）孩子怎么办？

凌太太：你带孩子去是累赘；不带去又不会放心。你怎么办呢？

吴夫人：当然带去。这不过是金钱的问题和时间的问题。我自己辛苦一点就是啦。我不相信我不能一面去就职业，一面还带着我那三个孩子。

方老太太：你就是找到职业，一个月能有多少钱！招呼三个孩子费用不会小。你把首饰换来的钱,很快就会完的。

吴夫人:我不管,到那时候再说。

荣婉芬:纪英,你放心,你的朋友不会忘掉你的。我这几年来,节省上两万多块钱,可以完全作为你的。以后我的每个月的收入,我是一个独身主义者,没有什么多的需要,多下来的钱,你也可以作为你的。而且我以后还要特别的节省——

吴夫人:不,不,不,绝不可以那样——

荣婉芬:以后我还要格外节省。我的烟斗和雪茄也不吸啦。吸烟对于人的健康,本来没有多大好处。我们干体育的人吸烟,更是违反规则的。不吸倒好。回头我把我的烟斗和雪茄都送了人,从此我就不吸烟。

吴夫人:(过去紧握着她的手)婉芬,我真多谢你,不过借钱的话,此刻还谈不到。此刻你倒是帮我的忙,赶快收拾东西。先把这两个皮包两堆书运到杨大夫家里去——罗嫂替我拿去——回头吃过午饭,再把孩子领走。其余的我要带走的东西,改天回来拿好了。什么都是漂漂亮亮的,不更好吗!

(荣婉芬依言,赶紧包扎书籍。)

(罗嫂和玉凤亦已理毕小孩们的衣服。)

罗　嫂:(悄悄问方老太太)今天是真走啦?

方老太太:连说了好几天啦,今天可不是真走。

罗　嫂:好,好得很,这才行!

吴夫人:(听到此话,稍觉意外)你也说走得对么?

罗　嫂:这几个月真把人闷死啦。一点味道没有。你想,主人家不安乐,我们做女工的,怎么会不跟着恼火!现在好了,太太走,我也走。

吴夫人：你也走？

罗　嫂：太太走后，那个女怪精一定会进门的。这里的日子不会好过，我也不愿意伺候她。我愿意跟着太太去，帮着带孩子。

吴夫人：你去帮着带孩子？

罗　嫂：我也不要工钱，白吃饭就行啦。我说那几个孩子跟我也搅久啦；他们离不开我，我也舍不得他们。

荣婉芬：好，好，罗嫂好。世界上有你罗嫂这样的人，做人才觉得有味道。来，我送你一点东西。

罗　嫂：（欣然）荣先生又要送我什么东西？

荣婉芬：你会猜到，就算聪明。我把我的烟斗，烟叶，雪茄，都送给你。我自己不吸烟啦。

罗　嫂：可是，荣先生，我从来不吸烟的。

荣婉芬：（从袋内取出烟斗雪茄给罗嫂）我有一天看见你在那里吸原小姐剩下来的烟头。

罗　嫂：那是好玩。

荣婉芬：你把这些也当做好玩就是啦。

罗　嫂：我吸雪茄，不会像样。

荣婉芬：你试试看。

（罗嫂含雪茄在口，颇成样子。）

荣婉芬：很好，可是吸完了这几支，不要再化钱去买啦。

（吴夫人闭上第二个皮包。）

吴夫人：（催荣婉芬）走，走，走，我们去吧。（她取书一捆在手）

杨大夫：好，我们先去一趟。（对众人）就回。

吴夫人：罗嫂，你提着那两只衣箱。

罗　嫂：就是。（她忙把烟斗雪茄等藏起）

吴夫人：玉凤，回头在厨房里准备午饭——这也许是我们最后一次

洪深 / 169

在这里吃饭啦——顺便听着那几个孩子。

玉　　凤：是，太太。

（吴夫人，荣婉芬，杨大夫，罗嫂一齐都去。）

（留下方老太太，卓太太，凌太太，程永华等四人，一筹莫展。）

（玉凤也呆在一边，默默寻思。）

卓太太：（不能自制）可怜，可怜。

凌太太：真是可怜。

卓太太：尤其是那些孩子们。

方老太太：孩子们？

卓太太：你想，吴夫人一面去就职业，一面照顾孩子，那些孩子们怎么会有现在这样照顾得好呢？

凌太太：当然要比现在差啦。

卓太太：所以我说最可怜的是这些孩子！

程永华：是的。（郑重地）孩子们最没有过失！

方老太太：（焦急地）这个事情，教我们旁边人怎么办呢！怎么办呢！

凌太太：就是呀，一点办法没有。

方老太太：夫妻之间，千万不可以拉破面皮的。一次破裂之后，再要合拢就不容易。即使勉强合拢的话，也就差了劲，决不能像原来那样美满啦。今天我们得大家出力，不使得吴夫人的家庭破裂。

凌太太：出力是当然的，可是——

方老太太：（突然十分兴奋）诸位，我倒又想出了一个主意。

卓太太：一个主意？

方老太太：算又是我多事一次吧——每次我多事，好像总是加添一点麻烦，结果总不像我想得那么好的；可是今天我真兴奋极了，也管不了那么许多啦——我们好不好自己去找吴教授谈谈？

程永华：（出其不意）去找吴教授谈谈么？

方老太太：我去一个。你们三位当中，也去一两位，在旁边助助威。

凌太太：（热心）好呀，我去。

方老太太：（望着程永华）那么，程小姐？

（程永华尚在考虑，未作答。）

卓太太：我看还是不必吧。吴教授不会听我们的劝告的。

方老太太：不会听？

卓太太：吴教授正和一般的男子一样，自信很深，自大得了不起。尤其是当大学教授的，研究的学问太专门，慢慢的把普通常识都忘掉啦。大学教授最不喜欢听人家的话；你愈劝他，他的脾气愈僵。恐怕我们去找吴教授谈话的结果，只有把事情弄得更糟，不会有好处的。

方老太太：我不相信这个话。大学教授也是人呀！尽管他是一个男人，他还是会有人性的！

凌太太：哦，是么？

方老太太：一个有人性的人，难道真会不知道好歹？真会完全忘记掉人家待他的好处？吴教授难道真是一点不念旧么？一点不宝贵吴夫人和他的十几年的夫妻感情么？吴教授难道真是完全不认识自己的幸福么？完全不爱惜这样一个快乐舒适的家庭，和三个活泼可爱的孩子么？我是快上七十岁的人啦。要是什么都不懂的话，我懂得大学教授，自信自大也好，自私自利也好，他舍不得的。我们只要去提醒吴教授一句，那个狐狸精的原助教——借用罗嫂常用的一个称呼——准不会得意的，你们快和我一起去吧！

洪深 / 171

程永华：既然如此，我和凌太太可以陪着您一起去见吴教授。可是我声明在先，我一点都不乐观。

方老太太：不乐观？

程永华：我觉得事情不那么简单。原助教固然在今天还不一定胜利。也许正像您方老太太所想的，吴教授会得念旧，因此原助教会得落空，可是就使这次原助教失败了，问题还是没有解决。

方老太太：怎么见得呢？

程永华：因为问题是在吴夫人的三个孩子！

方老太太：怎么问题还在这三个孩子？

程永华：尽管原助教这一次失败退让，可是如果这三个孩子得不到很好的处理，如果吴夫人还得一天到晚自己去当心这三个孩子，那么，危险依然存在。一个原助教走了，可能有第二个第三个原助教来的！

凌太太：（甚有同感）今天我们许多人的问题，都在孩子上。吴夫人因为照管孩子，弄得和吴教授夫妻间的感情起了隔阂。李太太因为孩子太多，养育不起，正在用残酷的方法对付自己，免得再有生育。（同情地指着玉凤）玉凤因为受了男子的欺骗，肚子里怀了孩子，还不知道用什么方法处理，能不能避免悲惨的结果。（转身对程永华）就像你程小姐，为了不愿意看见可能有的孩子在目前困难的环境中痛苦，宁愿牺牲掉你和你的叶先生可能有的家庭幸福。（沉痛地）再拿我自己来说吧。因为有两个孩子没地方安放，所以不得不忍气吞声的让凌先生和他的另外一位太太同住在一起，受气，受侮辱。我也慢慢的明白起来了。从前有句老话："多福多寿多男子。"一个人家添丁，本来是件喜事。今天弄成多么悲惨！孩子，孩子，孩子在今天这个时代，你们是我们可以做母亲的女人们的仇人！女人，女人，就被这些孩子们累苦了，拖死了！

（听的人都默然。）

方老太太：可是我们现在先别想得那么远。我们先把原助教打退，救了吴夫人的家庭再说。

程永华：那末，事不宜迟，我们就去吧。卓太太留在这里，替吴夫人看家，带着照顾那三个孩子——（问方）孩子们呢？怎么今天早上不听见他们嚷嚷？

方老太太：正在楼底下玩开汽车开飞机呢。也快嚷嚷啦。

卓太太：你们早去早回。

（程永华，卓太太，随同方老太太，寻吴教授谈判去。）

（玉凤迟疑了一下，突然勇敢地走到卓太太身边。）

玉　凤：卓太太，您看对么？太太这次走，有罗嫂跟着，我想不跟去。

卓太太：你不愿意跟着太太去？

玉　凤：太太一向待我好，今天她有灾难，我本来应该跟着去的，可是——

卓太太：可是怎么样？

玉　凤：我去不得！

卓太太：你去不得？

玉　凤：我的身体！几个月之后，孩子生出来，岂不又要太太为难！

卓太太：这也想得对。

玉　凤：所以我还是不去的好。请卓太太替我向我们太太说一下，不要骂我。

卓太太：吴太太不会怪你的。可是，就使你不跟去，将来你的孩子生出来之后，你打算怎么办呢？

玉　凤：我自己的事情好办。

洪深 / 173

卓太太：好办？

玉　凤：我自己的孩子，我该做得了主。（苦笑一声）拿件旧衣服一包，往公路旁边一扔，不就完了么！

卓太太：（惊呼）啊，玉凤！

（玉凤睁大两眼望着卓太太。）

卓太太：这是做不得的。而且这是犯法的。

玉　凤：还有好几个月呢，再说吧。

（彼此相视无言。）

玉　凤：我到厨房准备午饭去啦。

卓太太：好，你去吧。

（玉凤胸有成竹，昂然走出。）

卓太太：（过了一刻）咳，惨，真惨！

（室内因为吴夫人收拾行李，桌椅等稍见凌乱；卓太太素有整洁的习惯，便不自主地一一理清楚，凳上的衣服，桌上未携去的西书，地下和架上的儿童玩具。）

（在一个书架上，她又发现从前玉凤修补过的那个洋娃娃，两只装补上的手臂又和身体分了家——忽然有一种感情克服了她：是怜悯，是珍爱，是同情，是一种难于分析的感情。）

（她高举着它，怀抱着它，抚摸着它，摇拍着它；把它当做一个有生命的孩子，和它讲着话。）

卓太太：（捧着洋娃娃）好孩子，可爱的孩子，伟大的孩子，你才真是人类的真正的希望。世界上有了孩子，世界才有前途。人世间的一切丑恶，要靠你来消除。你们这些新生的孩子，是人生未来的幸福的保证；是我们这个有缺陷的人群的恩人。

（她吻它一下，把它扶坐在当中的桌子上。）

卓太太：（再安慰它）好孩子，你放心。世界上活着的人，男人，女人，都是喜欢你，愿意帮助你的。世界上最最好的东西都应该是你们的：最好的饮食；最好的衣服；最好的教育；最好的机会，使得你们可以发展自己，贡献自己，增加人类全体的幸福！孩子，孩子，不管你是那里来的，不管你的父母是谁，你生下地的时候，总是纯洁的。全世界上凡是没有失去人性的人，都爱孩子的。那一个会得厌恶你们！那一个会得虐待你们！那一个会得说——不要你们！

（她过去紧紧地抱着它。）

卓太太：（再指导它）好孩子，我还得告诉你：你自己的幸福，是那一个给你的，是那一个给你得最多？就是你自己的母亲！她为了你，好孩子，是怎样的当心！怎样的忧虑！怎样的痛苦！怎样的牺牲！怎样的希望，希望着你好好的成人，好好的做人！又是怎样的伤心，在你不能有你应当有的东西，在你不能做到你应当做到的专情的时候！好孩子，你不要使得你自己的母亲失望！不要对不起你自己的母亲！

（她忽然愤怒地转身瞪视着四围的桌椅，把它们当做社会中的黑暗与罪恶。）

卓太太：（威严地）你们这些坏东西，你们竟会这样的冷酷，为了自己的舒适，就怕孩子做了你们的累赘！为了自己的享受，就厌恶一个孩子的存在！厌倦的不理，或者是公然的打骂！口头的咒诅，或者是无言的怨恨！你们甚至于竟会这样没有人心，毫无顾忌地去苛待一个孩子：抢夺孩子的衣食，残害孩子的生命！你们——

（她恍然明白，在她面前的，只是一些没有灵魂的竹木。）

洪深 / 175

卓太太：（沉痛地）你们当然会的。你们只是一些没有感情的竹子和木头；你们没有人的骨和肉；你们没有热血；你们没有人心！你们本来不是人！你们——

（这时原敏文已悄悄地走来，在走廊上站立了半天，听到卓太太的一部份的自语。）

原敏文：卓太太。

卓太太：（吃惊）啊，原小姐！

原敏文：（走入）好像听说卓太太自己没有生过孩子？

卓太太：（歉然）是没有。我们结婚了三十多年，一直巴望有一个孩子的。可是——可是——可是原小姐，你怎么会来的？

原敏文：我么？我是来找吴夫人的。我和吴夫人之间的问题，我要和她当面谈判，当面解决。

卓太太：那么请坐吧。稍为等候一下，吴夫人就会回来的。

（原敏文寻一张椅子坐下——她今天举动有点失常，像是有重大心事似的。）

（卓太太理解这是一个女人受最严重的考验的时候，不免生了恻隐之心。）

卓太太：原小姐，我们先谈谈吧。我们从来没有好好的谈过。

原敏文：一向没有机会亲近。

卓太太：原小姐家庭的情形怎么样？

原敏文：父母都在。一般的经济还好。要不然，我们兄弟姊妹四个人也不能都读大学。我是长女，最为父母所宠爱。

卓太太：原小姐近来在实验室里的工作还是那样忙么？

原敏文：也许不久之后不会那样忙，因为吴教授对于青草的试验，快告一段落啦。也许他——

卓太太：原小姐近来——（有用意地）快乐么？

原敏文：（瞿然）你为什么提出这个问题？

卓太太：因为我有点猜到，原小姐近来不大快乐。（同情地微笑着）因为我也是一个女人呀，原小姐。

（原敏文先是敌意地瞪着卓太太——后来慢慢地低下头去。）

原敏文：（不得已地承认）卓太太，你猜对啦。我现在痛苦得很。

卓太太：（温暖地）为什么呢？

原敏文：我也不能理解我自己。

卓太太：是不是为了吴教授？

原敏文：（坦直地）是的。我感觉到我不能离开他。我需要靠近着他，听他讲话；看他工作；替他做一点事情，于他有一点用处，不管是大的小的！（热烈地）在他高兴的时候，我不由自主的快乐。在他发怒的时候，我也不由自主的烦恼。那怕是在被他训斥——你晓得吴教授在工作的时候会发多么大的脾气——我也会感到满意。那怕不言不语的在一边望着他——吴教授在工作紧张的时候，常是接连几个钟头忘记了我的存在的——我也会得到安慰。我一天不看见他，我心里就感到空虚。只有一件事是我绝对不能忍受的，那就是离开他，放弃他！我着急，我害怕！我要求吴夫人支持我，成全我！（情感激荡，突然哭泣）吴夫人非成全我不可！

（卓太太不禁凄然，走到原敏文的身边，握着她的手。）

卓太太：我理解你，原小姐；我相信你的话是真的。

（原敏文伏在卓太太身上，几乎哭出声来。）

卓太太：这是你的一种美丽的情感的经验。不是一个不自私的人，是不可能有的！

（原敏文甚为感激。）

卓太太：可是人生中另外还有别种美丽的情感的经验——

洪深 / 177

（原敏文抬头望着卓太太。）

卓太太：你将来可能也会有的。

原敏文：别种——美丽的——情感的——

卓太太：譬如说，为了别一个人的幸福，甚至可以牺牲自己的幸福——

原敏文：牺牲自己……

卓太太：譬如说，把你所有的一切，都贡献给你所敬爱所仰望的人。用尽你自己的力量，使得他可以快乐。自己吃尽辛苦，使得他可以安适。他的得意和成功，是自己高兴的原因。他的困难和烦恼，也是自己忧愁的发生，把自己的苦难，暂时的掩藏起来，不让他晓得，为的是使他安心于他的事业和工作。和他生男育女；照应他们，抚养他们，教育他们，使得那做父亲的他，可以夸耀他们！而在那丈夫偶然有错误，有不忠实于自己的妻子的时候，忍耐着，痛苦着，原谅着，不使得他的工作，他的前途，他的可能的学术上的贡献，因为一个做妻子的人受到损害而也蒙受损害——这是一个做妻子做母亲的女人的美丽的情感的经验；作为一个女人的最伟大的地方！原小姐，你将来总有一天会得结婚会做母亲；你也可能有这种经验的！

（原敏文深深地被这番话感动）

卓太太：这是今天吴夫人的情感的经验！她更需要你的支持，你的成全，原小姐。

（原敏文沉思不语一会——忽又变了态度，高高地干笑一声。）

原敏文：卓太太，你大可不必替吴夫人来向我做说客！

卓太太：（大愕）怎么……

原敏文：我已经说过，我是不甘退让的。我是一个没有结过婚的女人，我还年轻。我的最大的义务是对我自己的；不是对别人的。我今天对卓太太表白的情感，是我一贯的坦白的作风，不要以为我是示弱！

（她立起身，准备走出——并且努力做出坚强的样子。）

原敏文：卓太太，我对你没有恶感。我对任何人没有恶感。我对吴夫人都没有恶感。可是我决不退让。我要找到吴夫人继续斗争。我也许会失败。失败了也许会走。但是那是失败的结果；不是退让！卓太太，请你转告吴夫人，我等一会再来。回头见。

（她奋然走出。）

（卓太太不断地摇头——只得继续整理那间屋子。）

（过了一刻，玉凤又来。）

玉　凤：卓太太，少爷小姐们要到花园里玩去。

卓太太：也可以吧。今天天气这样好，不妨让他们到外面去透点新鲜空气。

玉　凤：是的，我已经让他们出去啦。（忍不住）刚才原小姐来说些什么？是不是我们太太可以不走？

卓太太：现在难说得很。

玉　凤：（胸有所激，冷笑一声）哼哼，爱情，恋爱，说得多么好听，全是骗人的！归根结底，无非害人又害自己就是啦！

卓太太：（诧异）咦，玉凤，你怎么会说这个话！

玉　凤：（愤愤地）恋爱，结婚，生孩子！多半的女人们就为了这三件事吃亏上当。（泫然泪下）白白的做了一辈子的人。

卓太太：（点头）我明白啦，这也难怪你。可是你这还是小孩子的见识。

玉　凤：就拿眼前的事情来讲吧，我们太太，李太太，凌太太，程小姐，我自己——凌太太刚才说的——女人们为了这种事

洪深　/　179

痛苦的，实在太多啦。

卓太太：（苦口婆心地指点她）依你说，恋爱结婚生孩子，这三件事一样都不要，那么中国人也都不要子孙后代了么？

玉　凤：（一个年轻人努力理解一个问题）这一点我倒还没有想过。

卓太太：假如中国人还是要子孙后代的，那么男女是不是应当结婚呢？

玉　凤：结婚！真正没有办法的时候，只好让人家结婚。（其实心不甘服）结婚算是做了女人逃免不了的倒霉事！

卓太太：倒霉事？

玉　凤：比结婚更倒霉的，就是讲恋爱！

卓太太：玉凤，一次被蛇咬，九次见到草绳吃惊。你岂不是说，女人应该结婚，也应该生孩子，可是一切恋爱都不要！

玉　凤：都不要。

卓太太：那些作为结婚的准备的男女恋爱，你说也不要？

玉　凤：不要！不要！

卓太太：不经过恋爱的结婚；"父母之命，媒妁之言"；那岂不是回到几十年以前中国的旧式婚姻了么？女人没有出嫁之前，是家庭里的童工苦力。女人生孩子，是一部自然的机器。女人生了孩子之后，是一个不给工钱没有休息的奶妈保姆。这样非人的女人生活，你愿意去过么？

玉　凤：自然不愿意。可是像女人们今天过的生活，又有什么好呢！吴教授和我们太太，尽管是经过恋爱结婚的，现在怎么样？现在来了一位原小姐，她会和吴教授恋爱，吴教授也会和原小姐恋爱，我们太太只好带着三个孩子走路！（有激而发）留学外国，受过高等教育的人的恋爱，也不过是这么一回事！（伤感地）恋爱太靠不住！恋爱太不能长久啦！

卓太太：你错啦。恋爱的持久，是要靠许多具体的问题的解决的！譬如吴太太的这三个孩子，如果能有人好好的当心，和吴太太一样的当心，甚而至于比吴太太更加当心，那么吴太太不就可以继续研究她的学问，帮着吴教授做事业，两个人中间，就不会有知识上精神上情感上的隔离了么！正因为吴太太忙着照管三个孩子，没有时间去和吴教授合作，也没有时间去和吴教授恋爱，吴教授这才去和别人合作，去和别人恋爱。他们两个人的问题，还在这三个孩子的处理！（慨然）今天遗憾的是，除了自己的家以外，没有这样一个满意的教养孩子的地方！除了亲生的母亲以外，没有一个能像她一样的当心孩子的人！

（吴夫人，杨大夫，荣婉芬一齐回来。吴夫人面有怒容。）

吴夫人：真是岂有此理！

荣婉芬：岂有此理极啦！

卓太太：（担心）又发生了什么事情？

荣婉芬：我们从杨大夫家里回来，路上碰到原敏文。她没有和我们招呼，可是拉着杨大夫在一边咬耳朵。她说要和吴夫人当面谈谈；两个人谈谈，不要第三个人参加；尤其不要我荣婉芬参加！

卓太太：啊，是的。

荣婉芬：你看这个女人是什么神经！难道我还会再打她一顿么！

吴夫人：引用一句美国的成语："损害之外，再加侮辱！"她还要再来当面讥讽我一次！（决心地）玉凤，快到厨房里帮着罗嫂弄饭，我们吃了饭赶紧离开此地。我让开她。

（玉凤应声走去。）

卓太太：（考虑了一会）不过，吴夫人。

吴夫人：卓太太？

卓太太：原敏文刚才来过一次啦。

吴夫人：来过一次？

卓太太：她这一阵也不快乐。

荣婉芬：她还不快乐！

卓太太：彼此都是女人，女人的心事总是差不多的。当面谈一谈，也许彼此更可以了解一点。

（吴夫人未及回答。）

杨大夫：我也是这样说。事情已经是糟到无可再谈啦，谈一谈未必是会更糟。

吴夫人：（坚决地）我不。我拒绝再和那个无耻的女人讲话！

（程永华和凌太太匆匆走入，面上都有怒容。）

程永华：真是岂有此理！

凌太太：岂有此理极啦！

杨大夫：（热心）又发生了什么事情？

程永华：（打开手里的一张信纸）你们看，这是叶先生写来的快信：我同意也好，不同意也好，他明天就动身回来；如果我再拒绝的话，那就索性永久的分开，离婚！

卓太太：哦，这是叶先生一时的气话。

凌太太：我刚才亲眼看见的，凌先生和他的另外一位太太从服装公司出来，女的身上穿着一件新的紫呢的大衣。我前几天在家里就听到他们谈起买大衣的事。我偷偷的到服装公司去看过，标价三万六千块钱。我也想要那件大衣！

杨大夫：哦，是的。

程永华：叶先生的气话，何必对我说，难道我的心境会比他好么！回来不回来，同住不同住，本来是可以商量的，为什么不等得到我的同意，单方面作主意的硬先回来，想拿既成事实来拘束我，还拿离婚来威吓我！

卓太太：是的是的，叶先生太不对啦！

凌太太：我早对我自己说过，要是那件大衣，凌先生买给她，不买给我，我就领着两个孩子，立刻离开他，搬到吴夫人这里来借住。现在吴夫人的家也拆散啦，我还是有地方去的，未必就其流浪在马路上，顶多我那孩子多吃点苦就是啦！

杨大夫：是的是的，凌先生太不对啦！

（方老太太气愤愤地从外面回来。）

荣婉芬：（注意）方老太太，您又发生了什么事情？

方老太太：我又碰了一个大钉子回来。

杨大夫：（奇怪）碰了钉子？碰了谁的钉子？

卓太太：（解释）刚才方老太太邀约了程凌二位找吴教授谈话去的，大概结果不很圆满。

程永华：根本我们就没见到吴教授。

卓太太：没有见到吴教授？

凌太太：说是今天天气好，吴教授上山散步去了。

卓太太：散步去了？

方老太太：我碰的是校长太太的钉子——

程永华：怎么又是校长太太？——

方老太太：我们没见到吴教授，我不是就让二位先回来么！我想我一个人去见见校长，请他出头劝劝吴教授也好。谁知道校长也不在家。

程永华：校长也不在家？

方老太太：说是今天天气好，校长和一位新来的女的副教授上山散步去了！我就去见校长太太。

程永华：去见校长太太？

方老太太：我见到校长太太，从头至尾，一五一十的都告诉她啦。她也有点晓得，可不大清楚。她说校长是一校之长，只管

洪深／183

公事，不管人家的家事。吴教授教书听说很有成绩，也很得到同学们的信仰，在恋爱不妨碍工作的时候，校长怎么好出头过问吴教授的私事呢！校长太太倒打了一大片的官腔。

程永华：嗯，是的。

方老太太：而且，她还说鼎鼎大名的吴教授，种种方面有办法得很，这种事他一定会处理得很好的，似乎用不着旁边人多管闲事——她很不客气的就把我送出来啦。

程永华：本来你去见校长太太，有点欠妥。

方老太太：嗯？

吴夫人：家里的丑事何必这样公开出来，闹得全校皆知呢！

方老太太：嗯？

荣婉芬：自己的事情自己没法子解决，要校长去压服吴教授，吴夫人岂不成为一个毫无能力只懂吃醋的旧式太太了么！

方老太太：嗯？

程永华：这种作风，对于事情的解决，只会有害，不会有好处的。

方老太太：嗯？

凌太太：夫妻间的误会，夫妻间的感情破裂，一个校长能有什么挽回！就是正式的法院和那专听官司的法官，又有什么法子可以挽回！

方老太太：嗯？

杨大夫：吴夫人现在准备分离，还不只是一种方法，强迫吴教授考虑利害，赶快放弃原助教，重新回到家里来，和太太孩子团聚——要不然，我也不会答应吴夫人到我家里去借住——如果把事情闹开，万一弄假成真的话——

方老太太：嗯？

卓太太：方老太太，您这次的主意，又想错啦！

（方老太太饱受各方责备，不禁呜咽起来，拭着泪。）

方老太太：错啦，错啦，我下回再也不想主意啦。每回我想到一个好主意——我自己觉得是满好的——到后来总是闹得一团糟！上一回为了李太太的事，还不是——

（李太太此时呜咽而入，罗嫂扶着她。）

李太太：（拭着泪）吴夫人，听说你今天要走——

（杨大夫看见罗嫂手里的草药，一把抢过。）

杨大夫：（厉声）罗嫂，你这找来的是什么东西？

李太太：杨大夫，不要怪她。我是真着急啦，这才求罗嫂替我找这个草药——还有玉凤也要找这种草药——罗嫂才真晓得一个孩子太多，家境贫寒，身体有病的母亲的苦处。我是感激罗嫂的。（又哭起来）我只怪我自己命苦——

杨大夫：（问罗嫂）你怎么知道这个草药会有用？

罗　嫂：我不知道。我也是听人说，有一种草药煮汤吃了可以催生——我自己从来没有吃过这种东西。

杨大夫：那么你为什么替李太太找来？

罗　嫂：今早赶场的时候，我随便在药摊子上一问，就买到啦。可是我想这药一定是假的，摆药摊子的人给我当上。真药不会那样容易买到，价钱也不会那样便宜。乡下女人都是自己上山去找的。

杨大夫：你晓得，你做这种事情是违法的么？残害胎儿，国家可以办你的罪的么？这种草药吃得不对，可以致人于死的么？

罗　嫂：下回我再也不去买啦。

杨大夫：（友谊地）李太太，胎妇在某种有病的状况之下，政府允许我们做医生的，施行"人工出生"。可是非得用手术不可。一切吃药打针，都不一定靠得住。而且多半含有副作用，有流弊的。千万不可以随便冒险！

洪深 / 185

李太太：哼，冒险么！在我也顾虑不了许多啦！

杨大夫：（一贯热心）李太太，你为什么不把你的孩子送到儿童福利机关里面去？

李太太：儿童福利机关么？

杨大夫：我晓得有几处保育院保婴院，的确是办得不坏。经费，设备，干部，都还够得上标准。孩子们在里面，衣食和教育，都还不马虎。我可以替你想法子介绍的。

李太太：保育院保婴院，我也听说过。经费，设备也许样样都好；就是不把孩子当做是会哭会笑的孩子！是院里编了号码的一样物品，一个试验标本。

杨大夫：（喟然）是的。有些地方似乎是缺少一点温暖；似乎太不够"人情化"！（又转积极）可是他们慢慢地会好起来的。只看许多小学好了。最早的时候，公立的小学似乎还不如家里的私塾那么好。可是现在有多少小学教师和家里的母亲一样喜欢孩子！有的比自己的母亲还懂得爱惜孩子呢！今天我们应该希望一件事，希望儿童福利事业大大的扩充，中国有更多的保育院保婴院托儿所。我们今天先求有了再说——有总比没有好——先有了再慢慢地求改善。我们今天应该信任这个儿童福利事业！

李太太：（坚强地）我决不把我的孩子送进去。（直率地）诸位放心，以后我也不再去找草药用土法子坠胎。我一定让我生出来的孩子自生自灭就是啦！

程永华：（突然兴奋——一腔义愤，有不得不吐之势）诸位看见了没有？听见了没有？

（众人不语。）

程永华：是不是今天的世界，不应该再有小孩子生出来？是不是今天的我们，一方面一定不许女人不生孩子，另一方面可是允许那孩子出生之后活活的饿死病死——让那新生的孩子们，自生自灭呢！

（众人不语。）

程永华：今天有多少重要的工作——几乎是迫不及待的工作——等着有人去做。今天在这么许多方面，需要新的血输。新的生命，新的预备军。可是眼看着面前就有许多人，没有经济能力，不能养育孩子，他们就厌恶孩子，不要孩子——生孩子对于许多穷苦的女人，成为一种威胁，一种恐怖！

众　人：……

程永华：我们听说有些国家太富裕了，田里生产的东西太多了，为了防止农产品的价格低落，政府每年化费几万万的金钱去津贴农民，不是要他们增加生产，而是要他们减少生产！我们还听说牛奶太多了，小孩子吃不完，大人也吃不完，牛奶场的老板，为要维持他的利益，每天把牛奶倒在沟里！我们还听说苹果出产太多了，市场上销不完，为了要维持苹果的高价，把苹果一船船的装出海去，倒在海洋里！我们还听说有些大户人家，仓里的米堆得太多，几年吃不完，碰到几次黄霉潮湿的天气，米都结成坚固的米饼，要用锄头才打得开，并且臭气熏天，猪都不吃，只好大量的倒在坑里，过后拿来肥田！可是在另外一些地方，另外一些人家，成群的孩子们，伸着手，张着口，没有牛奶吃，没有苹果吃，没有米吃——就是有一点米吃的话，也经常不能吃饱！诸位，这样的情形，世界上是不是应该有的？

众　人：……

程永华：我们不算是在山脚的人。我们虽不在山顶上，至少也在半山腰里。我们受了一点教育，都读过几年书，都应该知道

洪深　/　187

什么是对的，什么是不对的。我们都应有点良心，我们也都不是过激主义者——我们可以算得是不够革命的了——我请问：对于这种不平的情形，是不是都感到遗憾？是不是还该让这种不妥当的情形，老这样继续下去？站在读书人的立场上，我请问！我请问！

众　人：……

程永华：讲到养育儿童，为什么不放心让别人来替我们负担，让国家来负担，让社会来负担！为什么一定要儿童的父母私人来负担！为什么我自己也是如此！为什么我们不能实行"儿童公育"！

吴夫人："儿童公育"？

程永华：那就是说，为什么在儿童出生之后，做母亲的不肯信托那些专门从事儿童福利事业的人，替她喂奶，替她怀抱，替她当心，替她管教，替她陪着孩子玩，替她供给那儿童所不应该缺少的温暖！这样，那些做母亲的人，可以仍旧去就她们的职业，做她们的工作，研究她们的学问；使得妇女职业和儿童养育，两不妨害！为什么做父母的人一定要把自己的儿女当作个人的私有物！

吴夫人：个人的私有物？

程永华：为什么我们不能把那对于儿童的私有的态度改为公有的态度！古圣贤人孟夫子就说过，"老吾老，以及人之老；幼吾幼，以及人之幼"！这就是说，天下做儿女的人，何必只把自己的父母看作父母，为什么不把天下凡有资格做父母的人，都看作是我们的父母！天下做父母的人，何必只把自己的子女看作子女，为什么不把天下一切做子女的人，都看作是自己的子女！这个总不见得是不合国情的主张吧！

方老太太：孟夫子的话，大约是不会错的。

程永华：要这样，保育院保婴院托儿所，才算真正的成功，才会真正的发生作用！

（玉凤紧张地从外面走入。）

玉　凤：太太，太太，原小姐来了。

荣婉芬：那个来了？

玉　凤：原小姐来啦，说要和我们太太一个人讲话——不愿意和荣先生见面。

吴夫人：你去对原小姐说，我不愿见她。

荣婉芬：纪英，何必呢！我避到书房里去就是啦。我也真不想再和她打一架。

吴夫人：她这样能说会道，我们打算把她怎办？

杨大夫：大家都是平等的女人，我们能把她怎么办！不过，天下的官司，也有了结的一日，何必把门关得这样紧紧的呢！

吴夫人：那么也好，就我一个人在这里见她。（对玉凤）你请她上来好啦。

（玉凤答应走出。）

杨大夫：走，走，我们都到书房里去。

荣婉芬：书房里不是听不到外面讲话么？

方老太太：门关严了是听不见的。

荣婉芬：我们开着门好吧。

卓太太：那不大行吧。

凌太太：那么露着一点缝，我也想听听。

（杨大夫，方老太太，荣婉芬，程永华，李太太，凌太太，卓太太，连到罗嫂，一齐进入书房。）

（荣虚掩上门——留出一条可以听话而又不致被人注意的门缝。）

洪深 / 189

（诸人屏息地等候着。）

（原小姐翩然入来，依然面有笑容。）

原敏文：（点头为礼）吴夫人，您好。

吴夫人：（礼貌地）原小姐，请坐。

原敏文：（取出一封信）等我交了差使，再谈我们自己的话。

吴夫人：差使？

原敏文：这是吴教授亲笔写给您的一封信，叫我亲自带来的。

吴夫人：（接信）什么事？

原敏文：信里什么内容，我也不晓得。吴教授并不把他的每一件事情，都告诉我的。

吴夫人：（嘲讽地）唔，是么！

原敏文：可是他说这是一封要紧信，请你务必在有工夫的时候亲自拆看。

吴夫人：哦，在有工夫的时候！（她把信压在一册西书下面）

原敏文：（起劲地）我这几天——天天和吴教授见面。

吴夫人：我想你会的。

原敏文：每晚都和吴教授谈话，一谈就谈到深夜。

吴夫人：你有那么好的机会。

原敏文：一直谈到今天清早，才算谈出了一个结论。

吴夫人：哦，有结论么？

原敏文：结论是，吴教授把青草里的维他命，看得比我的感情，更加重要！

吴夫人：什么，他把维他命看得比你重要？

原敏文：是的，这对我是一个很大的打击！

（她取出手帕，似乎想拭眼泪。）

（那书房门忽然大开，忽然又关成一道缝。）

原敏文：不过，这也是应该的。

吴夫人：你说应该么？

原敏文：我要求吴教授和我一起去青云山旅行一次，他不肯。

吴夫人：为了他正在研究他的青草？

原敏文：不为这个。他的研究工作，眼前这一个段落，今天下午不结束，明天早上一定可以结束啦。我本来约他后天走的。

吴夫人：那么他为什么不肯去呢？

原敏文：我今天清早才明白，吴教授需要我的，只是做他的精神上智力上知识上的一个伴侣，不需要我做——嗯——其他方面的伴侣！

吴夫人：哦，哦，其他方面。

原敏文：可是我呢？

吴夫人：不知道你呀！

原敏文：我需要其他方面，我需要爱，我需要爱的生活！我愿意做吴教授的全面的百分之百的伴侣，不愿意只做一个部份的百分之五十的伴侣，我不能以部份的伴侣为满足——吴夫人，你也是一个人情的女人，不会不理解我的要求吧！

吴夫人：我理解你的要求！

原敏文：你也不会不理解我的失望！

吴夫人：教授拒绝了你？

原敏文：教授拒绝了我！想不到吧！

（她一阵苦笑——这次真把手帕拭泪。）

（书房门忽然大敞，跌出半个罗嫂——她连忙缩回，砰的门就闭上。）

原敏文：这是我的第一个大发现：原来吴教授不愿意放弃他的工作；放弃他的社会地位；放弃他的家庭儿女！他需要一个事业上的合作者；一个有知识的可以陪着他谈话，陪着他工作的朋友；他也许还需要一个爱人，可是只是一个有限

洪深 / 191

度的适可而止的不麻烦不碍事的爱人——这也是应该的；虽然在我看起来，吴教授有点自私。

吴夫人：吴教授有时候可能比这个更要自私呢！

（这时候书房门又露出了一道缝。）

原敏文：后来我又有了第二个大发现：幸亏吴教授拒绝了我！

吴夫人：幸亏么？

原敏文：如果我竟然做了吴教授的百分之百的伴侣，慢慢的我也免不了要生育孩子，喜欢孩子，当心孩子——我想我一定会这样的；在这一点上我不会和你十分两样——说不定我会再蹈你吴夫人的覆辙。所以在我没有想出好办法处理我要生育的孩子之前，还是谨慎一点的好！

吴夫人：原小姐真有见识。

原敏文：吴夫人，我现在是一个失败的女人，不要以为我不伤心，不要以为我不难受，不要以为我把这看作一件好玩的事，不要以为我从此就会不爱吴教授——

吴夫人：你仍然还是——

原敏文：我仍然还是！一个女人真诚的爱一个男子，那能因为受到一两次打击就改变了呢！不过今天我准备走啦！

吴夫人：你准备走啦？

原敏文：在两个钟头之前，我还决心要找你谈判，要求你走的！后来——

吴夫人：后来——

原敏文：后来我在花园里看见你那三个活泼可爱的孩子——我也可能有一天做母亲的——我想，你走，有孩子拖着。说走的话，我单身一个人比较容易。

吴夫人：（开始有点同情她）那么，你到那里去呢？

原敏文：还没有一定，不过走我是一定的啦。我刚才已经赶去和吴教授告别；以后不再打算和他见面；所要谈的话，这几天也就算是谈完啦——吴夫人，这一次的事情，我并不后悔！

吴夫人：不后悔？

（此刻书房门已经大开。）

原敏文：我自己虽然受到很大的痛苦，也使得吴教授受到很大的痛苦，也使得你吴夫人受到很大的痛苦，可是这一个三角关系，是值得留念的。三角当中最不自私的是你和我两个女人！

吴夫人：你以后不回来啦？

原敏文：过一阵我会回来看望你们的。到那时候，我希望我被欢迎，我被接受，做你吴夫人的一个好朋友！

吴夫人：可是，原小姐——

原敏文：我今天是表白我的态度，吴夫人不必忙着表白你的态度！将来再说吧。（上前伸手）时候不早，我该走啦，再会吧。

（吴夫人不由得也握她的手。）

吴夫人：再会。

原敏文：说句老实话，吴夫人，我和你，倒真是精神上情感上痛苦经验上的伴侣！我和你，是全世界上最懂得那自私的吴教授，也最爱那伟大的吴教授的两个女人啦！

（她走了两步又缩回，从皮包中取出一个小钥匙。）

原敏文：这是教授书桌抽屉上的钥匙，以后请你替他保管啦。

（她翩然出去。）

（荣婉芬和诸人从书房一拥而出。）

（吴夫人望着她们，刚要开口——婉芬摇手止住。）

荣婉芬：（高兴）不用讲，不用讲，我们都听见啦。

凌太太：现在好了，现在还有什么问题呢？

方老太太：（得意）当然没有啦。

（吴夫人摇头不语。）

李太太：（亦觉欣然）现在可以相安无事了吧！

凌太太：现在还有什么不放心的呢！

（吴夫人仍然不语。）

程永华：我看事情不那么简单。

卓太太：我也有这种感觉。

荣婉芬：为什么呢？

程永华：（缓缓地）如果吴夫人以后仍然不能做吴教授的知识上的智力上的学问上的工作上的伴侣的话。

吴夫人：我倒早已决定了，不管伴侣不伴侣，我要重新读书，温理我以前学过的功课，继续我的工作和研究，不再放弃学术和事业！我想我虽然为了家庭孩子荒废了十多年，如果我有决心的话，应该可以多少恢复我的能力，也许不至于全无成就的！

卓太太：可是你的孩子呢？你的三个孩子怎么办呢？

程永华：是呀！你还得想一个两全的办法。你也不能为了学术和事业，就完全放弃三个孩子不顾呀！

（众人又不免为难。）

（吴夫人长长的叹了口气。）

（忽然方老太太兴奋起来。）

方老太太：（十分起劲地）我倒又想出了一个好主意。

荣婉芬：又有一个好主意么？

方老太太：（忽又胆怯）算了吧。每回我想出一个好主意，到后来总是弄得一团糟的。不说也罢。

凌太太：不妨说说，让我们先听听。

荣婉芬：你还是说出来好啦。

（这时候玉凤捧了碗筷来，准备开饭。罗嫂帮着她搭桌子。）

方老太太：我们这个"母亲会"里的人就有这么多的孩子，有的十来岁啦，有的还小，有的快要生出来。我们为什么不把孩子们聚拢起来，自己办一个小小的保育院？

吴夫人：小小的保育院？

方老太太：我们推举几个自己人负责管事，照管的还是我们自己的孩子。我们也不叫它做保育院，大学里不是有什么消费合作社生产合作社么？我们就叫它是"保育合作社"，诸位看怎么样！

凌太太：好得很，我那两个孩子有了安放的地方啦。

程永华：这一次，方老太太，您的主意想对啦，决不会弄得一团糟。

卓太太：（突然大声）诸位，请听我说一句话！（她的态度甚为严肃，众人立刻静止下来，注意的听）

卓太太：我对诸位有一个要求。不瞒诸位说，我和卓先生结婚三十多年啦，日夜想望一个孩子，可是至今没有生育。大概我这一世不会再生育自己的儿女了，就让我把别人的儿女作为我自己的儿女吧！这个保育合作社，我请求诸位举我做总干事。我愿意把我可能多出来的时间，一齐都放在这个事业上。

（众人都受感动，默默地接受了她的请求。）

杨大夫：（过了一会）好的，好的。我可以来做一个义务医师。

（罗嫂在摆筷子，发现西书下一封信。）

罗　嫂：太太，刚才原小姐带来的一封信，还没拆开呢。

吴夫人：（接信）教授的信，我几乎忘了。

（她拆信细看——看了两三遍，慢慢的脸色变异。）

（众人又不免担心。）

吴夫人：（情感地）方老太太。

方老太太：什么事？

吴夫人：教授请您不要难过，他今天清早收到一个电报，是从空军基地打来的。

方老太太：（紧张）基地打来的电报，怎么说？

吴夫人：电报上说，老太太的第三位孙少爷，昨天下午轰炸日本本土，那架飞机没有回来，大概是为国牺牲了！

方老太太：（晴天霹雳）是么！我早知道的，做一个军人应当有这样一个结局，可是他一定要去考空军，我也阻止不住！

（她不由得哭了。）

（众人都为之黯然。）

（连到罗嫂和玉凤也在一边流着同情之泪。）

方老太太：（哭泣着）他的父亲，早年就故世了。他的大哥，九一八之后，为一个国家银行，回到东北去搬运公物，在路上辛苦病死的。他的二哥，在大轰炸那年，驾着飞机上去警戒，被三架敌机包围，他打下两架，可是他自己也掉落啦。我现在是一个亲人都没有啦！我现在是连一个亲人都没有啦！

吴夫人：（上前劝慰）老太太。

方老太太：……

吴夫人：老太太不要伤心，我不就是您的女儿么！

方老太太：……

吴夫人：我不就是您的孩子，跟您自己的孩子一样么！

方老太太：……

卓太太：老太太是一个有年纪的人，也可以把我当做您的孩子。

程永华：我们都是您的孩子——天下凡是儿女的，都是您的孩

　　　　　　子——您不会没有亲人的！

方老太太：诸位不要这样说，我不敢当。

　　　　　　（玉凤勇敢地上前。）

玉　　凤：老太太要是不嫌弃我是一个难民，是一个女仆的话——

　　　　　　（众人都看着她。）

玉　　凤：我也愿意做您的孩子！

　　　　　　（方老太太注视着她。）

玉　　凤：做您的干女儿！您还教我捺鞋底，好么？

　　　　　　（方老太太以及众人都为玉凤的诚恳和天真所感动。）

方老太太：不嫌弃你的，不嫌弃你的，好玉凤！

　　　　　　（罗嫂看了看大家的脸。）

罗　　嫂：我现在拜拜天，拜拜地，保佑玉凤一件事。

荣婉芬：保佑玉凤一件什么事？

罗　　嫂：保佑玉凤生出来的是一个男孩子！

荣婉芬：男孩子，为什么！女孩子就不好么？

罗　　嫂：玉凤生一个男孩子，那么老太太刚丢了一位孙少爷，马上就可以又添一位孙少爷啦！

众　　人：（破涕为笑）哦——呵！

　　　　　　　　　　　　　　　　　　　　　　（幕落）

　　　　　　　选自洪深：《女人女人》，华中图书公司，1946年

陈白尘

| 作者简介 |　该作者简介参见第一卷独幕剧《禁止小便》。

结婚进行曲（五幕剧）

（节选）

时　间：

　　抗战期间。

地　点：

　　重庆——或其他都市。

人　物：

　　黄瑛：十八岁，高中刚毕业，大学读了半年，满身都市朝气的女孩子。

　　刘天野：二十岁，她的男朋友，未婚夫，丈夫，脾气像一只皮球。

　　黄瑛父：五十二岁，有点嗜好，所以就贪财务得。

　　刘天野母：五十来岁，反对一切新东西的人物。

　　老头儿：一个替房东看房子经管房租的人，性急如火。

王科长：三十几岁，某机关的总务科长，后弃官经商，便是王经理。

周经理：三十几岁到四十岁之间的人，看起来很和气，很规矩，又很严肃的。

杨主任：周经理的部下，四十岁，忠厚老实人。

茶房：周经理经理室的听差，很好自作聪明。

章先生：刘天野机关里的一个职员。

方太太：四十来岁人，五四时代也曾露过头角。

奶妈：三十岁，是在大公馆里见过世面的派头。

三个孩子：依次一，二，三岁。不说话。

第一幕

时　间：

抗战第二三年代

地　点：

刘天野家书房

人　物：

刘母

刘天野

黄瑛

黄父

老头儿

王科长

景：

一所古老的宅子的一个书房，家具陈设本来和这屋子很调和，笨重、陈旧而灰黯，但是最近可刚被革过一次命：比如挂着山水立轴的地方被换上一只电影明星的镜框，一张古旧条桌上的文房四宝被移去，铺上台布，摆上墨水缸、钢笔、小像片架之类，而且连桌子本身也都被斜过身子；其余茶几椅子之类，也都违反了古老的成例，各以革命姿态被安放着。另外，还有两个怪物：一是黄瑛的放大像片，张大了嘴巴在笑着；一是一只行军床和它上面那美丽夺目的锦绣枕；更傲然地在破坏这间房子的固有色调。

刘母，一个长年冷着脸的妇人，好像世界上的人谁都在反对着她似的，永远那末愤愤不平，其实呢，是她在反对着世界上所有的人。

她走进这间房，四顾之后，深表不满，于是动手去纠正那些被革命的部份；挪正桌椅，改换陈设。

刘　母：（默默然地工作着，间歇地漏出一句半句的咒骂）房子简直糟蹋得不成话，（看黄像片）都是这鬼丫头！搅得人家天翻地覆！……哼哼！四平八稳的桌子，要斜过来，这是那里的洋规矩！……洋鬼子照片又挂起来了！这有什么好看呢？……

（刘天野兴致匆匆地从外奔入。这是一个我们所习见的青年：二十岁，高中毕了业，虽有满肚子幻想，却为了生活，暂断了求学的念头，去机关里做个小职员。但青年学生的粗野、豪放之气未减，因之也就略嫌横暴。不过，我们从身上怎么也找不出所谓"坏人"的影子。）

（他一路叫了进来。）

刘天野：阿瑛！阿瑛……哦，妈！

　　母：嗯。

　　刘：（意想阻止）你，又在做什么？

母：嗯。

刘：她的这些东西，你又搬它做什么？

母：今儿你怎么不去办公？这末早就回来？

刘：局子里没有事。

母：局子里没有事。你的魂掉在家里了！

刘：妈，我跟黄瑛不过是同学，你别乱说了！

母：我乱说了什么，我在这里搬搬东西，你已经满肚子不高兴了！

刘：这些都是人家的东西，你又何必呢？

母：这是我的家！

刘：（赌气不说话）

母：这间房子是我的，没租没卖给她，借住几天，就把我的家搅得乱七八糟、地翻天覆的！一转眼，就把我的字画取了，挂上她那些照片，桌上的东西搬了，换上她那些瓶瓶罐罐的！连桌子椅子都搬了家！这算什么的规矩呀！

刘：……人家马上就要搬了！明天、说不定今天就搬！

母：那就阿弥陀佛了！

刘：那你就可以放着了，人家横竖搬了，也免得人家——

母：你就是"人家"！"人家！"给"人家"迷住了！

刘：妈！

母：好好的一间书房，这些陈设都是你爸爸摆的老样子。自从这黄毛丫头一来，你看搅成什么样子了？

刘：她那末一改样子，不也新鲜好看些吗？

母：好看？有什么好看？——我说不好看就不好看！你告诉黄家那个丫头：这是我的家！她不爱看这老样子，叫她搬了去！

刘：她已经……

陈白尘 / 201

母：我晓得她是干什么的！横冲直撞，搬了行李就来住，好像这儿就是旅馆！

刘：她是我的同学呀！

母：同学就随便引到家里住？说是借住三两天的，一住就是住一个月多！

刘：她马上就要搬了，还说这些做什么？

母：她搬了我就不管啦？哼，我晓得你被她迷住了！她搬到那儿去？

刘：十八梯六百十二号。

母：她住在那儿干什么？

刘：人家找了事情啦！

母：找事情做？一个妇道人家有什么事情好做呀？

刘：女人怎么不能做事？人家已经找到了职业啦！

母：安分守己的女人就不作兴出大门边，别说做事了！要出去做事的女人呀！不知道是存的什么坏心思哩！

刘：妈！胡扯些什么！人家……

母：你又是"人家！""人家！"告诉你：你别想糊涂心思！这样一个不会料理家务、只晓得在外边乱跑的女人，休想到我刘家做媳妇！

（黄瑛的声音："小刘！小刘！……"）

刘：她回来了，你别再胡扯了！

母：回来了我怕她；叫她马上搬走！

（黄瑛，十八岁，天真未鉴，罔识世故，把社会当作一个花园似的那末闯进来！虽然碰了几次壁，毫不在乎，因为她的幻想正多着哩。有一双美丽的大眼睛，看出很聪明的样子，也不大用头脑，戆直，任性，成了她可爱的缺点，说起话来，口气很急，走起路来，蹦蹦跳跳。）

（她已经听到刘母的话了。）

黄瑛：刘伯母，你别凶！马上搬就马上搬！

母：阿弥陀佛！我跟你点蜡烛烧香！（急下）

刘：你跟她吵什么呢？

黄：（正没好气）你管着我？

刘：（也没好声音）这是什么意思？

黄：你妈妈欺负我，你还欺负我！

刘：（急得直跳）我怎么欺负你？

黄：你妈妈骂我，我不能说话？

刘：你跟她吵有什么用呢？

黄：你管不着！

刘：我要管！

黄：不准你管！

刘：偏要管！

黄：你凭什么！

刘：就凭我要管！

黄：你混蛋！

刘：（举拳）你骂人？

黄：（举起凳子）你要打架！

刘：（也抓凳子）好！你来！

（正要交锋，刘母持扫帚上。）

母：你们干吗？

刘：搬家呀！

母：凳子是我的！

黄：还给你呀！

母：要搬就快，我要扫地！（摔下扫帚，点数家具）

刘：（要打破僵局）唉，刚才看的那房子呀，上有天花，下有

陈白尘 / 203

地板，电灯家具，一切齐全。

黄：还有自来水？

刘：有有有！

黄：有没有天井？

刘：有有有！

黄：房租便宜吧？

刘：只十二块钱一个月！总算便宜！

母：告诉你！走的时候，替我把什么东西都归原位！错了一样不行！（下）

刘：可是一样，看房子老头儿说，没家眷不租！

黄：（再举凳子）谁管你什么家眷！过来！

刘：（气）你不要房子？

黄：（喜）房子真找到了？

刘：跑了一整天，问了二三十家才租到！

黄：（抓住他膀子摇）在那儿？在那儿？

刘：十八梯六百十二号！

黄：（拍打他的胸口）那我真搬家啦！哦！搬家喽！搬家喽！

刘：不打架啦？

黄：你替我找到房子了，原谅你……

刘：呸！

黄：而且我的事完全成功了！老爷赦你的罪！

刘：成功了！真成功了！

黄：官衔是总务科干事，食宿自理，月薪大洋五十块，明天开始办公！（又捶他的胸口）小刘，你说美不美？美不美？

刘：（摇晃她的脑袋）哈哈！你比我还多五块钱啦！根据你的说法，又是不平等呀！

黄：可是我的事多难找呀！你三天就找到一个事，我找了一个多月啦!

刘：那也不能多五块钱呀!

黄：在学校里，我总平均就比你多五分呀!

刘：不跟你胡扯!搬!快搬!马上搬!

黄：好，马上搬!不受你妈的闲气!

刘：（动手）快!

黄：（突然止住）不慌!

刘：怎么?

黄：这又是你妈干的事!看!房间又被她改了样子了!呐!我的像片又被她摘下来了!

刘：这是她老脾气嘛!房间的摆设，不依她的样子，她就睡不着觉!

黄：不行，不行，要依我的样子!

刘：算了吧!横竖马上就搬了!

黄：（坐）那我今天不搬了!

刘：又不搬了!

黄：哎!她要那样摆，我偏要这样摆!这张像片偏要挂在这儿!（动手恢复她的原样）我今天偏要恢复原样，明天再搬!

刘：那又何必呢?

黄：我不嘛!偏要照我的样子嘛!

刘：好，听你!可是房子成了问题我不管!

黄：房子怎么成问题?

刘：我今天上坡下坎跑了几十家，家家都问我：有家眷没有?我干脆地说没有!他们也就干脆地说：不租!

黄：为什么?

刘：没有家眷他们就不租嘛!

陈白尘 / 205

黄：那你的房子怎么租到的？

刘：我说了谎呀！

黄：你怎么说的谎？

刘：我，我，我自己住的。

黄：你住的那他肯租！

刘：我说！我说！我有家眷！

黄：你有家眷？

刘：我是说的谎话呀！我说我跟你两个人住。

黄：混蛋，谁是你的家眷！

刘：我是替你找房子呀！

黄：我不许你胡说！

刘：我已经说了！

黄：那你是混蛋！

刘：（举拳）你又骂人？

黄：（举凳子）你又要打架？

刘：（也举凳子）好你来！

（敲门声急。）

刘：谁呀！

声：请问这儿是姓刘？

黄：哎呀！这像是我爸爸声音！

刘：怎么？他从乡下来找你了！

黄：不得了！不得了！他要抓我回去的！

刘：怎么办？

黄：我要躲起来！

刘：你躲到里间里去！

（敲门声急，刘母上。）

母：谁在敲门？去开门呀！——怎么？房间又改了样子了？告

诉你，这是我的家！

黄：哎呀！这像片不能让他看见！还有这个被！（都抱在怀里，要向里间去）

母：嗳，对呀！你这些东西都该收拾起来！

黄：小刘，你就说什么都不知道，没有看见！——哦，刘伯母帮帮忙说我不在这儿！（向里间下）

母：到底是什么事？

刘：她爸爸找她来了！妈，你就说没有看见她。

母：没有看见她！——好，你去开门。

刘：妈，不能告诉她爸爸呀！（下）

母：你去！你去！来的正好！不告诉他！哼！

（刘天野领黄瑛之父，一个乡老头儿，五十岁，面色苍白，但一团和气，上。）

黄父：哦，你就是刘天野！那你跟我们家黄瑛是同学哩！

刘：是的，是的，老伯——妈，那位是黄老伯，——这是我妈。

父：哦，刘太太，对不起，我来打搅了，我是黄瑛的父亲。

母：（冷着脸）唔，知道了，黄瑛就是你女儿。

父：哦，刘太太认得她？

母：我怎么不认得她！

刘：（掩饰）哦，是呀，去年暑假里她时常到这儿来玩的呀！

母：哼！我今年还看见她哩！

刘：哦哦！妈……

父：你今年什么时候看见她的？

刘：妈，那大概是今年她投考大学的时候吧？

母：我刚才就看见她！

刘：妈！那是在马路上吧！

母：不！——可是我请问你：你是不是要把你女儿带回去？

父：是呀！我找了她一个月啦！这个鬼丫头气死我啦！——她在哪儿，刘太太？

母：你马上带她回家，我就告诉你！

刘：妈！你！……

父：我自然马上带她回去呀！我要把她锁起来，看她还逃不逃走！

母：（大惊）呀！她怎么？她是私逃的？

父：唉，唉，家门不幸！这真是丢人的事呀！不能提啦！——刘太太，她此刻在哪儿？

母：唔唔，（怕）她原来是私逃出来的？

父：唉唉，不能提了，不能提了……唉，刘太太，你不是外人，这个丫头，一个多月前，从家里翻墙头私逃出来的呀！

母：哦！……

父：你看见她吗？是不是跟什么野男人在一起？一定有人拐逃她呀！我要抓住这个坏蛋！

母：我，我，我没有看见她呀！

父：你不说看见她了么，刚才？

母：是呀！是呀！看见她一个人呀！

父：在什么地方？

母：在，在，在一家店铺里买东西呀！

父：在店铺里？那又那里去找她呢？

母：你少说话——她到底为什么逃走呀！

父：为什么，唉，家丑不可外扬！还不是为她自己的终身大事。你不是外人，跟你说，我老伴儿去世得早，就是这么一个女儿，我想如今世道文明了，我们家里也没有多少田地，将来呀，也赔不起多少嫁妆，就把田地呀什么都变卖了，让她进学堂去念书……

母：女孩儿嘛叫她念什么书呢？

父：哎呀，刘太太，念书嘛，有了一份资格就抵上一份嫁妆，人家给我说的：资格念得越高呀嫁的人家越好呀！——不瞒你刘太太说，我花了千多块钱本钱啦！小学，中学，这半年又让她进了大学啦！可是我花了这么许多钱是为的什么呢？

母：自然是为的下半世的倚靠喽！

父：对呀！让女儿念书还不是为了婚姻！我不是不开通的人呀！自由恋爱我也不反对……

母：你错啦！为什么不反对呢？……

父：刘太太，你不是外人，听我说嘛：她就是要自由吗，也不能太过火呀！比如说，我花了千多块钱本钱，让她读书成人，总不能让她嫁个穷学生，饿死我老头子呀！

刘：黄伯伯，你是拿女儿做买卖呀！

母：你懂什么！少开口！

父：唉，我的办法已经很自由啦！人家胡大少爷家财巨万，托人来做媒，我就让她自由见面，自由谈话，你就自由恋爱，自由结婚好了！可是她又不！偏又爱上一个什么穷学生！

母：这个学生到底是谁呀！

父：就是不知道姓名呀！我这里找到一本什么同学录，处处打听，处处寻访啦！

母：对了！对了！你快到别的同学家去找找吧，她一定还在重庆，找到了，快带她回家去，别把人家男孩子都勾引坏了。

陈白尘 / 209

父：刘太太，你说错了，自然是那男孩子把她引坏了呀！（呵欠）哦，哦，我还要找那个穷光蛋，我要抓他上法院，赔偿我的损失。好，刘天野，刘太太，你们如果再看见她，替我抓住她。我明天再来，（呵欠）唉，家门不幸！不能提了！

刘：好好，我看见她一定抓来找黄老伯。

母：哦，黄老伯，你今晚上有空再来一趟吧。

刘：妈，你做什么？

母：说不定我会找到她呀！

父：哦，那就好极了！好极了！我一定来！一定来，不是外人，不送了。（匆匆下）

刘：不送不送！

母：哼！你什么都瞒着我！那死丫头是翻墙头私逃的，你都瞒着我！拐逃妇女是犯法的呀！

刘：是她自己跑出来的呀！有我什么关系！而且是她爸爸卖她才跑的！

母：我不管！你替我跟她马上断绝来往，叫她马上搬了走！——刚才要不是为了你呀，早把她送给她爸爸了！（下）快点走！我去关门。

（黄瑛走出来。）

黄：走了？——快——马上搬过去！

刘：你爸爸——？

黄：不管他！他马上不会回来的，趁这会搬过去，再来也找不着我了，看他还能把我怎么样？了不起豁出去！

刘：那就好，马上搬！（忙去收拾东西）

黄：别忙！先把这镜框挂上！

刘：咦！不是说马上搬？

黄：可是你妈也不是好人！不是为了你呀，她已经出卖了我！

刘：挂镜框做什么？

黄：我要气死她！我一分钟没走，这房间就得照我样子布置！（布置一切）现在我们先搬二只箱子过去！那些东西还照我老样子放在这儿，气死她！

刘：现在我们已经要搬走了，还跟她闹什么？

黄：（鼓着眼睛）我要嘛！

刘：你凶什么？

黄：你狠什么？

刘：你又要打架？

黄：听你便！

刘：（卷袖）好。

黄：（拿姿势）来！

（刘母上。）

母：又做什么？

刘：搬家呀！（顺势提起一只箱子）

母：快搬！快搬！

黄：（提起另一只箱子）你请我住都不住了！

母：请高升！

黄：走！（眼睛瞟到桌子上，挪斜了，才走出）

刘：（对母一瞥，也追下）

母：天野！天野！你哪儿去？

刘：（回）我送她去！

母：不许去！

刘：我就回来！

黄：（声）小刘！小刘！

刘：来了！来了！——我就回来！（要走）

陈白尘 / 211

母：不许你去！这是犯法的！

黄：（声，愤怒）小刘！小刘！

刘：来了！来了——我马上回来。（刘下）

母：快点回来！——好！这下耳根清净了（挪动椅子桌子）还要依我的样子！（扫地）

（敲门声。）

母：黄老头儿又来啦？——谁？

（看房子的老头儿上。慌慌张张，老像是有把火烧了他屁股似的。）

老头儿：这儿是姓刘？

母：姓刘怎么样？

老：是你家要搬家？

母：我住在这儿几十年了，搬什么家！

老：（回头就走）怎么一连错了三家！

母：喂！回来！

老：（不回头）问错了！对不起！

母：站住！我问你，谁要搬家？

老：刚才一个姓刘的到我们那儿租房子，他说原来住在这儿的。

母：是个年青小伙子？

老：对了，那末是你家了？

母：人是我家的，你是什么人？问他做什么？

老：我是那边替主人家看房子的，——请问那姓刘的有家眷没有？

母：家眷！他那儿有家眷？

老：好！他骗我！说有家眷！（走）不租！不租！

母：喂！站住！他说有家眷？他要租房子？

老：自然是他自己说的！

母：告诉你！他没有家眷！他也没有租房子！

老：那房子是谁租的？

母：是那个女人租的！

老：那女人，是谁？不是他家眷？

母：自然不是他家眷！

老：我不租！我不租！

母：你不能租给姓刘的！可要租给那女人！

老：那是个单身女人？做什么的！

母：我晓得是做什么的！

老：一个单身女人——更不租！更不租！（转身就走）

母：喂！喂！——冒失鬼！——哼！他租了房子，自由结婚了，跟这样一个整天像野马一样在外边乱跑的女人结婚！又是私逃出来的！不行，说什么也不行——

（外面又有人声。）

王：请问这儿是否有位黄女士！

母：不晓得！

（王科长，三十几岁人，近视眼，架眼镜，制服近乎破烂，动作很猥琐，谈吐带些酸气，出世未久之科长也。）

王科长：请问这儿住得有一位姓黄名瑛，黄瑛女士么？

母：（打量）你是干什么的？

王：（早预备好名片）我敝姓王，（送名片）就是这机关的总务科长，我是她的上司。

母：上司？——她在你们男人机关里做事？

王：是的，是的。她新近要来到我们机关里去服务……我是奉命来调查她家庭状况的。

母：（随身扫地）不在这儿！

陈白尘 / 213

王：不住在这儿？怪了！怪了！

母：不在这儿就不在这儿！——搬了！

王：哦！搬了？请问搬到那条街？那条巷？多少号头？附几号？

母：这末麻烦！十八梯六百十二号

王：那末还请教：她是一个人住吗？还是？

母：自然一个人住，你叫她跟谁结婚啦？

王：啊啊，抱歉得很！抱歉得很！再请教——

母：你有个完没有？

王：抱歉之至！抱歉之至！……

（敲门声。）

母：谁？

黄父声：我呀！刘太太！

母：（急）哦，来了，来了，（急回头，先去摘下黄瑛的像片，又去抱黄瑛的铺盖）哎呀，这不能让他看见啦！——你请吧，请吧！我有客！——黄老伯，你等一会儿！

（黄父已进门。）

母：（放下抱的镜框和铺盖）哦，黄老伯请外边坐吧！这儿脏不过。

王：哦，这位尊姓是黄么？我敝姓王，（送名片）是这儿的王科长。

母：（推王）请你的吧！请你的吧！我有事。

王：呀！你别推呀！相鼠有皮，人能无仪么？你这是……

（下。）

母：黄老伯请外面坐吧。

父：不是外人，就这儿，就这儿。

母：不，不，外边坐！茶馆里坐。

父：家里坐一样，不用客气。

母：（推之向外）快到茶馆里去，我告诉你黄瑛的地方。

父：哦，她住在那儿？（向外走）

母：到茶馆里谈，请。（下）哦，黄老伯请打左手走，出了后门就是茶馆。嗳嗳，对了，走后门出去。

（稍停，黄瑛、刘天野挽着手一路跳跳蹦蹦唱进来。）

黄：不，快点收拾！还有一个铺盖，一个铺盖！——哎呀！怎么我的铺盖？还有像片？——这又是你的妈？

刘：算啦，算啦！别理她！

黄：算啦？你这个妈呀！（收拾东西）

刘：（收拾）哦，阿瑛，倘若你爸爸……

黄：他！管不了我！我自己找职业，自己独立生活，不用他的钱，不受他管束了！小刘，你说，成一个完全独立的人，够多么快活呀！

刘：那当然！

黄：（幻想了）我自己赚钱我自己花，做两年事积了钱，进大学！大学毕业再做两年事，就去留洋！

刘：嗳，阿瑛，将来你学什么？你打算做个什么样人物？

黄：我呀，我去学医！做一个世界上顶大顶大的发明家！顶大顶大的伟人！

刘：学医！发明什么！

黄：我要从医学上、生理学上去研究，看男人跟女人到底有什么本质上的不同？为什么女人不能跟男人平等！

刘：不平等？

黄：嗳，我要发明一种药，叫男人跟女人吃了，以后男人就不敢欺负女人，男女就平等了！

刘：傻话！男女也不一定不平等呀！我有职业，你也有职业！

陈白尘 / 215

你还多我五块钱哩。

黄：我找到这个职业才多难呀！跑了多少腿，托了多少人？找到了还问长问短的，"你结了婚没有？结了婚的不用呀！"哼，我幸而没有结婚，否则还找不到哩！

刘：他们问你啦！——岂有此理！

黄：就是岂有此理嘛！别人欺负女人都不说，你还时常欺负我哩！

刘：（急得跳起来）我几时欺负过你呀！胡说！

黄：看！你又要跟我打架了！（跳起）怎么样？

刘：（按住气）好！我不跟你打架。——将来我做了两年事，跟你一道进大学，毕了业，再跟你一道去留洋，好吧？

黄：你学什么？

刘：我去读社会科学，叫全世界的人类都平等，好不好！

黄：那就好极了，男女先平等了，全人类也都平等了！那多好！——嗳，小刘，你说我这镜框挂在新房里什么地方？

刘：窗子旁边！

黄：不好！

刘：对面墙上！

黄：也不好！我要挂在床里边的墙上，窗子旁边挂瑙玛希拉的那一张，对面墙上挂一幅油画，哦，那窗上呀，我要吊上水绿的窗帘，电灯上也罩上同样颜色的纱罩。还有，床头再装上一盏台灯，让睡觉的时候看书——以后呀，我每天按时去办公，办公时间一过呀，就出来玩儿：打半个钟头网球，骑一个钟头的马，看一场电影或话剧，就回到我自己温暖、安静、美丽的小房子里读一两个钟头的书，然后，拍！电灯一关，就睡着了！到了礼拜天呀，那就痛痛快快玩儿一天。

刘：你打网球、骑马、看戏、读书，我都陪着你好不好？礼拜天再陪你去南温泉、北温泉、南山、黄山去玩儿，好不好？

黄：（鼓着嘴）嗯，好是好，可是你会欺负人，跟我吵架。

刘：（跳起来）嗨，急死人！我哪里欺负过你？

黄：跳什么！我掐断你的腿！好，只要你不欺负我，就让你陪着我，好吧！

刘：（要笑了）那我天天来陪你。

黄：天天都来？那不麻烦死了！

刘：（急）我要天天来嘛！

黄：好，就让你天天来！可是你要跟我吵架呀，就马上驱逐出境！

刘：不吵架呀！

黄：嗯，怎么样？

刘：那可以，——只要你答应我一件事。

黄：什么？

刘：我要——

黄：要什么？

刘：我要（赌气似的）向你求婚！

黄：求婚？（大笑）你倒想结婚啦？你才二十，我才十八，一结婚生了孩子，大娃娃生小娃娃，那怎么办啦？

刘：那……

黄：还有我的职业呢？结了婚人家不用呀！

刘：现在只要订婚呀！过两年再结好了。

黄：嗯！……不干不干，一订了婚就是你妈的媳妇儿！受不了，受不了！——这回在你家里住了一个多月，已经受死你妈的气了，做了媳妇那还得了！

陈白尘 / 217

刘：你不愿和我订婚？

黄：你跟我订婚就是反对你妈！你敢么！

刘：（鼓着嘴）……

黄：我爸爸反对我自由，我就离开他！你要跟我订婚呀！你也就得跟我一样！你敢吗？

刘：……只要你答应我订婚，我妈如果反对我，我就离开她！

黄：好！

刘：那我们马上订婚！

黄：慢着！慢着！这不过是个先决条件，我还有三个条件哩！答应我，才能订婚。

刘：还有三个条件？——好，说吧。

黄：这三个条件呀，不管婚前婚后，永远都要遵守的！

刘：你快说呀！

黄：第一，我们要绝对独立，互不妨碍！

刘：这当然可以。

黄：第二，我们要绝对自由，互不干涉！

刘：除了跟别人恋爱呀！

黄：那当然呀！第三，我们要绝对平等，互不侵犯！——比如，你就不能欺负我！

刘：（跳）我没欺负你呀！

黄：这是举例子，——我的条件并不苛呀，我们抗战为了建立独立、自由、平等的新中国，我们就该建立独立、自由、平等的夫妇关系呀！—— 小刘，怎么样？

刘：（伸手）我全部同意！来，我们订婚！

黄：慢着！慢着！这三个条件拿什么保证？

刘：我同意了，还要保证？

黄：跟你订了婚，你不遵守呢？

刘：那用什么保证？

黄：用时间呀！——让我考察你一年，看你遵守条件了，再订婚！

刘：订婚已经是为了互相考察的，再来个考察一年，那要命了！不干！

黄：不干拉倒！

刘：我已经答应你条件了，干脆订婚好了！

黄：那我不干！

刘：不干不行！

黄：你凭什么？

刘：我凭我要订婚！

黄：我警告你！你这种态度是既不平等，又侵犯我的独立，更休想和我订婚！

刘：（叹气）好，时间缩短些好吧！

黄：那末我让步：半年。

刘：太长了！太长了！

黄：好，干脆，一个月！不能再短了！

刘：给你五分钟时间还不够考察吗？

黄：胡说！我不是跟你开玩笑。

刘：那末一个钟头！

黄：半个月，顶起码了，不能再少！

刘：好！三个钟头，不能再多！

黄：听你便！

刘：那末六个钟头，好了吧？

黄：好，再让步，考察一个礼拜！

刘：一整天！

黄：不行！

陈白尘 / 219

刘：两天！

黄：不行！

刘：三天！

黄：不行！

刘：（忍痛牺牲）好！就是一个礼拜！——你考察吧！

黄：快点搬家！

刘：好！遵命办理！（收拾）

黄：（按照自己式样，将桌椅挪动）你注意到在这个礼拜之内，你要不妨碍我的独立，不干涉我的自由，不侵犯我的平等才行！

刘：懂得！懂得！——哎！你在干嘛？

黄：一分钟不离开这房子，这房子得依我的样子！

刘：何必呢，你马上就搬了！

黄：我喜欢嘛！你管得着！

刘：我要管！

黄：什么，你要管？——哼？这是违犯第二条！干涉我的自由！

刘：（忍着）不敢！不敢！我不是干涉，是劝告。

黄：不要你管！

刘：好，我就不管！——那末，你过来！

黄：（瞪眼）做什么？

刘：你过来呀！

黄：你过来！

刘：我叫你过来！

黄：我叫你过来！

刘：为什么？

黄：你为什么叫我过去？

刘：我叫你帮我打行李呀！

黄：不管做什么，你凭什么命令我，——为什么你不过来，偏要我过去？你知道这是违犯第三条：侵犯我的平等呀？

刘：好，我又错了，那末这行李怎么样办？

黄：你请我帮忙可以，但不能下命令呀！

刘：（故意地）那末好，我请你过来帮忙，行么？

黄：可以。

刘：请把那绳子头给我行么？

黄：行！

刘：请你用劲拉一拉绳子行么？

黄：行！

刘：请你帮我收起行军床，行么？

黄：别啰嗦了！

刘：请你坐下来休息两分钟再走，行么？

黄：谁叫你那末酸气冲天的？

刘：哈哈！我懂得你的三个条件了，——可是，行李是你的，我帮你忙，你请过我没有？

黄：（笑）好，我请你，谢谢你！

刘：得！不用谢！你考察得圆满么？

黄：还好。

刘：那末，一礼拜之内，我都可以这样的。

黄：那就好。

刘：那又何必等一个礼拜呢？马上订婚吧！

黄：马上？你要再犯规呢？

刘：一礼拜之内犯了规你解除婚约好了。

黄：马上不行！什么也没准备呀！

刘：这要什么准备？我们都是独立、自由、平等的，还要什么

陈白尘 / 221

戒指、介绍人那一套么？

黄：依你说，用什么形式？

刘：我们就来一个 kiss 好了。

黄：就像电影明星那么的？

刘：（得意忘形）嗳，对了！就这么样！（粗野地抱吻她）

黄：（大叫）哎呀！勒死我了！

刘：（松了）怎么？

黄：（对准一个耳光）你是跟我打架！

刘：（一愣，马上回了一拳）你打人！

（于是打成一团。母上。）

母：又做什么？又做什么？

刘：我们在练习体操呀！

母：真看不惯，看不惯！告诉你，你老子又来过了！你再不走叫他来抓你！——天野，来！告诉你！不许你再到十八梯去了。

刘：我再去一趟就回来！

母：不许去！有危险！是犯法的！懂不懂！

黄：小刘！快搬！快搬！

母：对！搬！搬！越快越好！（挪动桌子）天野，你可不许去！（下）

黄：小刘，你——

刘：你为什么打我嘴巴？

黄：你那样 kiss 太不平等了，像要掐死我！

刘：这也不平等，那请问你怎么样？

黄：这末站好了，两个人一起来，不许动手！

刘：那末你叫一二三？

黄：好！一！二！三！

（吻。分开。）

黄：我爸爸要来，快搬！一人搬一样，来！一！二！三！
（黄提铺盖，刘提网篮。）

黄：过来！跨膀子！一！二！三！开步走！一！二！三！——慢着，（将桌子又挪成斜角）一！二！三！
（于是并肩歌唱而出，刘母上。）

母：天野！天野！怎么？又跟她走了？（叫）天野！天野！（忽然看见桌子斜了，在挪正）你再搬！你再搬！

（幕落）

第二幕

时　间：
　　紧接第一幕
地　点：
　　黄瑛租的新房子里
人　物：
　　黄瑛
　　刘天野
　　老头儿
　　刘母
　　黄父
　　王科长
景：
　　破落了的公馆房子，这是一间小厢房，前房客才搬去，桌椅之类堆在一边，黄瑛新搬来的两只箱子放在地板上，在等候它们的主人，两扇窗子一扇门，别无道路，门，现在被反锁着。

　　刘天野和黄瑛一路唱了来，先在外面开了锁，推门而进，放下行李。

黄：（看地位）嗳，小刘，我说，这儿铺床，这儿放写字台，这儿放张躺椅，茶几椅子放在这儿，箱子就放在这儿。哦，床头还少一盏台灯！

刘：停会儿我去找电料行来装。

　　（挪动桌椅，开始陈设布置，一边歌唱。）

黄：喂，小刘，你妈叫你马上回去啦？

刘：不回去！

黄：你敢？

刘：有什么不敢？

黄：好！有种！（幻想又来了）嗳，小刘儿，我说呀，这房子还要粉刷一下，刷上最浅最浅的浅蓝色，像蔚蓝的天一样；睡在床上呀，就像睡在草地上，睁眼就看见天，窗外呢，再种上几株桃花，几根竹子。

　　（老头儿一头冲进来。）

老：喂，喂，这是你预备的一季房租，还给你，你们替我马上搬走！

　　（转身就走。）

刘：这是什么话？

老：不租了！不租了！

刘：（拦住他）不租了！我房租缴了，东西搬来了，不租！这是那家道理？

老：我言明在先的，没家眷不租！

刘：我有家眷啦——这就是我的太太！

黄：（瞪眼，打了他一拳）什么？

老：你没有太太！别骗我了！我都知道！（走）

刘：你别走！你知道什么？

老：房子是她住的，她不是你太太！

刘：这话是谁说的？她是我太太呀！

黄：（又是一拳）讨厌！

老：你家里人说的，这还假？我到你家里去过了！（又要走）

刘：我家里什么人说的？谁？

老：我晓得是谁，一个老太婆！

刘：（大笑）哦！你听她的话做什么；她是我的房东，我搬到这儿来，不要她的房子了，她生气了，胡说的！

老：他是胡说的？你们是夫妻？

刘：当然啦！她是我太太！（又挨了一拳）

老：那又是我弄错啦！（接回钱，走）好，我告诉我们主人家去。

刘：你怎么左一拳右一拳地打我？

黄：我就是要打你！问你！什么叫"太太"？我姓黄名瑛，有名有姓，为什么叫太太？猫儿狗儿还有个名字，东西还有个号头，我就叫"太太"？况且我还没有跟你结婚呀！

刘：这是社会上的习惯呀！

黄：我不承认这种习惯；这是违反第一条妨碍我独立的人格！

刘：房东还要有家眷才肯租呀！

黄：用不着叫太太呀！

刘：不叫太太他们怎么懂，怎么相信呢？

黄：我偏不要叫太太嘛！

（老头儿闯入。）

陈白尘 / 225

老：你们在嚷什么？

刘：哦哦，她在生气啦！就因为你不相信她是我的——我的太太。（又挨了一拳）哎呀！

老：我相信了，我相信了，太太。可是我们主人家问，到底是太太一个人住；还是刘先生你们两个人住？

刘：当然，两个人住，两个人住，不过我在机关里时候多，很少回家，我不回家呢，就是我太太一个人住。

老：是了是了！唉！吃人家的饭没办法，主人家要问东问西的真麻烦死了！（下）

黄：（暴怒）你是存心欺负我！是不是？

刘：没有呀！

黄：你为什么还是口口声声叫太太呢？

刘：这是社会习惯，应付环境呀！

黄：我不管，这是违犯第一条！你要叫，我跟你解除婚约！

刘：（慌）那又何必呢？

黄：到底怎么样？

刘：那末叫"夫人"好不好！

黄：那不是一样？

刘：前天三八妇女节，报纸上登的那些出席人的名字都是某某夫人，某某夫人呀！

黄：不准你胡扯！你跟那看房子的老头儿说，不许他叫我太太！——让他叫我黄小姐！

刘：好好！可是有一桩：如果为了不叫太太，他们不租房子给你，我可不管！

黄：就是睡马路，也不让人叫"太太"！

刘：好，不叫太太，不叫太太！

（老头儿又冲上。）

老：（掩饰）哦！太太，你要什么？

黄：我要棒你！

老：哦，什么事，太太！

黄：你又来干吗？

老：我们主人家说，刚才看见你们搬进来的是只小行军床，刘先生跟太太两个人……

黄：他管那许多！

刘：当然，当然，我跟太太睡大铁床呀，那行军床是……是预备我们的孩子睡的。

老：哦，我说嘛！（转身走）

黄：老头儿！你回来！——你跟他说！

刘：我看少麻烦吧，免得……

黄：不许叫太太！

刘：好，我也不管！——老头儿，你以后别叫她太太，就叫她黄小姐！

老：黄小姐！

黄：我自己姓黄！

刘：我太太……她娘家姓黄，懂不懂！

老：哦，你们原来不是夫妻呀？

刘：胡说！我们是夫妻呀！

老：光明正大的太太，为什么叫小姐呢？

刘：别麻烦了！我们是新派，懂不懂？

老：（生气）又是刘太太！又是黄小姐，我不懂，算啦！（走）我弄不清楚你们，房子还是不租了。

刘：（阻拦）你又不租了？

老：我晓得你们是做什么的？一会儿太太，一会儿小姐，来历不明！

陈白尘 / 227

刘：我是在机关里做事的！

老：她是做什么的？

刘：她也做事。

老：（惊）她也做事？一个妇道人家？

黄：我怎么不能做事？我不能一样赚钱吗？

老：（怀疑的目光）嗯，嗯，好，我明白了！这房子怎么也不租！（走）

黄：你明白什么？

老：哼！你不是他太太，自己又会在外边赚钱，我还不懂吗？

黄：这是什么意思？

刘：混蛋！你胡说什么？

老：（生气）我不租！我不租！

刘：（抓住他）你租不租？你到底租不租？

老：你松手！松手！这是做什么？

刘：跟你好说歹说，说了半天，又不租了，还胡说八道些什么！（指徽章）你看看这个！租不租！不租抓你上警察局去！

老：好好，别动手，有话好说！有话好说！

刘：告诉你！她是我的太太！（挨了一拳）你还！——我是有家眷的！要说不租？让你吃官司！

老：你松手，松手，我是替主人家看房子的，我也做不得主！只要主人家肯就成。

刘：（推出去）不租也得租！——他就怕徽章！——可是，你看，要叫小姐啦，差点儿又弄出毛病来！

黄：我就不爱叫太太！

刘：嗳，别叫！听，是谁？

黄父声：这儿有个姓黄的吗？

黄：（大惊）哎呀！我爸爸？他怎么知道这儿？

刘：糟糕！这怎么办！

黄：没第二个门，躲到那儿去呢？

父　声：这儿有个黄瑛吗？

刘：快躲！快躲起来！

黄：躲在那儿呢，躲在那儿呢？

刘：来！就躺在椅子上吧！盖上被！

黄：好，快点！被面儿他认得，被里朝外呀！

（黄父上。）

父：（惊）哦！刘天野，你住在这儿？是你跟我女儿住在这儿？好，你的妈还骗我！说她一个人住哩！好！（抓他）黄瑛呢？

刘：咦，黄老伯，你弄清楚了！你在找谁呀！

父：我找我女儿！

刘：你女儿在那儿呀？

父：你妈说她在这儿呀！

刘：我妈跟我吵架，我搬出来啦！

父：你搬出来住了？她怎么说黄瑛？

刘：你还不知道？她气我了，胡说的！

父：唔？

刘：你不相信，你看呀：黄瑛在那儿呀！这里没有第二个门，这是我一个人睡的行军床呀，你怎么胡说八道呢！我根本就没有看见过黄瑛呀！你看见黄瑛到这儿来过吗？胡说！

父：（也怀疑起来）她真的没住在这儿？

刘：这是我一个人住的呀……

（老头儿上。）

刘：老伯，你不能随便冤枉人，我不看你是黄瑛的父亲，可不答应你！

陈白尘 ／ 229

老：又怎么啦？这房子你一个人住？太太呢？

刘：自然是一个人住呀！我跟太太吵架啦！你刚才不是看见的？她回那边老家去了。——老伯，你相信了吧？我们真吵架啦！

老：我不管你们吵不吵架！我们主人家就是这样：没家眷的单身人不租！

刘：好！房子问题我再跟你谈——老伯，你该相信啦？我是单身人，房东还不肯租哩！

父：奇怪！奇怪！我再去找你妈！（陪笑）哦，你不是外人，别见怪呀！

（匆匆下。）

老：（也走）好！退你房钱，不租了！不租了！

刘：唉，老头儿！老头儿！……

黄：（伸出头）走了？

刘：你爸爸被骗走了，可是房子——唉，老头儿！老头儿！——房子又弄翻啦！

黄：快！快！快去找他说明白呀！

刘：都是你！要叫小姐啦！（向外跑）

（外边又来了王科长的声音。）

王声：黄瑛黄女士在此地吗？

刘：这是谁？（拿被）

黄：这好像……

王声：黄瑛女士可在家吗？

黄：哦，这是局子里的王科长。

刘：他来做什么？

黄：哎呀！这怎么办？他一定是来调查我的家庭的！——你出去吧！

230 \ 四川新文学大系·戏剧编（第四卷）

刘：我出去？

黄：是这样的：今儿他问我结过婚没有，我说没有，问我订过婚没有，我也说没有，——那时候我们还没有订婚呀！他说如果调查出是结了婚的、订了婚的都不用的！他一定是来调查的，你出去一下吧！

刘：你会男朋友赶我走呀？我不出去！

黄：那要妨碍我的职业呀！

刘：我要看看这个家伙，偏不出去！

黄：好，你又干涉我的自由啦？这是违犯第二条的！解除婚约！

刘：那……

王声：黄女士是住在这一间么？

黄：他已经来了，你就躺在这儿吧？（推刘躺下，盖被）你藏起来，不许动，动一动就解除婚约！

刘：不行！不行！

黄：不许动！……请进来！

（王科长，手持名片。）

王：我是王——哦，黄女士住在此地，刚才我跑错了，跑到六百二十号去了。

黄：王科长，请坐，请坐，刚刚搬过来乱七八糟的，请这儿坐。

王：别客气，（欲坐躺椅）就这儿吧，一样。

黄：（一把拖他过来）唉，那儿不能坐！

王：（被这一拖，不禁茫然）哦，怎么，黄女士？

黄：那躺椅是坏的！

王：哦，可是这被面儿（手摩之）倒美丽之至！

黄：（再拖一把）王科长，你坐下呀！

王：哦，遵命，遵命，我坐下。

陈白尘　/　231

黄：（急缩回手）哦，王科长是来调查我的家庭么？就是我一个人在这儿，没有第二个人！

王：哦！这儿没有第二个人？好极了！

黄：你要调查什么吧？

王：调查？那里那里！不过是专程来拜候拜候，请教请教黄女士罢了。

黄：王科长，你怎么这样客气？

王：不是客气，不是客气，按照局中成规而言呢，一向是不用女职员的，但是自从敝人担任科长以后，就竭力主张男女平等，局长对我是毫无办法，只好信用了。至于女职员结了婚的，订了婚的，那是一概不用，所以官样文章，也就不得不等因奉此地调查一下了。可是对于黄女士呢，（眯眼而笑）如果加以调查二字，岂不唐突美人吗？哈哈！

黄：那末可以不调查了，科长？

王：当然！而且依愚见推测起来像黄女士如此之年青美貌，根本就不会结婚。

（刘偷偷探出头来，怒目而视。）

黄：（手势制止）为什么呢？

王：这不是显而易见的吗？如果结了婚或者订了婚，谁还愿意再出来做事？她的先生又怎么允许她出来做事呢？所以，敝人在局子里呀，别人反对女子出来做事，我独赞成，小姐们不出来做事，岂不是失了社交的机会吗？

黄：（注视刘，心不在焉）唔唔，是的。

王：（以为投机了，挪近一步）更何况像黄女士这样才貌双全，如果不出来做事，岂非埋没人才吗？所以昨天一看见黄女士，真是一见倾心。（挪近）我马上对我们局长说：黄女士人才出众，非用不可！非用不可！局长就对我说，他亲自用手这么拍拍我的肩膀,(拍她的肩膀)他说……

(刘掀开被。)

黄:(大惊,止刘)别动!

王:(惊恐)哦,我没动呀!我是比方!

黄:(抱歉)对不起,王科长,我不是说你,是说的那个猫!(推他)你请坐呀!

王:(更迷惑了)哦……我们局长呀,当时还不仅拍我的肩膀啦,他又抓住我的手说,——(战战兢兢要去摸她的手)

(刘正伸手要起来。)

黄:(止刘)手!缩回去!

王:(缩手)哦哦,我没动手,没动手呀!

黄:对不起!对不起!王科长,你讲得真好!局长说什么呢?……

(老头儿冲上。)

老:(手持钞票)刘先生!钱!退给你钱!

黄:刘先生不在这儿!……

王:(急出名片)敝姓王,王科长。请教——?

老:(惊奇)你?

黄:他是这儿看房子的,王科长。

王:(收回名片)哦!……

老:刘先生那儿去啦?奇怪,我没离开大门,一会儿你不见了,一会儿他不见了,这会儿又来了这么一位!唔,我明白了!(走)

黄:去!去!那来的废话。

老:你替我搬!不租了!不租了(走)

黄:(慌)怎么不租呢?(拦)我给了钱呀!

老:你给了钱?钱是姓刘的给的!

陈白尘 / 233

黄：房子是我租的呀！

老：房子又是你租的了？唉，到底你们谁住呀？

黄：我呀！

老：你一个人住？

黄：嗯……当然我一个人！

老：还是不租！不管是你，不管是他，单身人都不租！我退钱给姓刘的，（奔下）刘先生！

王：什么刘先生？

黄：是一个帮我搬家的朋友，唉，房子真难找，单身人他不肯租哩！

王：哦，黄女士既是单身一个人，房子的事，我有办法。哎哎，真是，我们局子里本来是不用女职员的，是敝人在局长面前竭力鼓吹，破例录用，所以没有预备女宿舍。不过黄女士如果不弃的话，可以搬到舍下去住。我有两间房子可以让出一间来，而且，我也是单身一个人住，（挨近她）黄女士如果赏这个脸，那我是真"幸接芳邻"了！至于房钱，（正拟有所动作）就完全由我付好了……

刘：（跳出来）他妈的！

王：呀！

黄：哦……你原来在椅子上睡觉呀？我当你出去了哩！（以手制止）哦，王科长，我来介绍，这是刘天野先生，这是王科长。

王：（忙送名片）王……

刘：（铁青着脸）早知道了！你来干吗？

王：（忙掏出笔和簿子）我是来调查黄女士家庭状况的呀，请教阁下是——

刘：我是她的——

黄：朋友，我们是老同学……小刘，你当心违犯第二条。

刘：你是专门来调查她结没结婚的，是不是？

王：对！对！结了婚的，订了婚的，我们是一律不用呀！

刘：没结婚的呢？

王：那就……

刘：你是癞蛤蟆想吃天鹅肉！

王：这怎么讲？

黄：小刘，你捣什么蛋！你犯了第二条！

（刘母奔上。）

母：（气喘地）叫你不来你偏来！叫回家来你不回家！你想闯祸呀！（拖）走！走！

刘：做什么？走！走！

黄：（报复地）这是我的家！请出去！

母：现在没工夫跟你吵！——走！走！快跟我走！她是个翻墙头私逃的丫头。她老子到处找她，你在这负拐逃的罪名呀，走！她老子马上就来了！

黄：你胡说什么？出去！出去！

母：此刻不跟你说！你别做梦！我儿子不能跟你这样一个野丫头成亲！——走！

黄：胡说！胡说！小刘！小刘！别去！你要跟我——

刘：我不走！我不走！

母：你不走？我先要了你的命！

（外面黄父之声。）

父声：刘天野！刘天野！

母：哎呀！他来了！你快躲起来！

刘：我不怕！

黄：我爸爸又来了？哎呀！这！……（抓被蒙头）哦，不在这

陈白尘 / 235

儿！就说我不在这儿，对不起！对不起！

王：这是怎么一回事啦？

黄：我回头跟你谈！帮帮忙！

母：你倒躲起来啦？你跟你老子回去！（拖过被来）天野！你躲起来！她老子跟你要人哩！（按天野，蒙其头）不许动！

父　声：刘天野！刘天野！

黄：我躲在那儿呢？我躲在那儿呢？

母：你跟你老子回去！

黄：我呀，我才不去哩！（钻进天野藏处）你当心！找到我，就找到你儿子！王科长！你帮忙！

母：死丫头！死丫头！你出来！……

王：哦，这位太太我们是见过的！你就让她躲起来吧！（盖好被）

母：你！你帮她的忙呀，不行！

父：（上）刘天野！——哦，刘太太你倒先来了，你儿子骗我说是跟你打了架。你又骗我说女儿在这儿！好，刘天野呢！——这位是？

王：哦，好像见过的，敝姓王，王科长。

父：我是黄瑛的父亲，那你先生是刘天野的朋友喽——刘天野呢？

母：（先下手为强）我问你呀，你说我儿子在这儿，在那儿啦？

父：刚刚他在这儿的！王科长，你既是他的朋友，你该知道刘天野在那儿？

王：刘天野呀！就是她的儿子是不是？我倒看见的！

母：（示威地）你看见的？你说！他在那儿？

父：他在哪儿？请问！

王：嗯，刚才……刚才出去了吧？

母：这是你女儿住的地方！你该找你女儿！

父：好，我的女儿又在那儿呢？

母：你的女儿我倒看见的！刚才……

王：（示威地）你看见的！你说，她在那儿？

母：嗯，刚才……刚才出去了呀！

父：好，你说我女儿在这儿，人呢？我跟你要我女儿！

母：你说我儿子来了，人呢？我跟你要儿子！

父：这就是你儿子住的房子呀！

母：这是你女儿住的房子！

父：好，我辛苦了十几年，花了几千块钱养大的女儿被你儿子勾引跑了！你赔我女儿！

母：我家三代独传，就是一个儿子！被你家女儿勾引跑了！你赔我儿子！

父：我女儿在乡下，不是你儿子勾引会跳墙头私逃吗？

母：你女儿不到重庆来，我儿子会不见吗？

王：哦，你的儿子跟你女儿原来是这末一回事呀！——好！我少陪了！

父：哎哎，王科长，你不能走！你是个见证，他儿子到这儿来过的，是不是？

母：对呀，你是个见证，这是他女儿的房子！

王：倒霉！我那儿是来替你们做见证呢！

父：好，你交出我的女儿来！

母：你交出我的儿子来！

（老头儿上。）

老：刘先生！刘先生！——哎呀！你们又是干什么的？刘先生呢？

母：被他女儿勾引跑了！

陈白尘 / 237

父：好，可见你儿子在这儿！

老：还有那位什么黄小姐呢？

父：被她儿子拐走啦！

母：可见你女儿是住在这里呀！

老：哎哎！真活见鬼！怎么一转眼两个都不见了，又惹出了一群疯子来！我要退钱呀！

父：她儿子逃走啦！

母：他女儿逃走啦！

老：都逃走了！果然不是夫妻？

父：那里是什么夫妻！我女儿许给胡大少爷了！

母：自然不是夫妻，我儿子才不娶个翻墙头的野丫头哩！

父：胡说，你还我女儿来！

母：你还我儿子来！

老：好！都替我走！走走走！他们都逃走了！你们还在这儿吵什么！出去吵！出去吵！

父：好！我们到警察局去！（下）

母：好！我们到警察局去！（下）

老：走！都走！你也请走！（下）

王：我自然走。（整其衣冠，要走）

（刘、黄都慢慢伸出头来。）

黄：唉，王科长，不忙走！我还有话跟你说哩！

刘：对！你站住！我们的公事还没办完哩！

王：好，以后再谈吧。

黄：小刘！你还要捣乱吗？

刘：你不管，我要教训他！

王：教训我？（放下衣帽）我倒要请教，阁下到底是他的什么人？

刘：我是她的……

黄：朋友！同学！

王：哼！黄女士，我很体谅你的苦衷，将来有什么困难找到我，我一定帮忙，可是刚才我什么都明白了。（要走）

黄：哦！我要跟你解释明白！

（老头儿突然跟上。）

老：咦？活见鬼！怎么又都出来了？神出鬼没的？你们到底是干什么的？

刘：唉，老头儿，我跟你说，你别误会！

黄：哦，王科长，我跟你说，你别误会！

老：有什么误会？你们不是夫妻！（要走）

王：我没有误会！你们不是朋友，是夫妻！

老：（向王）他们是夫妻？你睁眼说瞎话！

王：你才胡说！他们当然是夫妻呀！

老：你还替他们隐瞒？他们家里人说的！

王：是呀！他妈说他们结婚了！你是帮他们说谎！

黄：王科长，你别跟他吵！

刘：老头儿，你别理他呀！

老：我帮他们说谎？你才说谎！

王：混蛋！你说谎！你简直是放屁！

老：你放屁！

黄：你们别吵呀！

刘：你们吵什么呢？

王：好！我把你抓到警察局去！

老：抓上警察局我也不租！

王：我管你租不租！

老：我更不怕你警察局！

陈白尘 / 239

刘：好，让你们吵！（坐）

黄：要命！你们吵的那一家？（坐）

王：（看形势不对）对不住，黄女士，我是没关系的，但我们局长是个顽固份子，按照规定，你明天别到局子里来了！（要走）

老：我不怕什么局长！你们既不是夫妻，马上都替我走！（要走。）

黄：哎哎，王科长，你扯到那儿去了！

刘：见鬼！你完全胡扯！

老：我不管！

王：我更不管！

刘：（拉回老头子）你别走！

黄：（拉回王科长）你别走！

老：没有说的！

王：还有什么呢？

黄：真要命！真可要命！我受不了了！我受不了了！统统告诉你们得了！

老：怎么？你们不是夫妻哟？

王：怎么？你们是夫妻哟？

黄：都对！都对！

刘：你不要房子了？

黄：我要保全职业！

老：到底是怎么回事？

王：到底是怎么回事？

黄：（急得跳）别闹！别闹！都听我说！王科长，我告诉你实话，我们并不是夫妻，不过今天刚刚订了婚……

老：唔，怎么样？还不是夫妻喽！

刘：(向老头儿)我们既然订了婚,当然就是夫妻了!

王：怎么样?到底还是夫妻喽!

黄：可是,王科长,我们还没结婚呀!

王：那等于结婚!不行!不行!……

老：这怎么能算结婚呢?

刘：(拉老头儿到一边)我们马上就结婚的!你先让她一个人住几天。

老：她一个人住?一个单身女人,引了那末多男人进进出出的,我晓得她是做什么生意的?不行!不行!

黄：(向老头儿)什么?

王：他还要马上结婚哩!这是不行!不行!

刘：(向王)混蛋!你说什么?(奔过去)

黄：(奔向老头儿)混蛋!你说什么?

王：怎么?

老：怎么?

刘：你管我结不结婚!我揍你!

黄：你侮辱我!滚出去!

王：(步步退却)岂有此理!岂有此理!

老：(步步退却)替我搬走!替我搬走!

刘：滚!滚!

黄：滚!滚!

王：(在门口)黄女士,再见!你有什么事要帮忙,找我好了!(下)

刘：滚你的!

老：(在门口)房子不租了!(摔进钱来)钱退给你!快搬!(下)

黄：滚你的!

陈白尘 / 241

（刘黄相视，愤怒无语。）

黄：过来！

刘：你过来！

黄：我要你过来！

刘：我要你过来！

黄：（跳起来）你为什么妨碍我的独立，干涉我的自由？

刘：（也跳起来）你为什么破坏了我租的房子？

黄：好，你违犯了第一条，第二条，解除婚约！

刘：你要我租房子，就马上结婚！

黄：结婚？滚你的蛋！

刘：骂人？我揍你！

黄：（先打一拳）你揍谁？

刘：好，你来！（抱起她来摔到床上去）我揍你！

黄：（哇啦一声，"手舞足蹈"地哭了）呀！

刘：（笑了）哭了！起来打呀！

黄：（哭着跳起来，追打）打死你！打死你！打死你！

老　声：（敲打着门）快搬快搬！

刘：听！房子租不成了，还闹什么？

黄：房子租不成，怨我吗？

刘：怨谁？

黄：本来没结婚哩！

刘：对啦！职业丢了怨我吗？本来是订了婚呀！

黄：我要找职业！解除婚约好了！

刘：我要找房子，那我们马上结婚！

黄：你找你房子，跟我嚷什么结婚？

刘：你找你职业，跟我嚷什么解除婚约？——唉，不平等待你的不是我！你跟我闹什么呢？我们都是被别人欺负了，应该同舟共济，患难相助呀！
黄：那你先得替我找房子呀！
刘：可是以后得承认是我"太太"呀！
黄：承认是可以，但我们还没有结婚，那是假的呀！
刘：那当然。
黄：我也还要去找职业呀！但是人家说结了婚的、订了婚的都不用，你可不能到处宣布我是你未婚妻呀！
刘：不宣布是可以的，但你实际上是我未婚妻呀！
黄：那也当然。
老　声：快搬！快搬！
黄：走吧！别等我爸爸再来！
刘：好，可是我们刚才订的口头合同，签个字吧！
黄：怎么签？
刘：口头合同，就口头上签呀！来！一，二，三！
黄：（一巴掌）去你的！

（幕落）

一九四二年三八节前一日初稿完。三月十九日改作完。

选自陈白尘：《结婚进行曲（五幕剧）》，作家书屋，1947年

电影

孙 瑜

|作者简介| 孙瑜（1900—1990），出生于重庆，原名孙成玙，中国内地导演、编剧。1928 年，执导个人首部电影《渔叉怪侠》。1929 年春季，编导了武侠电影《风流剑客》；同年，执导影片《故都春梦》，并首次与阮玲玉合作。1934 年，执导剧情电影《体育皇后》。1936 年，由其执导的剧情电影《到自然去》上映。1940 年，执导剧情电影《长空万里》。1945 年，开始担任中国电影制片厂驻美代表。1950 年，由其执导的传记电影《武训传》上映。1957 年，与蒋君超联合执导剧情电影《乘风破浪》。1960 年，执导戏曲片《秦娘美》，该片是孙瑜执导的最后一部影片。

长空万里[①]（内容介绍）

本 事

"九一八"事变发生，日寇攫去我东北四省；三千万同胞沦为

---

① 孙瑜导演，中央电影摄影场摄制，1940 年上映。——编者注

奴隶，五百余万平方里土地践于敌蹄，浩大财富，巨量军火，连同飞机×××架，尽陷于敌手；东北航空学校，亦随之消灭。

东北航校机械士高飞（高占非饰），偕弟大勇入关，随群众步行，中途为敌机追逐扫射，死伤多人；少女白岚（白杨饰）趋扶伤父，遗幼妹小云于后，危急中为高飞抱匿隐处，得免于死。高目送敌机，怒火如焚。

高有戚在济南，遂偕弟肄业于齐鲁大学及附中，课余辄努力运动，锻炼身体。一日，在运动场中，与同学乐以琴（魏鹤龄饰），金万里（金焰饰）闲谈，乐方仰卧草地，望空中三五飞鹰，盘旋上下，如有所思。高询之，乐微笑出所剪报上笕桥中央航空学校招考飞行生广告相示，高金亦各出所剪同样之广告，三人同心，遂即决定脱离齐鲁，改习航空。

我国自"九一八""一·二八"事变后，努力建设空军，全国青年闻风而来。高乐金三人经过体格学科之初试复试，及格后加入空军入伍生营，受陆军军训一年，始升学习飞行生。开学时恭聆训话，领受空军训辞及信条，并合唱航校校歌，雄壮凌云。

高乐金与飞行生顾长空（顾而已饰）等同受高志航大队长之教练，分组学习初级飞行。初次入云，如登天境。

高弟大勇，则习机械。机械官施仁（施超饰），忠于服务，尝戏告大勇，机械士乃玩鸟者，洗之刷之，医之饲之，使其能飞，能鸣，能斗，惟此乃铁鸟耳！

千百充满热血之青年受国家之扶植训练，犹如千百块铁在熔炉中锻炼成钢，高乐金等飞行生尽将未来国家重任，加诸己肩，在铁的训练纪律下，早起，上队，习飞，运动，游息，一天一天的勇敢前进。一年，二年，三年……彼等均卒业而为正式队员，或充任训练后来空军飞行生之教官。

在刻苦紧张之训练中，同时自应有相当之游息。某星期日，航校大门中开出卡车数辆，盖有一部份师生将赴杭州游览也。高弟大勇与校外水果店少女青儿（白云饰）友善，航校学生向例均常在青儿处购食大量水果。是日高飞，金万里，施仁，顾长空四挚友同在车上，施金乐故与高，顾为难，尽购青儿篮中水果，掷与同车师友同食，且歌且笑，瞬抵杭市。诸空军健儿遂分散，或结伴同游，或访友，或攀山，或驰马，或竞舟，六桥三竺间，有空军健儿为之点缀，遂生色不少。

高，金，顾，施四人联袂同游苏堤，遇少女白岚，惊为天人，企与识面，盖四人犹未婚也。惜莫由知其为谁何，后入新开张之风云咖啡馆，始知该女乃店主之女儿白岚也。

无何，男女小学生一队入馆，募集飞机捐，先合唱救亡歌《胜利的明天》，谓须有力出力，有钱出钱，导唱者为白岚幼妹白小云，唱毕分头向各座募捐。空军健儿争慷慨认捐，其他顾客，亦多解囊，惟某客方向某女友献媚，恨众小学生歌声打断其谄辞，竟不肯捐一钱，并哂斥募飞机捐之荒唐无稽，兼涉及空军问题。小云受辱而哭，高金等大抱不平，共议痛惩之方，顷刻间立将该客改造为一活的飞机模型悬之屋中，痛骂之余，又请其尝试飞机下蛋之滋味。群以鸡蛋集掷其身，淋漓尽致。

午后，高金等偕白岚姊妹乘船游山，酬歌为乐，遥见阎海文与刘女士同行桃柳间，众戏询白："有爱人否？"一白答："现有两个：一为长白山上的风，一即青年的中国空军。"白因微笑唱歌，歌曰"愿自己永远是风，吹醒痴男怨女的甜梦；吹破乱臣贼子的鼠胆。每天浮载着凌空的铁翼，吹吻着空军健儿褐色的脸面；当侵略者前来吞噬我们时，暴风起来，翻卷起抵抗巨潮，吹送着空军健儿为民族的存亡，为世界的自由平等而抗战……"

午后六时，航校师生照例同乘原卡车返校，白姊妹遥在山坡挥手相送，与车上众健儿歌声相和应。

七七卢沟桥事变发生，远东战云弥漫，北方战事失利，众空军阅报，均热血盈腔，恨不能即刻出发杀敌。

星期日午前，高顾金施四战士访晤白岚，见咖啡馆半掩其门，正在搬迁桌椅，预备停业。询其故，白谓，将离弃咖啡馆生活他去，众黯然。白告众人曰："我不愿他日离去君等四人，故有今日之离去。"盖白已报名加入某医院战地看护训练班也。

"八一三"上海战事爆发，全面抗战开始。空军动员令下，全体空军健儿，闻而欢呼，在悲壮热烈之空气中，每个队员，各立遗嘱，以示誓死报国之决心。"八一四"寇机来杭轰炸，高志航乐以琴率队空战，大破寇军，高金等亦各有殊勋。"八一七"上海有阎海文之杀身成仁。"八一九"龙港有×××之撞舰殉国，中国空军之胜利，立予全世界以霹雳一般之震惊。

金顾两健儿于"八一四"空战中受微伤，住医院，高施及大勇等来院探视，至则全市仕女均持鲜花糖果到院慰劳，前挤后拥，相继不绝。乐以琴持香烟毛巾等物到院赠受伤之日空军俘虏，日俘感激泣下，自谓乃受本国军阀驱使而来，实不愿作战云。

白妹小云，亦率数小友来院慰问伤兵，见某兵卧床上呻吟，乃嘱高喊："打倒日本帝国主义！"谓痛即可稍减。一时全院伤兵，响应而喊，其中并夹杂有日俘不纯正之中国字音。

数日后，金顾伤愈出院，又奉命出战，金年少气盛，奋勇独追敌机，致敌机得乘隙击落队员甲之机，甲跳伞受伤，甲之挚友队员乙于战后怒斥金，彼此冲突互殴，为大队长所闻。询问理由，二人又默不语，大队长力诫二人，照军令禁闭。翌晨解禁，二人初则怒目相视，继则对笑握手，解释误会，终乃互励精诚团结，报效民族。

忽空袭警报大鸣，各队员升空御敌。队员乙被围，高往趋救，受重伤，此战又大破敌机。战后，队员乙亟趋前与高握手道谢，高紧闭其口，不发一言，后力喊："打倒日本帝国主义！"喷血而死。

　　白岚赶来，悲壮地向天空狂呼："全国的青年起来！到天空去！保卫祖国！……"时有我机穿云出发，将赴某处袭击敌阵也。

选自 1939 年 12 月 10 日、17 日重庆《国民公报·星期增刊》

何非光

|作者简介| 何非光（1913—1997），出生于台湾台中，著名编导、演员。1930年赴上海，在电影公司当演员；1933年签约联华影业公司。1937年签约西北影业公司，后加入中国电影制片厂。1940年，何非光在重庆拍摄宣传抗战电影《东亚之光》。1954年至1958年，何非光在地方戏剧团担任特约导演；1979年进入上海文史馆工作。

东亚之光[①]（内容介绍）

本　事

重庆博爱村俘虏收容所前，一群已觉悟之日本俘虏正排演话剧《东亚之光》，会某报记者作友谊之访问，俘虏高桥三郎遂痛陈其被俘始末。

两年前，日本军阀发动侵华战争，高桥亦被征来华，舟次长江

---

① 何非光导演，中央电影摄影场摄制，1940年上映。——编者注

下游。山本薰大尉召集新兵训话，信口开河，厚诬中国，至谓"支那"野蛮散漫，军备简陋，即求现代武器如飞机者，亦不可得。而"支那"人民，尤极残忍，脱为所俘，必遭虐害，固不仅伤辱而已。彼无知之新兵，信以为真，成具戒心。新兵既为所训，遂不复以中国军队为虑，恣意作乐，如临无人之境。时有日舰三五，满载伤兵、骨灰顺流东下，众皆黯然。无何，又有运输舰数艘，载新兵军实，溯江西上，正鼓浪前进；突见神鹰一队，破空飞临，翼髹青天白日，固赫然中国飞机也，刹那英勇投弹，多中日本军舰，新兵惶骇皆为胆落。或曰："吾辈受欺矣。"言甫毕，山本即举枪杀之，委尸于江，而于报告书上则伪称为"战死前线羚"，以欺其民。

新兵抵华，作战扬子江畔，才及数日，便为我游击队所乘，于是三百余日兵，除少数死伤外，悉被生俘，山本大尉亦与焉。彼等解抵后方，彼此亲厚，有如家人，一反山本所言。其中觉悟分子如高桥等，诚感中华民族仁爱伟大，深信最后胜利定属诸中国，而残暴之日阀必自食其恶果也。独山本狃于偏见，辄以被俘，有忝"皇军"，虽经胞弟次郎苦劝，然终不悛。时俘虏中村，重伤濒危，弥留顾山本曰："大尉异日归国，幸为家母荆妻言，其千人针并未见验也。"山本聆语，益感羞愧。

民国二十八年国父诞辰，在华日本反战同志参加军委会政治部妇女工作队征募寒衣公演，轰动一时。及山本登台，全场欢呼，历久不绝，山本大为感动，一变故态，而悟造成民族仇恨，破坏东亚和平者，实日本军阀有以致之，一时竟忘置身剧场中，痛殴所饰日本军官，以泄其愧，已而剧终，观众犹频频报以掌声，山本醒来感动万状，至于热泪承睫。于是在华日俘，悉倾心内向，并参加我方前线宣传，作首次之播音，劝其同胞来归，盖亦鉴于唯有中日两国人民合作打倒日本军阀，始能使东亚重见光明也。

选自《广州电影》1941 年《东亚之光》特辑

孙 瑜

| 作者简介 |　该导演简介参见第四卷电影《长空万里》。

火的洗礼[①]（内容介绍）

本　事

献词：

　　献给神圣抗战的烈火。在它普遍的炽热的洗礼之下，千万个心，千万只手，千万股血，锤炼成伟大的力量，开放出自由的鲜花！

　　流线型的银灰色民航机穿云而来，降低高度，渐渐飘向那雄踞在扬子江和嘉陵江汇合处的一个城市——过去是云封雾锁的山城，

[①] 《火的洗礼》是由孙瑜执导，张瑞芳、魏鹤龄等主演的电影，讲述的是敌伪女间谍方茵被派至重庆从事特务活动。该电影于1940年上映。——编者注

如今是民族抗战的首都——重庆。

在珊瑚坝的机场里，出现了一位戴黑眼镜胸缀黛丽花的女郎，她和接客中的一位戴墨镜胸缀黛丽花的男宾偶然相遇，偶然同离机场，偶然坐轿乘车，直到深巷中一家门外挂着某某烟草公司的楼上密室中。

在那间密室里，伪特务长接见了刚从南京派来担任侦察破坏后方军火制造厂所的女间谍——方茵小姐。利用她的美色和交际手腕，在几天以内，方茵就顺利地出入于阔人贵客灯红酒绿的场所，可是她并没有得到很大的进展，因为在糜烂的环境里她没有机会去遇见抗战的人来供给她所需要的材料。

但是不幸得很，伪特务长告诉方茵说："中国人不尽是像那样的自私糊涂，在前后方，正有千万的广大的群众和领导者在咬着牙，拼着命地抗战下去！"

方茵第一次觉得奇怪了，难道中国真的还能抗战下去吗？兽军和南京政府的胜利宣传尽都是麻醉和欺骗吗？

几天以后，在郊外××兵工厂的附近，一个叫做阿瑛的女难民饿倒在兵工厂工人老魏和老胖的面前。心软的老胖费了很大劲，才得到硬性的老魏的允许，给阿瑛以援助，扶她到他们两人在厂外合住的木屋里去。

吃了点饭之后，敏捷过人的阿瑛，采用激将法使老魏答应担保她到兵工厂去做工。她加入了机枪检验部，老胖是机枪部的熟手工人；工头老魏在锤铁机旁挥洒着抗战的汗。

熊熊的烈火燃烧，锵锵的巨锤在飞舞，几千个齿轮契合地为抗战而迅转，几千只臂膀合成一只粗壮的臂膀，几千个心合成一个巨人的心，抱着民族解放战争必胜信念而流着汗和血。阿瑛的心乱了起来。当她把兵工厂里的情报隐藏在她织成的毛线衫的花纹里而电送去南京的特务总部时，她感觉她是在做着一件最愚蠢的事！

慢慢的，阿瑛有了学做好女子和作工的兴趣了。她住在老胖、老魏的小楼上，从他们那里，她学会了洗衣、提水、煮饭、烧菜，她还学会了老魏炒回锅肉的秘诀；三天的时间，她学会并且超过了老胖的缝纫天才。她无意中竟自己违背了女间谍的信条而学会了爱——她爱上了那粗鲁憨直的魏工头。

在一个星期六的晚会里，忠诚能干的周厂长发表着动人的演说。抗战的烈火已经给每个工人以洗礼，而周厂长就是众工人崇拜信仰的施洗者。"中国是愈打愈强了！"周厂长说，"同志们，我们要突击，我们要加紧生产！我们每一个人都是无名的英雄！"

当周厂长宣读了一年来工作最标准、行为最模范的十位"模范工人"时，老魏就是登台受大家热烈鼓掌的第一位！阿瑛忽然觉得她的手心拍痛了，她的眼里也跳出多年来未见过的热泪。

在星期日，老魏和老胖带着阿瑛走了许多地方，看见工人、农人和抗战建国的许多无名突击者。小学生在唱歌；新兵在训练；民众热烈地开着大会和游行，举行劳军捐输运动。那南温泉的沸流、虎啸口的狂瀑说出青年们心头如火如荼的热情。阿瑛躺在大石上望着蔚蓝色的云天告诉老魏："我的眼睛才算睁开了。我才看得出甚么是美和丑，甚么是真理，甚么是错误了！"

敌机又来空袭，他们是抱着毁灭××兵工厂的目的而来的。但他们只是炸毁了一些民房，炸伤了许多无辜的妇孺，当阿瑛发现她所爱的小朋友"老虎"被她所招引来的敌机所炸死时，她鼓着勇气向老魏坦白了一切，但这却像霹雳般把老魏震呆了。他信任了并且爱上了一个女间谍！他觉得他的人格、信用、理想和一切都被摧毁无余！在疯狂的愤怒中，他几乎把阿瑛扼死。当阿瑛说出她愿意死在他的手里时，老魏力尽了。他狂叫着："你应该自己去死！"

老魏在酒店里写了一封悔罪的信给周厂长，说他自己犯了大罪，辜负了厂长，自请革退待罪，他说："一个模范工人已经死了。"

在"八一三"沪战时伤了左膝的名机枪手老胖，又于此次空袭时因抢救机枪而炸伤了左腿。友人老瘦在酒店里无法劝慰那狂饮昏醉的老魏；同时在江流汹涌的悬崖上，阿瑛凝坐着。她的心和对江的满城烟火一样地在焚烧。不！她不能死！她决定去作比死还更要紧的工作：去锄杀群奸。

阿瑛向卫戍司令部报告了，引了宪兵去围剿汉奸总部。一场血战，使群魔困处危楼，葬身火窟，阿瑛也身受重伤。老魏得讯，从大火中赶来，恰好来得及给那个悔过自新的女子以最后的安慰。

重庆……雾之城……火之城……在抗战中成长……在抗战中毁灭……也必然在抗战中更生。

选自1941年2月23日、3月2日重庆《国民公报》

附

《抗战的烈火》

（电影主题歌）

孙瑜/词

我们是抗战的烈火，
燃烧着钢铁的胸膛，
我们是无名的突击队，
我们的战线在后方。
生产竞赛，培养力量，
军民合作，团结一堂，
千万只粗壮的臂膀锤炼出自由的光芒，
千万股热烈的血汗汇成了浩荡的长江……

谁敢自私，谁在彷徨，
谁愿卖国，谁肯投降，
我们是抗战的烈火，
燃烧着钢铁的胸膛，
我们是无名的突击队，
我们的战线在后方！

选自陈伊克编：《中外流行电影名歌集》，现代音乐研究社，1943年

应云卫　阳翰笙

|作者简介| 应云卫（1904—1967），出生于上海市，祖籍浙江慈溪，中国内地导演、编剧、演员。1933 年，为纪念"九一八"事变两周年，执导了话剧《怒吼吧！中国》。1934 年，执导个人首部电影《桃李劫》。1940 年，执导抗战电影《塞上风云》。1947 年，执导剧情电影《无名氏》。1950 年，与杨小仲联合执导剧情电影《妇女春秋》。1956 年，执导戏曲电影《宋士杰》。1963 年，执导戏曲电影《武松》。

阳翰笙简介参见第一卷四幕剧《前夜》。

塞上风云[①]（剧本）

一

成吉思汗陵。

蓝天白云下，历经多年风雨侵蚀的长方形的陵寝建筑，古朴凝

---

① 应云卫导演、阳翰笙编剧，中央电影制片厂摄制，1942 年上映。——编者注

重，屹立在山丘平顶上，衬以无垠的沙原。高远的长空，显得气势雄浑庄严，让人遐思旷古悠远的历史沧桑。

字幕：

　　成吉思汗的陵寝在伊克昭盟伊金霍洛。

塔陵寝旁的白塔群，主塔高耸，左右各有两座较小的陪塔。

在陵寝下的斜坡上，有放牧的马群、羊群。

二

牧场。

平坦辽阔的草滩上，悠闲的牛马群；羊群若白云，在草场上飘动着。

三

比邻草滩，半沙漠化的丘陵。

沙原。连绵不绝的起伏的沙丘。低矮的芨芨草、红柳丛之类的沙原植物，在漠风中晃动。

地平线上，出现一支驼队，缓缓地行进，益发显得沙原空阔广漠。

双峰驼的特写。驼队从沙梁上慢慢跋涉下来。炎日下，浓重的驼影在被朔风吹得呈鱼鳞状的沙漠上移动。

四

响起一个姑娘的歌声：

  阴山山麓弯且长，
  草原千里闪青光。
  你吆着马儿上沙梁，嗳咗嗨，
  我赶着羊儿向牧场。
  青青草，跃跃羊，
  鲁伦河畔歌声扬，
  唱着歌儿想着郎，嗳咗嗨，
  但愿长在郎身旁。
  任你胆量赛虎狼，
  任你蛮劲拔山岗，
  我只将牧鞭扬一扬，嗳咗嗨，
  看你还猖狂不猖狂？

歌声中，展现草滩上的牛马群、羊群。

出现身着紫色皮袍，裹着包头，腰扎红绢绸带的蒙古族姑娘金花。她一边扬鞭放牧羊群，一边唱着歌，羊群在她脚边涌动……

忽然，远处传来同样的歌声。

这是另一个蒙古族姑娘罗尔姬娜在唱。她留着发辫，扎系的饰带上，缀着珊瑚串、松耳石和刺绣的花饰。她正在整理马上的鞍具和驮水的木桶。后景是鲁伦河在草滩上汇聚的一个"海子"，闪着粼粼波光。

金花听着罗尔姬娜的歌声，脸上浮现笑容。她挤出羊群，跑了过去，喜悦地叫："罗尔姬娜！"

"金花！"罗尔姬娜转过头来，笑着，"金花，你好！"

"好，你好！"金花略略屈膝欠身后，从胸前取出鼻烟壶，按照蒙古族传统的见面礼仪，双手托举，鞠躬送上。

"好，你们家老人好！"罗尔姬娜鞠躬接过鼻烟壶，闻嗅后送还金花，接着用同样动作递上自己的鼻烟壶。

"好，谢谢你。"金花闻嗅后，送还。

罗尔姬娜接过鼻烟壶，笑道："你刚才唱的歌可真好极啦！"

"我唱得不好，你唱得才好哪！"金花不好意思地说。

"得啦！"罗尔姬娜打量着金花，半开玩笑地，"迪鲁瓦要在的话，一定要跟你合唱一首啦。"

金花摇了摇头，黯然地："算了吧！"

罗尔姬娜感到话出有因，不解地："你们从前不是常爱骑着马唱歌的吗？你们明年不是就要结婚了吗？……"

金花若有所思地："唱歌？结婚？……哼！……"

"怎么啦，又吵嘴啦？"罗尔姬娜连忙关切地询问。

金花噘起了嘴："谁敢跟你的好弟弟吵嘴呀！"说着转身欲走。

"嗳，别走哇！"罗尔姬娜揪住金花胳膊，"你们两个人到底为什么？……"

"你去问他吧！"金花生气地一甩胳膊。

突然传来的马蹄声。

罗尔姬娜侧首一看，捅了捅金花："哎，看谁来了？"

金花扭头望去——

在愈来愈响的蹄声中，远处沙梁上一匹马飞奔而来。这是罗尔姬娜的弟弟迪鲁瓦。剽悍的体魄，略蹙的浓眉，使他原本就显得勇武威猛的气质，凭添了一种很任性的色彩。他背着猎枪，挥鞭催马，大声喊着："金花——！"

不待马停稳，迪鲁瓦便从鞍桥上抓起猎获的沙鸡，向金花怀里掷去。

金花忙不迭地接住，但对这粗鲁做法反感。

迪鲁瓦在马上傲然地："金花，我想明天你跟我骑马打猎去好不好呢？"

"好倒是很好，可惜我这两天没有空！"金花愤愤地把沙鸡扔到地上，转身离去，愈走愈快。

迪鲁瓦愣了一下，催马追过去。在金花快进入羊群时，他追上她，侧身哈腰，伸出有力的臂膀，竟将金花提抱到马上……

罗尔姬娜望着弟弟和金花乘马远去，不觉笑了笑，回过头来牵上驮水的马，离开海子边。

五

马上。金花坐在迪鲁瓦胸前。

迪鲁瓦问："你老忙些什么呢？"

"我呀……自然有我自个儿的事啦。"金花歪过头去，讥讽地，"谁像你，成天到晚总闲着！"

"听说丁世雄那小子又到了，你是不是想去接他呢？"迪鲁瓦说着冒起火来，一把抓过金花肩头，把她推下了马，"哼，去你的吧！"

金花跌到沙地上，随即翻过身，恼恨地捧沙追扬打迪鲁瓦……

赶着牛拉的勒勒车（木轮子大车）的母亲见到这情景，慌忙叫着："迪鲁瓦！迪鲁瓦！"跳下车辕，奔到金花身边。

"妈妈！"金花转过身来。

"上车，上车！快快快！"母亲推着金花。

她们坐上牛车,母亲掉过车头,吆赶老牛,勒勒车走起来。

金花凑到母亲身边,好像甚么事也不曾发生,孩子气地:"妈妈,哥哥哪儿去啦?"

母亲不经意地:"跟今天来的那位姓丁的客人玩去啦。"

金花追问:"上哪儿玩去啦?"

"谁知道上哪儿玩去!"母亲不耐烦地斥责,"你这孩子真奇怪,问七问八干嘛呀?!"

金花不理会地自言自语:"哦,那个姓丁的客人,就是丁、世、雄……"

她托着腮,有某种向往地思忖着。

六

浩特(放牧居住点)边的沙原上。

丁世雄和金花的哥哥郎桑并马缓行交谈着。丁世雄穿着黑领半大光板老羊皮袄,戴着黑羊皮帽子,扎着腰带,足蹬长筒毡靴。他有二十四五年纪,是从东北流亡过来的抗日工作者,名义上是贩卖牲口皮货的汉族商人。

郎桑沉思地:"……对,你这话很对。只要我们不受日本鬼子的挑拨,就是省城丢了,一样可以收复回来!"

丁世雄激动地望着郎桑:"郎桑,这话太感动人了!"

"哥哥!"忽然传来了喊声。

赶着羊群的金花,喊着跑过来。

他们催马迎上。

金花扶着郎桑和丁世雄的马,站在两骑中间,望着哥哥:"你们上哪儿去了,怎么这时候才回来呀?"

"我们上喇嘛庙玩儿去了。"郎桑说,"今天晚上我们要请丁老伯与丁先生跟几个朋友到咱们家来吃饭。妈妈呢，到哪儿去啦？"

"到迪鲁瓦家去了。"金花抬手一指，"喏，那不是吗！"

郎桑望去："哦，在那儿呢，我要去一趟……丁先生，你就在这儿呆一会吧，我到迪鲁瓦家去一趟就来。"他跳下马，把马拉到拴马柱前系缰绳。

丁世雄想了想："啊，不，我还是先回家一趟，晚上再来吧。"说着打马欲走。

金花拉着马缰："丁先生，你慢着……丁先生，请你下马帮我赶赶羊好吗？"

"嗯，好，我当什么了不得的事情呢。赶赶羊，嗯，这没关系，没关系。"丁世雄自语着翻身下马。

金花满意地现出笑容，牵着丁世雄的马，系到拴马柱上，随后，跟丁世雄走向羊群。

二人赶羊入圈。金花拣起土块，频频掷打头羊。羊群渐都入栏。丁世雄欲离去，金花拦住："你慢点儿走，我还有话跟你说呢！"

丁世雄蹲下，抱起一头全身雪白、黑脑门的小羊抚弄着，看也不看金花，嗫嚅地："嗯，那么，就请你说吧。"

金花凑到他身旁蹲下："听人家说，你们汉人的女孩子长得都挺漂亮，是吗？"

"哦，不见得都是那样。"丁世雄不自然地站起来。

金花毫不理会地："听我哥哥说，你们的老家是辽宁，你跟你的爸爸，从辽宁到我们这个地方来做买卖，已经六七年了，你……难道不想念你的家乡吗？"

"想念哪！"丁世雄感慨地叹道，又蹲下。

"你想念些甚么？是不是想念你家乡那些女孩子？"金花看着丁世雄。

"嗳，请你别胡说啊，我倒没有想到这些个。"丁世雄看了一眼金花，站起来。

金花却仍旧笑着追问："在你们的家乡，你难道就一个知心的女朋友都没有吗？……"忽然发现丁世雄正朝外走，她忙叫，"嗳，丁先生你回来！"说着跑到羊栏门边，张开双手拦挡。丁世雄只好停步："你还叫我干什么？"

"我还没说呢！"

"那么你就快点儿说吧。"

"我问你……"金花想着字眼，顿了顿，"那么我问你……你喜欢不喜欢我们蒙古这个地方？"

"当然喜欢。"

"你……喜欢不喜欢我们蒙古女人？"她大胆地注视着丁世雄。

"什么？……蒙古女人？！……"丁世雄吃惊地看着金花，转而冷静地，"金花，你这样的胡说，对得起迪鲁瓦吗？"

金花不以为然地："这有什么对不起他呢？"

"像迪鲁瓦那样勇敢诚实的人，你不应该这样胡说来欺负他……"

"谁说我欺负他？！"金花恼火地叫道，"瞧你这股傻劲儿，真把人气坏了！"

丁世雄边向外走，边客气地："对不起，我可不能在这儿奉陪了。"

金花有些看不起丁世雄这种毫无"丈夫气"的回避，鄙夷地说："哼，你想走吗？"

丁世雄看看金花，转身急步奔到拴马柱前，解开缰绳，翻身跨马离去。

金花跟过去，手攥郎桑乘马的缰绳，欲解未解，望着丁世雄远去的身影。

丁世雄乘马愈去愈远。

金花失望的面孔。她无精打采地走向蒙古包,刚要掀毡帘,若有所思片刻,猛然返身跑到拴马柱前,敏捷地解缰上马,掉过马头,朝丁世雄飞快追去。急骤的蹄声。

七

急骤的音乐。

金花纵马奔上一道沙梁。

丁世雄见金花追来,抖缰朝迪鲁瓦住的蒙古包跑去。

八

迪鲁瓦家的蒙古包前。

迪鲁瓦见丁世雄乘马跑来,满脸不屑一见的神情。但当他奔到拴马柱前,解下缰绳刚骑上马时,丁世雄已来到面前:"嗳,迪鲁瓦……"

"哼!"迪鲁瓦瞪了他一眼,掉转马头,傲慢地从他身边跑过去。

丁世雄愕然望着冲过去的迪鲁瓦,想了想,催马离去。

九

迪鲁瓦打马如飞,奔上沙梁,见金花飞奔而来,便迎了上去。

金花却朝着不远处丁世雄坐骑追去。

迪鲁瓦气愤地一抖缰绳,奔向金花,怒冲冲地喊:"金花!金花!"

迪鲁瓦迎上金花的马，但金花却不理睬地掉过马跑走了。

迪鲁瓦随后紧追。

坦荡的沙原上，留下两匹马奔跑的蹄迹。

一〇

金花乘马从沙梁上跑下来，回到自家蒙古包前，下马后牵着马走向拴马柱。

金花系马时，迪鲁瓦已先一步来到，这时牵着马站在毡房一侧。金花视若不见，系好马自管向牲畜栏走去。迪鲁瓦牵马跟上，愤愤地叫着："金花，金花！你跟丁世雄那个蛮小子追来追去的干什么?!"

金花头也不回地："用不着你管！"

"我偏要管！"迪鲁瓦抢上一步，抓住金花肩头。

"你管不着！"金花扭着身子想挣脱。

"我一定要管！"迪鲁瓦扔开马缰，双手揪住金花，用力扳过她脸来，"要你的命！我看你敢怎么样?!"

金花撑拒着大喊："你管不着！管不着……"

俩人扭打时，母亲闻声跑出蒙古包，郎桑跟在后边。母亲叫着跑过来："迪鲁瓦！迪鲁瓦！……快放手，快放手！你不能欺负我的金花！"

迪鲁瓦哼了一声，猛地一搡，把金花掼倒，转身骑上马离去。

金花一骨碌爬起来，气恨地抓起沙石朝迪鲁瓦抛掷，追打。母亲在她后边叫着："金花，金花！算啦，算啦，回来，回来！"

金花仍气恨不消地追打跑得愈来愈远的迪鲁瓦……

一一

迪鲁瓦家的蒙古包门前。

迪鲁瓦气鼓鼓地坐在一边,罗尔姬娜劝说着:"……你就不怕客人等得着急吗?"

"着急?她才不会着急哪!"迪鲁瓦冷嘲道。

"走吧!"罗尔姬娜想拉他站起来。

迪鲁瓦挣歪着身子:"我不去,我不去!我说不去就不去嘛!"

罗尔姬娜无可奈何地:"瞧,你真是个孩子!甚么意思呢,你这是?"

"汉人都没有一个好东西!"迪鲁瓦愤愤地骂道,腾地站起来,"我恨汉人,我恨汉人!我恨不得把那个姓丁的蛮小子抓过来痛揍一顿!"

"你真是吃醋吃得简直要发疯啦!"罗尔姬娜不留情面地责备道,转身要进蒙古包,又停住,"回头看见那个丁先生,我可不许你动手动脚的啊!"

迪鲁瓦瞪了姐姐一眼:"哼!你也瞧上那个姓丁的蛮小子啦?!"

"胡说!"罗尔姬娜气得不知如何是好,转身朝着包里喊,"爸爸!爸爸!……"

"什么事呀?"身材瘦长的父亲掀帘走出,"走了,走了,迪鲁瓦,你还站着干什么呀?我们走吧……"他伸手抚着迪鲁瓦和罗尔姬娜肩头,慈祥地,"哦,听说郎桑家里头杀了一只全羊,招待这个丁世雄丁先生的,我们去吧……"

一二

金花家蒙古包前。

已到的丁世雄、丁有财和金花、郎桑，以及一些蒙汉男女乡亲，在等候迟来的客人们。

迪鲁瓦全家来到毡房前。罗尔姬娜歉意地："对不起得很，我们来迟了！"迪父边和众人打着招呼边连连说："我们迟了……对不起……"

大家相互交换鼻烟壶，施见面礼，响起一片问候声："你们家牲口好？""好！""你们家老人好？""好！"……

见迪父和罗尔姬娜走过来，丁世雄有礼貌地："哦，老伯……"又对罗尔姬娜，"这位就是我的爸爸。……这位是……"

罗尔姬娜赶忙上前介绍："这是我的爸爸。"

迪父和丁有财相互欠身施礼问好。丁有财穿着皮袍子，外罩黑色皮坎肩，头戴毡帽头，鼻梁上架着老花镜，很像个帐房先生。迪父转过身来，打量着身量高大、相貌朴厚的柳德三："这位是……"

"哦，这是公爷府保安队的柳德三同志。"丁世雄介绍说。

金花母亲端着盛放烧全羊的大托盘走出："嗳呀，你们怎么来得这么晚哪！请坐，请坐！"

顿时又响起一片相互问候的喧嚷声。

大家席地围坐。只有一直闷声不语的迪鲁瓦噘着嘴靠着蒙古包未坐下。罗尔姬娜扭头用目光示意他坐下来，迪鲁瓦气鼓鼓叉着腰不肯。罗尔姬娜频频使眼色，迪鲁瓦才勉强地坐到她身边。

金花为客人们端上一碗碗奶茶。

金花用勺子往母亲和罗尔姬娜的碗中添茶。

母亲喝了口奶茶："罗尔姬娜，你几时到公爷府去呀？"

"公爷府已经派人来催过好几次了。"罗尔姬娜放下碗，"爸爸叫我明天就去呢。"

母亲有意说宽心话地:"啊,好孩子,你真有福气。听说博克登保公爷脾气很好。这回轮到你去服侍他,真算你的福气不小哪!"

罗尔姬娜有些无可奈何地:"妈妈,我不过是去伺候别人的人,还会有什么福气呢!"

母亲再也说不出什么安慰话来,沉默了。金花放下勺子说:"别提这种不高兴的事吧。今天我们这么多人在一块,应该尽量的快活才对呀!"说着站起来,"现在我们请丁先生给我们唱个歌,你们大家说好不好?"

众纷纷鼓掌叫着:"好哇!好哇!"

丁世雄放下茶碗,站起来,笑着让大家安静。

迪鲁瓦气哼哼地瞪着丁世雄。

丁世雄略略沉气,便充满感情地唱起来:

欲耕无有田,买马无有钱,
他乡飘零实可怜!
黑龙江,长白山,我的家园!
天哪,何日得重还?!
北风吹征衣,大雪如飘棉,
不杀强敌誓不还,
齐团结,仗利剑,
战鼓惊天,杀啊,齐唱凯歌还!

歌声中,缓缓摇镜头,展现迪鲁瓦、某喇嘛、丁有财、迪父、罗尔姬娜、母亲等人沉思的脸,以及金花充满深情地望着丁世雄的脸。

歌声刚停,响起众人的掌声,丁世雄笑着说:"诸位,我的歌唱完了。现在,请她们两位给我们跳个舞好不好?"

众鼓掌，叫着："好好！""欢迎跳个舞！"……

母亲拉着金花和罗尔姬娜的胳膊，推她们出场……

看着金花和罗尔姬娜走到场中，迪鲁瓦不悦地站起，离开人群，重又依靠着蒙古包，怨恨地瞪着正起舞的金花。

马头琴手拉起琴弦伴奏，众人和着琴声有节奏地拍掌助兴。

特写：马头琴，来回运弓的弓弦。

郎桑笑着鼓掌。柳德三憨厚地笑着鼓掌。

金花和罗尔姬娜娴娜轻盈的舞姿……

一三

迪鲁瓦家蒙古包前。

父亲在劝慰哭泣着的罗尔姬娜："罗尔姬娜，到了公爷府，你可要小心伺候老爷，过了半年，你的班期满了，就可以回来的……"

迪鲁瓦牵着备好鞍具的马，在一旁难过地望着亲人话别。

罗尔姬娜抑制不住心中的难过，哭出声来。

"好孩子，你别难过，你看，你弟弟迪鲁瓦已经把马备好了。走吧，啊……"父亲饱经人世风霜的脸上，交织着慈爱和深沉的痛苦，他拍着女儿的肩头，叹息般劝慰道。

罗尔姬娜抬起头，擦着泪水，父女二人缓缓走近两匹马。

罗尔姬娜和迪鲁瓦骑上马。父亲目送姐弟离去。走没多远，罗尔姬娜掉过马来，依依不舍地望着父亲，她抖缰欲返回，但未走几步，又勒住马……

父亲望着女儿，叹了口气，不忍再看地垂下眼睑……

罗尔姬娜默默无言地望着，欲语而无声，良久，慢慢掉过马头。迪鲁瓦也掉过马，二人相跟着离去……

一四

罗尔姬娜和迪鲁瓦的乘骑行在沙原上。

迪鲁瓦朝前一指:"姐姐,公爷府到了!"

罗尔姬娜抬起头。他们注视前面——

公爷府的远景。这是一座有不算甚高的城墙的城堡式建筑。一座碉楼矗立在四方形城池的一角,城门前有持枪的岗哨。

两人注视片刻后,迪鲁瓦和罗尔姬娜先后下马。迪鲁瓦帮着姐姐从鞍桥上取下褡裢袋。罗尔姬娜把褡裢甩到左肩上,看了看弟弟,想说什么,却又无言地走向公爷府……

一五

公爷府内室。陈设讲究,紫檀八仙桌,雕花太师椅,桌上有大座钟,金闪闪的钟摆晃动着,两边是细瓷蓝花大瓶。内室铺织花地毯。

博克登保公爷戴着黑缎帽,手中抚着念珠串,谀笑着哈腰点头:"……我知道了,哦,我知道了。"

镜头拉开,博克登保公爷和济克扬对坐在炕桌两边。硬木炕桌上放着颇讲究的镂花银碗,盛着奶茶。桌下紧靠砖炕是炭火箱。

韩金生——一身土匪气味的保安队队长,穿着毛领皮军大衣,足蹬高统黑靴,侍立一旁。

济克扬身量五短三粗,长着好似磨去棱角的大柳斗脑袋,披着貂皮领的黑斗篷,头戴旱獭皮帽子。他名义上是个大喇嘛,其实是个会说流利汉语、蒙语的日本特务。面对昏庸的公爷,他骄横地说:"今天接到我们总司令部的紧急命令,限我们在两个月之内,要办好两千匹马、一千条牛、两万头羊。这些东西在我们军事上都是非常需要的。哦,我想博克登保公爷这个事还要请你赶快办一下。"

"哦,是,我知道了……"博克登保诺诺点首应着,摘下帽子搔着脑袋,"可是,要这么多的牲口,我就难办了,我就难办了……"

济克扬立楞起眼训斥道:"难办?!你说难办就不办了吗?那不行啊,难办也得办哪!"

"谁说难办?真笑话!"韩金生在一旁冷笑道,"咱们这么多人,难道连这一点小事都办不成吗?"

济克扬接道:"对呀!我这里还有一道命令,就是要这儿加紧抽壮丁。不管是汉人也好,是蒙古人也好,只要是壮丁,就要赶快地加紧军事训练。博克登保公爷,正在你的旗下,你赶快执行吧。你听清楚没有?"

博克登保忙哈腰打躬:"是,我知道了,我知道了。"

济克扬突然喊:"韩金生!"

"有!"韩金生一愣,忙应声跨前立正。

"听说这里近来有很多抗日分子在秘密地活动,你有布置没有?"

"有的。"

"嗯,有的就很好。"济克扬满意地点点头,又命令道,"现在我限你一个月的工夫,给我把这些抗日分子一个不留地一网打尽!"

韩金生一磕靴跟立正道:"是,我马上就按特务长的指示去办!"

济克扬"嗯"了一声,起身整理斗篷,把一条黑围巾盘在脖子上,向外走去,公爷在其后卑躬送行。

公爷府院内。

博克登保把济克扬和韩金生送到门外,躬身揖别:"哦,不送,不送，好走，好走……"

济克扬已用黑围巾蒙住脸，只露出旱獭皮帽下的眼睛，显得十分诡秘。五个亲随，穿着黑领羊皮大氅，早骑在马上恭候，见他们出来，团团围护住。济克扬和韩金生骑上马。在凌乱的蹄声中，一行人马跑出城门，扬起一片烟尘。

室内。博克登保踱着步，蹙眉沉思。

室外有人喊："报告！"

博克登保不抬头地："进来。"

柳德三领着罗尔姬娜进入。他递给公爷一个帖子。

博克登保看着帖子上的名字，打量着罗尔姬娜："哦，罗尔姬娜，罗尔姬娜……"

罗尔姬娜忙上前行跪拜礼："公爷，您好。"

公爷"嗯"了一声，却摇摇摆摆走到内室，坐到太师椅上去了。罗尔姬娜跟过去，跪着呈上鼻烟壶，公爷俯身嗅了一下，算是回礼：

"你们家牲口好？"

"好。"

"你们家老人好？"

"好。"

"嗯，罗尔姬娜……"博克登保感到再无话可说地笑着咕哝道，"我知道了，我知道了，去吧，哈哈哈……"

一六

字幕：

农历三月二十一日，蒙族同胞举行奠祭成吉思汗的大典，无数的蒙汉人民,潮涌似的向伊金霍洛聚集。

大路上。为参加大典活动从各方赶来的蒙汉同胞,或骑马,或赶着勒勒车,汇聚成一支浩浩荡荡的队伍在行进。吆赶着牛马、羊群的蒙汉同胞,跟随大队两翼。

郎桑、金花骑着马在队列中。母亲和迪鲁瓦随其后。

一七

伊金霍洛镇外的草滩上,后景可见成吉思汗陵的建筑物。

缓缓地摇镜头,展现蒙汉同胞安营起帐,搭蒙古包的情景,有的在刨坑埋桩,有的在立支架,有的正从勒勒车上卸柱子……

郎桑拉着系包绳在往地桩上系。母亲扶着立柱,金花扯着另一根绳子……

另一处。迪鲁瓦和父亲正在竖蒙古包的支架。

罗尔姬娜骑马奔来,她喜悦地跳下马,三步并作两步地奔到父亲面前施跪拜礼,接着边掏鼻烟壶边问候:"爸爸,您好!"

父亲欣慰地看着女儿,解开系在腰里的绣着花饰的腰囊——

特写镜头:他的手从腰囊中取出一个饰有蓝花纹的鼻烟壶。

父女二人交换鼻烟壶,罗尔姬娜跪一足鞠躬接送后,迪鲁瓦对姐姐呈上鼻烟壶:"姐姐!"

罗尔姬娜笑着和迪鲁瓦交换鼻烟壶:"迪鲁瓦,你好!"

"好!"

传来金花的喊声:"罗尔姬娜!罗尔姬娜!"

罗尔姬娜赶忙迎上跑来的金花,没等说什么,见金花的母亲站在蒙古包前,便跑过去跪下施礼:"妈妈!"

母亲拍着她肩膀:"好孩子!"

罗尔姬娜又取出鼻烟壶,单膝下跪和母亲交换,相互问候:"妈妈,您好!""好,你好。""家里牲口好?""好。"……罗尔姬娜站起后,又和金花交换鼻烟壶,相互问好。

丁有财和丁世雄来到正竖立柱的郎桑面前。

丁世雄:"啵,郎桑,你们来啦!"

郎桑搓搓手:"我们今天刚到的……哦,丁老伯您好!"

丁有财点着头:"好,好好。"

丁世雄又问:"她们都来了吗?"

郎桑笑着拉住丁世雄的手,带他们向金花家走去。

罗尔姬娜见郎桑带丁家父子走来,对金花和母亲:"郎桑和丁先生他们来了。"

母亲迎上去:"丁老板,你们来了……丁先生好!"

"好,好……"丁有财和母亲等人问候着。

后景上,郎桑和罗尔姬娜在交换鼻烟壶。

丁有财对母亲:"昨天就以为你们要到的,我已经等了一天了。"

"这次到这儿来,我们的买卖、牲口,要请您多帮忙呢。"母亲说。

"那是当然的喽!"丁有财边叨上小烟锅,边笑着说,"只要用得着我老头儿的地方,我老头儿没有不帮忙的。"

"好极了!"母亲笑道,"听说明天这儿的喇嘛庙里很热闹,还有跳鬼呢,是吗?"

"是的,今年的庙会,比去年还要大。我们已经走了一圈儿了。"

"那明天我们一块去看看吧。"

"对,明天大家一块去看。"……

在母亲和丁有财谈话时,金花悄悄蹲下,用系蒙古包的绳头,把恰好站在地桩边的母亲的靴子,一圈圈捆住了,她一边绕着,一边扬脸望着动静,满脸男孩子样调皮稚气神色……

"丁先生,那你……啊,怎么……?!"在丁有财告别时,母亲送客刚要迈步,却迈不动后腿了。众不禁哈哈大笑。笑声中母亲扭过身子嗔怪着女儿:"还不快给我解开?"说着失去平衡,倒在地上。

众更加大笑起来。

一八

喇嘛庙里。

鼓乐声大作。

吹唢呐的两个光头喇嘛。敲大钹的喇嘛。随着低沉的"呜嗡——呜嗡——"声,出现半倚半躺在台墙下,吹奏一丈多长的粗大喇叭的几个喇嘛。

场内"跳鬼"者在蹦着。

正殿廊下,济克扬身穿黄色经袍,头戴桃状伽蓝经帽,手握玛尼串(即念珠,念佛珠),装扮成一副大喇嘛模样,坐在博克登保公爷身边,观看"跳鬼"。

博克登保取出玛瑙鼻烟壶,摘下镶金翡翠壶盖,挑出鼻烟放在掌心,用食指按按,送到鼻子下边,吸了进去,然后把鼻烟递给济克扬。济克扬用过后,把鼻烟壶送到身边的韩金生面前。韩金生笑着掏出金属烟盒表示谢绝。他取出一支烟叼到嘴上,又抓了三支烟,看也不看,举到后脑勺,登时跑过来三个无赖形象的家伙,抓过烟离去。

观看"跳鬼"的人群。

场内,两个"跳鬼"者头上戴着三四尺长的雉鸡翎,一边跳蹦,一边摇晃着脑袋。在"跳鬼"过程中,不时响起拖长声调的

"唉嗨嗨哩——"的唱诵声。

摇镜头。依次展现人群里的迪父、金花母亲、叼着烟袋的丁有财、罗尔姬娜、金花、郎桑。他们都兴味盎然地望着"跳鬼"……

从正殿黑洞洞的大门里，出来两个拖着长长的鬃毛，装扮成马脸，肥袖衣装的"马鬼"，一黑，一白；后边跟着一个戴面具的大胖头娃娃，他们摇首摆尾地进入场中。

围观的人们都笑看这三个"跳鬼"者……

片刻，他们跳过，又摇摇摆摆回到大殿中。

人群涌动着要散去。

韩金生忙站起来喊："不要走，不要走！现在公爷给你们讲话，大家不要走！"

往外走的人停住脚步。

济克扬和韩金生交换目光后，济克扬对公爷："请你讲讲话吧！"

博克登保从座位上走出来："哦，好好……这个，这个，还是请你跟他们说吧，还是请你跟他们讲吧！"

济克扬向左右伸手，让了让两边的僧俗人物："请，请。"便站到台阶正中，"诸位佛门弟子，诸位亲爱的同胞！我出家已经二十年啦，我是一个佛门弟子，我是一个蒙古人。现在，要请大家想一想：这许多年来，霸占我们蒙古草地的是谁？欺负我们蒙古人的又是谁？……"

"日本人——！"群众异口同声喊道。

"胡说！"济克扬瞪大了眼睛，"不是日本人，是汉人！要知道，日本人已经替我们把汉人打倒啦！现在正是我们大元帝国当兴的时候，每一个成吉思汗的子孙都应该起来拼，都应该报仇雪恨！要把欺负我们的汉蛮子杀个干干净净！……"

在济克扬气势汹汹的叫声中——

应云卫 阳翰笙 / 279

丁世雄沉思的脸；

丁有财感到不对味地碰了碰迪鲁瓦的父亲，他们相互交换目光……

罗尔姬娜和金花悄声说了句什么，母亲询问罗尔姬娜……

丁世雄的脸上呈现出毅然神色，下意识地点点头……猛地，他推开身边的人，大叫一声："大家跟我来！"便挤出人群，几步奔到配殿厢房廊下的石台上。群众议论纷纷喧哗着拥到他下面。丁世雄喊道："好，大家不要吵。我也有几句话要跟大家说一说……"

仍有熙攘声，有人喊："静一静！"

众安静下来。丁世雄接着说道："诸位，我们要弄一弄清楚。我们蒙汉两族的同胞，是弟兄，不是仇人；是朋友，不是冤家！我们大家都是一家人。现在，敌人已经大举进兵，想来灭亡我们的中国啦……"

在丁世雄激昂慷慨的演说声中——

丁有财和迪父赞赏地笑着点头……

罗尔姬娜、金花和母亲笑望着他演说……

丁世雄挥着手：

"……诸位，我们不要受敌人的挑拨，不要受敌人的欺骗！我们应当紧紧地团结起来、联合起来，把欺负我们的日本鬼子赶出中国去！"

"对，赶出中国去！赶出中国去……"群众振臂高呼，情绪激奋。人声鼎沸不已……

济克扬惊慌的脸，他对博克登保说了句什么，又摆手招过韩金生。韩金生俯首贴耳听济克扬说着，点着头……他一扬下颏，那领过纸烟的三个"混混"，相互一对眼色，便向人群挤去……韩金生转过头，继续听济克扬的布置……

一九

特写：正在"递手"① 的两只手。

镜头拉开，这是在迪鲁瓦蒙古包一侧的牲口栏旁，丁有财跟迪鲁瓦在进行交易；丁有财撩起皮袍下摆，遮住俩人的手议价。

丁有财望着迪鲁瓦："啊，这个数目你卖吗？"

迪鲁瓦肯定地："我卖的。说一是一，说二是二，就这么决定吧！"

又是特写镜头：两只手表示成交的动作，继而两手相握摇了摇丁有财放下袍襟，笑着："好，就这么决定吧！"

在他们谈话时，一个戴破护耳帽的乞丐打扮的人，悄悄溜到他们身后的牲口栏旁，趴在地上偷听。

两人讲好买卖后，丁有财四顾张望，似要离开。迪鲁瓦问："嗳，你上哪儿去？"

丁有财仍望着远处："啊，我在这儿等着买他的马呢。"

刚好走过来的迪父，知道是指郎桑，便说："那么去叫迪鲁瓦找他来好啰！"

"好的，我去。"迪鲁瓦说着跑走了。

迪父伸出手来让客："到帐篷里来喝茶吧！"

丁有财摆摆手："不了，我就在这儿等他吧。"

迪父走进蒙古包。丁有财掏出烟荷包装上小烟袋吸着。

韩金生悄悄溜到丁有财身后，他朝后边的人打了个手势，几个随从迂回到两侧去了。韩金生蹑手蹑脚近前，猛地一拍丁有财的肩

---

① "递手"——这是牲畜买卖行（俗称"牙行"）的术语。为防止第三者干预，买主与卖主两手接触，用手指的变换表示价码（谓之"谈暗码子"）。这种秘密商讨价钱的独特方式，是中国旧社会商业贸易黑暗的产物。——剧本整理者注

膀："喂，丁老头！"

丁有财一哆嗦，缓缓转过脸来，吃惊地望着韩金生。

"嘿嘿，丁老头，"韩金生奸诈地笑着，侧歪着肩膀，流气十足地，"劳您驾，请您到那边讲几句话。"

这时，一个拿棍子的家伙凑上，用棍子捅了丁有财一下，威胁地低声喝道："走！走！"

韩金生手扶腰间斜挎的驳壳枪，目射凶光盯着丁有财。

丁有财只好被迫转过身子，跟着他们向一旁走去。穿过几个蒙古包，在一辆破旧的大木轮子勒勒车旁，拿棍子的转回身，一把揪住丁有财，让他站好。韩金生也斜着眼睛问："丁老板，迪鲁瓦的马，你都买好了么？"

丁有财镇定地："啊，买好了。他的马我都买了。"

"你的生意抢得挺快，啊——？"韩金生讥讽地眯起眼睛。

"啊，这，这因为是多年的老朋友了，所以讲起来容易……"

"丁老板！"韩金生厉声喝断丁有财的话，"你知道迪鲁瓦欠我的债吗？"

"啊，不知道。"丁有财平静地回答。

"嗯，不知道也没关系。我告诉你，"韩金生逼近一步，恶狠狠地说，"迪鲁瓦的马，不许你买，郎桑的马，也不许你买！知道不知道？"他一使眼色——

拿棍子的家伙飞快从怀里抽出一把左轮手枪，紧顶住丁有财胸膛……丁有财被枪顶着一步步朝后退着，直退到一座蒙古包门前，后背贴着了毡帘。刚立住脚，丁有财不慌不忙，软中带硬地说："这是什么话？他欠你的钱，你问他要好了。这个买卖嘛，各人做各人的喽……"

韩金生冷笑着："嘿嘿嘿，你真会说话，你真有胆量！嘿嘿嘿，我告诉你老混蛋，就是我让你去买，你也不敢去买！你要是不要你的命,你就去买好了!"

蒙古包内预伏的两个帮凶,一掀毡帘,分从左右用枪顶住丁有财的后腰。

丁有财一哆嗦,不敢回首地呆立着。

"老头,现在你该明白了吧?"韩金生又是一阵狞笑,随着喝道,"走!"

拿棍子的家伙一捅丁有财。丁有财只好跟在韩金生身后,朝迪鲁瓦的蒙古包走去……

二〇

迪鲁瓦家蒙古包前。

迪父见韩金生带丁有财走来,预感不妙,忙转身走到马栏边。

韩金生径直走到迪父面前:"听说你的马都卖了,怎么不到兴蒙公司讲价钱去?"

迪父畏惧地:"哦,本来我们要去的,后来他老人家来了,我们就卖给他了。"

"据他说,现在他又不买了!"韩金生转身对丁有财,"是吗?你不买了?"

丁有财一语不发。

迪鲁瓦和郎桑赶到,见丁有财垂首不语,迪鲁瓦不禁顿生火气,冲到他面前:"怎么,你不买了?!你反悔了是不是?你这不是跟我开玩笑么!……"

韩金生拍着迪鲁瓦肩膀:"哎,他不买,卖给我好喽,卖给兴蒙公司好喽!"

"不行!一定要卖给他!"迪鲁瓦愤愤地喊道。

"我,我实在不敢……"丁有财欲说又不能,含混地咕哝半句,便沉默地低下了头。

郎桑挤到丁有财面前,奇怪地:"怎么,丁老伯,你为什么不买了呢?"

不待丁有财回答,韩金生便有意岔开话:"嗳,郎桑,你的马卖给我们好吗?"

"我,我不卖!"郎桑鄙夷地转过脸去。

"哼,好,看有谁还敢买你的,哼!"韩金生话里有话地说。

迪鲁瓦推开郎桑,逼到丁有财面前,指斥道:"我原就说你们汉人就没有一个好东西!奸诈、欺骗、不讲信用,全都是他妈一些不讲道德的臭蛮子!你以为我的马就一定要卖给你吗?哼,别做梦!……韩经理,我的马卖给你吧!"

"好。跟我到兴蒙公司拿钱去!"韩金生拍着迪鲁瓦肩膀,"亲热"地说。

"好的。"迪鲁瓦斜了一眼丁有财,跟上韩金生大步流星地走了。

"迪鲁瓦!迪鲁瓦!"郎桑追了两步叫着。

迪鲁瓦头也不回走去。他们走进挂有蒙汉文"兴蒙公司"木牌的一个大门。

郎桑、丁有财、迪父远远望着迪鲁瓦进了大门。郎桑转过头来问:"丁老伯,这究竟是怎么一回事?"

丁有财难言地:"我……"

"刚才不是说的好好的,为什么又变卦了呢?"迪父和气地责备道。

"我……我没有变卦!"丁有财气得直哆嗦,一跺脚,把连着烟袋的烟荷包朝后一甩,搭在肩头,转身走了。

迪父不解地看着郎桑。郎桑沉思地:"好,不要问他了,我全明白了……"攥拳击掌,愤恨地,"妈的,成什么世界!"

二一

迪鲁瓦和韩金生走出"兴蒙公司"大门。

迪鲁瓦数着刚到手的钞票。

"我们一言为定!"韩金生说。

迪鲁瓦把钞票包在绸子里,揣进胸前:"你放心好了!"

韩金生说了声"好",翻身跨上系在门前的马。

迪鲁瓦兴冲冲向家中走去。

二二

马栏边。

郎桑和迪父迎向走来的迪鲁瓦,焦虑地:"迪鲁瓦,你的马真的卖给兴蒙公司了吗?"

"嗯,卖了。"迪鲁瓦自得其乐地说,"而且他们还向我预定了几十匹马。现在已经先交了一半的钱,半年后才交牲口呢!"

迪父忙问:"卖多少钱一匹呀?"

"五十八元。"

迪父惊叫:"为什么卖这样便宜呀?"

郎桑有些生气地:"你疯了吗?兴蒙公司的钱是好用的吗?"

迪鲁瓦不服气地一挺脖子:"怎么样?"

"知道兴蒙公司是谁开的?日本鬼子开的!"郎桑恨恨地说。

"我不管!我不管!"迪鲁瓦厌烦地叫着,"我明年就要跟金花结婚了,我要给她买头套,买布匹,买吃的,买用的。我的钱不够用了,我只好向兴蒙公司去借喽!"

"你用了他们的钱,要是半年以后交不出牲口,那怎么办呢?"

迪父面带忧愁地说。

"爸爸，我有办法……"迪鲁瓦转身跑了。

二三

金花家蒙古包。

迪鲁瓦掀开毡帘叫："妈妈，妈妈，金花！走，买东西去！"

母亲拉金花："走吧！"

金花揽着门柱不愿去，母亲拽她，她才勉强跟了出去。

这时走过来的迪父和郎桑，目击这情景，相对无语看了看，全都心事重重。

二四

集市上。

人声熙攘。出售布匹绸缎，日用杂货，以及出售茶砖、银饰等物品的商号鳞次栉比，有搭起帐篷门面的商贾，也有露天摊贩，人来人往，很是热闹。

迪鲁瓦带着金花母女在市场停停走走，不时选购物品……

二五

金花家蒙古包里。

郎桑思索着，不安地踱来踱去，抽着烟袋。

"嗳，郎桑，我们买了很多东西回来了……"母亲捧着布匹和大包小包东西走进来。金花跟在后面。

母亲放下东西，喜悦地："郎桑，你瞧这颗珠子作头饰好吗？

这些东西很不错的……"

郎桑没好气地:"嗯,还会错!"

"瞧,你这孩子生这么大气干吗?"

"我生气?我在替这傻家伙着急呢!"郎桑解释道。

刚进蒙古包的迪鲁瓦听到后,沉下脸说:"用不着!"

"我问你——你把这次赶来的马卖给他们不算,为什么还让他出那样便宜的价钱买你几十匹好马?"郎桑一气说道,顿了顿又说,"过几个月交不出牲口来,你怎么办?"

迪鲁瓦愣了一下,但仍无理强争地:"用不着你替我担心!"

蒙古包外,那个戴破护耳帽的乞丐,贴在毡壁上偷听着。

郎桑的声音:"你以为日本鬼子开的兴蒙公司的阎王债是好欠的吗?看你挨板子磕响头的日子还在后头呢!"

迪鲁瓦的声音:"我本来卖给姓丁的那个老家伙,他反了悔,我有甚么办法呢?"

蒙古包里。母亲走到郎桑身边:"郎桑,这件事情本来不能怪迪鲁瓦的,只能怪丁老头做事情不痛快。"

郎桑思索着:"我想丁老伯一定是受了姓韩的那小子的逼迫。"

"对了,我想这一定是有原因的……"金花赞同地说。

"有什么原因?"迪鲁瓦见金花插话,不由冒起火来,"我说汉人都是他妈一些混蛋!"

金花反驳道:"你不能那么说,汉人难道就一个好人都没有吗?"

"好人,谁是好人?"迪鲁瓦瞪着金花喊道,"没有,没有!没有!从今后我再也不跟汉人来往啦,你们要跟汉人来往,我不管。我明天就要回去啦!"

丁世雄抱着一堆礼物进入,恰遇上迪鲁瓦怒冲冲要出去,忙闪身让过:"哦,迪鲁瓦……朗桑,现在的形势是太严重了。我正想找你有点事情要商量……哦,妈妈,听说你这两天要走,我买了一

应云卫 阳翰笙 / 287

点东西送给你们。"

母亲感谢地:"啊,丁先生您太客气了。"

丁世雄边往地桌上一样样放礼物,边问:"哦,迪鲁瓦,我爸爸跟你做的那笔牲口买卖怎么样了?……"

迪鲁瓦本就在气头上,一听这话,冲上去就要打丁世雄,被郎桑和金花从左右架住……

丁世雄扭过身来见状颇为诧异:"……咦,怎么啦?……"

正在这时,女邻居探进半个身子,紧张地招手:"你们快来看,快来看!"

母亲忙随她跑出去,金花、郎桑等纷纷跟出,拥在门口张望。母亲连声问:"怎么啦?怎么啦?"

郎桑朝旁边一指,众人望过去——

只见那戴破护耳帽的乞丐,正和打扮成喇嘛的济克扬说着什么……

济克扬见已惹人注意,索性站起来,穿过被惊动的围观的群众,照直朝金花家走来。

人们在蒙古包前向他施礼问好,济克扬漫应着,唯独不理睬丁世雄。他径自钻进蒙古包,坐在毡子上。跟着进来的母亲,向他双手呈上鼻烟壶,他嗅了一下还回……随后,郎桑等都与之交换鼻烟壶,施过见面礼仪。济克扬揣好鼻烟壶,掏出随身自用的奶茶碗,金花忙给他舀一勺奶茶斟满。济克扬喝着茶,斜睨着丁世雄:"咦,你是什么人?你跑到我们蒙古人住的地方干什么来的?"

丁世雄平静地:"我是来看我的朋友郎桑的。"

"你看他干什么?"

"我想跟他谈一谈……"丁世雄蹲到济克扬面前,有礼貌地回话。

"噢,谈一谈……谈些什么?你说!"

丁世雄站起来:"咦,你这么盘问我干什么呢?我又不是来看你的。"

"哼!瞧你这个样就不像个好人!你说你是来看郎桑的,你骗谁?你想骗我吗?我看你倒不是来看郎桑的,恐怕你是来看郎桑的妹妹的吧!"

"胡说!"丁世雄怒视着济克扬。

"你以为我是在胡说吗?哼,你还想欺骗我!"

金花忍不住地说:"他真是我哥哥的好朋友!"

母亲也说:"是的,他的确是来看我儿子郎桑的。他的确是我儿子的好朋友……"

丁世雄见母女说和,便又蹲下了。

"好朋友?哼!你们不必为他辩护。汉人还会跟咱们是好朋友吗?哼!你们瞅他那鬼头鬼脑的样子,一眼就看出来不是个好东西!"济克扬气势汹汹斥骂着,腾一下子站起来,咄咄逼人地指点着丁世雄,"我们蒙古人这些年来受你们的气也受够了。你等着瞧吧,总有一天我们蒙古人要把你们这些家伙杀个干干净净的!我是一个出了家的人,不好跟你动手。可是我敢相信,我们有血性、有骨气的成吉思汗的子孙,一定会有人要你这条狗命的,你等着瞧吧!"他把奶茶碗揣到怀里,冲出蒙古包。

蒙古包外,聚集着闻声而来的群众。不知何时,一辆带篷的马车已停在门前。众见济克扬出来,忙闪开路。母亲和迪鲁瓦跟出来。济克扬向他们略略欠身,表示施礼了,便走向马车。赶车的人忙把车辕上的小板凳放在他脚下。迪鲁瓦躬身施礼后,扶济克扬上车坐好,又将小凳架到车辕,供他垫脚。车轮转动了……

蒙古包里。郎桑和丁世雄正谈着什么,迪鲁瓦冲进来大骂:"你这个该死的东西,现在我该要你的命了!"说着就要动手。

郎桑、母亲和金花慌忙拦挡:"迪鲁瓦!迪鲁瓦!"

丁世雄喊道:"住手!迪鲁瓦,你疯了吗?住手!"

"我们蒙古人的地方,不要你们这些汉人来往!"迪鲁瓦嚷着抄起丁世雄送来的东西,一包包摔到门外去。

母亲惊叫着:"迪鲁瓦!迪鲁瓦!"跑出去,把东西拣起,凌乱地捧在胸前,正要进包时,又与冲出的迪鲁瓦撞个满怀,迪鲁瓦一推搡,母亲跌倒,东西复撒满地。迪鲁瓦大步离去。

母亲爬起,气愤中拣起这样,掉落那样,一卷布也散开,缠得她手忙脚乱,气得她索性把东西全摔到地上……

二六

金花家蒙古包外。

韩金生带人偷偷摸过来,几个牵马的人跟其后。他们绕过简陋的马栏。

韩金生蹑手蹑脚地走近蒙古包。

蒙古包内,郎桑、金花母女正在喝奶茶。

韩金生谛听动静后,朝后边打手势。

一个右眼下长肉瘤的家伙,弯腰拾起石块向马栏里投掷,惊吓马群。

马匹受惊,骚动着冲撞马栏,涌动欲奔……

蒙古包内,郎桑听到外面有动静和马嘶声,放下奶茶碗,戴上皮帽走出察看……

郎桑刚出蒙古包,韩金生和一个大个子即悄悄跟其身后,郎桑听到响动刚一回头,大个子把一件羊皮袄兜头盖脸笼下来,将他紧紧蒙住……郎桑挣扎着……跟着又上来两个人,几个人连推带搡地拖着他就走,郎桑奋力扒开皮袄喊道:"你们干什么?你们要干……什么……"但随即又被捂住脑袋……

母亲和金花隐约听到外面的喊声，不安地相互对望了一下。母亲预感不测，忙跑出蒙古包，只见——

韩金生和几个匪徒，已将被捆绑的郎桑横在马上，正在离去。

"你们干什么？喂，郎桑！郎桑呀——"母亲惊叫着扑了过去，"强盗！强盗！……"

几匹马越跑越远，母亲呼叫着不知所措，猛醒地转身朝回跑，呼叫邻居："救命啊！救命啊——！"一个趔趄跌在地上……

邻居们闻声纷纷跑出蒙古包，奔到母亲身边，七手八脚地扶她坐起来。母亲上气不接下气地哭诉："我的孩子让他们绑去啦！你们赶快救救我的孩子呀！……"

二七

"……公爷，公爷！求你救救我们吧……"母亲哭诉着。这已是在公爷府室内。金花和迪鲁瓦搀着她。"请你想法把我的儿子放回来吧。没有儿子，我是活不下去的呀！"

母亲说着给公爷跪了下来。

博克登保公爷盘腿坐在炕上，木然地："我知道了。我，我知道了！"

金花施礼后跪下哀求道："我们一家子，全靠着我哥哥郎桑过活的，要是他找不回来，我们怎么活得下去呢？"

博克登保公爷仍然木然地："我知道了，我知道了。"

站在一旁的罗尔姬娜帮着求告说："公爷，郎桑是在你的旗下失踪的，你应该赶快替他们想法子，把他找到才好。"

博克登保还是木然地："我知道了。我知道了。"

母亲擦着泪水："要是没有了儿子，我是活不下去的，公爷。"

"哦，你们先回去吧。"公爷对跪着的金花说，"我一定很快地给你们查一查,如果有消息的话,我会叫罗尔姬娜给你们报信的。"

金花慢慢站起来。

二八

公爷府门前。

金花和迪鲁瓦搀着母亲走出。金花毅然地:

"妈妈,走,我们去找丁世雄丁先生去!"

迪鲁瓦一听便冒火:"哼!你们又要找那个姓丁的小子去是不是?妈的,你们去你们的好了,我不去!"说罢,赌气地跑开了。

母亲连连叫:"迪鲁瓦!唉,迪鲁瓦,迪鲁瓦!"

迪鲁瓦头也不回地走去。

二九

丁世雄家。简陋的几间泥棚屋子。

丁世雄正召集蒙汉乡亲们开会。土炕上,围着小炕桌,坐着丁世雄、柳德三和一个穷喇嘛,丁有财吧嗒着小烟袋坐在炕角。地上,或蹲或站,有十来个要被抓丁的人,专注地望着丁世雄,听着他激情的讲话:

"诸位同志,这几天我们这个地方闹得不像话。我们只有跟他们拼去。只要我们不愿意安安分分做一个顺民的话,那就不论怎么样,我们也是有办法的!我们的敌人,强迫着我们去打我们自己的同胞,我们为什么不去反抗他们呢?我们为什么不掉转枪口向他们瞄准呢?"

"据我晓得,这几天就有七八个人不见了……"一个蒙族青年说。

"就是咱们喇嘛,也有被他们绑去了的。"穷喇嘛愤愤地说。

"他妈的,这还成一个什么世界呢!"有人骂道。

突然,屋外响起狗吠声。

丁世雄敏捷地跳下炕,冲到屋门前,其他人相互交换目光,紧张地注视着风门。

门,开了,原来是母亲和金花。母亲一见丁世雄,忙不迭地说:"丁先生,丁先生,不好了,不好了!……"

"丁先生……"金花叫了一声还没说下去,丁世雄顾不上回答,连忙握住母亲的双手摇着:"怎么,妈妈,又出了什么事情了吗?"

"唉!"母亲叹道,"郎桑今天给人绑去了,就在我们帐篷的外头。也不知道给谁绑去了。这可怎么办哪!"

"哦,有这样的事吗?"丁世雄思虑着。

"丁先生,你快给我们想想办法吧!"金花恳求着,"要是哥哥老不回来,我妈怎么活得下去呢?"

"我想,这一定是我们的敌人干的。哦,妈妈,你请放心好了,我们这些人一定会想办法把郎桑给救出来的。"丁世雄环视着屋里来开会的人,想了想,转身抚着母亲肩头,"哦,妈妈,你先回去吧。"

母亲点着头。金花搀着她离开。临出门,金花回过头来:"丁先生,一切都拜托你了。哦,诸位再见。"她向大家躬身施礼。

她们出去后,狗吠声又响起,渐复平静。

丁世雄回到炕桌旁,庄重地:"诸位同志,现在的形势是太严重了。我们应当努力侦察郎桑,还有其他几位被绑的同志的下落。我们应当尽我们所有的力量救他们出来!我们大家要去干!"

"干!"大家异口同声,宣誓一样地握紧了拳头说。

三〇

金花家。

特写：吊在火上的锅。一只手把一卷钞票放在锅前毡垫上的奶茶碗旁边。

韩金生的奸笑声。韩金生直起腰来："哈哈哈，老太太，你的马肯卖给我们，我真高兴极了！我告诉你，三十八元钱一匹，这真是天公地道的价钱。"说着他又蹲下，抓起钞票塞到母亲的手里，"这是钱，请你点一点数目。关于你儿子郎桑的事情，我想一定是那些汉人，当土匪的人干的。你放心，只要我们把土匪抓住，你儿子郎桑就会放出来的。好，你的马我吆走了！……"

韩金生站起来朝外面走去……

金花急切地扑到母亲面前，摇着她的胳膊："妈妈，不成……"

刚要掀帘的韩金生转过脸凶狠地喊道："什么?！你说什么？你敢说什么?！"他威胁地把手按在驳壳枪匣套上，一副要拔出枪的架势。

金花吓得紧紧依偎在母亲胸前。

韩金生哈哈笑着，把枪匣往身后一甩，掀帘出去了。

金花忙站起来……

蒙古包外，韩金生解开系在拉包绳上的马缰，翻身上马后，喊道："走，把马吆走！"

早已立在马栏边的匪徒们把木栅栏打开……

金花和母亲在门口望着——

一匹匹马嘶鸣着奔出马栏。

韩金生的随从们，骑在马上，把马群驱赶得愈来愈远去了……

金花和母亲在奔马蹄声中，都情不自禁地向前冲了几步，眼巴巴地、无可奈何地望着自己辛辛苦苦培育的马群，竟随着一片飞扬的尘烟远去了！奔腾的蹄声敲击着她们的心。

金花茫然若失的大眼睛，注视着马栏。

空空的马栏，被撞断了的绳索在栏杆柱上晃动……后景草地上，一群别人的马匹摇首摆尾，在悠闲地吃草……

金花痛苦的脸。她的眼里涌溢出泪水……她猛地捂住脸，呜咽着转身跑向蒙古包……

蒙古包里。金花蹲在母亲身边，对呆痴痴望着那卷钞票的母亲说："妈妈，你为什么把马卖给这个坏蛋呢？"

"孩子，就是不卖给他，他也要抢走的。"母亲叹息道，"唉，让我有什么办法！"

金花呆呆地望着对面靠着毡壁的供佛小桌。小供桌上方是织绣的佛像；桌上，是一尊带莲花座的铜观音，三足小香炉里点着长明灯。金花摘下白色皮帽，理理头发，虔诚地跪到菩萨面前，双手合十，闭起眼睛默默祈祷……但终于抑制不住心情激动，伏在供桌上呜咽着哭了起来。

母亲近前，轻轻地拍着她的背，无言抚慰。金花扬起脸，抱住母亲。母亲抚着她的头发，流下了热泪……

三一

祭奠元世祖的节日活动结束了。蒙汉同胞们临时聚居的"浩特"，呈现一片搬迁的景象。有的拆卸蒙古包，有的归整毡帐，有的往勒勒车上装东西……

迪鲁瓦的父亲和金花抬着驮东西的鞍架，放到马背上……

在一辆勒勒车旁边，母亲哭泣着。罗尔姬娜抚着她的手劝慰说："妈妈，别哭了。哭有什么用呢？慢慢想法子好了……"

迪鲁瓦把马牵到母亲身边。罗尔姬娜扶母亲骑上马。迪鲁瓦把鞭子递给母亲。罗尔姬娜又劝慰一直哭泣着的母亲："妈妈不要伤心了，我们一定会想法子救郎桑的。我会在公爷面前打听消息来告诉你的。快不要伤心了……"

母亲点着头，抽泣地："好的，谢谢你了，再见。"催马起步。

罗尔姬娜望着她远去。

另一边，丁有财和丁世雄正往勒勒车上捆扎木柱。

金花路过他们旁边，勒住马叫："丁先生，丁先生！……"

丁世雄闻声迎上去。

"丁先生，我哥哥的事情，一定请你想法子救救他。"金花恳求道。

"我一个人的力量是不够的。"丁世雄沉稳地说，"不过我相信，蒙汉两族的青年一定会想法子把他救出来的。"

"谢谢你了。"金花躬身施礼，抖缰转过马去

金花和母亲等一行人渐渐远去了。

丁有财、丁世雄和罗尔姬娜望着他们的背影。

三二

夜。

公爷府保安队驻地大院一角。

罗尔姬娜从墙角闪出，警惕地逡巡谛听周围动静。她在搜寻郎桑的下落。

忽然响起沉重的脚步声。

罗尔姬娜迅速隐入黑暗中。

济克扬和韩金生陪着一个瘦瘦的，留着一撮仁丹胡，戴着眼镜的日本鬼子走了过去。

保安队营房。济克扬等人推门进入。有人厉声喊："立正——！"

坐在土炕上聊天的、躺着休息的保安队员们纷纷跳下炕，站得笔直。柳德三本来躺着，稍迟些一骨碌爬起下炕站好……

留仁丹胡的日本鬼子走上来，狠狠打了柳德三一耳光："亡国奴！"

柳德三被打得眼冒金星，趔趄欲倒，晃了晃，硬挺着站住。

特写：罗尔姬娜的面孔出现在粗木条小窗上，窥视室内。

济克扬一脸凶相，骂道："你们这班家伙不想活命了吗？"

站成一排的保安队员们鸦雀无声。

济克扬、韩金生尾随仁丹胡走出营房。

罗尔姬娜的脸迅速离开小窗口。

室内。柳德三气愤得胸膛起伏，脸部哆嗦着大骂："妈的！咱们过的是什么日子？咱们不是人！"痛哭失声。其他保安队员纷纷围住他劝慰。

室外。罗尔姬娜见济克扬等人远去，从墙角闪出，悄悄溜进营房……

罗尔姬娜推门入室，反身关好门，向大家躬身施礼后，走到哭泣着的柳德三背后，抚着他肩膀："柳德三，你别哭了，我全都看见了……"

柳德三看看她，忽然无从发泄地从怀里掏出小酒瓶，扬脖子就要灌，罗尔姬娜一把按住："别喝酒！不要自己糟踏自己。越是人家欺负我们，我们越是要反抗！"

罗尔姬娜爬上炕，坐在保安队员们和柳德三中间，继续说道："弟兄们，大家不要难过，忍住我们的眼泪，等待着报仇的机会。只要我们蒙汉同胞团结起来，我们抱定了自己人不打自己人的决心，等到有一天把我们的枪口转过来对着日本鬼子，那就是我们报仇的时候！"

三三

公爷府。

穿着喇嘛经衣的济克扬匆匆穿过套间,向内室走去。韩金生在他身后叫着:"博克登保公爷!博克登保公爷在哪儿?……"

罗尔姬娜听到喊声,悄悄跟在他们后面。

济克扬和韩金生进一内室后,韩金生伺候着济克扬换穿戴。济克扬脱去黄色喇嘛经袍,露出一身军装和腰间缀满子弹的武器带,斜挎的手枪……

窗外。罗尔姬娜吃惊地瞪大眼睛……忽然传来脚步声。她急忙退身,隐藏起来。

室内。济克扬一边脱靴子一边问:"司令部要你备的马办齐了没有?"

韩金生递过要换的靴子:"还,还没有办齐……"

"饭桶!你真不想活了?我看你怎么交差去!"济克扬骂道,"买不到就不好去抢吗?限你七天,一定给我办好!"

博克登保公爷推门入室,相互躬身施礼后,济克扬问:"博克登保公爷,怎么样,总司令部要你抽的壮丁你都抽齐了没有?"

公爷面呈难色:"这很难办,这很难办呀!"

"难办,难办,什么事到了你手里都难办!"济克扬穿好靴子站起来,接过韩金生递过的黑斗篷,"总司令部又来了急电催啦,看你怎么样交差呢,赶快去他妈办哪你!"

公爷诺诺地:"我知道了,我知道了。"

济克扬系着斗篷叫:"韩金生!"

"有!"

"这几天抓的抗日分子问过口供了没有?"济克扬扭脸问。

韩金生惶惑地："没，没有呢。"

"混蛋！你们干什么呢？为什么不用刑呢？好，我去！"说着，济克扬转身就走。韩金生和公爷跟在后边。

"真难办，真难办！"公爷自语地说。

济克扬停住脚："哼，又是难办！亏了你们还有脸跟我说。我可没有脸去跟司令部说去！"又对韩金生骂道，"混蛋！你们这些家伙全是饭桶！我自己去问，看他招不招！"

他们出室。

外室。罗尔姬娜机警地很快退身，隐藏在供桌后面，须臾，济克扬等人走过去。

特写：罗尔姬娜在供桌下思索的脸。

院里。济克扬等人走出。济克扬又用黑围巾蒙住脸。他们上马，带着几个亲随骑手，向外跑去……

三四

公爷府城墙下。罗尔姬娜牵着一匹马，纵身跃上，疾驰而去。

三五

济克扬、韩金生一行骑行在草滩上。

他们来到龙王庙——孤零零坐落在草滩上的、近于颓败的一片建筑的门前，翻身下马，系好缰，走了进去。

三六

罗尔姬娜挥鞭催马，奔驰在草滩上。

三七

龙王庙牢房。

长长的殿堂用粗木隔成一长排笼子似的牢间。在木笼外宽敞的地方,摆了许多拷问犯人的刑具。

济克扬和韩金生进入时,郎桑已被紧缚双手,系着绳索,正待吊起。在他脚下,一盘炉火跳着火舌。

济克扬冲到郎桑面前:"郎桑,你们想造反吗?赶快把同党给我招出来!"

"你说什么?我不懂!"郎桑扭过脸去。

济克扬吼道:"哼,给他把衣服脱下来,吊起来!"

"是!"几个打手拥上……

三八

龙王庙外的草滩上。

罗尔姬娜见岗哨在龙王庙门前走动,她翻身下马,把马牵到一个低洼地,用一块大石坠住马缰后,快速离去……

三九

牢房后面,刚刚高过牢房屋顶的短墙下,罗尔姬娜听着拷问声,弯腰悄悄摸过来。她小心翼翼地探出头,向牢房后窗望去。

透过牢房后窗的镜头:郎桑被剥光上身,悬空吊在房梁下,一盘炉火在他脚下熊熊燃烧着……

打手喝问:"吊起来,招不招?"

牢房内。济克扬扬起脸狞笑道:"郎桑,你听信了丁世雄的话,鼓动你们蒙古人来反对我们,你知道你的罪吗?赶快招出你的同党,我可以放了你,还可以重用你的……"

郎桑愤怒大吼:"滚你的!"

济克扬的声音:"看你的样子倒好像是个英雄好汉。可是你曾看见,在你的身旁摆着什么东西吗?……"

特写:熊熊的炉火。火中的铁链子已被烧得泛红……

"嘿,就是铁打的身体,恐怕你也受不住这火链的味道吧?"济克扬得意地笑起来,"哈哈哈,……喂,你到底招不招?"

特写:火中铁链被一铁钩子勾住在晃动……

"不!"郎桑坚定的声音。

"上!"

"是!"

特写:铁钩子勾动火红的铁链……

木笼里的囚犯们,在木栏后都睁大眼睛……

特写:烧红的铁链烫进郎桑的后背……

郎桑咬紧牙关发出的呻吟声。

特写:郎桑极力抑制巨大痛苦,但终不免痉挛的脸上汗流如雨……

郎桑颤栗着扬头又低头,终于晕厥,垂下脑袋……

在墙头窥视的罗尔姬娜,见郎桑惨遭毒刑,不禁悸动,一不小心碰落一块碎砖,发出声响……

牢室内,济克扬和韩金生都被惊动,仰脸望着小窗,韩金生拔出手枪,侧着头朝后窗外观看……

罗尔姬娜紧张地捂住胸口,蹲在墙下。忽然,她的目光被吸引住——

一只猫贴着墙根看着她。

她轻移几步，抱起猫，送到墙头上。

这只傻里傻气的猫在墙头甩着尾巴。

牢室内。韩金生缩回脑袋，脸色舒缓下来，一面把枪放回匣内，一面对济克扬学了声猫叫。济克扬也把手枪插回套子里。

墙根下，罗尔姬娜瘫了似的，静息片刻后，哈着腰，贴着墙根迅速离开了。

四〇

罗尔姬娜乘马飞奔……

四一

丁世雄家。

罗尔姬娜滚鞍下马，正要往带荆条树围的小树上系缰时，丁有财迎上，她顾不上多说，只叫了声"丁老伯"，便递过缰绳，径自跑进屋里，气喘吁吁地说："丁先生！丁先生！我来报告你一件事情，我，我，我看得清清楚楚的，那个坏蛋济克扬，他把郎桑关在公爷府西边的那个龙王庙里正拷打呢！"

"济克扬?！济克扬不是蒙古的喇嘛吗？……"坐在炕头擦枪的丁世雄一听愣住了，"哼，这些假装慈悲的禽兽！总有一天会落到我们手里的，我一定要喝他的血！"

"丁先生，那我们得赶快想法子救郎桑啊！"

"好的。那么你快通知他家里一声吧。"

"好，那我先去了……"罗尔姬娜走到门边又停住，"不过丁先生，你也得当心才好哇！"

"谢谢你，姬娜。"丁世雄笑了笑，"我们随时都在准备着，你放心好了。"

丁世雄把她送到院里，抢上几步解缰牵马，罗尔姬娜乘马快速离去。

四二

罗尔姬娜在夜色中纵马飞奔……

四三

金花家。

罗尔姬娜把马系在勒勒车边的拴马柱上，冲进蒙古包："妈妈！妈妈！我来告诉你一个好消息：你的郎桑有了下落啦！"

围在火塘边的母亲、金花和迪鲁瓦都被震惊得"啊"了一声。母亲扑到罗尔姬娜面前："啊，什么……真的吗？在哪儿哪？"

罗尔姬娜攥住母亲的双手："关在公爷府西边的龙王庙里——就是那个鬼子特务机关的牢房里头。我已经告诉丁世雄丁先生啦，他叫你们赶快去找博克登保公爷，请他想办法去救郎桑哪！"

迪鲁瓦本来露出喜色的脸，顿时变阴沉了，腾地一下子跳起来，走了两步说："我不去！又是什么丁先生、丁先生的！他老说很有办法，那么他为什么不去救郎桑呢？"

金花也站起来："迪鲁瓦！你怎么啦？"

迪鲁瓦"哼"了声，扭过脸去。

"不能够因为你恨丁先生，就不去救郎桑啊！"金花说。

罗尔姬娜坐到火塘边，慢慢劝道："迪鲁瓦，丁先生是我们的同胞，不是我们的仇人。我们大家的仇人是鬼子。我们应该联合起来去救郎桑要紧。咱们赶快地去罢！"

"去吧，迪鲁瓦！快去救郎桑，快去救我的孩子吧！"母亲带着哭音恳求道。

四四

特写：穿着黑缎面厚底鞋的一双脚在地毯上走动着。

博克登保公爷的声音："叫我有什么办法呢，叫我有什么办法呢！……"

镜头拉开，这是在公爷府客厅里。

博克登保咕哝着常挂在他嘴边的话，来回踱步，他坐到八仙桌边的瓷鼓凳上，抬眼只见金花母女、迪鲁瓦和罗尔姬娜等人都注视着自己，烦躁地说："你们都走吧，别在这儿废话！"

金花不理会地自管问道："您向旗里查过了没有？"她走到桌前。

博克登保不耐烦地："查过啦！"

"查到下落没有？"

"怎么会有下落呢！"

"可是我们知道，郎桑是关在公爷府西边的龙王庙里的。"金花壮着胆子说。

"谁说的？！"博克登保慌乱起来，"不……不见得吧，不，不见得……"

站在公爷身后的罗尔姬娜说："有人看见的，难道还会是假的吗？"

博克登保斥责道："你懂得什么？你胡说！"

吃透公爷昏昏庸庸脾气的罗尔姬娜仍然说了下去："我说，鬼子在我们蒙古地方闹得也太不成话了！"

"胡说！你懂得什么？！"博克登保拍了下桌子，有些发怒地喝道,"要是有办法的话,难道我自己还不想办法吗?"

罗尔姬娜后退一步,看了看金花……

正厅月亮门一侧,不知何时溜进来偷听的韩金生、济克扬也蹑手蹑脚凑上来。他们扒在门边窥看着厅堂里的情景

金花又近前说:"可是公爷您想,您叫我们旗下的老百姓怎么活得下去呢?"

"叫我有什么办法呢?叫我有什么办法呢?"博克登保站起来,挥着手,"你们还是赶快地走吧,别在这儿废话!"

济克扬附在韩金生耳边说着什么,韩金生频频点头。

博克登保起身欲回后室,金花和罗尔姬娜无言相视。迪鲁瓦垂首,满脸烦怒。

金花搀着母亲向外走去,迪鲁瓦跟在后面。罗尔姬娜送出。

四五

丁世雄家。

父子俩对坐在炕桌边。桌上摆着砚台,丁世雄正用毛笔写着什么;丁有财拿着烟袋锅,戴着老花镜,默默喷着烟……

忽然响起狗吠声,愈来愈紧。

丁有财警觉地下炕,凑到门边向外窥看后,招了招手,丁世雄急忙跳下炕,凑在老人身边,从门缝里观察着动静……突然他从毡靴筒里抽出一把手枪,丁有财赶忙按住他胳膊,指点着后窗,丁世雄一看——

后窗上有个背枪的黑影在晃动着。

丁世雄冲着黑影举起手枪,丁有财急忙压下他的枪,推他进入里间屋,急中生智地扒开一堆羊毛,让他跳进去,又堆上羊毛,把丁世雄藏在大柜里。

门外,韩金生已摸到屋门前,他摆摆手,叫拿枪的两个保安队员在墙角埋伏下来。

室内,丁有财藏好儿子,打量一下四周,忙跳上炕,取下挂在墙上的步枪,把枪裹在被子里,又将被子理平顺,然后坐在炕桌边抽着小烟袋,若无其事地拿起毛笔消遣地画起画来……

韩金生提着手枪闯进屋里:"嗷,丁老头,你在这儿!……"他走到炕桌边,好奇地盯着桌上——

特写:炕桌上的白纸上,画着单线勾出的一条狗;丁有财的毛笔正在画最后一笔,连接好狗尾巴……

韩金生扫兴地收回目光,又问:"丁世雄在家吗?"

"啊,他不在。"

"他妈的,他也是壮丁,为什么不去报到?!"

"哦,他已经去报到了。"

"真的?"

"怎么敢说谎呢。"丁有财扭过身来,用烟袋指原来挂枪的界间墙,"枪都拿着走了。"

韩金生狐疑地想了想,说:"我不信!"回身对几个保安队员一挥手,"搜!"

几个保安队员翻橱开柜地搜起来……

一个保安队员冲到里屋,用刺刀挑动炕上收购的皮毛货,看见炕边的堆着羊毛的柜子,便狠狠地将刺刀戳了进去!

特写:羊毛堆里的丁世雄的脸前,几乎擦着他的鼻子,捅下来的刺刀;丁世雄瞪大眼睛,屏住气息,不敢稍动,刺刀抽了出去。

保安队员喊了声:"没有!"

韩金生恶狠狠地说:"老子待会儿再来。要是见了丁世雄,就要你的狗命!走!"

几个大兵跟着他离开了。

见韩金生走远，丁有财才跳下炕，从窗缝里看了片刻，确信没了危险，一边说着"好了好了，已经走了"，一边来到里屋，扒开羊毛，让丁世雄出来。

丁有财又跳上炕，从被子里取出枪，挂到墙上。

丁世雄把一直握在手里的手枪插进毡靴筒里，坐在炕沿。丁有财也坐下，端起炕桌上的陶壶刚要倒水……

外面突然又响起狗叫声，愈见激烈。

丁世雄从左靴筒里抽出手枪，跳下炕，几步窜到门前，侧身门边，用枪瞄着门缝……

狗吠声更急。自远而近，传来一个人唱唱咧咧的声音；近了，才听出唱的是京剧《乌龙院》："一步步儿啊，来至在，乌龙院……咯儿哩咯儿隆，呔！大姐——！开门来！……"

丁世雄松了口气，关上大机头，垂下枪。

柳德三晃晃悠悠地推门进屋，他已让酒灌得晕晕呼呼了。丁世雄叫着："柳德三！"他并不应，又唱起小调来："我同我的大哥到凌河，凌河里头一对儿鹅，前头的公鹅吱儿嘎儿叫哇，后面我的妹妹叫哥哥……呃——"柳德三打着酒嗝，摇摇摆摆地走到炕前，把手里卡着的细脖子小酒壶蹾到桌上……

"柳德三，你看你醉成这个样子！现在都是什么时候了还天天喝得这么昏昏沉沉的，啊?!"丁世雄斥责着，随手把枪又插进靴筒里。

柳德三望着走近的丁有财和丁世雄咕噜道："啊，我没有醉，我没有醉！……我没有醉……我把你们认得都很清楚……你，你是丁世雄；你，你是丁老伯……你是他的儿子，我没有醉……"他忽然大叫起来，"我是中国人！我是中国的东北人！"

丁有财抚着柳德三肩膀说："哦，德三，我知道你没有醉。你躺下来歇歇吧！"

柳德三摆着手，不肯躺下："老伯，我谢谢你。我没有醉。我不要躺,我要说话,我要说话!我不是中国人,我不配做中国人,更不配做一个中国的东北人!……九年前的一天晚上,我的爸爸是怎么死的?我的妈妈是怎么死的?!还有我的姐姐、妹妹,不都是给日本鬼子杀死的吗?"

柳德三说着呜咽着哭了起来,十分伤心。丁世雄不禁同情地抚着他胳膊说:"柳德三,轻一些。我知道你是很难过的。"

丁有财说:"德三,让他们听见了咱们就别想活了。"

柳德三突然情绪爆发地:"他妈的,我不是人,我是狗!一家的仇不能报,我是狗,我是狗——!"

丁世雄为了让柳德三酒劲消散,一把揪住他脖领子,威吓地说:"柳德三——!你再胡说,我就揍死你!"

柳德三却不理会地说:"你揍死我好了,揍吧,你揍死我我也要说话。我不是人,我是狗!从前当过义勇军的人,现在却跑到这儿来做保安队!过两天日本鬼子还要叫咱们中国人去打中国人!"说着,放声哭起来,激动地撕扯着衣服,"我不是人,我是狗哇!……"

丁有财和丁世雄知道柳德三的酒劲儿又来了,赶忙把他推倒在炕上,垫上枕头,扶他躺好。柳德三脑袋一沾枕头,咕噜了句什么,就睡过去了。丁有财拉过被子给他盖……

狗叫声!

丁世雄奔到门前,未及开门,金花便一头撞进来:"啊……丁先生,丁老伯!"她躬身施礼。

丁世雄想了想,说:"金花,郎桑的事情怎么样啦?公爷怎么说呢?……怎么,公爷也不替你们想办法吗?"

"别提啦,他还有什么办法!我现在只有希望你啦,丁先生……"

俩人说着走进堆皮毛货的小里间屋。

"请你放心好了,也许一二天以内,我们会把你哥哥给搭救出来的。"

"用什么方法搭救他呢?"

"哦……请坐吧。"丁世雄请金花坐到炕上,说,"我想,我们一定会有法子把你哥哥给救出来的。"

"我该怎么样感谢你呢?"金花看着丁世雄的眼睛,脉脉含情地说。

"那,那倒用不着,这是我们的责任……"丁世雄躲闪着金花的目光,"嗯,迪鲁瓦呢?"

"他?他不肯到这儿来!"

"那是为什么呢?"

"你还不知道吗?他要杀你呢!"

丁世雄不以为然地笑笑:"杀我?其实我倒不怕他杀我,我倒是怕他恨我。"

金花思索着他的话,哀怨地说:"我不懂,你的胆子为什么那么小呢?我现在倒要问问你,你究竟对我怎么样?"说着,她拉他坐在身边。

丁世雄坐到炕边,稍稍挪离开些,说:"你为什么在这个时候还要问这样的话呢?我们不是很好的朋友吗?"

"你别瞎扯!你究竟爱不爱我呢?"

"迪鲁瓦不是很爱你吗?"

"他是他的事。你呢?你快说!"

"我……"

"快说!"

"我,我……我实在是不敢爱你……"丁世雄泄气地说,垂下头,不敢看她。

"嗳,为什么不敢呢?你……"金花叹息着,忽然,一种感到自尊受到伤害又气又恨的心情,使她恼怒爆发,她一撩袍襟跳下炕,"你这个胆小的东西!"

丁世雄愣住了,眼睁睁看着她要冲出里间屋,见她快走出去时,他才抢上几步,扳住她肩头:"慢着,金花,我派人送你好不好?"

金花迟疑极短的片刻,撩开丁世雄的手:"用不着啦!"拔脚跑了出去……

"金花!金花!"丁世雄叫着,追了两步又顿住脚,想了想,感到自己追出去不合适,便走到外屋炕前,推摇着酣酣而睡的柳德三,"柳德三!柳德三!……"

四六

丁世雄家。

柳德三正向坐在炕上的丁世雄和站在炕前的迪鲁瓦激动地叙述着:"……我追了出去,那个时候,她已经上了马了。我连忙叫:金花!金花!你慢点儿走,丁先生叫我送你回去。可是她不理我,她骑着马就跑了,我在后边追,我还没有追得上,她的马已经跑到屋外边那个崖上了……"

随着柳德三的叙述,出现的画面:

柳德三穿着皮大氅,敞着怀,跌跌撞撞地从丁世雄家的茅屋里跑出来,睁大眼睛寻视着……

金花已骑上马,掉转马头,打马跑去……

柳德三跑入画面。金花已跑远。柳德三大叫着,呼唤金花。金花越来越远的背影……

柳德三的画外音在继续:"……我看见有几个人骑着马跑出来把她围住了。一个人拿着一件皮衣服把她的头蒙住了,又把她绑上了马去,连她的马也给牵走了。我一看事情不对,我就跑上前去看看是谁干的……"

与上述叙述同时出现的画面——

金花的乘骑,被突然从红柳丛挡着的沙窝里冲出的几匹马团团围住,其中一匪徒在金花身后抡起一件羊皮袄,劈头蒙住她,接着其他匪徒拥上,把她捆绑后横放到一匪徒马背上;另一匪徒牵着金花的马……在进行这一切时,韩金生跳下马,在一旁指挥,见众匪把金花绑走,他伏在一羊栏旁的荆条丛后边……

柳德三拼命跑着追上来,刚刚拐过羊栏,韩金生跃出,用手枪柄朝他后脑一击,柳德三颓然倒地。韩金生收好枪,解下系在羊栏上的马,骑上离去……

众匪徒押着被绑的金花,顺着沙梁骑行……

柳德三的画外音:"……刚一跑到羊栏边上,就有一个人在我脑袋上敲了一下,我昏了,倒在地上,眼睛发花,看不清楚……"

柳德三苏醒过来,恍惚地向四下望着,忽然他瞪大眼睛——

韩金生正骑马追赶众匪……

柳德三爬起来,拾起皮帽戴上,一脸震惊神色,扭头拼命朝回跑……

"后来,我醒了转来。我回头一看,原来是韩金生,是韩金生这小子领头干的!我想追上去,可是我身上没有武器,又没有马,他们的人又多,他们的人又去远了,我就跑,跑,跑……"

画面回到丁世雄家。

柳德三的声音:"……我没有办法,只好慌慌张张地跑回来告诉你。"

被柳德三的叙述燃起怒火的迪鲁瓦,手里攥着一把腰刀,气愤得颤抖。

丁世雄说:"迪鲁瓦,你听见了没有?现在不是我们弟兄打架的时候了。我们应当联合起蒙汉的同胞,去搭救金花、郎桑,还有其他受难的同志啊！"

迪鲁瓦点着头，满脸醒悟和愧疚神色，把腰刀插进皮套里。

四七

龙王庙。

门前石台上站着持枪的岗哨。

从门侧的院墙上，一拿枪的蒙胞偷偷翻越过来，躲在门洞外的死角，扔出一块砖头。

岗哨闻声走出门洞，为蒙胞击毙。

另一蒙胞越过墙头，冲进龙王庙大门，将门内的岗哨打死……

丁世雄在墙后出现，举起驳壳枪指挥着起义的人们……

枪声、手榴弹爆炸声大作。

埋伏在龙王庙外草滩洼地上的骑手们，见到信号，纷纷举枪跃马冲击前进……

马队驰进龙王庙大门……

两名保安队员慌慌张张冲进牢房，反身欲关牢门，用肩膀拼命顶扛大门，追击上来的起义者们推撞，牢门来回晃动……一狱头跑上台阶，死命地推着两保安队员后背，但终于抵挡不住，牢门倏然被冲开。一保安队员被击毙。

起义者拥进牢房甬道，用枪逼住敌人。

狱头恐慌地后退着，靠在牢间木栅栏门上，举起手枪欲反抗，但被身后的"囚犯"从木栏间伸手将其胳膊紧紧搂住……一起义者冲过来，抢枪把他打倒……

各牢间门前的狱卒也都被起义者打倒……

被囚禁的蒙汉同胞和起义者们相对欢呼……

迪鲁瓦冲到一牢门前，见铁锁挂门，顺手从旁边抄起一柄给犯人钉铁镣的铁锤，抡起来，狠狠砸落铁锁。

囚犯们拥出牢门，郎桑和一个喇嘛首先冲出，他们和起义者们欢呼拥抱……

一起义者拿着钥匙挤过来，迪鲁瓦接过钥匙亲自为郎桑开锁。

特写：郎桑腕上的铁锁，被打开了。

丁世雄赶过来，为郎桑取下手铐和套在脖子上的铁链；迪鲁瓦为他戴上一顶皮帽。

众簇拥着丁世雄、迪鲁瓦、郎桑，向外面走去……

龙王庙院内。被解放的蒙汉同胞和武装起义的人们欢呼不断。丁世雄爬到短墙上，喊着："诸位同胞！诸位同胞！……"

欢呼声平息下来。丁世雄演说道："你们大家看，只要我们团结在一起，就会有力量的。现在，我们虽然救出了郎桑和其他受难的同志，我们应该集合更多的同胞，发动更大的力量。所以，不论是蒙古同胞也好，汉族同胞也好，我们应该争取更多的人团结起来，去打倒日本鬼子！"

欢呼声不绝。

人们纷纷翻身上马，高举着长短枪支，欢呼着离开龙王庙……

四八

某蒙汉同胞聚居的小村村头。

几个老乡正在修理大车，丁世雄骑马跑到他们身旁，说着甚么……老乡们跟在他马后跑进了村子……

丁世雄沿村街号召着喊着甚么，蒙汉同胞们听后纷纷各跑回土房，取出枪，跟着他跑向另一处……

四九

公爷府。

济克扬一步步逼近金花。金花后退到靠墙的紫檀木茶几和太师椅边。济克扬兽欲发作地一把拧住她的手:"像你这样的蒙古女人难道还怕羞吗?"

金花挣脱他的手,斥骂道:"滚开!你这个强盗,你还能算我们蒙古人?!你为什么把我绑来?!"

济克扬狞笑着:"我告诉你们蒙古人,我就是大、日、本、人!"

"啊!你……你原来是个日本鬼子!"金花大为惊骇,哆嗦着向后退,向后退……突然猛地撞过去,济克扬一趔趄,金花利用这一瞬,飞快冲出门去。济克扬紧紧追赶,在正厅月亮门边,把她揪住……金花挣脱跑掉……

金花穿过侧门,跑入一室,济克扬追上,欲搂抱,金花推挡不支,济克扬把她逼到炕边,金花奋力抗拒,在坐到炕沿时猛地用脚蹬开济克扬,借劲跳到炕上,济克扬狞笑着逼上,金花连忙躲到炕桌后,又移到炕角……济克扬又凑近,金花抡臂打济克扬,一闪身跳下炕,济克扬从后揪住,又为金花挣脱……

草滩上,起义的武装蒙汉人马分三路奔驰而来……

骑在马上的起义者纵马飞奔……

公爷府室内。

济克扬又把金花逼到炕边……

骤然响起了紧急号声。跟着枪炮声大作。

济克扬吃惊地"啊"了一声,连忙放开金花,跳上炕,趴在拼花窗棂上向外观望;金花也趴在窗上……

公爷府一角,保安队员们纷纷从小门跑出,提着枪跑上城墙……

济克扬慌忙跳下炕，随手拔出腰里的手枪，用枪管捅开另一扇窗的窗纸，紧张地观察外面情况……

院内，保安队员们忙乱地向城堡上搬送弹药等备战物资……

草滩上，武装起来的蒙汉同胞，——乘马飞驰而过……

城下。一蒙胞在马上托起长枪，向城头射击……

城头。留仁丹胡的戴眼镜的日本鬼子，在城垛后向城下射击……

城头一角，韩金生挥舞手枪，叱骂着指挥保安队员……他开枪向城下射击……

一起义蒙胞被击中跌下马……

郎桑一侧身，奋力向城里扔出一颗手榴弹。

手榴弹在公爷府院内一角爆炸，两个保安队员在尘土飞扬中被炸死；拴马柱前的几匹马，不安地嘶鸣。

郎桑又扔出一颗手榴弹……

手榴弹在城头爆炸，硝烟中倒下几个保安队员……

尘烟弥漫中，有的保安队员仓皇逃下城……

尘土飞扬，疾驰的马蹄。大队蒙汉同胞起义队伍，扑向公爷府……

五〇

公爷府城门内。

柳德三带着一个保安队员迅跑来，七手八脚抬起大柱子，顶住城门后，又指挥队员上城……

罗尔姬娜跑过来，拉住正要奔上城的柳德三。柳德三惊叫道："罗尔姬娜！你来干什么？"

"你在做什么？"罗尔姬娜把他拉到城墙死角处。

"奉命把守城寨！"

"外面是什么人？"

"外面是迪鲁瓦和郎桑他们!"

"难道你愿意自己杀死自己人吗?难道你忘了被敌人打嘴巴子的事情吗?你不是说要报仇、报仇、报仇的吗?!"

柳德三听着罗尔姬娜的话,不禁摸着挨过打的面颊,想了片刻,突然狠狠地一挥手:"对!他妈的……弟兄们,来!把城门打开!"

柳德三带领几个跑过来的保安队员,率先抱起顶门大柱,用肩膀顶扛,正要开城门时——

城头上,戴眼镜的日本鬼子向柳德三瞄准射击。

柳德三左胸中弹,摇摇欲倒,但左手仍抱着顶门大柱,他往前一扑,趴在柱上……他硬挺起身体,咬着牙,拔出腰间的长柄手榴弹,一拉弦,奋力掷向城头!

戴眼镜的日本鬼子慌忙缩下身子,"轰"的一声,手榴弹在他身旁炸响,尘烟冲天……

柳德三又奋力扔出一颗手榴弹……

趴在城头,显然已被炸伤的戴眼镜的日本鬼子,在又一声爆炸中,慢慢滑了下去……

柳德三望着城头欣慰地笑了,但随着一晃要跌倒,他挣扎着移动几步,靠在城墙角,挥着手……罗尔姬娜会意,赶忙领头撤顶门大柱,几个保安队员一拥而上,用力搬开大柱;罗尔姬娜飞快拉开城门铁闩,其他人把沉重的城门向两边打开……

起义的蒙汉同胞骑士们,迅疾地拥进城门……

保安队员向冲进的同胞举枪欢呼……

罗尔姬娜喜悦地向起义同胞招手……

起义队伍的人马继续拥进城门……

负伤倒地的柳德三,被欢呼声震醒,他捂着伤口挣扎着坐起,勉强举起右手,无力地摆动着,脸上浮现微笑……他的右手颓然落下,向后一仰,牺牲了。他的脸上是平静的笑容……

五一

韩金生逃下城……

他在公爷府院内惶惶逃奔……

郎桑端枪在后面追赶着仇敌……

韩金生拐进院落一角，飞身跃上早已备好鞍的一匹马，未及掉过马头，郎桑赶到，举枪射击！

韩金生后心中弹，直挺挺地跌落马下，仰面朝天死去了。

五二

室内。金花和济克扬还在搏斗着。金花愤怒的脸。她转身抄起炕头角桌上的一个瓷罐，朝济克扬狠狠砸去！

济克扬吃惊的脸向旁边一闪……

"砰！"瓷罐砸到墙上碰得粉碎。

济克扬退身一角，举起手枪朝炕上的金花连连射击。

金花连中二弹，捂住胸口扑倒炕上，但她挣扎着，奋力提身，为的是用仇恨的目光怒视眼前的死敌；她张了张嘴，似乎是想最后斥骂敌人，但已发不出声音来了……听着外面愈来愈激烈的迫近的枪声，她的脸上露出胜利的笑容，身子一歪，颓然倒下……

丁世雄冲过来，一脚踢开门。

济克扬一惊，转过脸刚要提枪射击，丁世雄的枪已开火了，"砰！砰！"两声，击中济克扬的大腿。济克扬一声怪叫，身体一歪，手中的枪虽搂火，子弹却打飞，他朝前踉跄着冲了几步，刚刚扬起脸，丁世雄照准他胸口又连发两枪。

济克扬一侧身子跌倒在地毯上，手攥伤口处的喇嘛袍，愈攥愈紧，脑袋一歪，死去了……城上的保安队员纷纷溃逃下来……

迪鲁瓦提枪跑过来，告诉丁世雄一句甚么话，二人向外跑去……

五三

在蒙汉起义同胞站满城头、挤满公爷府大院，举枪胜利欢呼的画面，叠印字幕，响起雄壮的歌声：

> 蒙汉青年，团结起来！
> 我们是朋友兄弟，
> 不是冤家仇敌。

公爷府院内一角。罗尔姬娜和乘马前来的金花母亲紧紧拥抱。母亲下马，和罗尔姬娜紧紧握手。迪鲁瓦的父亲和丁有财在旁边高兴地笑着。

> 拿起我们的武器，
> 组成铁的队伍，
> 齐向日本强盗前进！

身负重伤的金花，艰难地睁开眼睛，似在倾听歌声……

> 日本强盗，野蛮猖狂，

金花挣扎着向炕边移动，一点一点下了炕……

夺去了东北领土，
还抢蒙古地方，

金花摇晃着身体，颤颤欲倒地移动着脚步……

我们不愿国破家亡，
就团结奋起，

金花趔趄着扶住一张檀木桌，稍喘口气，又顽强地向门外移步，终于挪到门边。她靠在门框上，倾听着雄壮的歌声，渐渐震奋起来，继续一步步向外移动……

争取民族自由解放，
抗战团结，越战越强
我们要收复失地，
不分男女老幼，

金花扶着院墙，移动着……终于不支，顺着墙角慢慢滑了下去……

不论中原边疆，
齐把强盗赶出鸭绿江
蒙汉青年，团结起来
我们是朋友兄弟……

在歌声重复过程中：
金花母亲和罗尔姬娜发现金花，赶紧奔去……

丁世雄也跑了过去……

众围住躺在墙角的金花。金花无力地抬起头，望着亲友们，她的脸上浮现出笑容，但片刻间，她身子一沉，牺牲了。

罗尔姬娜嘴唇颤抖，望着金花母亲，猛地扑到她怀里，放声痛哭起来……

丁有财和迪鲁瓦父亲难过地相望……

博克登保公爷从内室冲出门，扒着门框，打个喷嚏跑走了……

迪鲁瓦和丁世雄、郎桑，三人相望，为金花的死默哀片刻后，站在中间的郎桑，把两臂搭在迪鲁瓦和丁世雄肩头，望着二人。

迪鲁瓦和丁世雄对望着，不约而同地都伸出手来，跨前一步，紧紧握在一起，脸上出现和解的笑容。

特写：迪鲁瓦和丁世雄的双手，紧紧地、紧紧地握在一起。

歌声益强。

字幕：

剧终

陈玉通根据影片整理

选自阳翰笙：《阳翰笙电影剧本选集》，中国电影出版社，1981年

史东山

|作者简介| 史东山（1902—1955），出生于浙江杭州，原名史匡韶，导演、编剧。史东山20岁进入上海影戏公司任美工师，并担任临时演员，业余时间学写剧本，其后开始担任导演，执导了《杨花恨》《奇女子》《共赴国难》《八千里路云和月》等影视作品，并凭借《新儿女英雄传》获得第6届卡罗维发利国际电影节导演特别荣誉奖。

还我故乡[①]（剧本）

人　物：

　　唐经纶　县政府干事，曾为人民抗日会负责人。北方青年，富有工作经验。性格沉着勇敢而机警。

　　李永田　抗日会同志，工人出身。体魄雄厚，性格憨直坚毅，不为威武所屈。

　　王相庭　县绅，以商起家，虽有骨气，但无新智识。年约

[①] 史东山导演，中国电影制片厂摄制，1945年上映。——编者注

六十。

王道元　相庭之子，大学初年级学生，表面似文弱，但有血气，易动感情。

陈崇春　商人，孱弱无主张，而重利，神经脆弱，不经磨折。年约五十。

陈妻　北方旧式妇人。

陈苗影　崇春之女，北方少女，初中程度，潜性活泼勇敢，但表面仍有旧礼教传统气息。

周兴葆　木料行主，劳工出身，有正义感，本性粗卤，后学斯文。

县长　朴实慈祥，为饱经风霜之士，年约四十余。

曹兴昌　煤炭行主，劳工出身，性格忠直谨愿，亦富正义感。年约四十。

郝宗敬　民族工业资本家，略具新智识，尚有胆识，胸襟亦较宽阔。年约五十。

万同志　农民出身，曾参加革命之青年。

张廷勋　虽称忠厚，然昏庸腐朽，机械地崇扬古道，盲目行忠，故善谄媚而形卑鄙。年约五十。

苗寿山　伪公安局长，旧军阀下级军官，或似马弁之类，粗野陋习，有奴性。

王老大　相庭同族，充其家仆，年约五十，略有傻气。

神尾　敌军官，潜性粗野，而虚重礼貌，故显阴险狠毒之性。

吉田　敌国商民，性如神尾，但非军人，尚不甚粗野。

张大有　伪军，如北方江湖上游客，略有侠气。

李得胜　伪军，较聪明谨愿。

于忠葆　伪军排长，曾受相当教育。

一

▲华北某县城鸟瞰

气魄雄伟,线条简单的华北风景中的一个中等县城。

▲县城市街

并不宽阔的半现代化的市街,间有几家大商店,显然是本地工人设计的所谓洋房,其余的多半是北方式样的市房,都关闭了门。若干处墙上遗有弹痕,店家的招牌有脱落了一边而斜倾着的。有一家的大门横倒在地上,一半伸出在门槛外面,门板是破碎了的,街上除了一个站岗的伪军和一个踱着很慢的步子的敌军在巡视之外,偶而看见有一二人走过。有一个似乎是工人模样的人,夹了一个小包裹,从一家关着门的商店里探头探脑地走了出来。慌忙地锁上了门,向这边走过来。这原来是一条靠近城门的要道。那个人低着头,故作自在地想走出城门去,却被守卫的伪军挡住了:

"不许出城,知道不知道!"

伪军走上一步,把枪横下来,声调并不最强硬,那个人站住了:

"我,我想到城外去买点儿菜,就回……"

"菜有人挑进城来可以买。"

"那么……"

"别那么了,回去!"

旁边已经有一个敌兵走到他身边,夺去他夹着的小包裹,用手揿了几下,看看他的脸色。后面另外有两个人也想出城去,远远的看见了这情形,并且看见那个人转身退了回来,也便面面相觑而转向别处去了。有一个伪警,拿了几张告示,提了一只提桶,在城门洞里边的墙上刷浆糊,抽出了一张告示,贴在墙上。

史东山 / 323

正在贴着的告示：

大日本皇军驻支那平阳县警备队布告

　　查本县居民避居异地，久不来归，不知皇军实行王道，向持宽宏之德，实属匪是。为此布告：凡本县居民逾三月不归城者，没收其财产，在敌区捕获者杀无赦。仰尔良民，从速函告亲友，一体遵照。

　　此布

　　昭和十五年×月×日　　　队长：神尾三郎

▲敌警备队部门前

门前也有人在贴着同样的布告。隐约听见有人在说：

"……所以我说，这个办法是没有用的。"

一个敌军官正走到窗口，伸手向窗外弹着纸烟灰，同时用日本腔的中国话说：

"没有用的？你的意思……"

▲敌警备队部客厅

客厅布置的用具和装饰品，都很讲究，但显然是凑合起来的东西，色调与式样都不称配。

敌军官（神尾三郎）伸手在窗外弹去烟灰之后，转身过来，接着说：

"……你说，你的意见是……"

站在古式的茶几角上的一个穿缎子袍褂的中国人（本县士绅张延勋），矮胖的身材，蓄着粗俗的胡子，一只昏庸的面孔，陪着谄媚的笑脸，而因为他是胖子，他的笑声便觉得很怪：

"嗨……（怪笑）我为什么要那样说呢，神尾队长，因为老百姓都这样说……呃！这我得预先声明，啊，我预先声明……"

张廷勋说话中间又夹了一声怪笑：

"老百姓都说皇军到处强奸女人，杀人，放火，我是不相信的，我是不相信的，啊但是，老百姓既然都这样说，是没有法子的事情，所以我说，你单靠贴布告叫老百姓回来是没有用的，是没有……"

神尾突然拿下他正在吸着的纸烟，使廷勋不无有点紧张之感，神尾不耐烦地说：

"这个我知道了，没有用的，没有用的，你尽说'没有用的'是没有用的啊！我当然还有别的更好的办法同时要用的，现在我是要听听你的办法到底怎么样啊，你说！"

廷勋似乎有点急了：

"嗨嗨，嗨嗨，我说神尾队长，你钓过鱼没有？"

神尾觉得廷勋这话说得奇怪：

"这是什么意思？"

"钓鱼的没有说用鞭子打鱼，会钓得到鱼的吧！"廷勋回答。

神尾很敏感地突然大笑起来，走动了原来站着静听的地位，廷勋不知所以然地陪笑着。神尾大笑着说：

"……喔！我懂得你的意思了——钓鱼的钩上得搁一点儿小吃的东西是不是？要尝鱼味儿，得牺牲几块饼是不是？"

"是啊，嗨嗨嗨！"

"……巧极了，你的意见，正和我一样，可是，你还不够聪明……"

神尾显着得意的神态：

"我们要做到：钓鱼吃的饼，还得到鱼身上去找才好啊！"

廷勋还没有明瞭这句话的具体意义：

"呃……"

但是，因为神尾又大笑起来，于是也便跟着大笑。

二人相与大笑。神尾渐敛笑容说：
"原来，冈村司令官已经有了这样的命令。"
神尾又用手背拍拍廷勋的胸口，脸凑近他的脸，作奸险性的笑：
"老张，看着我的办法，不用我们化一个钵子的本钱，叫老百姓们统统地回来，给你一个现成的县长做。"
一个是阴沉地笑，一个是谄媚地笑。

▲同前市街

市况依然如故，而且，因为是在夜里，淡淡的有点月光，便觉得格外凄凉，长长的市街，没有一点灯火。站岗的敌兵，似因寂寞疲倦而斜倚在人家门边上点着纸烟吃。远处的狗叫声引起了近处的狗叫声。这时有军队的脚步声自远而近，站岗的敌兵在倾听之后，慌忙熄灭了烟头火，塞在衣袋里，急奔到路边上，立刻纪律化起来。伪军三四十人，后面跟了十几个带着轻机关枪和木壳枪的敌兵，由一个敌军曹领导着转弯过来。敌军曹远远地就喝令站岗的敌兵开城门，敌兵敬了礼，跑步过去，用脚踢醒了那坐在城门洞地下瞌睡着的伙伴，他蒙眬四顾，慌忙地站起来帮同伴去开门。军队随即出城。

▲城门外

敌伪军出城，敌军曹用日语叫："立停。"伪军排长（于忠葆）即用国语翻译。敌军曹再叫："向左转！""稍息！"于忠葆都一一为之翻译。

敌军曹命令敌伪军说：
"现在，在这里换帽子。自己的帽子完全交给最后一个人送回去，不许带在身上；协皇军的帽子，交给最后三个人送回去，不要再来了。"（日语）

敌军一个个把自己的帽子取下，从衣袋里取出钉有青天白日国徽的中国军帽戴上,大家似乎觉得很有趣,都相顾而笑。最后的那个人在挨次收取他们自己的帽子。这时候同时听见伪军排长于忠葆以不很有劲的声调,在翻译着命令。他们穿的是最新式的和中国军队差不多的军服。

一个满腮髭须的敌兵,整理着头上的帽子,回顾他右边的一个颧骨上有一条刀疤痕的同伴,相与嘻笑。这两个脸上都有特征的敌军,使我们很容易认识清楚。

伪军们取下原戴的帽子,有的随便就换上了中国军帽,有的把帽子在手里翻覆着看,最后三人在收取旧帽子。

一个伪军(李得胜)抚摩着帽上的国徽,良久之后,才若有所思地把帽子戴到头上。

另外一个伪军(张大有)刚刚戴好了帽子,也正在沉思着,忽然听得敌军曹呼口令,他才懒洋洋地抬起头来。于忠葆还是不很有劲地接着叫:

"立正!"

他也便懒洋洋地立了正。

"向右转!"

李得胜也便懒洋洋地向了右转。

"开步走!"

他也便懒洋洋地开步走了。

另一队敌军,约二三十人,全副武装,接着从市街上走向城外去。

伪军后面跟着敌军,在淡淡的月光下向荒野开去。

▲村庄 A

一个约有数十户的村庄,有二三个妇女在井边洗濯衣服,屋顶上缕缕的炊烟在晓雾中上升,形成了冠盖似的云朵。刚出山的斜阳,在条条的麦叶上反映出点点的亮光,莺啼婉然,显示着宁静和温暖的氛围。忽然一个儿童和抱着一捆青菜的农民仓皇奔回村庄来,远远地听见他们在喊叫着,那几个妇女正在莫明其所以然的时候,枪声响了,她们站起来看了一看,也就逃了。一个急得没有来得及把洗濯的衣服带走就逃了;一个逃了一步,又回转身去抢取衣服,掉下来的,她仅回头向地上望了一下,无暇管了。枪声继续响了几声之后,就看见军队也奔向村庄去了。村庄的那一头,两挺轻机关枪刚架好。

有人从村庄里逃出来。

军队就开枪。

逃出来的人们,又慌乱地逃了回去。

村庄里的军队驱逐老百姓集中到一所较大的房子里去,其余的人已经把各人家的粮食一袋一袋地抢出来装到驴车上,有人同时在驾着驴车,一般的动作都很敏捷。

一个个从人家里捐了粮食袋出来,拿着手枪的人站在门口催促着他们。

张大有还是懒洋洋地从人家里捐了粮食袋出来,有人催他,才勉强地快了一些。

李得胜也是懒洋洋地把粮食袋脱然放下在驴车上,气愤愤地向那边瞅着骂了一声:

"他妈的,强盗。"接着说,"看吧!"

"看吧!总有那么一天吧!"

背后这声音使李得胜吃了一惊,慌急翻身看时,张大有已伸手拍着他的肩膀,两人目光相值,不禁互相呆看了一刻,似乎都想说话,可是都说不出来,最后张大有才叫了他一声:

"李大哥!"接着说,"……现在没有法子,再去搬吧……"话还没有说完,那边已经发出了催促的声音:

"喔咦!(日本人叫人的声音)快,快!"

二人似乎已经为得到了一种希望而愉快，对于一时的委屈，觉得无妨暂时忍受，并且在表面上应该装得有劲些，于是也便很爽气地再去了。

驴车里，粮食袋在继续堆积上去。

已经满载了三驴车粮食，还有几只很讲究的衣箱在上面。

号兵吹着集合号，群兵四集。

▲某农家卧室

在一个农民家的卧室里，那满腮髭须的兽兵正低声笑着要抓住一个少女，少女鬓发蓬然，衣襟破碎。兽兵越过了一只方桌，快要接近那少女，她，已经疲惫得没有力量再逃避。

兽兵狰狞的脸，向少女凑近来。

少女骇极狂呼，倚墙泻坐下地，晕倒了。

当兽兵俯身下去要拉她起来时，那颧骨上有一条刀疤痕的兽兵匆匆推门进来。

他慌急地告诉他（日语）：已经吹了集合号。

二人急奔出。

▲回复旧景

村庄那一头的两挺机关枪忽然掉转枪口，向天放了几枪。

在树林里等待着的二三十敌兵听见了枪声，也便向天还击前进。

村庄里化装为中国军队的敌伪军已经赶着驴车从容开出了村庄。

轻机枪手节节败退，敌军已经迫入村庄。

轻机枪手逃出村庄，占领了高地，继续抵抗。

跟着追来的敌军官找到了集中幽禁着全村老百姓的地方，命令敌兵打开门锁。

敌兵在墙上贴标语。

敌军官站在门边鞠躬张手，笑容满面，请老百姓出来："不要怕，我们是皇军，是来救你们的。"

鞠躬再请，年老的农民疑讶地强笑，首先蹑蹰地走了出来，后面的人也便继续跟了出来。敌军官指墙上，百姓望去。

墙上标语：

驱逐游击队

救护老百姓

大日本皇军宣抚班制

▲乡路

化装了的敌伪军押着驴车走，驴车中有一只粮食袋上写着"郝寿记"三字。

▲同前市街

在这写着"郝寿记"三字的粮食袋画面上，人群的噪扰声渐渐响起来。在一家关闭着的店门前，堆着许多粮食袋，有三个敌兵站得高高的把粮食一小包一小包的在分发。穷苦的百姓站满了街头，紧紧地围住了他们。

一个农民模样的老年人（王老大）拿到了一小包麦子，兴奋地挤出去了。

二

▲乡村民家门前

一个城市式样装饰的女人，手里拿了一封信，奔跑着。后来她似乎看见了她所要找的人，便叫：

"许三嫂，许三嫂！"

又把手里那封信招了她一下。

在一家门前晒着皮衣的女人,听见了有人叫她的声音,回头看,略有些惊讶的神色:

"什么事啊,你这样慌慌张张的!"

那女人跑近了她:

"喔,许三嫂……"

那女人脸上显了笑容:

"……我们城里看家的又来了信,说日本人现在很客气,不但不闹事,还发粮食给穷人吃呢。"

"喔!"表示不很相信。

"你不信,我给你信看。"

抽出信来给她看。

▲市镇民家门前

在市镇上的一所住宅门口,马夫刚整理好马,一个商人模样的中年人从门里边走出来,正要上马时,忽然听得有人叫他:

"嗨,陈老爷,我正要找您,您预备上那儿去啊?"

说话的人年纪较轻,已经走近了他,他回答说:

"我想看看王相老去。"

那中年人接着问:

"有什么事啊?"

"我来告诉您一个消息,并且想和您商量商量。"

"消息?什么……"

"我刚才接到了城里来的信,(一面拿出信来)说日本人现在的确对我们不错,不但发粮食给老百姓,并且对小本经营的人还肯借款呢!"

"真的吗?"

他有了笑意,一面接过了信来看。那年轻的人接着说:

"所以我特地来求教求教您,看这个情形,我们是不是可以回去了?"

他用心在看着信,一时没有回答。

▲乡间王家厢房

王家客厅,并不很旧,相当精致,但不免是有点俗气的旧式房子,家具和装饰品中夹着些半新式的东西。坐在茶几两旁太师椅上的,一个是短小精干,面目还清秀,年约五十余的人(王相庭),和一个中等身材,相貌平庸,但还忠厚的年岁相仿的人(陈崇春)。在他们前面站着两个青年的背影,一个穿着西装(王道元),一个穿着布制的中山装(唐经纶)。他们已经谈论到一个问题的结论。王相庭在说:

"……老大来了两封信,跟朋友们所说的情形完全一样。还有什么不可以回去的?!不可以回去,难道把我城里一切的财产都丢了不要吗?"

相庭脸上显然带着不愉快的表情:

"做顺民?我们祖上不也做过两次顺民!元朝、清朝,打进关来的蒙人、满人做了我们的皇帝,到头来,还不是都被我们汉人同化了。"

相庭讲到:

"……你们这班年轻人,总爱拿洋道理来讲中国的事情,我有点儿听不进去!"

接着咳嗽了两声时,唐经纶早已回过脸来,向前走了几步。我们在他的脸上看清楚了这是一个饱经风霜的青年。他听相庭的话告了段落,便立刻叫了他一声:

"王老伯!"他接着说,"这不是什么洋道理,只是现代的人确比从前的人聪明了,统治异族的方法,不像从前那样简单了。他们会用统治经济的方法来使我们一天一天地穷下去,使他们一天一天地阔起来;他们会禁止我们看有真理性的书,使我们一代一代地变成不懂得真理的愚蠢的人，让我们永远翻不过身来！……"

王道元补充说：

"爸爸也许还不知道高丽亡国以后的情形，那跟经纶兄所讲的一点也没有错，高丽亡国到现在，不过三十年，高丽人的田地，百分之九十都到日本鬼子手里去了。高丽人没有法子开起大工厂来制造自己要用的东西，没有法子做大买卖，大家都得为了日本鬼子的利益做牛马。"

相庭似乎不很相信儿子的话，他说：

"可是，现在日本人对我们沦陷区的老百姓却不是这样啊，你不听见……"

崇春正在旁边点着头，可是经纶已经反驳了：

"这，老伯正中了鬼子的诡计了。"

经纶的态度更严正了：

"钓鱼的钩上搁一块饼，到底还不是要吃鱼的肉！鬼子抢了我们的空城荒地去，没有人去替他做牛马，有什么用啊？！总之一句话，老伯，只要我们能跟日本鬼子拼到底，即使已经失掉了的财产，总有一天拿得回来。不然，即使现在在手里的财产，迟早还是得丢掉！"

相庭崇春似乎一时慑于经纶严正的态度，低目无言。经纶继续说：

"现在，如果大家都回到沦陷区里去供日本鬼子利用，那么，鬼子的势力越来越大，我们胜利的希望就越来越远了。"

相庭轻轻叹了口气，说：

"话是说得对的，可是，我们老了，你们年轻人又是太多空话，就比如说，你在领头干的什么抗日会，我也没有看出有什么结果来啊！"

经纶一时似感不好为自己辩护，道元便走上半步，说：

"爸爸这又得明白：中国人向来只晓得各人自扫门前雪，没有自发的团结心和集体活动的习惯，这事情得慢慢地来。不过，至少现在已经做到了……"

"我不懂你的话！"相庭面有愠色。

忽然为外面传进来的声音所打断：

"老爷，老爷！"音调很急。

两人回头看，是正在奔进来的王老大。

"老大从城里下来了。"他兴奋地说。

"喔！老大……"相庭的声音。

这时老大已经跟着进来。

大家都注意他，老大向相庭鞠躬：

"老爷。"

"老大，你……"

相庭刚站起来，老大已经注意到了别人，叫着：

"陈老爷，大少爷！"

"老大，你怎么出来的？！"相庭性急地走近他一步，追着问他。

老大得意地笑着：

"现在，日本人不禁止老百姓出城来了，我是张老爷让送信来的，更没有人好挡住我。"

他就从背上取下包裹来，相庭又急问：

"张老爷？哪个张……"

"张廷勋张老爷。老爷，你不知道，张老爷现在做了我们县长了，和日本人来来往往的很说得来，他说他不能亲自下乡来，怕的是……"一面已经拿出了信来。

经纶十分注意着这消息，道元在他旁边看着他的神色。这时听见相庭的声音：

"快拿我的眼镜来。"

道元趁机去拿眼镜，经纶低头沉思了一下。

相庭已经拆开了信封，道元递了眼镜给他。他急忙戴上了眼镜看信，道元也就便站在他背后看信：

相庭仁兄大人阁下敬启者

  阳城一别瞬息年余近维阖府安好为颂兹者弟辱任为本县知事切愿阁下屈就商会首长复兴市面共图富贵倘蒙俯允一切当由弟保证美满何日首程盼即示知以便远迓敬颂

福祉

弟廷勋拜启　己卯年　月　日

相庭轻轻地念着信，在"倘蒙俯允，一切当由弟保证美满"句上，提高了嗓子，复念了一遍，相庭放下了信，低头考虑起来。道元全神注意着他的眼色，一面从背后轻轻地走向原站的地位，相庭反搁了双手，也走动了地位，走了几步，就站住了，问老大：

"这几天来城里的情形怎么样？"

"人多了些，铺子有几家开了，曹家的煤炭行和周家的木行也在进货了。"老大很高兴地回答着。

全室的人都注意着相庭，他听了老大的话之后，在室中徘徊着。

崇春问老大：

"老大，那些回去的人都带了家眷的吗？"

"呃，是的，城里已经看见有不少的太太小姐们。"

"日本人没有……"

"现在倒没有听说怎么样。"

稍静，相庭忽然站住：

"崇春,你的意思怎么样?"

"……你说是……"

"我说是回去的话。"

崇春稍稍踌躇了一下:

"……我总是跟着你走,就看你的意思怎么样了。"

相庭作决定的表情:

"……我决定先回去。"

经纶与道元略有震惊之色,只听得相庭继续说:

"其他的事情,看情形再说。"

屋子里的空气又沉静了一下。

相庭告老大:

"你明天跟我一起回去,不必先送回信去。"

"是,老爷!"

又向道元说:

"你,我随便你,这个世界,老子本来就管不了儿子!"

说完就向里房走,才两步,又回头来:

"崇春,咱们来谈一谈。"

崇春跟了他进去。老大也便提了包裹跟着当差的出去了。

经纶与道元目送相庭崇春进入门内,道元满腹心事,经纶也默然沉思,但状较镇静。后来经纶转身说:

"道元,你还是跟你爸爸一起去。事情的发展,总有他必然的过程,逃不出定理的。我相信你爸爸不是一个没有志气的人,现在,他只是理解不够罢了。即使不然,这种环境,我们还是可以利用的。"

说时伸手抚道元肩膀。

▲乡间王家大门

两辆载客的驴车停在门口,当差的和驴夫们或搬行李,或在车上装扎箱笼,经纶和道元在驴车背后密谈着。崇春提着一只小皮箱出来。

一个少女(苗影)扶了一位老太太从门内转弯出来,一副庄穆幽静的神情:

"妈!留神门槛。"扶到车边稍站。崇春嘱咐她:

"影儿,你扶着妈先上车吧。"

"嗳。"苗影温柔的声调答应着。

相庭接着也出来了。

经纶回头看见相庭出来,就向道元伸手握别:

"道元,珍重你的前途吧,到了时候,我也会进城来的。"

"好,再会了,经纶兄。"二人紧紧握手后,道元走了。

相庭和崇春等上了车,崇春的车先走了。道元奔去,跳上了车,与驴夫并坐,经纶赶上,向相庭告别。

"王老伯,再会吧!"

"再会!"冷冷的声调,从车厢里传出来时,车门已经掠过了经纶面前,道元向经纶扬手,经纶亦扬手微笑,看车子渐渐走远,乃又敛起笑容,转入沉思。

▲同前城门

相庭一行人的车子向城门口行进,城门口有人出入,都得向敌守兵行九十度鞠躬礼,伪军检查着无论出入的人,并不很严,老大拿了一封信奔去给伪军看,伪军交给了敌兵。

敌兵看了伪县长的信,说:

"不行,查。"

车子已经走到了敌伪军身边,伪军叫:

"下来,还是要查。"

相庭起身下车,一面说:

"查就查吧!原来我不敢打扰张县长来接,就准备你们查的!"

伪军在后面的敌兵监督之下先在道元身上摸索。行人在敌兵面前经过,都行了九十度鞠躬礼,一个外国牧师昂然走过了敌兵的面前,敌兵便吼着追了上去。相庭等惶然回顾。

敌兵追上去拉那个外国牧师回身过来,打了他两下嘴巴,还强迫他鞠躬。

牧师表现出很沉痛的心情,兀然站立了片刻,终于向他鞠了九十度的躬怏然走了。

相庭道元崇春等看见了这种情形,很有点感触的样子。

三

▲同前敌警备队部客厅

这客厅里好像很热闹,其实那只小圆桌旁只坐着神尾,廷勋,相庭和一个粗野的陌生人(伪公安局长苗寿山),还有两个站在相庭身边和神尾寿山之间的,穿了日本和服的女人,显然是陪酒的妓女。妓女斜倚在相庭身上,使他坐不安于位,寿山却把神尾身边的妓女向自己身边拉。日本古典音乐声夹着男女的笑声令人产生烦嚣与猥亵之感。

相庭脸上表现出厌恶的心意,将身子尽量让开那妓女,妓女把酒杯往他嘴边送,他用手推开:

"对不起,我自己来,我自己来。"

妓女还是作态,寿山一手抱住他自己身边的妓女的腰,望着相庭说:

"相庭兄怎么越老越嫩了。"

"呃嘿,(笑)不瞒苗局长说,我在年轻的时候,就离开了家里,在外面做买卖,对于女人的事情,老实说,是经得太多了,所以……现在的兴致却是淡了。"

说得大家都笑了，相庭也笑着。妓女莫名其妙，依然作态。

廷勋看见这个情形，便在笑余之下，移开酒杯说：

"好，我们还是言归正传吧。相庭兄……在考虑了那件事情之后，现在倒底意下如何呢？"

神尾也敛住了笑容凝视着他。

相庭低头了一回，便回答：

"是的，廷勋兄，神尾先生和老兄对我的情分，我做小弟的那有不知道的。这件事情……我很愿意在背地里多帮一点忙，出面的做法么……"

廷勋的神色有点不大自在：

"相庭兄该想到你的事业是完全靠着这个城的，你做了商会的会长，不是有很多方便的地方吗？"

相庭还是滞疑：

"可是，我老了，总望能够安安逸逸地度过这剩下的几年。"

神尾突然板起了面孔，显出残酷的原形，说：

"王先生也应当顾到你一年心血所干成了的事业！"凶险的目光瞅住相庭。

相庭机智地把目光往廷勋脸上打一转：

"假如两位一定要试一试我这个蠢才的话，那我也只有悉听尊命了。"

"那好极了。"寿山首先在旁喝采。

廷勋脸上，又复现出笑容，和着寿山的赞美声，说：

"那好极了，不过，相庭兄的话说得太客气了，我们正该仰仗大才呢。来，（向日本妓女）秋子小姐，（用日语呼）替王先生斟酒，咱们大家来干一杯。"

神尾的态度也平复了，他说：

"那么王先生的许多老朋友……"

"那总尽我的力去想法子了。"相庭回答。

"这就好极了。"神尾这才痛快地笑了。

"来,干杯。"廷勋首先举杯,大家跟着举杯。

"祝我们平阳城繁荣,繁荣,繁荣!"神尾兴奋地说。

廷勋寿山附和着说了之后,都一饮而尽,相庭较迟,而饮毕即起立:

"好,各位慢用,我先走一步了。"即离座。

相庭走至衣架旁取帽,廷勋跟随过去:

"你有事,我们不敢屈留。"

相庭转身向神尾行礼:

"谢谢,神尾先生,明天见。"

又与廷勋寿山互相道别之后便向外走了。神尾跟随着廷勋送他,他谦让:

"不客气,请留步,请留步。"

廷勋神尾送出室门,神尾先返回,时寿山正握着妓女的手,因不通话,便相对妄笑,见神尾进来,忙放了手。神尾又是一副残酷的神气走进来,寿山在他背后望着他,他以阴沉沉的口吻命令寿山,说:

"寿山,你是公安局长,我现在应该把王相庭交给你,你得留心:这个人说的话是不是真心的。"

"好吧,没有问题。"

神尾板着面孔走开了,寿山望着他。

四

▲同前市街

市面已完全恢复，虽然说不上有车水马龙之盛，确也可称繁荣，但地方色彩已不纯粹，无论耳目所触，都感觉有敌国的情调混合着。行人中夹着有穿和服的或走路时身向前倾的着西装而短小的人种，京胡，女人唱着皮黄的声音夹着日本的音乐。店门前有中日文合璧的照牌，日本货的广告，占了最显著的地位。

"仁丹"的大广告。

日本梅毒药"淋の友"，以日本美人为标榜的广告。

"太阳牌啤酒"广告。

"芙蓉馆"门口，有骨瘦如柴的人出入。

"川岛绸布公司"店面装簧摩登，顾客满堂，橱窗前有很多乡民伫立观望，不忍遽去。

"陈崇兴京广杂货店"恢复了。门面上也逃不了有几幅日本货的广告牌。一个穿了和服的人（日本商人吉田）押了一辆，自己又坐了一辆满载货物之驴车来到了门口。

货物堆满了吉田的身上和脚边，使他无法下车。崇春赶紧从店堂里跑出来，十分高兴地把他身上的货物先接过手来，店堂里两个伙计也跟着出来帮忙。吉田和崇春先搬了货物进去。

▲杂货店内部

崇春和吉田搬了货物进来之后，就计划着改变店堂的布置，吉田指着货架上说：

"这些货，现在没有人要了，这是最好的地位，应该摆上新的货。"

崇春以为吉田是善意地贡献他意见：

"嗳,好的,可以。"

"统统由我来替你布置。一定叫你满意,一定!"

"那不太麻烦你了。"

"不要紧,不要紧,咱们是好朋友。"

"呃嘿……(笑)是的,好朋友。"崇春庸弱地答应着。

"不是好朋友,我不会把这么一大笔货赊给你,你说是不是?"

"是的,是的。"

崇春笑,吉田相与笑。

▲芙蓉馆内部

芙蓉烟馆如浴堂。这里我们所见到的:近处是通间散座,远处是房间雅座。烟雾迷漫,吸客几乎满了。通间里有榻六、七只,中、日、韩妇女招待往来忙碌,或与吸客调笑戏谑,日本琴伴奏着日本女人的歌声,当然也不免听得到中国女人唱小调的声音。

一个日本女招待熨帖着一个瘦而黑的青年(木行主人周兴葆之子),在招呼他烧烟,但主要是在玩赏他手上的金表,终于因爱不忍释,而作手势说着向他要这表(日语)。周恝然脱了下来,也作手势表示愿意送给她,她高兴得抱着他乱吻,这时听见:

"小葆!"带着怒意的叫声,在门口传来,使二人悚然回顾。

他父亲兴葆愤愤地站在门口:

"……不要脸的东西,给我滚回去!"

小葆肃然推开女招待立起身来,女招待竟把他重又推下去,而以怒目对兴葆。吸客齐起观望。

兴葆怒不可遏地冲过来。

兴葆冲到榻边,欲拉小葆去,又为女招待奋力推开,使兴葆倒退了数步。

"他是我的儿子,你管得着吗?"兴葆复上两步,气愤地说。

女招待以手指门:

"出去，去，去！'ハちワリフ'（混蛋）"

闹得雅座里的人也走了出来。管事的日本男子早已赶了过来：

"喔咦！这是公共快乐的地方，你故意来捣乱，是不是?!"

在管事的日本男子说话时，那女招待已经倏然奔了出去。

兴葆：

"我捣什么乱，我要我的儿子出去，不许他在这种地方！"

管事的态度更暴戾起来，突上一步：

"这种什么地方！这是我正当做买卖的地方，不是犯法的，你破坏我的买卖，破坏我的名誉，我要告你去！"

说完就向外跑，门处，那女招待已经领了一个敌宪兵进来，她指着兴葆说："就是他！"（日语）管事的也叫："把他拉到司令部去审问。"（日语）敌宪兵不问情由强捉他去，他抵拒着不肯去，宪兵用脚踢他，终于当他强盗般地押走了。

五

▲同前敌警备队部客厅

神尾与廷勋坐在一只长沙发上，廷勋不敢畅坐，半边屁股落了空，而因为沙发是软性的，所以使他常常斜下来，伪公安局苗局长站在沙发背后，稍稍走动，还比较自在。神尾半卧式的姿势吸着雪茄，说：

"照现在的情形看起来，平阳城是够繁荣的了。中国人的心理，只要能够不离开家乡，能够太平过活，就满足了。"

神尾的脸上虽有笑容，但显然不是善意的，他继续说：

"中国人不多管闲事，不随便乱动，这些，日本人知道得很清楚，是中国人最美的德性。"

廷勋一面坐进了他半边落空了的屁股，一面接着回答：

"是的，我们古时候的人总是这样教训我们的，说一个人最要紧的是'安分守己'，'乐天知命'，此所谓知足常乐，则乐在其中矣。"

说完，又是一阵怪笑，神尾打断了他的笑声：

"可是现在……"

他忽然敛住了笑容：

"我们日本人来替中国人建立新秩序，使你们永远受大日本友邦的保护，安居乐业，这一笔大的费用，不能再叫日本人拿出来啊。"

廷勋昏庸地似乎弄不清这笔账：

"这个……呃……是的……"

神尾：

"所以我们要一面宣传这个道理给老百姓听，一面要加收钱粮和一切捐税，除此之外，人家养牛养狗养鸡养鸭都得要捐，还有年关节庆，生养孩子，男女结婚，死人开吊许许多多应该捐税的……你可以拿这张单子去看一看，从下个月起得统统要实行。"

廷勋在听话时，觉得这些名目新鲜奇怪，不无有些惊讶的表示，接过单子，觉得这事情有点难办：

"……呃，这个……也要用县长的名义来办？似乎是难以……"

"你总是这样不中用！"

神尾呵叱似的声音把廷勋吓住了，接着拂然起立：

"你背后有公安局苗局长，苗局长背后还有我，你怕什么！"

说完话回头看看苗局长：

"老苗，你说对不对？"

寿山卤莽粗野地脱口就回答：

"对，我们古时候的英雄豪杰都是一样'各为其主'地干事业，吃了谁的饭，得干谁的事，这才叫做'忠'。"

"对!"神尾爽快满意地应着说。

廷勋哭笑不得,但终于不敢不笑。

六

▲城内王家大门

王家大门,在两条小巷子的转角上,是中西合璧的新房子,墙上有几处弹片痕,还未补好。有人匆匆从巷子里弯转过来奔了进去。

▲王家客厅连门房

进来的人有四十多岁模样,虽然穿了一件长袍子,仍然看得出他是工人出身(煤炭行主人曹兴昌)。王老大提了一把茶壶正从门房里出来碰到了他,他气喘地问:

"会长在不在家?"

"不在。"

接着里边传出来声音:

"谁啊!"

兴昌转脸看里边:

"喔,王大少爷。"就向里边跑。

道元站在客堂门口:

"嗳,曹老板,请里边坐。"

兴昌匆匆进去:

"王大少爷,这事情怎么得了!"

道元毫不表示惊异:

"你要说的话,我大概已经知道了,这几天大家所闹的,总不外是这些气人的事情……好,你且请坐了说吧!"

兴昌的话,再也忍不住在肚里,边坐边说:

"那里只是气人的事，简直叫人没有法子活下去啊！"

说时，已经在身边取出一张单子来，又站了起来：

"你看看，（将单子递给道元）我总共只有三十几亩田，要上那么多税，外加什么捐，什么捐，我弄都弄不清楚，还有牛羊鸡鸭猫狗什么都得上税，这种日子我从出娘胎来没有过过！"

道元把单子一张张挨次看，似乎因为不是初次看见，也并不表示惊奇或愤慨。

兴昌没有等得道元表示什么意见，又接着说了：

"我煤炭行里二三十个伙计，在城外多多少少都有几亩田，他们的日子，比我还难过，有的想卖儿卖女的，看得才可怜！"

道元用很沉重的语调问他：

"那你预备怎么办？你的伙计们预备怎么办呢？！"

兴昌悯悯然，仅说：

"我们就是没有办法，才来问问会长，想会长和县长是好朋友，假使这不是省里的命令，看可不可以说说好话，救救老百姓。"

道元正色而带点责斥的口吻说：

"你这简直是想从老虎嘴里要还你的肉，不管省里或是本县都只是木头人，背后牵线的是日本人，你还不知道吗？救救老百姓！你求谁来救？！"

兴昌只是躁急：

"那怎样办呢？大少爷。"

"办法自然是有，可是要你自己去想啊！"

道元说完话，开始在室中徘徊，并仰天吐气。

外面，周兴葆潦倒地杖了一根拐棍站在门房口，王老大告诉他：

"会长还没有回来。"

"那么，让我在里边等他一忽儿吧，要我再来，不累死了我！"

兴葆说话的声音很弱,说完话就往里边走。王老大顺应他,说:

"好,请里边坐吧!大少爷在里边,还有一位客在。"

老大先走进去报了。

▲同前王家大门

崇春也匆匆从巷子里奔了来,进大门去。

▲回复前景

崇春进门来,直往里边冲。看见了道元:

"道元,你爸爸呢?"

"喔,陈老伯,爸爸出去了,有什么……"

"他大概是到会里去了吧?我就去找他。"

道元只嗯了一声还没来得及回话,他已经走了。他走到门口,碰到了相庭也气烘烘地回来了,他忍不住了告诉他:

"唉!相庭兄,这怎么行呢?!这日本鬼……"

相庭赶紧碰了他一下,两人不期然同时向大门外一望,默然进来,跨进客厅,兴葆兴昌站起来招呼,相庭还回头望望大门口,才把客厅门关上了。

相庭关上了厅堂门,兴葆兴昌还站着。崇春又等待不及地继续说:

"这日本鬼子,到底还是鬼子,(他看见兴葆他们在,便讲给他们听听)他看见我店里买卖好,后来几笔货,就不肯再收我的钱,死纠着要跟我合伙办,我想这也好,(回向相庭)因为……"

"这我知道了,你告诉过我了。你说后来怎么样?"

崇春回答说:

"后来,他抢着要管账,我想他管账也好,我可以省用了个管账的。可是,他这就不让我随便用钱了,每天只给我十块钱管家用,还不肯给法币,换了什么,什么北京准备银行的钞票给我。"

说着，从衣袋里摸出来两张五块钱的伪钞送到相庭面前。相庭气汹汹地说：

"我看见过了。"

崇春即便拿给别人看。道元伸手来接过去看了，脸上有点感情压不住的样子。

道元看着手上的伪钞，听见崇春继续在说：

"我拿了这种钞票去买东西，那一家铺子都不要。"

兴葆有点不胜刺激的样子，坐了下去，听见崇春继续在说：

"不但这样，并且从此店里什么事情都不由我主张。"

兴昌还站立听着崇春的话：

"现在，店里进的，一切都是日本货，这还叫什么京广杂货店呢？"

相庭走动地位，崇春气急地走近道元说：

"道元，我现在后悔当初没有听你们的话，这实在已经是你说的高丽国的情形了啊！"

相庭的背影，伫立在墙边，低了头，显然是非常难受的样子。稍静，兴葆起立走向相庭：

"王先生，我这一口气也是咽不下去的啊！我管教自己的儿子，给人抓去白打了一顿。"

相庭一动不动，看他样子是更难受了。

道元已经听得很气愤，兴葆还在说：

"王先生，你总得请县长跟日本人办办交涉，替我出这……"

道元至此不能再忍耐，突然爆发：

"你们都别做梦了！县长，别说县长，就是那些更大的傀儡也没有能力敢向日本鬼子办什么交涉！要出气，要活命，得靠自己，得靠自己！（两手用力指己胸）只要有这个心，蚂蚁也能够把螳螂咬死。"

相庭急回头，喝住他：

"不要乱讲，日本人也是人，总得讲点儿理性。这些事情，我还没有跟他们上面的人说过，现在不能乱讲！"

道元不服：

"讲！看吧！能讲得通，还用打吗？"

相庭不理他，向崇春：

"崇春，你跟我去！"

相庭要走，忽然想起了还有其他两个人的问题，又回转身来：

"兴昌，你有什么事？"

"我就是钱粮捐税的事，要上那么多，想问问……"

"这我知道了，事情一件件地来办，两位且坐一下，等我回来再细谈。"

说着匆匆地走了，崇春也匆匆地跟了去。

▲同前京广杂货店

已入夜，店关了门，相庭崇春已经跟吉田闹开了。相庭在说着结尾语：

"这叫什么道理，这叫什么道理！"

崇春已经气得坐在一边，只会摇头叹气，吉田坐在账台上，立刻答复相庭的责询：

"你不要这样神气，你是商会会长，会叫我怕你吗？"

吉田以阴险的表情继续说：

"什么道理么，就是因为你们中国人办事情，没有新的头脑，应该由我们日本人来替你们办，为了振兴市面，一定要这样做的。账目很清楚，你们可以查，有什么不好呢！"

崇春听不进他的话，"咄"的一声，回身过去了。

吉田还在说：

"钱存在银行里，总是你们的，日本人来替你们打天下，这些钱，借用半年一年，你说应该不应该！"

相庭不好直接批驳这明知是不合理的话，只好说：

"这些新道理，我不懂！"背过脸去了，听见崇春的声音也附和说：

"咄！真是新道理！"

吉田还是阴阳怪气的神气，说：

"假如你们不愿意这样办，那么，我就不客气了，我要收买这片店！钱我早就预备好了。"

一面摸出一大叠钞票来：

"喏，现钱，在这儿，数目照你们俩的份儿。"

相庭不愿意：

"这是越来越怪了！"

崇春站起来：

"好好好，收买去也好，照这样子我也是办不了的。可是，钱要法币，北京准备银行的钞票我不要！"

吉田突然拍案而起，故作盛气的样子，向着崇春：

"北京准备银行的钞票是新政府发行的钱，谁敢说不要！"

崇春知道自己的话说得太老实，暂不作声。相庭在静默了一会儿之后就偃然站了起来：

"不要跟他多讲了，我去看神尾队长去！"就走了。

吉田说：

"很好，你去看神尾队长去，很好！"

相庭出了店门，屋子里又静了一会儿，吉田翻了几页账，又对崇春说：

"你懂得时务的，就拿了这个钱去罢，假如你不……"

崇春没有等他说完话就偃然回转了头，表示不理。

吉田又突然提高了嗓子：

"你不收新政府银行的钞票,就是反对新政府,就是抗日份子。"

崇春急了:

"这是什么话,这是什么话!"起立。

吉田亦起立,急步走向崇春:

"你是抗日份子!你出来!"

强拉崇春出去,崇春抵拒。吉田一面强力把崇春向外面拉,崇春不能敌,快被他拉到门口了。

吉田向外面用日本话叫敌兵来援,最后还拖了一句中国话:

"好,不肯收新政府发的钞票!"

▲同前敌警备队部客厅

敌勤务兵引了相庭廷勋进了客厅之后,走到内室去报了。二人不敢先坐,站立等待。静了一会儿。

廷勋轻轻向相庭走动了一步,低声说:

"其实,这个年头儿,马马虎虎算了,何必啊!"

"我不相信日本人都不讲理性!"

相庭正说至此,听见里边革履声响了,二人都回头看,廷勋已经提好了立正的姿势,后来听见神尾的声音:

"有什么事啊?你们两个人?"

廷勋鞠躬:

"神尾队长,好!"

相庭也只得跟着鞠躬。看神尾的神气,他已经知道自己的判断有了错误,表示很丧气,一时说不出话来。

神尾走过来:

"有什么事?快说啊!"

廷勋回头望相庭,相庭喏喏地说:

"我的朋友开了一爿店叫陈崇兴京广杂货店,后来有个友邦的商民叫吉田的和他合伙，可是他抢着要管账，每天只给我朋友拾块钱的准备银行钞票，对于店里的事情，还不容他有一点儿主……"

神尾很傲慢的神气，止住了他的话，说：

"啊……算了，算了，这么一点点小事情也来告诉我！"就拂然向里边走了。到门口，又回声说：

"有什么闹不清楚的事情，到法堂上打官司去好了，我不管这些噜里噜苏的事情！"

说了，进去了，门砰然关上了。

相庭丧然地望着那门，目瞪口呆了，廷勋拍着他的肩膀，说：

"走吧！还呆在这里等什么？"

相庭似乎神经麻木了，没有动。

▲法院门前

平阳县地方法院门口。有伪军押了犯人，反绑了手，从里边出来。崇春一个人颓丧地也从里边走出来，力不胜步地差点儿就要倒了。他向路边一招手，一辆人力车拉了过来，可是在他招手的时候，也正有人嚷着叫"车子"。崇春刚跨上车子，就有一个日本人赶过来凶狠地用力把他一拉，使他倒退了几步，跌倒在墙边。日本人又踢了车夫一脚，斥责他为什么不理他（日语），然后坐上车去，车夫冤屈地拉车走了。

崇春脸上没有什么明显的表情，似乎已经没有了感觉，慢慢地支杖起来，醉汉似地自己走了。他的眼睛似乎已经看不清什么东西，脚步渐渐停了，终于眼睛一闭昏倒下去。

崇春倒在地上。行人停步注视着他，热心的人，走近他，也有人俯下身去看他。

▲陈家卧室连客堂

崇春躺在床上，陈太太和苗影的背影伏在他面前，崇春在呻吟中说：

"法官的背后也有日本人的刀！"

说完这话睁眼看看陈太太和苗影，呼吸突然急促，目光中显露着无限的冤气，陈太太安慰他：

"你别再去想它了，病好了再……啊！（声音突然紧张）苗影的爸！"

苗影也凄然地叫了起来：

"爸爸！爸爸！爸爸！"

陈太太赶紧摸他的脉息。

桌上将尽的蜡烛，被风吹紧了，油直往下泻。陈太太和苗影的叫声到了更急更惨的时候，就号啕大哭起来了。

▲同前王家客厅

相庭正在堂中徘徊，听见了隔壁的哭声，道元也从里间慌忙推门出来仔细听，二人相顾之间，道元说：

"陈伯母和苗影的声音啊！"

相庭急向后门走，道元跟着去。

▲王家后院

二人开出了后门，跨过了一条尽头的巷子，敲着另一家后门。这儿的哭声听得比较响，显然听出是陈太太和苗影的声音。

相庭敲门，至再，里边没有人来开门，哭声依然。相庭慢慢垂下了手，呆了很久，终也汪汪然了。

道元悲愤满腔，渐渐回过了头去。

七

▲同前陈家卧室连客厅

陈家的卧室里没有人，也没有灯，只有从客堂射进来一道光线，照在床上，使人回忆起崇春生前的形影，冉冉如生。隐隐的啜泣声与叹息声不知从那里传来,是一种丧家的凄凉景象。客堂里,陈太太和苗影相倚坐着,拭着眼泪,相庭在对面坐着。

道元面向着院子外兀立着。陈太太和苗影啜泣不已,相庭低头叹了一口气:

"二嫂,苗影!"

相庭颤颤的声音,也几乎要哭了:

"你们这样,我也要病倒了。我还活着的一天,崇春嘱咐我的话,一定要做到的。"

陈太太和苗影哭稍已。

道元抬起了头来,望着天。

天上,乌云里放出了一线光明,而忽然听得枪声自远而近。

▲某店员宿舍

某店员宿舍里,有的已经睡了,有的还在看书或是写字。听见了枪声,都惊愕着,看书的抬起了头,写字的搁下了笔,没有睡着的昂起了头来:

"枪声!"

"声音很远。"

"城外的声音。"

渐渐机枪声响了,声音很近。

"这是城头上的机关枪声。"

各处吹警笛和集合哨的声音表现着外面情形的混乱。

睡在床上的青年忽然拉开被子跨下床来,其余的人也醒了:

"这一定是我们的游击队!"

窗边的一个青年也说:

"对了,一定是我们的游击队!"

▲煤炭行账房

从窗外望进去,兴昌和一个伙计正在算账,已经听见了枪声,兴昌说：

"这一定是我们的军队打过来了！"

"游击队！"伙计说。

兴昌急走到窗口，向天望，伙计跟着过来，都在急促的呼吸中，显出紧张的笑容。

▲周家卧房

兴葆从床上支撑起来走到了桌子边，用手撑住在桌子上。他的妻子也同时赶了来：

"这是怎么回事啊？"

"我们的游击队，游击队，你懂不懂？"

枪声越来越紧了，兴葆感动至泪满两眶，唇齿颤动，后又似有所悟地发出沉重而有力的声音点着头说：

"对了！这是办法，这是办……法！"

枪声更密也更近了。

▲同前陈家客堂

相庭道元站在陈太太和苗影座旁，都静静地在听着枪声。军队跑步的声音，和武器铿锵的声音在门外掠过，道元望着相庭说：

"这是告诉我们中国还是有办法的。（向苗影）苗影妹，你正当年轻有为的时候，为了陈老伯的冤仇，得保重自己！"

相庭低下头去思索。

苗影悲愤地听着枪声，渐渐失去了表情中"悲"的成份。

相庭也表现着严重的神情，兀望着天。

八

▲同前市街

市街上除了布置有沙包的工事之外，没有什么变动。市民往来于途，不像从前那样畏缩顾虑，拘于言笑，一般的活泼得多了，也有敢当着路角上敌兵的岗位旁边挺起了腰走路的。朋友们互相碰到了，兴奋得总要立停了谈几句，总之，凡是中国人，都像在喜庆中。可是日本侨民的情状却相反的不同了，他们低头匆匆过，没有从前那傲慢的神气了。站岗的伪军也是眼睛老望着地下，似乎有无限心事似的。

▲城内王家客厅

王家的客厅里静静的没有一个人，老大轻轻地提了一把小茶壶上楼去。

▲王家书房

王家书房在楼上，是附近唯一的楼房。道元正伏在书桌上写着一封信的时候，听见有人走来，赶紧把信放在抽屉里，乘便另取了一张白纸出来乱涂。相庭从室门走进来，反握着手，低着头，若有所思的样子。老大跟着进来，把茶壶搁在桌子上的暖桶里，就出去了。相庭在室中徘徊着，等老人出去之后，就一面踱着一面说：

"道元，你可以写封信给经纶，问问看现在乡下是怎么样的情形。乘便，你……你替我问候他。"

道元原来已经知道他父亲近来心理上的变化，听见了这话觉得是更明显的表示，不禁兴奋起来。他在犹豫了一下之后，才说：

"……我……我是正在写着给他的信。我想，乡下一定起了很大的变化了。昨晚上，我一直到天亮都没有睡着觉，我在想：现在乡下一定像我们从前所理想的那样一天天地在进步，所以今天我忍不住要写信去问问……"

从抽屉里取出那封信：

"信都快写完了，爸爸看。"

相庭不停地徘徊着：

"我不看了，你写吧。不过，信写得越简单越好，叫老大送去。

什么话都叫老大当面说好些。"

道元兴奋得几乎要流泪,回答:

"我知道的,爸爸。"

马上坐下去提起笔来写。

相庭走到窗口立停,发出十分感情的声音说:

"你们不要当我是怎样糊涂的人,当时我只是为了城里这一点点产业。我老了,为了产业,也就是完全为了你。不过,我现在知道:当国家在受敌人欺侮的时候,老百姓要各顾自己是万万不能的!"

道元停笔听着这话,又感激,又兴奋,表现出很复杂的情绪,终至泪下。在他的感情紧张到无可压制的时候,他叫出了:

"爸爸!"

站了起来,很久,才说:

"……我们早知道爸爸会有一天明白的!"

他忍不住地哭起来了,又伏案掩面呜咽不已。

相庭(面向窗外)听见道元这哭声,具有一种极伟大的感情,也忍不住眼泪汪汪的了,但竭力克制了自己,走过去抚着道元的肩背:

"道元,……你早点儿把信写好吧!"

慢慢放下了手,走出去了。道元一时还是伏着头,呜咽着。

九

▲乡路

王老大背了一个小包裹在乡路上望着前面走。

▲村庄B

已经到了一个村庄外面。墙壁上写着很大的标语:"实现三民主义"，"应付长期抗战"……老大似乎也识得几个字，在村庄前停立了一下，转头看完这标语，就向村庄里走。又远远地看见村庄里一家门前的场子上站着很多人，就加紧了步子走向前去。

场子上站着男女老少很多人，一个十三四岁的小孩子站得高高的，指着墙上悬挂着的一张很大的字纸向群众说：

"好，我们再来认一遍，好不好？"

"好！"男女老少群众的声音答应着。

那小孩子又一个个字地指着说：

"国，民，公，约。"

大家跟着念，老大走过来站在群众后面。

老大笑嘻嘻地环顾群众，表示很感兴趣，听见小先生又念：

"第一条，不违背三民主义。"

大家再跟着念时，他也不自觉地跟着念起来。站在他前面的一个中年妇女觉得后面忽然多了一个人，回头对他一看，他就不好意思念下去而中途停止了。他对那妇女笑了一笑，等她回过脸去以后，又点着头轻轻地跟着再念。

这时远远的传来了一片歌声，一队小孩子都捎了红缨枪，成三行列队转弯过来，步伐整齐，精神抖擞。队长身材最高，但看起来也不过十五六岁模样，他们齐唱着：

"我们生长在这里，每一寸土地都是我们自己的，无论谁要强占去，我们就和他拼到底……"

老大跑过来，站在路边看，等队伍过了，又不自觉地跟了走，脸笑得什么似的。

▲村庄口

另一村庄口站着一个便衣的小哨兵，手执红缨枪，望着前面，看见老大来到，就从高地上跳下来迎上去。

小哨兵把枪一横，阻止了老大：

"有没有路条的?"

"什么路条?……我没有。"

"你到那里去?有什么事?"

"我是到前面镇上送信给唐家大少爷的。"

"唐家大少爷?……唐什么名字?"

"唐经纶唐大少爷。"

"喔,唐同志,他是我们抗日会的总干事,你得叫他同志。现在我们中国人大家齐心打日本,都是同志,你懂不懂?"

"喔,是的是的,同志,同志……"

小哨兵把枪竖起,老大就想走了,小哨兵又止住他:

"嗳嗳,慢着。你能背国民公约不能?"

老大支吾不知所答,小哨兵又催问他:

"怎么啦,老伯伯,你到底能不能背啊?"

"我……我只能背一两条,国民公约,第一条,不违背三民……主义,第二条,不违背国家民……民…………"

再也记不起来,小哨兵用手指指他说:

"嗨,老同志,你赶快找人去教熟了。要不然,你下回再经过这儿的时候,我就不饶你了……好,你等一忽儿。"

他就回头叫:

"小秃子!小秃子!""嗳!"

庄里边答应出声音,不一会儿,奔出了另一个小孩子来。小哨兵告诉他:

"你跟他一起到县政府去,找唐同志。"

"嗳。"他就向老大挥手,"你先走。"

老大觉得很好玩,笑着看看两个孩子,先走了。

▲流动县政府办公室

民家的书房,临时借以办公的县政府。唐经纶和四个人围坐着,都注意倾听着王老大的话。四个人中间,两个是青年,一个是中年,一个年岁较高。王老大坐在窗口一只太师椅上,他旁边的茶几上放着一杯茶。老大说:

"现在城里的人都知道日本鬼子的鬼花样。"

老大愤慨的表情,说:

"……也都明白日本鬼子有的时候面子上做得假仁假义的,骨子里比从前杀人放火还要毒辣,大家眼巴巴地指望着我们的军队能有一天打回去。"

唐经纶听了这话很感动,还听见老大重复讲了一遍:

"大家指望我们的军队能有一天打回去!"

他默默地,沉痛地思想着。整个屋子里也静了一下。

那位年事较高的(县长)在沉静的空气中慢慢地站了起来:

"这一切情形,原来我们都知道,不过今天听这位老伯伯讲来,觉得更真切。好了,(向老大)谢谢你,老大,你应该休息去了。"

老大站了起来,县长随即向一位青年说:

"崔同志,请你告诉他们好好地招呼这位老伯伯。"

"喔,不敢当的。县长,这儿我都熟的,不用招呼了。"老大走上一步说。

"你不必客气,老大。"

老大窘得不知所措,只是局促地笑。

那青年招呼老大出去了。县长就正色向大家说:

"各方面的情报都已经证明:这是我们应该进一步动作的时候了。我同意经纶同志的要求,把这一件任务交给他亲自去完成。"

经纶沉静的神色中微露笑容,听见县长继续说:

"并且,我还希望永田同志能够去帮助他。我想,永田同志……"

永田,一个厚实而沉着的青年,听见县长的话说到这里,就站了起来：

"县长，这是毫无问题的，这工作我是十分愿意担任的。"

永田诚恳而坚决的表情，继续说：

"经纶同志的领导能力，我是绝对信任的。"

经纶感激而兴奋，也在热烈的情绪中站了起来，伸手到永田面前，永田笑而紧握之。经纶说：

"永田同志，希望你不客气地随时指出我的缺点，我们密切地合作。"

亲切地握手。

一〇

▲同前城门

经纶与永田以为在平阳城门口向敌兵作九十度鞠躬这一动作，在敌人是有"下马威"的作用的，然而他们既有较大的任务在身，这一点点"小忍"也是无妨于气节的。他们并且弄到了良民证，稍经搜查，便放行了。永田打扮了农民，挑一篮鸦片烟鲜叶，与经纶装作不相认识地混进了城。

永田与经纶先后到达市街。经纶看见了站岗的伪军似乎有点面熟，赶快回过了头，故作自在地走过了他，他正注意着他。

那伪军盯着看他走过之后，低头怀疑着，旋又抬头望。

经纶永田的背影匆匆远离而去。

▲同前王家大门

永田挑着菜担子从巷子里转弯过来，老大开了大门走出来，叫：

"喂，卖菜的，挑进来！"

永田连声诺诺挑了进去。

▲同前王家客厅

经纶等待在院子旁边，看见永田进来了，就赶快走过来，叫他转入廊下，急忙在菜担中间去翻寻什么东西。

经纶在菜担中取出了一支手枪，若干子弹和一个油纸包，站起来轻声和永田说：

"永田，我们还是照原来的计划分开两个地方住，我刚才觉得有人注意我，那个人好像是去年崔家庄不见了的那个，那个……叫什么名字的……"

"崔小黑是不是？"

"嗳嗳，就是他，他现在当了伪军了。你知道从前是抗日会的会员，现在在这儿当伪军的还有两个人，我们这几天不能不特别警惕。白天最好不出门，开展工作不必太急了，也不要随便亲笔写什么字条，有事情叫别人传话。"

"这我知道的。"

"好，你快走吧！"

永田挑起菜担走了，经纶不放心地望着他。很久，又想了一想，才硬丢开了这件心事回头往里边走。

▲敌办公室之一角

神尾焦急愤怒的表情坐在办公桌前打电话：

"……那么，你赶快调派你队里从前是抗日会会员的几个人，不管是警察也好，兵也好，到这里来会同皇军特务员到处去搜查啊！还等什么！糊涂虫！"

▲伪公安局办公室之一角

一个特务员立待着，寿山打电话：

"喔喔喔，是的是的。"

寿山放下了电话筒，以同样焦急愤怒的声调向特务员说：

"那么，你赶快调派你队里从前是抗日会会员的几个人，不管是警察也好，兵也好，到这里来会同皇军的特务员到处去搜查啊！还等什么！糊涂虫！"

"是。"

特务员答应着出去了。

▲同前王家客厅

晚上，王家客厅的门关着，经纶，相庭，兴葆，兴昌和另一中年绅士（郝宗敬）围坐着，道元坐在经纶和相庭的后面，经纶以沉着的声调在说着：

"……现在乡下的情形是这样，郝先生（指郝）所听到外面传说的话，也都是事实……我希望我的报告，能够使各位兴奋。"

兴葆兴奋地回头与兴昌相顾而笑。兴葆说：

"现在乡下的老百姓才算是真正地做了一个人，我们在当时都是糊涂到了家的，时势一乱，没有人来开导，自己也就不知道该怎么做了。"

"是啊！"兴昌附和着。

这时，又听见经纶的声音说：

"这是县长给我带来的他代表全县民众写给各位的亲笔信……"

经纶起身递信给相庭，他也起身双手接着，忙取茶几上眼镜看信。兴葆感慨地瞪着那封信说：

"县长他老人家那么忙还想到写信给我们！"

相庭把信念给他们听：

"……自从平阳城沦陷，已经快两年了，全县的人，无时不关念着你们在敌人压迫之下过着奴辱悲惨的生活，也无时不痛心切齿，誓为国家民族及本城三万同胞复仇。文正身为县长，更不能片刻安心，所幸年来与四乡同胞相互磨砺，力图进步，当能于短期内解救乡里于水深火热之中……"

相庭念到这里，不禁哽然而止，眼眶里有眼泪，唏嘘地说：

"县长和全县的同胞都这样念着我们！这样望着我们！"

放下了信，入于沉思之中。

道元在相庭背后看着信，这时他低了头回身走开几步，停住在那里。全屋子的人，或仰天遐想或低头沉思，空气沉静而严肃。

郝忠敬慨然说：

"四乡的同胞都懂得救国，难道我们城里的人就独没有骨气？"

兴葆奋然说：

"城里想干的人也有的是啊，我木料行里就有六七十个人，都是恨透了日本鬼子的。另外还有人，也只要我一句话啊！"

兴昌也不甘落后地说：

"我煤炭行里也有三四十个人啊！干日本鬼子，他们都有这个心的啊！另外，要……"

"人是不成问题的。"宗敬的声音抢着说。

宗敬的表情比较沉着：

"我工厂里也有的是人啊！并且有很多是当过兵受过训的。所困难的倒是枪械弹药。"

经纶告诉大家：

"枪械弹药都不难，四乡里的同胞那样情绪高涨，要把枪械弹药运进城来，也有办法，问题倒在于每一个参加的份子是不是……"

不好意思直说，看看道元。

道元便直率地接着说：

"问题倒在于每一个参加的份子，是不是都有决心，会不会半路上拆台，出卖弟兄！"

兴葆躁急地说：

"无论如何，我敢说今天这儿在座的人都不会，我可以对天发……"

忽然大门叩声急而且响，大家惊愕地齐向外望，道元赶快去开开客厅门,伸首望着外面。

老大从门房里走出来问:

"谁?"

"赶快开门!"

十分横暴的声音在门外答应着,老大望着里边作手势。

道元点头关上了客厅门。

老大开门,敌特务员带了四个敌伪兵进来,门外还有人守候着。

敌特务员和敌伪兵持枪开门进到客厅,经纶和道元已不在座,座位亦有变动。相庭从容起立,严正地说:

"各位这是怎么回事啊?"

敌特务员微鞠其躬:

"对不起,王会长,今天有两个抗日份子进城来,统统要查。"

相庭故作镇静,并更严厉地说:

"嘿!我帮了皇军这么久的忙,现在要查一查我家里有没有藏着抗日份子!好得很,就请查吧!"

敌特务员狡猾的神态回答:

"会长不要误会,我们是要查一查,会长有没有被抗日份子谋害的危险!"

说完话就向后面施眼色,敌伪军一齐动脚。

▲同前王家楼上书房

道元在楼窗口望着下面,听见楼下脚步声乱作,急就坐到书桌边,取笔佯为作书。

▲陈家后院

经纶在屋顶上往下爬,快到屋檐。

苗影刚提了水壶从卧房里出来,瞥见了屋檐上有人影子,吓得叫出声来,经纶作嘘声止住她。她缩身后退,随手取起洗衣棒来自卫。

经纶急摇手，并低声说：

"你是不是陈小姐，不要怕，是我，有敌人在隔壁搜查我。"

就往下跳。

苗影一向并未见过经纶，还是害怕，前进又后退：

"你是谁？"

"我是唐经纶。"

"喔，唐先生……"

经纶躲身在墙角后，正向来处注意。忽然大门上叩声响了，经纶正四顾寻觅藏身之处，苗影急忙走上来向经纶说：

"你快跟我来，我有法子。"

"什么法子，你说。"

"不能说了，快来吧！"

就不顾一切地拉他到房里去了。

▲同前陈家卧室连客堂

大门外，敌伪叩门很急。苗影拿了油灯从房里走出去开门，故作睡眠刚起来的样子，用手扣衣纽。一帮敌伪军进来，张大有——即前曾被敌军利用下乡去抢米而表示不满的——也在里面。敌伪进门即四散，一个敌军和张大有查到了卧房里，看见有一个人睡在床上，脸向着里面，头上围着头巾。

敌军指床上人问：

"这是谁？"

苗影毫不迟疑地回答：

"是我的丈夫，他病了，病了好几天了。"

敌军略迟疑后又挥手指床上人说：

"叫他醒来。"（日语）

并作手势，意欲叫他回过脸来，苗影即便走过去，用温慰的声音叫他：

"二哥二哥，醒来吧，皇军问话来了。"

经纶也便装作病人醒来的样子回转脸来，被子盖没了他脸的下半部。

敌军回头看看张大有，用手指一指经纶。张大有走近来作审察的样子，但背了敌军向经纶使眼色。

经纶把被盖拉下一点，露出全部的脸来。

张大有审察之后，回转脸去摇摇头，敌军便转身出去了。大有还故意探视卧室，待敌军走后，嘻笑着问：

"小两口子几时结的亲啊？"

戏谑的目光转到了苗影脸上。

苗影又骇又羞，急遽不知所答。

经纶拉下被盖，作态叱之，低声说：

"快走你的吧！别开玩笑了！"

张大有笑而出门去，室外纷杂的脚音从近而远了。

经纶忽的拉开被盖坐了起来，室中孤灯如豆，静悄悄地听见最后一个人张大有的脚音也走出了大门。苗影低头立着，久之，才想起了去关大门。经纶也若有所感地慢慢拉去头巾。

苗影关上了大门，低头弄着衣角，慢慢地走进了客堂，想走向房里去，又停住了脚，一时不怎么好。

经纶取了油灯到客堂，看见苗影正想进来，见面都不敢相正视，经纶表示感谢：

"陈小姐，我应该怎样感谢你？"

"说什么'感谢我'，我一向知道唐先生干的是什么工作，我帮助你，也就等于帮助了我自己。"

经纶无所答，稍静。

苗影感慨地说：

史东山 / 367

"我爸爸曾经说过：早听了唐先生他们的话，何至于受鬼子们这种冤气。"

背转身去呜咽地哭起来了。经纶走近她，伸手想抚慰她，但又放下去了，少女的悲泣，使他不知所措，最后想出了足以安慰她的话：

"陈小姐不必悲伤，你是正当年青有为的时候啊。"

苗影渐止泣：

"我总想能做一点像你们那样的工作，叫人们不要再像我爸爸这样地死。"

"对的，陈小姐！这是唯一的你以后该做的事，悲伤是没有用的。"

二人感慨地静默时，大门又轻轻响了。

"苗影。"

她母亲的声音在叫她，苗影回头告诉经纶：

"我妈回来了。"

二人稍经考虑，经纶坦然地说：

"我该见见你老太太。"

苗影乃去开门，经纶微笑望着她。

▲某民家卧室

某民家卧室内，敌伪三人围住了永田和他的朋友，白天站在市街上注意过他们的伪军认出了永田，说：

"这不是抗日会的总干事，可是他也是会员，我看见他也在今天进城来的。"

永田不做声，敌特务员发令搜查他身上，无所得，才走近他，同时又发令普遍搜查，敌伪兵如命而动。

敌特务员把枪对住永田问：

"快说出来，你们的总干事在那里？"

"我不知道什么总干事。"

"你不好好地说,就没有命!"

"我不知道,有什么好说的呢。"

敌特务又问他的朋友:

"你知道不知道?"

"我更不知道了,我。"

敌特务无法,才发令把他们带走了。

▲施刑室

神尾寿山和另外一个敌军官凶狠地望着前面一个目标:一个双手被吊起在两根木柱上的人,半截影子射在地上。鞭打的声音,曬曬地响着最后两声。

永田满头大汗,青筋暴起,咬牙切齿地说:

"你们打吧,强盗,你们打死我也不会说出一个字来!"

神尾向寿山举起大拇指,又望着永田说:

"好一个英雄好汉!"

又向旁边的人说:

"明天把他带到我队部来,让我好好地来问他。"(日语)

神尾走了,寿山回头看看永田才跟着走了。

▲牢狱

小小的牢狱里,挤满了人,两个人扶着永田起来,其余的人忙着替他把别人的稻草垫在他身底下。

狱栅外,守监的伪军李得胜前后顾盼地走过来,身边取出一个小瓶子塞进铁栅里去,里边就有人站起来接。

得胜把小瓶子递给那个人,低声叮嘱他:

"这是北平有名的伤药,马上给他吞下去。"

另一手又拿出一个瓶子来递进去:

"嗳,还有,这是烧酒,用这酒吞下去。"

他又伸首俯身，精神贯注地望了永田多时。大家又在忙着给他吃药丸。

▲陈家大门连巷

张大有在陈家大门前的小巷子里巡路过来，快到陈家大门的时候，前后看看没有人，就赶快把一张字条塞进门里去，走了。

▲同前陈家客堂

苗影正在客堂里缝衣服，看见了门缝里塞进来的字条，迟疑了一下，终于去拿来，打开了看。

字条上写着：

"朋友无恙！并有人招呼，请放心。"

苗影显出很怪异的样子，赶快开门出去看。

▲同前陈家大门连巷

苗影出门两面看，看见巷子里只有一个伪军在巡路，快转弯去了。那伪军听见后面的开门声，就回头来。

大有回头向苗影一笑，转弯去了。

苗影看去，是前晚曾来家中搜查的那个伪军，很感奇怪，但旋即恍然明白，兴奋地笑着进去了。

▲同前陈家客堂

苗影关上了大门，就往后院跑。

▲同前王家书房

经纶坐在一只躺椅上，很难受的样子，道元站在书桌旁边，相对默然。经纶叹了口气说：

"……一个跟我合作过两次的同志，想不到他这一次……"

"我想他不致于有生命的危险。到底他才进城来，还没有什么事情给敌人注意。"

经纶还是很忧虑，又叹了口长气，站起来时，忽然听得楼梯脚步声急奔而上。

道元回头望着房门，问是谁，苗影不答而径上楼来，很兴奋地进门来，低声说：

"唐先生，（示以字条）你看，前晚上那个你说是姓张的伪军从我们大门上塞进来的……"经纶急取来看，道元也急忙走过来看。

道元看了之后，望望经纶的神色，苗影也在旁边注意着他。

道元笑了说：

"你看，可不是吗。"

但是经纶还是愀然地说：

"……可是，苦也是够他受的了。"

说时走开两步，转脸向着墙壁，低着头，显然还是不能释怀。

道元自己也有感触，一时也觉得无法可以安慰经纶，叹着气走开了。苗影望着经纶，也怀着深刻的同情，她踟蹰地走向经纶：

"唐先生，你不是总说：悲伤是没有用的吗？你怎么自己……"低下头去。

"是的，陈小姐，我没有悲伤。"

经纶说时，背着她走开去。

苗影望着他，但不时低头弄她的手指。

十一

▲同前王家书房

王家楼上的书房里，经纶道元苗影三人在油印宣传品。经纶主印，道元理纸，苗影司点数折叠，共同忙碌地工作着。

经纶脸上已经留了点胡须，忙着蘸油墨，滚油筒。

道元忙着将印好了的纸取出来，拿开去。

苗影把折叠好了的一个整数归并到桌上一个高高的纸堆上去。

苗影的手把印刷品归并到纸堆上，印刷品上，可以看得清楚的大标题是：

大众读报
以三万同胞对付三百敌人
万众一心，规复乡土

后面还有

战事消息：
我军粉碎敌军扫荡敌后的迷梦

经纶看看窗外天色，告苗影：
"陈小姐，今天时间晚了些，你和妈妈先去送走一批吧！"
苗影也向窗外看了一看，答应着立起来，取了一叠印刷品包上蓝包袱，走出了房门。
经纶道元印至最后一张，就取下蜡纸来，划着一根火柴，把它烧了。
▲同前王家后院
苗影出了后门，敲着对面的后门，轻轻地叫：
"妈妈。"
里边有声音答应着，于是王家的后门也就关上了。
▲回复旧景
书房里，经纶与道元正收拾开印具。道元刚走到房门边，听见了楼梯上的脚步声。
"谁？"道元问。
"我。"一个小孩子的声音答应着。

一个十二三岁的小孩子跟着进来，身上背了一个小书包，笑嘻嘻地叫：

"王先生，李先生。"

"对了，李先生，记着，以后永远叫我李先生，不要再弄错了啊！"

经纶很喜爱他的样子，走近他，道元随即取了一叠印刷品，替他装在书包里。

经纶握着他的手，叮嘱他：

"小弟弟，还是不要忘记了：拿回去，交给爸爸。爸爸有客在的时候，不要拿出来。在路上不要停留一忽儿。不要跟小朋友去玩。一本正经地到家里……"

"我知道了，你说过好几遍了！"

引得道元和经纶都笑了，道元对经纶说：

"你放心吧，他恐怕比老大还靠得住些呢。老大那副鬼头鬼脑的样子，才叫人担心呢。"

那孩子也得意地笑了，稍静，向道元说：

"王先生，你怎么好久不到我们学校来说话了？"

"我没有工夫啊，我忙得很呢。"

"我们同学都说喜欢听王先生说话。"

"好，我几时再来说话好吗？"

"好！"

这时，道元已经替他扣上了书包纽扣，小孩子自己又看了一下：

"好了，我走了，王先生，李先生，明天见了。"

"好，明天见，小弟弟。"

小孩子去了，经纶笑着看他走了以后，回过脸来，又思考起什么工作来了，道元也匆匆去收拾屋子。经纶兀立了很久。

▲陈家大门连巷

苗影扶着她母亲从门里边出来。苗影手里夹了一个蓝布包,她母亲手里拿了些香烛,和一串佛珠。

苗影锁上了大门。扶着她母亲慢慢地走出了小巷子。

▲小学校大门

一所小学校大门上挂着"新民小学校"的牌子。

▲学校课堂连走廊

新民小学走廊尽头的墙壁上,挂着一块"新民明德"四个大字的匾额,转角上站着一个小学生,拿了一本书在念,似乎是被先生处罚在那里"立壁角"的。近处墙壁上同样的也有一个。这时候,他听见远远来了脚步声,就惊疑地向那个学生嘘了一声,他向他摇摇手,作态告诉他,是挑水的来了,跟着有一个工友,挑了一担水转弯过来,他们相对一笑,还是继续装着念书的样子。

从课室的窗外望进去,道元似乎在里边讲台上讲什么课,学生们桌上都放着书,有几个学生在擦着眼泪。

道元感情地说着:

"……诸位同学想一想,敌人杀害了我们的同胞父母兄弟姊妹,掠夺了我们的土地产业和一切权利,现在却要我们同它讲和平,讲亲善,服服帖帖地替它们做牛马。我们是一个人,怎么能被他们这样随便愚弄?!"

学生们在听着道元的演讲,部份人脸上起了奋激的反应,有些人在擦着眼泪,但后来也愤慨地抬起头来,而有一个学生始终伏在桌子上呜咽着,待道元的话讲到这里,他忍不住地突然大哭起来。有二三个学生回过头去看他,大多数的学生低下头去,表现出十分难受的情状,或是擦着眼泪,而有两个学生也跟着大哭起来。

坐在后面旁听的两位教员中有一个用臂膀支撑在膝盖上,面向着地上。

道元在这种真挚而沉痛的情绪中,也忍不住流下了眼泪,取出手帕来擦了一下,又唏嘘地说:

"敌人现在用种种荒谬的说法来掩饰它们那种种罪恶的行为,使你们迷惑,糊涂到不记住他们的冤仇,将来长大起来,不知道为同胞父母兄弟姊妹报仇,世世代代替它们做牛马,这是多么恶毒的计策啊!所以你们要牢牢地记住我和各位先生所讲的话,并且回到家去,把这些道理讲给家里的人听。我们现在只有一条路,才能自由光荣地活在这世界上,那就是——要用各种方法跟敌人拼命斗争到我们得到胜利为止。"

一个个学生的奋激的表情。

全体学生除了有一两个还伏在桌上(但也已停止抽噎)之外,其余的都已转为奋激的表情。

▲同前王家书房

一匹日本风味的花洋布打开在桌上,一张张的法币铺上去,齐整地铺好了一排,把布卷上一卷,道元铺着钞票,兴葆卷着布,相庭还在点数钞票,经纶和一个工人模样的人在旁边观望着。近边的茶几上堆着一叠素色的夹着二三匹日本风味的花洋布,上面放着一只手提的叮咚鼓。

道元正铺完了手里的钞票,就去拿了一张单子过来。

把那单子放在布匹头上,看单子上写着的几个字是:

　　平阳各界
　　救国献金

兴葆把单子卷进在布匹里,经纶和那工人打扮的人过来用带子把它扎起来。兴葆取过另一匹布来,道元在相庭桌上取过另一笔钱来。相庭告诉他:

"这是第二队的七千八百三十元。"说完话，依然忙着点数钞票。

相庭的手很熟练地在点数钞票，旁边一本簿子上写着捐款人的名氏和捐数："王相庭捐洋贰千元"；"周兴葆捐洋壹千元"；"曹兴昌捐洋陆百元"……

兴葆打开了第二匹布来，经纶把刚扎好了带子的那匹布移到另一地方，那里已经有了两匹扎好了带子的布。

经纶把已经扎好了带子的布匹放整齐了，一面告诉那工人打扮的人：

"万同志，你送去的时候，就便关照一声：等上面的正式收条下来之后，就马上派人想法子送来。"

"好的。"万同志答应着。

▲同前城门

万同志掮了那一叠布匹，一手摇着叮咚鼓，从容走过敌伪守军的面前，出城去了。

十二

▲某富农家后院

在乡间一个富农人家的后院里，堆着很多大木料和煤炭，还有枪支弹药和手溜弹。兴葆指挥着几个工人在一叠松木板中间挖凿形式略如步枪的坯模，兴昌和万同志指挥着许多工人农民把弹药和手溜弹安埋在碎煤筐中间。还有人在装盛碎煤，担挑煤筐，声音很噪杂。

兴昌指挥着同志们：

"千万不要弄错了：每一筐碎煤里边，最多只能摆一百颗子弹，或是十个手溜弹，不然，轻重差太远了，就容易出毛病。"

"知道了，没有错的。"一个农民答应着。

碎煤筐中间埋进了步枪子弹。

碎煤筐中间埋进了手溜弹。

松木板中间挖凿成了形如步枪的坯模里安放进步枪。

墙壁下竖着一百多支步枪，有一个人的手一支一支地取去。

地下堆着很多子弹箱，面上的几只，都打开了盖，有一个人的手一排一排地取去。

地上堆着很多手溜弹，有人的手在取去。

两个人在一叠安放进步枪的松木板上盖上几块完好的同样的松木板，就捆扎起来。兴葆关照他们：

"要记住：孔孔一定得挖成恰恰和步枪一样的长短大小，不然，动起来就有声响。"

"知道了，周老板，你先回去好了。"一个工人答应着。

"好，那我先走了。"

即转身向兴昌：

"兴昌，我们先回城去吧。"

兴昌答应了兴葆，又招呼了同志们之后，相与走出。

▲同前城门

六七辆大车分别满载了那种木料和煤筐，并无阻挡地运进了平阳城。

▲木料行堆栈

木料行堆栈，四边都有高墙，而墙外并无楼房。这是夜里，有两个工人先后走进了木料所堆成的曲折而高的巷堂里去。

在四面都是高高的木料堆中间挂了一只小灯笼，二十几个工人中间，大约有三分之一的人都拿了步枪，他们围着一个工人，在听他教授什么，那一个工人手里也拿了枪。

那个工人在教授着装弹的方法，说话的声音很低，几乎等于

史东山 / 377

嘘声：

"现在我们来试试看，上下都要慢，不要发出大的声音来，注意。"

于是大家就自己学习，很注意，没有什么大的声音。

另外一处，也在木料堆的中间，挂了一只小灯笼，有二三十个工人围着经纶，拿着枪的人们站在他身边，他在讲解着瞄准的方法，并作姿势。

经纶的胡须又长了些，和从前几乎是两个人了。他自己做了姿势之后，就把枪递给旁边的人，也低声地叫他们：

"好，大家再练练熟。"

有枪的人就都去跪下在一排木料堆成的方形孔洞面前，把枪口伸出去。经纶留心着他们，俯下身去指示他们。

经纶指示一个工人说：

"你把这个尖头和枪口上的尖头跟目标对成直线……"

那个人依着做，对准目标，在孔洞里望出去，目标是远远的木堆上挂着的一只人头大的点了火的圆灯笼。

木堆上挂着的那只人头大的圆灯笼。

在那一排木料堆成的方形孔洞里，整齐地伸出了一排枪头来。

▲巷

巷的转角处，苗影提了一只菜篮，转弯过来，张大有站在转角上望着她微笑。

苗影的脚走过张大有脚边时，丢了一个小小的字纸团在地上。

苗影回头看一看大有，指一指地上的纸团，微笑地去了。大有看看两头没有人来，就去拾起地上纸团来。

打开那纸团来看，上面写的是：

"加紧联连同伍，待机反正"几个字。

十三

▲同前王家书房

晚上，王家楼上的书房里，经纶，相庭，道元，兴葆，兴昌，宗敬和万同志等在一只煤油灯前聚谈着。

"……这一场战斗的作用，不但是要把我们平阳城里三万同胞从敌人的脚底下救出来，"经纶郑重地说，"主要的是要我们来做一个榜样给全国的同胞看，就是说：由老百姓做内应来克服一个沦陷了的城池，并不是一件困难的事情。"

宗敬十分兴奋地凑着说：

"倘若沦陷区的老百姓都能这样干起来，日本鬼子就吃不消，就站不住脚。"

大家的脸上表示都同意这句话，经纶接着说：

"对了，这一场战斗，主要的就是要说明这个道理，将来全面反攻的时候，就靠着这一种伟大的力量。"

大家的脸上更表现出乐观而坚决的意态，经纶又说：

"现在，我们的机会已经来到，千万不能再等待，我们就决定这个日子。时间么，因为城里九点钟就要戒严，不能再晚，可也不能再早，因为要让我们的军队在天黑了以后，从三十里外面赶到城边。"

从窗外望进去，他们很热烈地讨论着，但是听不见声音。宗敬说了些什么话，兴昌拍拍他肩膀，向他伸出大拇指，兴葆也拍拍自己胸口，慷慨地说了些什么，相庭沉默地频频点头。

经纶严重的神态中夹着兴奋的情绪，说：

"……那好极了，不过各位要注意，日期和时间，不必很早通知大家，最好是当天，实在来不及的话，也只能在前一天通知。"

大家都说："这个没有问题。"

兴葆也说：

"没有问题，差不多都是自己人，当场集合起来都来得及。"

"那就好了。"经纶又回头向万同志说：

"城外的事情，还是由我来写封简单的信，你再去一次，日期和时间，我信里不便写，你口头说好了。记住，日期是本月十八日，时间是晚上九点钟，拿敌人工厂里炸弹爆炸的声音做信号，内外同时动作起来。"

"万一那天城里的事情有什么意外的变化呢？……—

相庭的声音提醒经纶，经纶在稍加考虑之后，就说：

"那大家就得见机行事，不过，无论那天城里的事情有什么变化，万同志，你报告县长和高团长，城外总得干起来，那时候，城里或许还可以挽救。"

兴葆严重的表情，点头表示赞同这意见。

兴昌严重的表情，注意听着经纶的话。

道元一面听着话，一面严重地考虑着。

相庭听了经纶的话，也缓缓地点着头：

"很对，很对！"继续地考虑着。

这时，听见经纶在叮嘱万同志：

"日期时间，你记住了，是……"

"我记得，是本月十八日晚上九点钟正。"万同志接着回答。

"拿敌人工厂里的炸弹作信号，内外同时动作起来。"经纶补充他说，万同志点着头。

十四

夜色中的日历的近景，从十五日一张张过到十八日，钟声鸣着七点。

▲同前木料行堆栈

木料行堆栈中，已经聚集了二三百工人，并不十分整齐地排列着的，很多人已经拿到了枪支弹药，在身上绑扎着子弹带，其余的人，还在挨次领取枪弹。

兴葆兴昌在分发枪支弹药，账房先生跟着点名计算。领到了枪弹的人，或洋洋得意，或一股杀气，可是全场沉静得没有一点人声。

另一处，已经绑扎好子弹带的人在领取手溜弹，每人一枚。

▲同前敌警备队部

伪县长张廷勋和伪公安局长苗寿山并肩站着，望着里边办公室的门。神尾凶狠地开门出来，看着他们"哼"的一声，就跑过来，把手里的一张土纸在圆桌上一拍：

"你们看一看，你们俩管的什么事情！"

廷勋寿山十分疑惧，望着桌上的土纸，廷勋畏缩地过去拿来看，寿山也跟着过去。

廷勋手里的一张油印报纸，印着比较大的字是：

大众读报
普遍发动游击战争
不容敌人"以华制华"；
不让敌人"以战养战"。

后面另一标题，是：

任人屠宰，
无斗争勇气的，
等于豕牛。

拿着报纸的廷勋的手渐渐发颤。

廷勋唇齿颤抖，几乎晕了，寿山问廷勋：

"这上面说些什么呀？"

廷勋不答。

神尾盛怒地骂：

"蠢家伙！城里发现了这样的报纸，你们都还没有知道！"

寿山呆住了。神尾严厉的声音继续骂：

"你的县长是怎么做的？"

寿山微顾廷勋，廷勋拿了那张报纸直发抖。神尾还在骂着：

"你的教育是怎样办的！怎么新民小学校里会发现这样的报纸！"

神尾的怒气越来越盛：

"昨天我去演讲，我叫着'打倒重庆政府'的时候，台下的小学生反叫'打倒日本军阀'，这，这还成什么话呐？"

寿山也大惊失色起来，廷勋大概已经失去了知觉，脸上没有什么变化。神尾说：

"我今天老实告诉你，你所介绍的王相庭，总是一副倔强的样子，他的儿子常到新民小学校去，我很怀疑，他的儿子，我很怀疑。"

▲同前王家书房

书房里经纶道元相庭苗影四人围着书桌，俯身在灯下看着桌上铺着的一张小地图。经纶装束得如同农民一样，扎了腰带，塞起了衣角，想是为了便于行动。他指划着地图用低而郑重的音调告诉他们：

"……一切按照我们的计划，响应我们城外的军队，分头夹攻守城的敌军，监视他们的居留民，占领他们的军火库，破坏他们的电线和无线电机件，切断他们跟别的据点的通讯联络……"

大家很严重地注意着他，他继续说：

"……所有这些任务，都已经配备好相当的人，现在，最重要的，并且在一爆发以后，立刻要做到的任务，是围困住警备队多数的敌军（特别用劲指出地图上的一点）使他们不能活动，一直要坚持到我们的军队进城来。"

经纶说到这里稍稍停顿了一下，并且慢慢地竖起身子来，说话的调子也跟着缓慢而更沉重，他说：

"这个任务，我决定自己来担当……这个地方，一定会有一场比较激烈的战斗，我希望，道元兄……"

道元注意着经纶的话，听他的声音说：

"我希望你能和我一起，万一我牺牲了，就要你继续完成这任务，不然……"

道元毫不滞疑地挺起了胸膛，答应说：

"假如经纶兄以为我可能承继你的工作，我愿意和你在一起。"

经纶伸手和道元紧紧握手，两人奋激的目光，相对了片刻。

经纶又向相庭和苗影说：

"王老伯，陈小姐，你们两位就照昨天大家所决定的办法，看机会调度救受伤的人……"

这时候楼下的钟声响了，大家静静地听着——一，二，三，四，……"

钟——八点正。鸣着……五，六，七，八。钟锤两边摆着。

经纶听了钟声，向道元说：

"八点钟了，我们该去了。"

即向相庭道别：

"王老伯，再见了。"

道元也走近他父亲一步：

"爸爸，我去了。"低头转过身去，毅然地走了出去。这时候，经纶向苗影说：

"陈小姐，再见！"

"再见，唐先生！"

苗影的声音很爽快，但终于低下头去。经纶径走了，走不到两步，忽然楼下大门声作巨响，并有大呼"开门"声，大家惊疑着。相庭急急走到窗口，向下窥望。

▲同前王家大门连巷

楼上望下去，敌伪兵持枪前后把守，如临大敌。

▲回复旧景

相庭缩身进来，有人急奔上楼来，相庭正走近经纶时，道元进来。

"会不会那边出了毛病？"道元焦急地问。

"不像，没有听见什么枪声。"经纶肯定地说。

"不一定跟今天的事情有关系，你们俩赶快打苗影家里走出去，不要误了今天的大事，这儿由我来对付。"

相庭说完话，就向房外奔去。这时候，听见敌人已经进了大门，经纶道元偕苗影三人正跑到楼窗边，想从窗口爬出去，听见敌人已经跑近楼梯，相庭在问着：

"干什么？干什么？"

"你儿子是抗日份子，抗日份子！"敌人的声音。

"你怎么可以随便乱说！"相庭的声音，强硬地责问敌人。

道元觉得情势危急，就一面取出手枪，并催促经纶说：

"不行，他们上楼来了，爸爸一个人对付不了，你得赶快走，别误了大事（推经纶），我去挡住他们。"

说完话，自己就向房门外奔去，经纶急扶苗影上窗口。

道元奔进房门口时，敌特务等正推倒相庭，踏上楼板，转过栏杆；道元先下手为强，砰然一声，敌特务应声倒地，其余的敌人已经在楼梯口露出了半个身体，这时赶紧缩了回去，就在栏杆的格子洞里向道元瞄准，俟机开枪。

敌军向道元瞄准，敌军背后有相庭坐倒在墙角上，敌军开了一枪，道元不敢还枪，只拼命叫喊：

"爸爸让开！"

相庭力爬不起，敌军乘机又向道元开了一枪。

道元急了，躲在门框边上，露出半边脸监视着敌兵，一面还是拼命叫喊着：

"让开！爸爸，让我杀尽这些强盗！"

忽然砰的一声，中了道元的右肩，道元急以左手按住，向后缩开。

相庭在痛楚中看见道元受了伤，不禁怒气冲天，看看面前躺着的敌特务的尸体，便竭力挣扎了起来，直取那尸体手里的手枪，却为另一敌兵所察觉，开枪打中了他，使他又复仆倒在地上。两个敌兵即先后向书房门掩身前进。

相庭喘息垂死，见状，即随手取出地上手枪来，拨动机关，一枪开出，力尽而死。

走在前面的敌兵正快到达门口，但已中了相庭的枪弹倒下去了，后面的一个敌兵正在慌乱之间，也应枪声而倒。

道元举着枪，枪口上尚有余烟袅袅，但看他的体力，已有难以支持之势了，垂手于地，闭目喘息。

▲同前王家客厅

又有三个敌兵向楼上奔去，楼上的枪声又响了。

▲同前巷

小巷里，苗影在前面走，经纶掮了一只铺盖在后面跟随着，装作仆人的模样，铺盖遮住了他的脸，几乎认不出人来。

▲同前木料行堆栈

木料行堆栈里的几百同志静默地望着一个方向，兴葆兴昌万同志等站在前面,兴葆正看着他的表,作手势告诉他们,还有五分钟就到九点钟了。

▲高梁地前的山坡上

我正规军一齐伫望着前面的一个目标。

▲野地上的电杆下

我游击队正掘倒了电线杆。

用剪刀来剪断电线。

▲工厂锅炉间

工厂锅炉间中间的柱子上贴着"工作轮班时间"的布告,特别大而清楚的签字为"厂长安田六郎"。火光熊熊的锅炉面前,一个工人正在出清余烬,一堆堆的煤火从里边取出来放在地上。听得钟声响了,接着敲二更梆锣。

工人紧张的表情注意着梆椤声,停住了手头的工作。四面一望,丢了工具,奔到碎煤堆的后边,在碎煤里挖出了一颗炸弹来,就便放在煤火上点着了导火线,逃出后门去。

炸弹的导火线很快地延燃着。

▲敌工厂远景

敌工厂一部爆炸,浓烟耸起,声震四野。

▲同前城门

城门边的树底下站起了我们的士兵,向前面力掷手溜弹。

城门洞口爆炸。

接着城头上也爆炸。

▲同前山坡上

我正规军齐向城头射击,呐喊前进。

▲同前木料行堆栈

木料行堆栈开了大门,经纶领导着几百武装老百姓呐喊奔出。

▲同前巷

站岗敌兵见我武装老百姓蜂拥而至，大惊而逃。

奔跑在最前面的经纶和另外两个人，立停向敌兵射击。

敌兵中弹倒地，群众跟着冲了过去。

▲敌军营门前

敌军正从军营里跑步出来，远望前面，立刻又立停。

街道转角处，经纶领导了武装群众已经赶到，部份人已经伏在地上开枪。

敌军急忙架上轻机枪，后面的敌兵想往另一方向跑，有若干受了伤，其余的人散开了。

街道另一端的转角上也有武装民众赶到，在各种可以隐蔽之处——墙边上，民房的楼窗口和屋脊上，都有射击的火烟。

敌军向另一方向，也架上了机关枪。可是接连有两个敌兵被射中，只能仓皇地暂时退到门内，迫得那挺轻机枪也站不住脚。

▲同前市街

万同志领导着武装民众奔跑到了市街上。

城头上的敌兵刚架好了机关枪向下扫射。

武装民众很多受了伤，枪声紧密，民众攻势受挫，看看有败退的样子。

伪军张大有在一个敌兵的尸体旁边，咬牙切齿地说：

"我说，总有这么一天的吧！"

就举起枪来一声响。

敌机枪手应声倒地。另有一个敌兵想立刻承继他来扫射，但也在另一响枪声中受了伤。机枪声停了一回。群众呐喊声又起。

群众呐喊着冲杀过来。兴葆和几个人去打开了城门。

▲同前城门

有人奔上城头去敲锣，翘首望着城郊外。

我正规军在锣声中冲进城来。

▲同前办公室之一角

神尾在办公室里打不通电话,焦急得满头大汗。

廷勋和寿山也望着电话机直躁急。室门口站着一个敌兵举着枪,似乎监视着他们两个。外面的枪声越来越近了,廷勋直向墙角里躲,寿山也有点害怕的表现。

▲同前敌警备队部门前

伪军一队赶到了敌警备队部门口,后面还是有些敌兵监视着。敌军曹向敌伪军指示防守的地点。

排长于忠葆没有等得及敌军曹讲完话,便举起手枪吼起来了:

"弟兄们!这是我们出头的日子到了!"

"杀尽日本鬼!"立刻就有人反应着。

"杀啊!"群众齐声吼起来了。

于忠葆早已在自己说完话时就对准了敌军曹一枪,结果了他,接连着好几响枪声。

敌伪两军立即分开两面。

敌军拥有机关枪,显然占了优势,反正军颇有死伤,幸而兴昌的一队人自远赶到。

兴昌一队人到了就散开,射击敌人。

对门民家楼窗口露出了一个青年人的脸来,向街上掷下手溜弹。敌机枪被炸毁,枪手被炸死。

敌警备队部门前也中一弹,照牌和窗门都跌落下来。

少数敌兵,很容易地一下子就消灭了。群众拥进了敌警备队部的门。

▲同前监狱

监狱的夹巷里,李得胜等三个反正军跟敌兵搏斗,把最后的一个敌兵打倒了,李得胜拼命地奔过来夺取了他手里的钥匙,去开狱门。

一个敌兵奔进来，尚未及闪开，已经中了一个守候着的反正军的枪弹。

李永田等十余人蜂拥似地从狱门里奔了出来，去抢敌人尸体身边的枪和身上的子弹。

▲同前敌军营门前

敌军营门前战斗激烈，我正规军已参加为攻击的主力，敌军利用大门口的凹形，作困兽斗。我士兵先投手溜弹过去，大门口迷漫了烟雾，敌兵看不见目标，胡乱放射机关枪，我士兵奋勇冲锋，报以手溜弹，瞬息而机枪声绝。

在敌军营对面民家屋顶上的晒台上，我士兵搬上了机关枪，正对着敌军营大门。

敌军又纷纷从军营里冲出来。

我机关枪手在一阵扫射之后，举头一望，笑了。

我军队纷纷冲入敌军营，敌军营背后已经起了大火，浓烟冲上云霄。

▲同前市街

敌纷纷向城门口逃窜。

城门口有我弟兄的机关枪把守着，也扫射起来。

▲同前敌警备队部门前

群众把神尾廷勋寿山绑了出来，在这情势之中，三个人都是一样的狼狈。

▲同前王家书房

王家书房的楼窗口，王老大扶着道元在远望着，这时，枪声已经稀了。道元臂上扎了白布，鲜血渗透了。

"怎么样，你说，敌人已经完全消灭了吗？"道元问老大。

"是的，大少爷，没有逃脱一个。"老大兴奋地回答。

"喔！"

道元的精神这才松懈下来，感觉十分疲乏了。他几乎要晕厥的样子。向后退了半步，老大扶了他进去，安慰他说：

"大少爷，你该休息了。"

▲伪县政府大礼堂

伪县政府大礼堂，群众把堂上挂着"联日兴邦"的匾额用斧头砍下来劈碎，把交叉着的五色伪旗和膏药旗拉下来撕毁，又憎恶地把它丢在地上践踏。

礼堂门口，不断地涌进人来，武装民众把神尾廷勋寿山三人推了进来，民众跟着指骂他们：

"现在你们的脸搁在那儿去？"

"现在拿老百姓当牛马似的威风那儿去了啊！"

"不要脸的强盗！汉奸！"

"打死他们！"

"打！打！打！"群众巨大的声音怒吼着。

混乱中，居然都涌上去打了，有人叫喊着，想遏止他们，没有用。许多人站得高高地看着吼。

经纶赶紧爬上讲台去，向天开了两枪，叫喊着：

"各位同胞，各位同胞……"

苗影高高的站在凳子上望着经纶。这时群众静了下来，苗影喜爱的表情听着经纶在说：

"各位同胞，既然大家好容易把他们（指）活活地捉住了，就该先来审问一下。"

很多人举起手来，喊着：

"好，审问，审！"

"好，审啊！"

经纶止住了群众的吼声之后，有一个提议说：

"把它们押到我们县长那儿去！"

经纶指着大门口，说：

"我们的县长已经来了，请大家让一条路出来！"

群众回头看。

大门口的人早已经让出了路来，其余的人也都跟着向两边移动。县长后面跟着两位军官，在群众热烈的掌声中点头微笑地进来，后面跟了许多民众，掌声中有人叫着：

"欢迎领导民众抗日的好县长！"

群众宏大的声音附和着这句口号，跟着又吼起来了。

▲同前市街

群众以国旗为前导，结队游行，火炬点点，连绵不断，路边楼头，遍放鞭炮，锣鼓喧天，吼声雷鸣。

锣鼓打得正起劲。

鞭炮高升抒发了热烈而奋发的情绪。

老太婆也挤在人堆里举起火炬欢呼着。

一个拐腿的人举着火炬，落在后面，拼命追赶，快赶上行列时，有人回头劝阻他：

"你拐了一条腿，别赶了，旁边歇忽儿吧。"

正说着话，他又落后了好几步，不免再拼命拐着赶上去。看他气喘得很紧，但还是在赶。

行列前进，辉煌的青天白日旗接近到我们的眼前，遮住了后面一切的场景。

在东方灿烂的晨霞下，鞭炮，锣鼓，以及群众的吼声依然震撼着山河，大地的景色，逐渐明朗起来。

一九四一，双十节

选自史东山著：《还我故乡》，上海明华出版社，1946年

存 目

作者	作品/演出剧目	出版时间（年）	版本信息
王治安	《孤城落日》（又名《衡阳之战》，四幕剧）	1945	巴县：中国光明剧社，辑入中国光明戏剧丛书。
蒲伯英	《道义之交》（六幕剧）	1923	北京：晨报社，晨报丛书第一种。
	《阔人的孝道》（四幕剧）	1924	北京：晨报社，戏剧第二集，晨报社丛书第十七种。
	《桃花扇》（电影）	1947	重庆：中周出版社。
欧阳予倩	《救国公债联弹》（独幕剧）	1937	1937年9月25日《救亡日报》。
	《忠王李秀成》（五幕剧）	1941	桂林：文化供应社。
	《回家以后》（独幕剧）	1944	重庆：中国出版社。
李一氓	《九宫山》（话剧）	1943—1946	淮海实验京剧团演出。据李一氓《〈九宫山〉演出的前前后后》记载，该剧根据郭沫若《甲申三百年祭》编写。
郭沫若	《孤竹君之二子》、《月光》（诗剧）、《广寒宫》（童话剧）	1923	收于创造社编：《星空》，上海：泰东图书局，创造社丛书第六种。
	《卓文君》（三幕剧）	1923	1923年5月《创造》第2卷第1号。

存　目 ／ 395

续表

作者	作品/演出剧目	出版时间（年）	版本信息
郭沫若	《王昭君》（两幕剧）	1924	1924年2月《创造》第2卷第2号。
	《聂嫈》（三幕剧）	1925	上海：光华书局，创造社丛书。该剧后与《王昭君》《卓文君》于1926年合并出版，名为《三个叛逆的女性》。
	《女神及叛逆的女性》（戏剧集）	1930	上海：新兴书店，收诗剧和话剧共7种。
	《湘累》（独幕剧）	1921	收于《湘累》，上海：天马书店。
	《甘愿做炮灰》（戏剧集）	1938	上海：北新书局，收录《甘愿做炮灰》《棠棣之花》两个剧本。
	《屈原》（五幕剧）	1942	1942年1月24日—2月7日《中央日报》连载；1942年4月3日由中华剧艺社在重庆国泰大戏院公演。郭沫若"抗战六剧"之一。
	《棠棣之花》（五幕剧）	1942	重庆：作家书屋。郭沫若"抗战六剧"之一。
	《虎符》（又名《信陵君与如姬》，五幕剧）	1942	重庆：群益出版社，郭沫若"抗战六剧"之一。
	《高渐离》（原名《筑》，五幕剧）	1946	重庆：群益出版社，郭沫若"抗战六剧"之一。
	《南冠草》（又名《金风剪玉衣》，五幕剧）	1944	重庆：群益出版社，郭沫若"抗战六剧"之一。

续表

作者	作品/演出剧目	出版时间（年）	版本信息
丁西林	《亲爱的丈夫》（独幕剧）	1924	1924年9月《太平洋》第4卷第8号。
	《妙峰山》（四幕剧）	1941	桂林：戏剧春秋月刊社，辑入戏剧春秋丛书。
孙怒潮	《空军魂》（四幕剧）	1939	成都：中国的空军出版社。
洪深	《西红柿与小锄头》（儿童剧）	1943	重庆：文风书局。
	《鸡鸣早看天》（三幕剧）	1945	重庆：华中图书公司。
	《人之初》（三幕剧）	1947	上海：正中书局。
洪深、王思曾	《炸药》（独幕剧）	1939	1939年9月神鹰剧团于成都智育电影院联合公演的4部独幕剧之一。
洪深执笔	《米》（四幕剧）	1938	汉口：华中图书公司。1938年1月由上海话剧界救亡协会战时移动演剧第二队集体创作。
茅盾	《清明前后》（五幕剧）	1945	重庆：开明书店。1945年9月由中国艺术剧社在重庆首演。导演为赵丹。
余上沅	《兵变》（独幕剧）	1925	收于《上沅剧本甲集》，上海：商务出版社。1925年五五剧社首演。
余上沅等	《流亡者之歌》（街头剧）	1938	收于啸虹主编：《抗战独幕剧选二集》，汉口：大众出版社。
余上沅、王思曾	《从军乐》（四幕剧）	1940	重庆：正中书局，国立戏剧学校战时戏剧丛书之五。

续表

作者	作品/演出剧目	出版时间（年）	版本信息
田汉	《卢沟桥》（四幕剧）	1938	汉口：大众出版社。
田汉	《最后的胜利》（四幕剧）	1938	汉口：上海杂志公司。
田汉	《丽人行》（二十一场剧）	1947	上海救亡演剧九队1947年3月首演。1957年修改，发表于《剧本》月刊1957年5月号。
田汉	《江汉渔歌》（三十六场剧）	1940	郑伯奇主编，上海杂志公司，每月文库一辑之一。
田汉	《秋声赋》（五幕剧）	1944	桂林：文人出版社。
田汉、洪深、夏衍、陶雄	《风雨归舟》（又名《再会吧，香港》，四幕剧）	1942	桂林：集美书店，戏剧春秋丛书之一。
夏衍、陈白尘、田汉、于伶、宋之的等	《保卫卢沟桥》（三幕剧）	1937	上海：戏剧时代出版社。此剧由中国剧作者协会集体创作，是"陪都"公演的第一部抗日话剧，近300人参加演出，揭开了重庆抗日救亡话剧运动的序幕。
陈鲤庭	《放下你的鞭子》（街头剧）	1938	武昌：战争丛刊社，抗战戏剧丛书第二种。本剧以田汉创作的独幕剧《迷娘》为底本，经集体创作，最后由陈鲤庭执笔写成。1931年10月1日在上海首演。四川省立戏剧教育实验学校师生多次合演此剧。
舒强	《活捉日本鬼》（独幕剧）	1940	重庆：生活书店。

续表

作者	作品演出剧目	出版时间（年）	版本信息
吕复、王逸、舒强、何茵编剧	《三江好》（街头剧）	1938	武昌：战争丛刊社，辑入抗敌戏剧丛书。
张平群改译，瞿白音改订	《最后一计》（独幕剧）	1938	武昌：战争丛刊社，辑入抗战戏剧丛书。
	《谁先到了重庆》（四幕剧）	1943	重庆：联友出版社。
	《残雾》（四幕剧）	1939—1940	1939年8月《文艺月刊·战时特刊》第3卷第8期开始连载，至1940年1月第4卷第1期续完。1939年11月由中国电影制片厂怒潮剧团在重庆首演。1940年由商务印书馆出版。是老舍的第一部剧本。
老舍	《大地龙蛇》（三幕剧）	1941	重庆：民国图书出版社，辑入文艺丛书。
	《张自忠》（四幕剧）	1941	重庆：华中图书公司，辑入弹花文艺丛书。
	《归去来兮》（五幕剧）	1943	重庆：作家书屋，辑入作家剧丛。
	《王老虎》（又名《虎啸》，四幕剧）	1943	1943年1月《文学创作》第1卷第6期。
夏衍	《上海屋檐下》（三幕剧）	1939、1946、1949	1939年由中电剧吼剧社在重庆首演，1939年上海现代戏剧出版社初版；1946年上海国民书店出版；1949年上海开明书店出版，辑入夏衍剧作集。

存 目 / 399

续表

作者	作品/演出剧目	出版时间（年）	版本信息
夏衍	《一年间》（后改名《天上人间》，四幕剧）	1939	1939年4月，为募集《救亡日报》基金，留渝剧人以强大阵容在国泰大戏院联合公演夏衍新作《一年间》，连演7场，轰动山城。
	《赎罪》（独幕剧）	1938	由上海救亡演剧九队演出。1938年9月《文艺阵地》第1卷第11期。收于夏衍剧本集《小市民》，新知书店1940年7月版。
	《心防》（四幕剧）	1940	桂林：新知书店。
	《芳草天涯》（四幕剧）	1945	1945年9月由中国艺术剧社在重庆首演。1949年开明书店出版，辑入夏衍剧作集。
	《水乡吟》（后改名《忆江南》，四幕剧）	1946	成稿于重庆北温泉。1946年春节，余上沅带领北碚剧人庆祝第九届戏剧节，国立戏剧专科学校公演《水乡吟》。
	《赛金花》（四幕剧）	1937	1937年3月2日—20日在北平《实报》连载。1937年实报社出版，实报丛书之二十九。1940年春在成都公演。1941年3月华中图书公司再次出版，1944年再版。
熊佛西	《后防·中华民族的子孙》（戏剧集）	1939	成都：四川省立戏剧教育实验学校。
	《蓍群之马》（三幕剧）	1940	1940年1月1日—5月1日《戏剧岗位》第1卷第4—6期合刊。

续表

作者	作品/演出剧目	出版时间（年）	版本信息
熊佛西	《世界公敌》（三幕剧）	1941	重庆：青年出版社。
	《佛西抗战戏剧集》（戏剧集）	1942	重庆：华中图书公司。该戏剧集包括《囤积》（1940）、《搜查》（1930）、《人与傀儡》（1939）、《无名小卒》四个独幕剧和《中华民族的子孙》一个三幕剧，除了《无名小卒》创作于1931年，其他都是作者在抗战时期创作的服务于抗战宣传的剧本。《囤积》《搜查》《人与傀儡》三个剧本先在《戏剧岗位》发表再收入本集子。
孙瑜	《火的洗礼》（电影）	1941	1941年2月23日、3月2日重庆《国民公报》。
	《长空万里》（电影）	1939	1939年12月10日、17日《国民公报·星期增刊》。
周贻白	《李香君》（五幕剧）	1938	万籁天导演，神鹰剧团首演于成都。
杨村人	《新鸳鸯谱》（三幕剧）	1943	重庆：南方印书馆。
阳翰笙	《铁板红泪录》（电影）	1933	1933年11月12日首映。洪深导演，王士珍摄影。明星影片股份有限公司摄制。
	《中国海的怒潮》（电影）	1933	艺华影业公司摄制，岳枫导演。
	《逃亡》（电影）	1934	艺华影业公司摄制，岳枫导演。
	《生之哀歌》（电影）	1934	艺华影业公司摄制，胡锐导演。

续表

作者	作品/演出剧目	出版时间（年）	版本信息
阳翰笙	《新娘子军》（电影）	1936	为明星影片股份有限公司所写，1936年8月11日—24日南京《新民版》副刊《新园地》连载，未摄制。
	《生死同心》（电影）	1936	明星影片股份有限公司摄制，应云卫导演。
	《夜奔》（电影）	1937	明星影片股份有限公司摄制，程步高导演。
	《八百壮士》（电影）	1938	中国电影制片厂（武汉）摄制，应云卫导演。
	《李秀成之死》（四幕剧）	1938	汉口：华中图书公司，抗战戏剧丛书之三。
	《青年中国》（电影）	1940	中国电影制片厂（重庆）1940年摄制，苏怡导演。片中的《游击队之歌》广为流传。
	《天国春秋》（六幕剧）	1946	上海：群益出版社，群益历史剧丛之七。
	《槿花之歌》（五幕剧）	1945	赵清阁主编，重庆：黄河书局，辑入黄河文艺丛书。
	《两面人》（又名《天地玄黄》，四幕剧）	1943	重庆：当今出版社。
阳翰笙、沈浮	《三毛流浪记》（电影）	1948	根据张乐平的连续漫画《三毛》改编成电影剧本。昆仑影业公司摄制，赵明、严恭导演。
	《万家灯火》（电影）	1948	上海：作家书屋，电影小说丛书第三种。昆仑影业公司摄制，沈浮导演。
顾一樵	《古城烽火》（三幕剧）	1939	重庆：正中书局，辑入国立戏剧学校战时戏剧丛书。

续表

作者	作品/演出剧目	出版时间（年）	版本信息
顾一樵	《荆轲》（四幕剧）	1940	长沙：商务印书馆。
	《白娘娘》（五幕剧）	1938	长沙：商务印书馆。
	《岳飞》（四幕剧）	1940	长沙：商务印书馆。
	《苏武》（三幕剧）	1944	重庆：商务印书馆。
史东山	《保卫我们的土地》（电影）	1938	第一部抗战电影，中国电影制片厂摄制，抗战四部曲之一。
	《好丈夫》（电影）	1939	中国电影制片厂摄制，抗战四部曲之一。
	《还我故乡》（电影）	1945	中国电影制片厂摄制，抗战四部曲之一。
	《八千里路云和月》（电影）	1947	联华电影制片厂摄制，史东山、王为一导演。该片"为战后中国电影艺术奠下了基石"。
陈铨	《火》（电影）	1939	1939年8月《文艺月刊》第3卷第8—9期合刊。
	《蓝蝴蝶》（四幕剧）	1943	重庆：青年书店。
	《无情女》（三幕剧）	1943	重庆：青年书店。
	《黄鹤楼》（五幕剧）	1944	重庆：商务印书馆。
	《野玫瑰》（四幕剧）	1942	重庆：商务印书馆，文史杂志出版社。该剧于1942年3月在重庆抗建堂以雄厚演员阵容演出。后被改编为电影《天字第一号》。

续表

作者	作品/演出剧目	出版时间（年）	版本信息
陈铨	《金指环》（三幕剧）	1943	重庆：天地出版社。
	《自卫》（独幕剧）	1944	收于独幕剧集《婚后》，重庆：商务印书馆。
	《中华儿女》（电影）	1939	中央电影摄影场摄制。
沈西苓	《神鹰》（电影）	1939	与孙瑜编导的《长空万里》为姊妹作。
	《大时代的小人物》（又名《无名英雄》，电影）	1939	中国电影制片厂摄制，系《中华儿女》第二部曲。
沈浮	《金玉满堂》（四幕剧）	1942,1944	成都：华西晚报影出版部；重庆：新生图书文具公司，沈浮戏剧集之二。
	《重庆二十四小时》（三幕剧）	1945	重庆：联友出版社，辑入联友剧丛。
	《小人物狂想曲》（戏剧集）	1945	重庆：新生图书文具公司，沈浮戏剧集之一。
姚苏凤	《之子于归》（四幕剧）	1943	重庆：新生图书文具公司。
	《火中莲》（五幕剧）	1944	重庆：国民图书出版社。
李健吾	《信号》（三幕剧）	1942	重庆：文化生活出版社。
	《健吾戏剧集》（戏剧集）	1942	重庆：文化生活出版社。
辛汛	《东北之家》（独幕剧）	1932,1937	山西牺牲救国同盟会，牺牲救国剧本之六。

续表

作者	作品/演出剧目	出版时间（年）	版本信息
辛汉	《弃儿》（独幕剧）	1934、1937	上海：新演剧社，辑入新演剧小丛书。
	《夜》（五幕剧）	1941	重庆：大东书局，抗战戏剧丛书之一。
	《我们的故乡》（戏剧集）	1937	上海：一般书店，辑入每月文艺丛刊。书中收录《死亡线上》《村中之夜》《儿归》《雪夜小景》《赔钱货》《我们的故乡》6个剧本。
	《生路》（戏剧集）	1938	汉口：新演剧社，辑入战时演剧丛书，新演剧社主编。收录《生路》《磨刀乐》3个独幕剧。
	《家破人亡》（戏剧集）	1938	汉口：新演剧社，辑入战时戏剧丛书，新演剧社主编。收录《家破人亡》《胎妇》《纪念》3个独幕剧。
	《战斗》（五幕剧）	1939	重庆：生活书店。
	《黑暗的笑声》（四幕剧）	1939	郑伯奇主编，重庆：上海杂志公司，每月文库一辑之四。
	《期望》（三幕剧）	1941	桂林：文学出版社。
凌鹤	《黑地狱》（戏剧集）	1937、1939	上海：戏剧时代出版社，戏剧时代丛书；上海：戏剧书店，国防戏剧丛书《黑地狱》《荒漠笳声》《洋白糖》3个剧本。收录《黑地狱》首演于南京，麦动剧坛。
	《火海中的孤军》（原名《八百壮士》，独幕剧）	1938	1938年1月《抗战戏剧》第1卷第4期。

续表

作者	作品/演出剧目	出版时间（年）	版本信息
凌鹤	《夜之歌》（独幕剧）	1938	1938年4月《战地》第1卷第3期。
	《再上前线》（街头剧）	1937	收于啸坡主编《抗战独幕剧选二集》，汉口：大众出版社。
	《铁蹄下的上海》（独幕剧）	1937	《浙江潮》第2—4期。
	《何必呢》（独幕剧）	1939	1939年9月《抗战艺术》第1期。
	《乐园进行曲》（四幕剧）	1938	由孩子剧团演出。
	《爱与仇》（五幕剧）	1939	1939年11月13日政治部教导剧团在重庆上演该剧。
	《夜光杯》（四幕剧）	1939	1939年11月15日在重庆国泰大戏院公演。见《中央青年剧社两次公演》，刊于1940年7月1日《青剧通讯》第2期。
	《战斗的女性》（四幕剧）	1946	上海：上海杂志公司。
凌鹤、吴晓邦、王云阶、藏云远	《法西斯丧钟响了》（歌舞活报剧）	1941	由孩子剧团演出，轰动一时。
尤兢	《汉奸的子孙》（戏剧集）	1937	上海：生活书店，妇女生活丛书之二。本书收录《忍受》《回声》《神秘太太》《夏夜曲》《警号》《三小姐的职业》《踢下》《盟誓》《汉奸的子孙》《撤退赵家庄》10个独幕剧。书前有洪深的《时代与民众的戏剧》（代序）及著者的《前言——未寄前的信》。
	《皇军的伟绩》（戏剧集）	1937	汉口：上海杂志公司。收录《皇军的伟绩》《在关内过年》《搜查》3个独幕剧。

续表

作者	作品/演出剧目	出版时间（年）	版本信息
尤兢	《浮尸》（三幕剧）	1937	汉口：上海杂志公司。
	《血洒晴空——飞将军阎海文》（两幕剧）	1938	汉口：大众出版社，抗战戏剧丛书之五。
	《我们打冲锋》（戏剧集）	1938	汉口：大众出版社，抗战戏剧丛书之三。收录《省一粒子弹》《我们打冲锋》《以身许国》《通州城外》《雪里红》《给打击者以打击》6个剧本。
	《花溅泪》（五幕剧）	1938	张道藩主编，上海：现代戏剧出版社，现代戏剧丛书之十。1941年在成都排演，万籁天导演。
	《抗战报告剧》（戏剧集）	1939	汉口：上海杂志公司。
	《夜上海》（五幕剧）	1939	上海：剧场艺术社。
	《女子公寓》（四幕剧/电影）	1939	上海：现代戏剧出版社，现代戏剧丛书之六。1938年上海剧艺社首演。
	《满城风雨》（又名《情疑云》，四幕剧）	1939	上海：现代戏剧出版社。
	《女儿国》（五幕剧）	1940	上海：国民书店。
	《杏花春雨江南》（四幕剧）	1943	重庆：美学出版社。该剧是《夜上海》续编，1943年10月8日由中国艺术剧社在重庆演出。

存 目 / 407

续表

作者	作品/演出剧目	出版时间（年）	版本信息
尤兢	《心狱》（又名《乌夜啼》，三幕剧）	1944	1943年，于伶与夏衍、宋之的、金山等人组织了民间艺术剧社，成为抗战后期重庆戏剧运动的中心力量。1944年，重庆未林出版社出版。
	《长夜行》（四幕剧）	1942	桂林：远方书店。
	清流万里（又名《文化春秋》，三幕剧）	1947	上海：新群出版社。
赵铭彝	《天津的黑影》（独幕剧）	1938	与于伶合作，完稿于汉口。
张季纯	《卫生针》（戏剧集）	1940	重庆：华中图书公司，剧本选择之一。收录《狗东西》（报告剧）、《卫生针》（街头剧）、《打日本》（儿童剧）、《一双手》（街头剧）4个剧本。
	《血洒卢沟桥》（独幕剧）	1937	1937年7月《光明》第3卷第4期。
	《石达开的末路》（四幕剧）	1936	上海：文学出版社。
陈白尘	《魔窟》（演出时改名《群魔乱舞》，重版改名《新官上任》，四幕剧）	1938、1946	汉口：生活书店；上海：生活书店重版，改编自沙汀的通讯《宝山陷落像偏笑剧》。
	《乱世男女》（三幕剧）	1939	1939年3—4月《时事类编》第33—36期；1940年在成都上演，万籁天导演。
	《大地回春》（五幕剧）	1948	桂林：文化供应社。

408 ╲ 四川新文学大系·戏剧编（第四卷）

续表

作者	作品/演出剧目	出版时间（年）	版本信息
陈白尘	《大地黄金》（又名《秋收》，三幕剧）	1941	重庆：上海杂志公司。雾季公演推出。
	《汉奸》（四幕剧）	1938、1941	1938年2—3月连载于《抗战戏剧》第1卷第6—8期。汉口：中国图书公司，抗战戏剧丛书之六。
	《汪精卫现行记》（活报剧）	1940	重庆：中国戏曲编刊社。
	《后方小喜剧》（戏剧集）	1942	上海：生活书店。收录《未婚夫妻》《封锁线上》《罗圈富》《火墙》5个独幕剧。
	《岁寒图》（三幕剧）	1945	重庆：群益出版社，辑入群益现代剧丛。1942年雾季公演第三季推出。
	《大渡河》（又名《翼王石达开》，五幕剧）	1946	重庆：群益出版社。
陈克成、潘子农、陈白尘、吴祖光、杨村彬、周彦	《凯歌归》（原名《胜利号》，三幕剧）	1944	重庆：文聿出版社。
陈瘦竹	《复仇》（独幕剧）	1938	1938年1月《东方杂志》第35卷第2号。
	《醒来吧，农人》（三幕剧）	1939	1939年3月、5月《新西北》第1卷第2、4期

存目 / 409

续表

作者	作品/演出剧目	出版时间（年）	版本信息
周彦	《电线杆子》（独幕剧）	1937	长沙：中华平民教育促进会，辑入农民抗战丛书。
	《生死关头》（独幕剧）	1938	长沙：中华平民教育促进会，辑入农民抗战丛书。由上海救亡演剧九队演出。
	《正式结婚》（戏剧集）	1941	重庆：华中图书公司。收录《正式结婚》《国难夫人》《封锁线》《人财两空》4个独幕喜剧。
	《朱门怨》（又名《成都二重奏》，四幕剧）	1943	重庆：新生图书文具公司。
	《万古千秋》（四幕剧）	1943	重庆：南方印书馆，辑入创作新编。
	《桃花扇》（三幕剧）	1944	重庆：当今出版社，辑入当今戏剧丛书。
袁牧之	《孤岛小景》（独幕剧）	1942	重庆：1942年2月中华剧艺社演出。
任钧	《新女性》（独幕剧）	1942	重庆：华中图书公司。
	《中华儿女》（独幕剧）	1945	重庆：国民图书出版社。
徐韬	《八百壮士》（独幕剧）	1938	收于赵旭初编《战时儿童独幕剧》，战时儿童教育社，辑入战时儿童剧丛刊。
	《上战场》（独幕剧）	1938	生活书店，大众抗战剧丛之六。

续表

作者	作品/演出剧目	出版时间（年）	版本信息
徐苏灵	《孤城喋血》（电影）	1939	中央电影摄影场摄制。
曹禺	《蜕变》（四幕剧）	1940、1941、1942	初刊于1940年4月16日—6月3日《国民公报》；初版于商务印书馆1940年7月；重庆：文化生活出版社，曹禺戏剧集第五种；重庆：文化生活出版社，渝版文季丛书之五。
	《家》（四幕剧）	1942	重庆：文化生活出版社。根据巴金原著改编。完成于1942年盛夏重庆唐家沱一艘泊船上。
	《桥》（多幕剧）	1944	1944年2月25日《戏剧月刊》第1卷第3期《剧坛动态》报道曹禺年度新剧《桥》以抗战时期大后方的工业建设为题材；截至1946年4月在《文艺复兴》1卷3—5期发表时，只完成了两幕三场。
袁俊	《小城故事》（五幕剧）	1941	上海：文化生活出版社，辑入文季丛刊；1947年辑入袁俊戏剧集一。
	《边城故事》（五幕剧）	1941	上海：文化生活出版社，文季丛书之二十；1946年辑入袁俊戏剧集二。
	《山城故事》（三幕剧）	1944	重庆：文化生活出版社，渝版文季丛书之九；1947年辑入袁俊戏剧集三。
	《美国总统号》（三幕剧）	1943	重庆：文化生活出版社，渝版文季丛书之五；1946年辑入袁俊戏剧集五。

续表

作者	作品/演出剧目	出版时间(年)	版本信息
袁俊	《万世师表》(四幕剧)	1946	上海：文化生活出版社，辑入袁俊戏剧集四。
贺孟斧	《风雪太行山》(电影)	1940	西北影业公司摄制，贺孟斧、沈浮导演。
	《海啸》(三幕剧)	1942	重庆：新生图书文具公司，辑入新生戏剧丛书。
	《战斗的夏天》(三幕剧)	1933	1933年12月20日工农剧社总社刊印。
	《军民合作》(独幕剧)	1939	见中央戏剧学院收藏的手抄本复印件。
	《紫坊村》(独幕剧)	1939	见中央戏剧学院收藏的手抄本复印件。
	《争取最后的胜利》	1938	1938年5月5日《战地》第1卷第4期；收于吴名编《宣传剧》第3集，汉口：大路书店。
李伯钊	《老三》(又名《败家子》，两幕剧)	1941	1941年《文艺阵地》第6卷第3期。
	《母亲》(两幕剧)	1940	创作于1940年，收于李伯钊：《李伯钊文集》，北京：解放军出版社，1989年。
	《村长》(三幕剧)	1942	见中央戏剧学院收藏的手抄本复印件。
	《宴会》(独幕剧)	1946	创作于1946年，收于李伯钊：《李伯钊文集》，北京：解放军出版社，1989年。

续表

作者	作品/演出剧目	出版时间（年）	版本信息
陶雄	《军营前》（独幕剧）	1937	1937年5月《防空月刊》第3卷第5期。
	《总站之夜》（戏剧集）	1940	丁布夫主编，重庆：中国的空军出版社，空军戏剧丛书第五种。收录《总站之夜》《闽海之死》《归队》3个独幕剧。
	《旧恨新愁》（四幕剧）	1946	上海：文江图书公司。
	《豚子》（戏剧集）	1947	南京：独立出版社，辑入独立文艺丛书。
	《病院枪声》（戏剧集）	1939、1940	1939年2月10日在赵清阁主编的《弹花》第4卷第4期上发表。华中图书公司1940年出版，是《病院枪声》和《航线上》（又名《四等舱》）两个独幕剧合集。1940年被苏联作家翻译成俄文，刊于莱斯科出版的《国际文学》。
胡绍轩	《煤坑》（三幕剧）	1940	"抗战三部曲"；《盐场》未发表。
	《铁砂》（四幕剧）	1942	
	《盐场》（多幕剧）		
	《第七号人头》（戏剧集）	1938	重庆：艺文研究会，抗战戏剧丛书之一。收录《我们不做亡国奴》（一幕三场新型剧）和《第七号人头》（三幕舞台剧）两个剧本。
	《长江血》（街头剧）	1938	1938年12月《抗战文艺》第3卷第3期。
杨村彬	《秦良玉》（四幕剧）	1939、1941	1938年写于桂湖。成都：四川省立戏剧教育实验学校编纂委员会，四川省立戏剧教育实验学校排演用本之二；重庆：中央青年剧社。

存 目 / 413

续表

作者	作品/演出剧目	出版时间（年）	版本信息
杨村彬	《野火》（独幕剧）	1941	辑入神鹰剧丛第四种。
	《解放者》（四幕剧）	1941	重庆：华中图书公司，抗战戏剧丛书之一。
	《清宫外史：第一部 光绪亲政记》（四幕剧）	1943	重庆：国讯书店。《清宫外史》系杨村彬成名作，1943年春由中央青年剧社在重庆抗建堂首演。
	《清宫外史：第二部 光绪变政记》（四幕剧）	1944	重庆：国讯书店，1944年冬由中国电影制片厂、中国万岁剧团在重庆首演。
	《清宫外史：第三部 光绪归政记》	1946	连载于上海《联合晚报》。
	《揭穿白皮书》（活报剧）	1949	上海：上海出版公司，辑入艺文新辑。
沈蔚德	《新型街头剧集》（戏剧集）	1939	重庆：正中书局，辑入国立戏剧学校战时戏剧丛书。收录《最后胜利》《流亡三部曲》《重整战袍》《我们的后防》等可供街头演出等短剧，表演形式有话剧、方言剧、歌曲剧等。书中附有插曲近20首。
	《抗战独幕喜剧选》（戏剧集）	1940	国立戏剧学校主编，重庆：正中书局。收录《李仙娘》《美人》《可怜虫》《炸》4个独幕剧。
	《离婚》（独幕剧）	1946	1946年5月《文萃》创刊号。
	《自卫》（独幕剧）	1938	1938年3月《抗战戏剧》第1卷第8期。

续表

作者	作品/演出剧目	出版时间（年）	版本信息
沈蔚德	《女兵马兰》（三幕剧）	1940	1940年《新西北》第2卷第3、4、6期。
	《春常在》（五幕剧）	1946	上海：商务印书馆。
王为一	《宣传》（独幕剧）	1939	重庆：生活书店。
	《为自由和平而战》（独幕剧）	1939	重庆：生活书店。
	《风陵渡》（四幕剧）	1941	北京：青年出版社。
	《燎原》（后改名《还乡记》，四幕剧）	1943	重庆：明天出版社，辑入明天戏剧丛书。
范嘉甫	《野马》（四幕剧）	1945	重庆：三人出版社。
	《一出戏》（戏剧集）	1941	重庆：华中图书公司。收录《一出戏》《群火》等独幕剧。
	《警魂歌》（电影）	1945	中国电影制片厂摄制，汤晓丹导演。
姚亚影	《范筑先》（三幕剧）	1940、1943	重庆：读书生活出版社；重庆：后方勤务部政治部，辑入振文戏剧丛书。
	《滚滔沙》（戏剧集）	1940、1941	1940年初刊于重庆《国民公报》；重庆：华中图书公司，剧本选集之六。收录《滚滔沙》（独幕剧）、《归去》（四幕剧）两个剧本。
	《天将晓》（四幕剧）	1945	重庆：华美书店，辑入朝霞文艺社丛书。

续表

作者	作品/演出剧目	出版时间（年）	版本信息
何非光	《保家乡》（电影）	1939	
	《东亚之光》（电影）	1940	何非光是中国第一代导演，《气壮山河》是中国唯一一部反映中国军民和盟军一起直接参加世界反法西斯战争的影片。1940年导演的《东亚之光》是其电影创作的高峰。
	《气壮山河》（电影）	1944	
	《血溅樱花》（电影）	1944	
赵清阁	《血债》（戏剧集）	1938	重庆：艺文研究会，抗战戏剧丛书之四。收录两个独幕剧《血债》《把枪头瞄准了敌人》，三个街头剧《一起上前线》《最后关头》《报仇雪耻》。
	《反攻胜利》（三幕剧）	1941	重庆：正中书局。
	《女杰》（五幕剧）	1941	重庆：华中图书公司，弹花文艺丛书之二。
	《过年》（戏剧集）	1941	重庆：独立出版社。
	《活》（戏剧集）	1943	重庆：妇女月刊社，辑入妇女丛书。本书收录四幕悲剧《活》（又名《雨打梨花》），五幕历史剧《花木兰》。
	《潇湘淑女》（又名《忠义千秋》，四幕剧）	1944	重庆：商务印书馆。为洪深主持的政治部军政文化戏剧干训班而写。
	《清风明月》（三幕剧）	1944	重庆：华中图书公司。

416 \ 四川新文学大系·戏剧编（第四卷）

续表

作者	作品/演出剧目	出版时间（年）	版本信息
赵清阁	《诗魂冷月》（又名《冷血葬诗魂》，四幕剧）	1946,1948	上海：名山书局，辑入名山戏剧丛书，红楼梦剧本之一；上海：文艺出版社。
	《雪剑鸳鸯》（又名《鸳鸯剑》，四幕剧）	1945,1946	重庆：黄河书局；上海：名山书局，辑入名山戏剧丛书，红楼梦剧本之二。
	《流水飞花》（四幕剧）	1946	上海：名山书局，辑入名山戏剧丛书，红楼梦剧本之三。
	《关羽》（四幕剧）	1946	正中书局，辑入现代戏剧丛书。
	《桥》（戏剧集）	1947	上海：独立出版社，辑入独立文艺丛书。收录《桥》《血债》《古城留芳》《一门忠烈》4个独幕剧。
宋之的	《江湖人》（四幕剧）	1942	宗由导演（宗由担任过空军神鹰剧团演剧队队长、上海救亡演剧队第五队队长）。
	《刑》（四幕剧）	1940	重庆：大东书局。
	《烙痕》（戏剧集）	1937	汉口：上海杂志公司。
	《罪犯》（又名《谁之罪》，三幕剧）	1937	上海：上海杂志公司。
	《旧关之战》（戏剧集）	1938	汉口：生活书店。收录《黄埔江边》《旧关之战》两个独幕剧。
	《自卫队》（又名《民族光荣》，四幕剧）	1939,1940	1939年1—2月《中苏文化》第5—9期；重庆：上海杂志公司，每月文库一辑之一；1940年《现代青年》第2卷第1期。

存 目 / 417

续表

作者	作品/演出剧目	出版时间（年）	版本信息
宋之的	《雾重庆》（又名《鞭》，五幕剧）	1940	重庆：生活书店。1940年12月由中国万岁剧团在重庆国泰大戏院上演，盛况空前。
宋之的	《微尘》（独幕剧）	1941	1941年11月《戏剧岗位》第3卷第3—4期合刊。
宋之的	《祖国在呼唤》（五幕剧）	1943	桂林：远方书店。
宋之的	《春寒》（五幕剧）	1945	重庆：未林出版社。
舒群、罗烽、荒煤、宋之的	《总动员》（四幕剧）	1938	汉口：上海杂志公司。
夏衍、于伶、宋之的	《戏剧春秋》（五幕剧）	1943、1946	重庆：未林出版社，美学出版社。1943年11月14日中国艺术剧社在重庆首演，后又在成都、桂林、永安、上海等地相继演出。
宋之的	《草木皆兵》（三幕剧）	1946	重庆：美学出版社。
上海救亡演剧第一队集体创作，宋之的执笔	《黄浦月》（独幕剧）	1938	收于啸虹主编《抗战独幕剧选二集》，汉口：大众出版社。
舒群	《逃避者》（独幕剧）	1940	1940年1月《文学集林》第3辑。

续表

作者	作品/演出剧目	出版时间（年）	版本信息
冼群	《中国妇人》（独幕剧）	1938	收于《抗战独幕剧集》，抗战丛书第五辑，汉口：华中图书公司。该集收录《时候到了》《中国妇人》《菱姑》4个独幕剧。
	《飞花曲》（五幕剧）	1943	重庆：华中图书公司。
	《小三子》（三幕剧）	1944	重庆：华中图书公司。
	《烟苇港》（又名《湘港》，三幕剧）	1940	桂林：六艺书店。由上海救亡演剧九队演出。
	《代用品》（独幕剧）	1939,1940	1939年11月《戏剧岗位》第1卷第2、3期合刊；收于独幕剧集《代用品》，重庆：华中图书选辑之二。
徐昌霖	《母与子》（独幕剧）	1940	收于葛一虹选编《走》，重庆：新生图书文具公司。
	《政府派来的》（独幕剧）	1941	1941年9月《戏剧岗位》第3卷第1、2期合刊。
	《南京板鸭》（独幕剧）	1941	1941年11月《戏剧岗位》第3卷第3—4期。
	《约法三章》（独幕剧）	1942	1942年2月《文艺青年》第3卷第2期。
	《两个老祖跟一个女人》（又名《荣誉军人》，独幕剧）	1942	重庆：新生图书文具公司。
	《西山龙虎》（三幕剧）	1943	1943年4月15日《天下文章》第1卷第2期。
	《回锅肉先生》（独幕剧）	1943	1943年6月《文学创作》第2卷第2期。

存 目 / 419

续表

作者	作品/演出剧目	出版时间（年）	版本信息
徐昌霖	《疏散喜剧》（三幕剧）	1944	重庆：商务印书馆。
	《校园内》（独幕剧）	1944	1944年2月《天下文章》第2卷第1期。
	《重庆屋檐下》（又名《墙》，六幕剧）	1944	重庆：说文社。1944年9月由中国胜利剧社在重庆抗建堂上演。
	《黄金潮》（五幕剧）	1945	重庆：大陆出版公司。
	《密支那风云》（四幕剧）	1945	重庆：新艺出版社。该剧是表现中国远征军滇缅之战的唯一大型剧作。
徐昌霖、周彦	《烽火梵音》（四幕剧）	1943	重庆：华中图书公司。
	《正气歌》（五幕剧）	1942	重庆：文艺奖助金管理委员会出版部；重庆：开明书局。
	《夜奔》（又名《林冲夜奔》，四幕剧）	1944	重庆：未林出版社。
吴祖光	《孩子军》（儿童剧）	1944	重庆：文风书局。
	《牛郎织女》（童话诗剧）	1943、1946	成都：启文书局；重庆：开明书店，辑入吴祖光戏剧集。
	《少年游》（三幕剧）	1945	重庆：开明书店。

续表

作者	作品/演出剧目	出版时间（年）	版本信息
吴雪、丁洪、陈戈、戴碧湘等	《抓壮丁》（三幕剧）	1938	1938年由四川旅外剧人抗敌演剧队集体创作的幕表戏，1943年在延安进行改写。
羽山	《李甲长》（独幕剧）	1946	收于晋察冀边区协会编：《墙头草》，晋察冀日报出版社。
	《钥匙在谁手里》（独幕剧）	1949	1949年5月《华北文艺》第4期。
集体创作，胡春冰整理	《黄花岗》（四幕剧）	1945	重庆：学艺出版社。
侯枫	《孤军魂》（戏剧集）	1938	重庆：新地出版社。收录《再上前线》《孤军魂》《陈家行之战》《铁蹄下的吼声》4个独幕剧。由上海救亡演剧队第十一队演出。
	《我们的游击队》（戏剧集）	1941	重庆：独立出版社，辑入抗战文学丛刊。
	《王铭章将军》（四幕剧）	1942	桂林：文化生活出版社。
包起权	《肉弹》（戏剧集）	1939	重庆：艺文研究会，抗战戏剧丛书之六。收录《肉弹》（原名《苦心》）、《寒衣曲》两个独幕剧。
	《霜天晓角》（三幕剧）	1947	国立编译馆主编，正中书局，辑入青年守则剧本。

存 目 / 421

续表

作者	作品/演出剧目	出版时间（年）	版本信息
唐纳	《中国万岁》（三幕剧）	1938	广州：《大公报》代办部。1938年9月16日起在重庆大戏院演出，王为一导演，演出收入全部捐助给抗战用。1939年4月走成都公演，历时半年后返回重庆。
赵明	《盐》（独幕剧）	1940	1940年11月《戏剧春秋》创刊号。
张客	《游击队的开始》（独幕剧）	1938	1938年4月5日《战地》第1卷第2期。
	《逃》（独幕剧）	1941	1941年10月《戏剧春秋》第1卷第5期。
李洪辛	《大凉山恩仇记》（四幕剧/电影）	1948	于重庆抗建堂首演。
董每戡	《保卫领空》（三幕剧）	1939	丁布夫主编，成都：中国的空军出版社，空军戏剧丛书第二种。由神鹰剧团于成都智育电影院对外公演，董每戡编剧、执导，受到成都观众的好评，连演6天12场。
	《空军俘房》（独幕剧）	1939	1939年11月由神鹰剧团于成都智育电影院公演。
	《最后的吼声》（活报剧）	1940	1939年12月30日—1940年1月2日，由神鹰剧团在新又新大戏院公演。
	《敌》（三幕剧）	1940	1940年8月13日，为庆祝"八一三"空军节公演，应成都妇女联合会邀请，由神鹰剧团首演于成都智育电影院。
	《神鹰三部曲》（独幕剧）	1940	
	《天罗地网》（三幕剧）	1941	成都：铁风出版社。1940年12月22日首演于成都智育电影院，万籁天执导，秦饰郑师彦，胡帝子饰齐氏。

续表

作者	作品/演出剧目	出版时间（年）	版本信息
董每戡	《该为谁做工》（独幕剧）	1940	1940年4月《戏剧战线》第1卷第7、8期"剧本专号"。
	《未死的人》（独幕剧）	1939	辑入神鹰剧丛第一种。神鹰剧丛由成都航空委员会政治部神鹰剧团编印。
	《孤岛夜曲》（独幕剧）	1940	辑入神鹰剧丛第三种。
	《还击》（三幕剧）	1941	神鹰剧丛第六种。
	《杜玉梅》（三幕剧）	1941	成都：铁凤出版社。
	《每戡独幕剧作》（戏剧集）	1941	贵阳：文通书局。
	《轰炸还轰炸》（四幕剧）	1941	神鹰剧丛第七种。
陈治策	《飞行传家》（两幕剧）	1941	辑入神鹰剧丛第四种。
孙达生	《抢救》（独幕剧）	1941	辑入神鹰剧丛第四种。
李束丝	《军民合作》（独幕剧）	1941	收于独幕剧集《魔水之河》，成都：铁凤出版社。
	《云中孤鸟》（戏剧集）	1940	神鹰剧丛第二种。收录《云中孤鸟》《飞》《铁翼下》《骄子》4个剧本。
	《堕落性瓦斯》（四幕剧）	1941	成都：铁凤出版社，空军戏剧丛书第十种。
李束丝	《魔水之河》（独幕剧）	1940	1940年4月《戏剧战线》第1卷第7、8期"剧本专号"。
王震之	《咆哮的河北》（独幕剧）	1937	1937年8月《戏剧时代》第1卷第3期。

存 目 / 423

续表

作者	作品/演出剧目	出版时间（年）	版本信息
王震之	《一心堂》（独幕剧）	1940	收于独幕剧集《矿山》，桂林：南方出版社。由上海救亡演剧九队演出。
崔嵬、王震之	《人命贩子》（独幕剧）	1938	由上海救亡演剧九队演出。
崔嵬、王震之	《顺民》（戏剧集）	1938	生活书店，收录《顺民》《血祭九一八》和《保卫上海》（王震之在国统区参与创作其中第二幕）。
陈豫源	《我们的国旗》（独幕剧）	1939	1939年9月神鹰剧团于成都智育电影联合公演的4部独幕剧之一。
舒非	《民族公敌》（独幕剧）丛书。	1938	收于独幕剧集《民族公敌》，汉口：新演剧社，辑入战时戏剧丛书。
舒非	《死角》（四幕剧）	1941	重庆：上海杂志公司。
舒非	《谣言》（独幕剧）	1938	收于独幕剧集《民族公敌》，汉口：新演剧社，1938年7月初版。
舒非	《我们的空军》（独幕剧）	1939	1939年11月由神鹰剧团于成都智育电影院联合公演，童每载导演。
舒非	《壮丁》（独幕剧）	1939	
舒湮	《董小宛》（四幕剧）	1941,1944	重庆：光明书局，辑入光明戏剧丛书；陶金导演，首演于成都提督西街国民电影院。
舒湮	《浪淘沙》（六幕剧）	1944	1944年2月—10月《戏剧时代》第1卷第3期。
汪漫铎	《瑞娜》（独幕剧）	1940	1940年4月《戏剧战线》第1卷第7、8期"剧本专号"。

续表

作者	作品/演出剧目	出版时间(年)	版本信息
汪漫铎	《兄弟之间》（四幕剧）	1940	重庆：中央青年剧社。
易君左	《祖逖》（四幕剧）	1944	重庆：青年书店。
卫聚贤	《雷峰塔》（六幕剧）	1945	重庆：说文社。
黄谷柳	《碧血丹心》（五幕剧）	1945	重庆：独立出版社，辑入全国知识青年志愿从军戏剧丛刊。
鲁军	《莺莺》（五幕剧）	1945	重庆：新中国文化社。
周尚文	《钢盔》（四幕剧）	1945	重庆：独立出版社，辑入全国知识青年志愿从军戏剧丛刊。
剑冰	《海燕》（五幕剧）	1945	重庆：山林出版社。
宗由	《玉麒麟》（三幕剧）	1944	重庆：日新书店。
左明	《上海之夜》（独幕剧）	1943	重庆：正中书局。
	《王人蛋才逃》（独幕剧）	1938	1938年5月《弹花》第1卷第4期。
	《自由魂》（三幕剧）	1938	汉口：上海杂志出版社。
赵慧深	《如此北平》（五幕剧）	1942	重庆：新生图书文具公司，辑入新生戏剧丛书。
鲁觉吾	《黄金万两》（四幕剧）	1944	重庆：美学出版社。
	《自由万岁》（三幕剧）	1945	重庆：说文社。
	《谣望》（三幕剧）	1944	重庆：天地出版社。
李庆华	《春暖花开》（三幕剧）	1945	重庆：国际与中国出版社。

续表

作者	作品/演出剧目	出版时间（年）	版本信息
刘静沅	《海潮红》（三幕剧）	1941	重庆：华中图书公司。
	《露雪霏》（五幕剧）	1944	重庆：华中图书公司。
王勉之	《小侦探》（独幕儿童剧）	1944	重庆：建国书店。
陈启肃	《生死线》（四幕剧）	1942	正中书局，教育部征选抗战创作剧本选之五。
赵如琳	《冲出重围》（三幕剧）	1943	正中书局，教育部征选抗战创作剧本选之四。
陶熊	《反间谍》（三幕剧）	1946	上海：文江图书公司，国立戏剧专科学校第四届毕业公演出修正本。
残痕	《再生年华》（电影）	1949	华侨电影企业公司出品。
	《通缉书》（四幕剧）	1941	正中书局，教育部征选抗战创作剧本选之三。
文素闵	《毁家纾难》（戏剧集）	1938、1942	汉口：华中图书公司；重庆：华中图书公司。该集收录了《毁家纾难》、《毒针》、《保卫卢沟桥》3个独幕剧和街头剧《抗战的交流》，前面和后面还有《抗战中的戏剧》（代序）》和《跋》。
	《回乡》（三幕剧）	1939	1939年9月《抗战艺术》第4期。
	《日落》（独幕剧）	1940	1940年9月《新建设》第11期。
李白凤	《卢沟桥的烽火》（独幕剧）	1937	1937年8月《戏剧时代》第1卷第3期。
蒋山青	《卢沟晓月》（三场诗剧）	1937	1937年8月15日《文艺》第5卷第1、2期合刊。

426 \ 四川新文学大系·戏剧编（第四卷）

续表

作者	作品/演出剧目	出版时间（年）	版本信息
袁昌英编著	《饮马长城窟》（五幕剧）	1947	国立编译馆主编，正中书局，辑入青年守则剧本。
赵循伯	《民族正气》（五幕剧）	1944	重庆：商务印书馆。
	《长恨歌》（四幕剧）	1945	正中书局，辑入现代文艺戏剧丛书。
	《崖山恨》（五折剧）	1946	正中书局，国立戏剧学校时戏剧丛书之九。
王家齐	《侵略的毒焰》（戏剧集）	1938	重庆：艺文研究会，抗战戏剧丛书之二。收录《国债》《侵略的毒焰》《四平街》3个剧本。
	《国贼汪精卫》（四幕剧）	1941	重庆：青年出版社。
马彦祥	《江南之春》（七幕剧）	1942	根据陈瘦竹长篇小说《春雷》改编。正中书局，现代文艺戏剧丛书。1942年，由中国万岁剧团在重庆公演此剧。
	《汉奸相》（独幕剧）	1938	收于《战地夜景》，重庆：生存出版部。
李冰炉	《火柴》（独幕剧）	1938	收于《战地夜景》，重庆：生存出版部。
陈荒煤	《打兔子去》（独幕剧）	1938	1938年1月1日《抗战戏剧》第1卷第4期；啸岚主编：《抗战独幕剧选二集》，汉口：大众出版社；马彦祥主编：《最佳抗战剧选》，汉口：上海杂志公司。

续表

作者	作品/演出剧目	出版时间（年）	版本信息
王右家	《雨夜》（四幕剧）	1945	正中书局，辑入现代戏剧丛书。
王梦鸥	《燕市风沙录》（五幕剧）	1946	正中书局，辑入现代戏剧丛书。
支治平	《抚棉》（独幕剧）	1947	正中书局，辑入现代戏剧丛书。
吴铁翼	《河山春晓》（四幕剧）	1944	重庆：戏剧工作社，辑入戏剧工作社演剧丛书。
	《残梦》（三幕剧）	1944	重庆：国民图书出版社。
	《无月之夜》（独幕剧）	1940	1940年4月《戏剧战线》第1卷第7、8期"剧本专号"
	《后方》（街头剧）	1938	1938年1月21日《文艺月刊》第1卷第6期特辑；重庆：艺文研究会，抗战戏剧丛书之三。
	《北地狼烟》（四幕剧）	1940	重庆：中央青年剧社，中央青年剧社剧本创作选第一种。
刘念渠	《赵母买枪打游击》（抗战小剧本）	1938	重庆：生活书店。
	《幸福天堂》（儿童剧）	1945	重庆：商务印书馆。
张光中	《夏完淳》（四幕剧）	1941	重庆：青年出版社，中央青年剧社剧本创作选第六种。
荷倚虹	《广源轮》（三幕剧）	1944	重庆：读书出版社。
	《破釜沉舟》（三幕剧）	1945	重庆：读书出版社。

续表

作者	作品/演出剧目	出版时间（年）	版本信息
丁伯骝	《暗无天日》（独幕剧）	1940	1940年6月1日《笔阵》第1卷第3期。
	《洪炉》（四幕剧）	1941	重庆：青年出版社。
姚时晓	《汉奸末路》（独幕剧）	1937	1937年8月26日—29日《救亡日报》第3—6号。

存 目 / 429